S. FISCHER

Franz Friedrich

# Die Passagierin

Roman

S. FISCHER

Die Arbeit an diesem Roman wurde gefördert durch den Berliner Senat, die Akademie der Künste Berlin sowie den Deutschen Literaturfonds.

Alle hier beschriebenen Personen sind, von den erwähnten Personen der Zeitgeschichte abgesehen, frei erfunden. Jede Ähnlichkeit mit lebenden und verstorbenen Personen ist unbeabsichtigt.

FSC
www.fsc.org
MIX
Papier | Fördert gute Waldnutzung
FSC® C014496

Erschienen bei S. FISCHER



Satz: Denise Sterr, Dornbirn
Druck und Bindung: GGP Media GmbH, Pößneck
ISBN 978-3-10-397117-0

*Dieser Roman verdankt sein In-die-Welt-Kommen Valeria Gordeev. Ohne ihre Mitarbeit würde dieses Buch nicht existieren. Vor allem ihr gebührt mein Dank.*

*Teiresias*: Welchen Sinn gibst du den
Wolken am Himmel?
*Ödipus*: Ein Dasein im Leeren.

*Cesare Pavese, Gespräche mit Leuko*

# ERSTER TAG

## *An der kleinen Station*

Regen fiel, als ich nach Kolchis kam, ein Regen, der nicht zunahm, nicht abnahm, der fiel, als wäre er längst des Fallens überdrüssig, träge und schwer. Wasser staute sich auf den Dachflächen, schwappte auf den Bahnsteig, stürzte auf die Gleise, versickerte im Kiesel. Auf der anderen Seite erhoben sich Zedern, große alte Bäume, die aus der Entfernung, durch den Schleier des Regens, zu einer Fläche verschwammen, die aussah wie ein Kulissenbau, ein Zedernhain, gemalt für eine Bühne, ein Bühnenbild. Darunter ein Leuchtschild, KOLCHIS KURPARK, der Name der Station. KO – KU, blinkte es abwechselnd durch den Regen, KO – KU, die anderen Buchstaben blieben grau.

Bei meiner Ankunft hatte ich Menschen gesehen, die Schilder in die Höhe hoben, Schilder mit den Nummern 3, 6 und 11, doch keines vom Sanatorium Nr. 9. Nur ich war zurückgeblieben, ich und ein Kind, das hinter den Scheiben eines kleinen, erhöhten, mit Fenstern durchsetzten Anbaus an den Schaltern und Knöpfen eines Stellpults beschäftigt war. Die Kurbahn wurde noch immer von Kindern betrieben, daran hatte sich nichts geändert, auch die Uniform war die gleiche, das Eisenbahnerjackett und die Schirmmütze, weinrot wie die Sitzpolster der Waggons. Das Mädchen, das die

Zugaufsicht übernommen hatte, war etwa zehn oder elf. Die Tür stand offen, die Innenseite war mit einer Tapete beklebt, die Sonnenblumen zeigte, Sonnenblumen unter einem blauen Himmel. Außerdem erkannte ich einen Teller mit Mandarinen und ein grünes Telefon, ein importiertes Modell, vielleicht zwanzigstes Jahrhundert, ein Telefon mit einer Wählscheibe. Es klingelte in dem Moment, als ich es betrachtete, ein blechernes, uraltes Zwanzigstes-Jahrhundert-Scheppern. Ich sah, wie das Mädchen nach dem Hörer griff. »Gut ist gut«, sagte es mit einer hellen Stimme, »gut ist gut, wenn du meinst.«

Auch ich hatte früher mit einem solchen Apparat telefoniert, ich erinnere mich an den Widerstand beim Drehen der Wählscheibe, den Rücklauf zwischen den Ziffern, das Warten. Das andere Ende der Leitung war ein ferner Ort, zu erreichen über Kurbeln, Rädchen, Achsen, Schalter und sich endlos fortschwingende Kabel, doch etwas an diesem Bahnhofstelefon wirkte unglaubwürdig, falsch. Es dauerte einen Moment, bis es mir auffiel: Dem Hörer fehlte die Schnur, das dicke spiralförmige, schwarze Kabel, sie mussten es abgeschnitten haben, so dass ich mich fragte, ob das Kind seinen Anruf womöglich nur spielte. Wozu und vor allem für wen tat es das? Ich hoffte, nicht für mich.

Ich blickte in die Richtung, in die das Kind nun sah. Lichter näherten sich, ein Knarzen aus den Lautsprechern. Der Chor erklang, die Hymne der Eisenbahnkinder:

*Kolchis, du Schöne*
*deine Paläste*
*funkeln am Ufer der Zeit*

Der Kolchis-Express brauchte sechzig Minuten, um den Ort mit seinen zwölf Stationen zu umrunden, von *Kolchis-Ankunft* über die Seebrücke, ein Stück an der Küste entlang, die Berge hinauf und wieder herunter, bis er hinter dem Kurpark erneut an seinem Startpunkt anlangte. Der Streckenplan orientierte sich an dem Ziffernblatt einer Uhr, was ursprünglich dazu dienen sollte, den Evakuierten bei der Eingewöhnung zu helfen. Die Haltestationen befanden sich dort, wo auf dem Ziffernblatt die Stunden markiert waren. Dadurch würde sich der Zug mit der Geschwindigkeit eines Minutenzeigers fortbewegen. Tatsächlich jedoch war das Gelände keinesfalls eben, sondern hügelig und steil, was die Uhrensymbolik ein wenig verzerrte, ja sogar für Verwirrung sorgte, da sich die Fahrt auf den bergigen Abschnitten zum Teil ganz erheblich beschleunigte, während man den Zug ansonsten auch zu Fuß einholen konnte. Zu meiner Zeit hatte es Leute gegeben, die sich einen Spaß daraus gemacht hatten, dem Zug hinterherzurennen, bis er so schnell fuhr, dass sie ihn nicht mehr erreichen konnten. Später waren die Trittbretter entfernt worden, nachdem ein Mädchen beim Aufsprung gestürzt war, eines von den älteren Mädchen, keines aus meiner Gruppe. Das war vor zwanzig Jahren. Ich hatte nicht gedacht, dass ich einmal zurückkommen würde.

*Kolchis, du Schöne*
*du wurdest errichtet*
*von Kindern der Erde*
*Kolchis, du Schöne*
*Hafen der Zeit*

Der Zug fuhr ein. Das Mädchen war aus seiner Kabine herausgetreten und hatte sich an den Rand der Plattform gestellt. Aus den langen Ärmeln seiner Uniformjacke schauten nur die Finger hervor, die Finger und eine Kelle. Auch der Zug wurde von Kindern gesteuert, hinter den Scheinwerfern erkannte ich zwei Gesichter, beide mochten kaum älter als sieben Jahre alt sein. Aus dem Führerstand heraus machten sie eine Geste mit der Hand, die das Mädchen auf dem Bahnsteig erwiderte, der vertraute Gruß der Eisenbahnkinder, so kam der Zug langsam zum Stehen. Niemand stieg aus, niemand stieg ein, niemand war zum Abholen gekommen. Als der Chor verstummte, hob das Mädchen seine Kelle. Für einen Moment wirkte die Plattform wie emailliert, dann setzte sich die kleine, elfenbeinweiß lackierte Lokomotive wieder in Bewegung.

Ich griff nach meiner Tasche und ging los.

*Kolchis*

Ich war nach Kolchis zurückgekehrt, weil ich hoffte, hier das Gefühl der Beschädigung lindern zu können, das vor einer Weile in mir aufgekommen war und seitdem nicht mehr von mir weichen wollte. Ich hatte Phantomerinnerungen, Bilder, die sich mir ins Gedächtnis drängten, als wären es Erinnerungen, dabei hatte ich sie nicht erlebt. Ich litt nicht unter diesen Erinnerungen, jedenfalls nicht in dem Sinne, dass ich unaufhörlich oder in unpassenden Momenten von ihnen heimgesucht wurde. Ich halluzinierte nicht, hatte keine Schwierigkeiten, zwischen ihnen und der Wirklichkeit zu unterscheiden, sie störten mich nicht bei der Arbeit, und doch blieb da ein Rest, eine Art Grundversehrtheit und das Gefühl, dass etwas fehlt. Manchmal glichen diese Erinnerungen hypnagogen Bildern, Bildern, wie sie kurz vor dem Einschlafen oder im Moment des Erwachens vor dem inneren Auge erscheinen, sprachlich schwer zu fassende Gebilde, Muster, Formen wie unter einem Mikroskop betrachtet, Spiralnebel, etwas, das aussieht wie die Große Magellansche Wolke, sich ewig formend in einem öligen Licht. Oder Gesichter, fremde Gesichter; für einen Moment glaube ich, eine Familienähnlichkeit ausmachen zu können, doch kaum, dass ich meine Aufmerksamkeit auf sie richte, verschwinden sie wieder, die Bögen der Augenbrauen bilden sich zurück, die Nase wird nivelliert – was ein menschliches Gesicht gewesen ist, wird eine Fratze, und doch bin ich es selbst, die diese Fratzenwesen erzeugt.

Oft sind die Erinnerungen aber auch konkreter:

- ein Zaun, niedrige Wolken, ein Feldweg;
- auf einem verschneiten Parkplatz öffnet ein Mann den Kofferraum eines Passat Kombis, im Kofferraum wartet ein Hund, der Hund springt heraus und pinkelt gleich drauflos;
- eine Frau mit einem Kind an der Hand eilt einen Schwarzkiefernhain hinab, zwischen den Stämmen ist das türkisfarbene Leuchten eines Schwimmbeckens zu sehen, das Kind schreit, es hat etwas verloren, will aber nicht sagen, was es ist;
- eine Ameise auf einem schwarz glänzenden *Patagonia*-Rucksack, weit weg von ihrem Volk, auf der Suche nach einem duftmarkierten Weg zurück nach Hause.

Ich kenne den Feldweg nicht, kenne den Mann nicht und nicht den Hund, kenne kein Schwimmbecken hinter einem Schwarzkiefernhain, weiß seltsamerweise aber genau, dass es Schwarzkiefern sein müssen, weiß nicht, wem der Rucksack gehört, weiß aber, wie das Futter im Inneren aussieht und wie der Hersteller dieses Rucksacks heißt. Die Bilder machen mir keine Angst, eher betrachte ich sie wie einen Film, in den ich mitten in der Handlung eingestiegen bin und dessen Sprache ich nicht verstehe.

Um das Sanatorium zu erreichen, in dem ich die nächsten Wochen unterkommen würde, musste ich zunächst dem *Boulevard der Kommunarden* folgen. Hier befanden sich das Hauptpostamt und ein großes Grillhaus, das gerade renoviert wurde, jedenfalls sah ich dort ein Baugerüst. Auf dem Platz vor dem Postamt, die große Skulptur von *Cher Ami*, der Brieftaube von Verdun. Unter dem Bauch des Bronzevogels fand eine Schar eng beieinanderhockender, aufgeplusterter, geduldig auf besseres Wetter wartender Spatzen vor dem Regen Schutz.

Im Pool des Sanatoriums Nr. 6, dem *Böhmisch-Locarno*, war das Wasser abgelassen, nun sammelte sich dort Regen, schlammbraun und brackig, Blätter trieben an der Oberfläche. Auch das Gebäude machte einen vernachlässigten Eindruck. Im Wintergarten erkannte ich Stühle, die zu einem Turm aufgestapelt waren, und eine Unmenge von Kissen.

Im *Haus der Wissenschaften* musste gerade eine Veranstaltung stattfinden. Die Flügeltüren standen offen, Jacken an der Garderobe, Gummistiefel, die Stimme einer Vortragenden, die sich immerzu bedankte: *Vielen Dank, vielen, vielen Dank.* Hinter dem Haus, auf dem Rasen, graste eine Kolonie von Kaninchen, der weder der Regen noch meine Anwesenheit etwas ausmachte. Eines kaute nur ein paar Schritte von mir entfernt auf einem Gänseblümchen herum, ich hätte es streicheln können, es schüttelte sich. Auf der anderen Seite führte eine Holztreppe hinunter zum Meer. Der Hang war von Pinien bewachsen. Von dort war es nicht weit bis zum

*Kinderpalast*, meinem alten Sanatorium, ein Umweg von zehn Minuten. Ich hatte mir vorgestellt, dass ich nach meiner Ankunft als Erstes ans Meer gehen, vielleicht kurz ins Wasser springen oder zumindest einen Fuß hineintauchen würde, doch nun regnete es, und mir war kalt.

Das Ende des Boulevards führte auf ein Tor zu. Dahinter erhoben sich Bäume, die der Wind in wogende Bewegungen versetzte, ein schwankendes, mächtiges, dunkles Gewölbe. Ich sah den Eingang des Kurparks, das schmiedeeiserne Gatter, ich rüttelte daran, es war zum Glück nur angelehnt.

Der Park glich einem Urwald. Unter Baumriesen wucherten wilde Hecken, ich sah Agaven neben Büschen, Farnen, Sträuchern, Bambussprösslinge schossen in die Höhe, manche mitten auf dem Weg. Auf den ersten Blick mochte das Gärtnerhaus mit seinen blau gestrichenen Schindeln noch darüber hinwegtäuschen, in welch vernachlässigtem Zustand es sich befand, doch schon beim zweiten Hinsehen offenbarte sich das Ausmaß seiner Beschädigung. Ein Rammbock musste die Tür zerborsten haben, aus den Fenstern war das Glas herausgebrochen. Vorjahreslaub war zu einem Wall aufgeschichtet und moderte vor sich hin.

In meiner Erinnerung war der Kurpark ein grüner, lichter Garten, in dem man stundenlang spazieren gehen konnte. Da waren Blumenbeete und Wasserspiele. Ich erinnere mich auch an eine Konzertmuschel für die Kurkapelle: Immer war aus der Ferne Musik zu hören gewesen, zu der wir, Eiswaffeln in den Händen, durch den Park geschlendert waren – nun sah ich nichts davon, keine Beete, keine Konzertmuschel. Im Becken eines Brunnens lag ein verendetes Tier.

Tezeta hatte mir gesagt, dass das Sanatorium schön, doch schon etwas in die Jahre gekommen sei, ich solle nicht zu viel erwarten, immerhin sei das Haus alt und ursprünglich einmal für zweihundert Personen entworfen worden. Heute lebten dort nur etwa dreißig Menschen, die sich um das große Gebäude zu kümmern hatten. Die meisten seien zwar sehr nett, trotzdem hatte sie mir geraten, ein Vorhängeschloss mitzunehmen. Es gebe Bewohner, die einfach das Zimmer wechseln würden, wenn sie der Anblick der eigenen Unordnung störe. Im ganzen Sanatorium finde man keine einzige funktionierende Nachttischlampe, keine Handtuchhalter, keine Badevorleger mehr. Sie und ein kleiner Kreis von Vernünftigen seien gezwungen gewesen, ihre Zimmer abzuschließen. Außerdem hatte sie mir empfohlen, mir schon im Vorfeld einen Raum zu sichern, Neuankömmlinge würden sonst meist mit irgendwelchen Abstellkammern abgespeist werden, ich hatte dankend abgelehnt. Es hatte nach den üblichen Konflikten geklungen, Konflikte, die eben entstehen, wenn sich Menschen Wohnraum teilen, nun begann ich, meine Einschätzung zu überdenken.

Ich hielt mich auf dem Hauptweg, ging unter Hanfpalmen, Blutbuchen und großen Platanen, vorbei an einem Brunnenplatz und einer Liegewiese, auf der das Gras bis zu den Knien stand. Ich war noch nicht weit gekommen, da erblickte ich vor mir, halb auf dem

Weg, halb im Gebüsch, etwas, das aussah wie ein Auto. Es war ein weißes Golfmobil, das ins Schleudern geraten sein musste und nun auf der Seite lag. Dahinter bewegte sich etwas, da war ein Mensch, ich eilte los.

»Alles in Ordnung?«

Der Mann, der auf dem Boden kniete, schien glücklicherweise nicht verletzt, vielmehr war er damit beschäftigt, etwas zu reparieren. Vor ihm ausgebreitet lag eine Werkzeugtasche, eines der Räder war abmontiert.

»Ich bin zu spät«, sagte er, richtete sich auf und wischte sich die Hände an seiner Hose sauber, eine Hose, die völlig durchnässt war, so wie die Haare, das Hemd. »Eigentlich muss ich zur Station.« Er zeigte auf einen kegelförmigen Bambustrieb, der einige Meter von uns entfernt durch den Schotter gestoßen war. »Der haut dich einfach um.«

»Bist du auch sicher nicht verletzt?«

Ich bot ihm an, Hilfe zu holen, schlug vor, ins Sanatorium zu gehen, das neunte, wo ich hinwolle, da bemerkte er meine Reisetasche.

»Du kommst von der Station? Dann musst du Heather sein ... Ich bin Matthias, ich bin es, der dich abholen sollte, es tut mir furchtbar leid.« Sein linkes Hosenbein war eingerissen, etwas über dem Knie. »Mir geht es gut«, sagte er, »aber ich fürchte, wir werden den Wagen zurücklassen müssen. Oder hast du zufällig Klebeband? Natürlich nicht, was für eine dumme Frage.«

Nachdem ich ihm versichert hatte, dass er sich wirklich nicht zu entschuldigen brauche, dass vielmehr ich wegen des Unfalls ein schlechtes Gewissen hätte, machten Matthias und ich uns zu Fuß auf den Weg. Matthias hatte einen Regenschirm bei sich, unter dem es genug Platz für uns beide gab. Während er vor dem Bambus warnte, der hier überall im Park wucherte und wohl schon bald die Wege unpassierbar machen würde, fiel mir auf, wie ungewöhnlich dieser Schirm war. Von der Plane ging ein Licht aus, ein selbstleuchtendes Gewebe, das eine Wärme abstrahlte – ich hatte noch nie etwas Ähnliches gesehen. Es war angenehm, unter dem Schirm zu gehen, mit der Wärme und dem Licht. Mir schien, als befände ich mich im Inneren von etwas, meine Jacke fühlte sich fast schon wieder trocken an.

»Regenschirme«, sagte Matthias, der meine Verwunderung bemerkt zu haben schien, »haben mich von Anfang an am meisten beeindruckt: was für eine großartige und einfache Idee. Ich kam mir so kühn und fortschrittlich vor, als ich das erste Mal mit einem Regenschirm vor die Tür trat. Es war auch das erste Mal, dass mir bewusst wurde: Matthias, du bist angekommen.«

Ich überlegte, ob es mir einmal ähnlich ergangen war. Mir fiel kein Beispiel ein.

»Diese ständige Gefahr: Es regnet, und du verkühlst dich, weil du das Wetter falsch eingeschätzt hast, als wäre das Wetter das Problem, diese Wetterangst, von der niemand etwas hat. Niemand sollte an einer Lungenentzündung krepieren müssen, nur weil es hin und wieder regnet. Und dann die Lebenszeit, die dir verloren geht: wie viel sinnloses Herumhocken, wie viele verregnete Nachmittage, nur weil gelegentlich ein bisschen Wasser aus dem Himmel fällt. Der Regenschirm«, sagte Matthias und strich sich mit den Fingern seine nun wieder trocken gewordenen Haarsträhnen aus dem Gesicht, »der Regenschirm erinnert mich an das ungeheure Potenzial meiner Epoche – wie es hätte sein können, verstehst du?«

Ich nickte und sagte, dass dieses Gedankenspiel auch mir vertraut sei, was nicht gelogen war, auch wenn ich mich etwas wunderte, dass es ihm damit so ernst war. »Du schaust auf die Welt, aus der du kommst, mit dem Blick eines Menschen unserer Gegenwart, ein Paradox, oder nicht?«

Matthias widersprach. »Das Interessante ist ja, dass es Umbrellarien auch in meiner Zeit schon gegeben hatte. In anderen Weltgegenden existierte dieses Handwerk seit Jahrhunderten, auch wenn die Schirme meist nur als Schattenwerfer genutzt wurden. Trotzdem: Es hätte sein können. Man kann das Wetter verfluchen oder Regenschirme bauen, und ich hätte, wenn ich etwas ändern könnte, lieber Regenschirme gebaut, selbst wenn man mich deswegen für verrückt erklärt hätte«, sagte Matthias und lachte, »ein Irrer, der sich mit einem tragbaren Wetterschutz vor die Tür traut.«

Er erzählte von einem Engländer, Jonas Hanway, »lange nach meiner Zeit«, der mit einem Regenschirm durch das London des achtzehnten Jahrhunderts spazieren wollte und dafür beschimpft, ja sogar mit Unrat beworfen wurde, wofür Matthias im Grunde sogar Verständnis habe, wenngleich er jede Art von Maschinenstürmerei natürlich grundsätzlich missbilligte.

»Maschinenstürmerei?«

Ich fragte, ob er den Regenschirm denn für eine Maschine halte, mit einem irritierten Blick sah er mich an.

»Der Regenschirm ist eine ganz fantastische Maschine.«

Ich erfuhr, dass sich Matthias nicht nur für Regenschirme begeisterte, sondern auch selbst eigene Schirme entwarf. Der Schirm, den ich hielt, war nach seinen Plänen angefertigt worden, ein Prototyp, der mit lebenden Lichtzellen arbeitete, er habe ihn *Luxor* genannt, wie die Stadt in Ägypten. Das einzige Problem sei im Moment noch das Gewicht, aber auch dafür lasse sich eine Lösung finden. Wenn mir zu warm sei, könne er das Licht auch wieder dimmen, ich schüttelte den Kopf.

Matthias hatte von *seiner Zeit* gesprochen, doch leider nichts Näheres verraten. Am wahrscheinlichsten hielt ich das späte Mittelalter, ein Europäer, fünfzehntes oder sechzehntes Jahrhundert. Ich versuchte, ihn mir hinter einem Pflug vorzustellen, bei einem Erntefest, auf einem Marktplatz. Früher, in Kolchis, hatten wir manchmal die Mittelalterlichen beobachtet, stets mit Abstand, denn sie waren uns nicht geheuer. Die meisten waren damals etwas abseits der anderen Sanatorien in einer auf einem Hügel gelegenen Burg untergebracht, zumindest hatte das Gebäude von außen so ausgesehen, Burgzinnen, die sich über Kolchis erhoben. Wir trafen sie immer nur in Gruppen an, stolpernd, dicht aneinandergedrängt, laut lärmend oder sich ängstlich umschauend, als könnte in jedem Augenblick ein Komet auf sie niederstürzen.

Ich hätte mich bei Matthias gerne nach seiner Herkunftszeit erkundigt, doch wusste ich aus eigener Erfahrung, wie unangenehm es sein konnte. Wenn mich jemand fragte, welcher Zeit ich entstamme, weil ich zum Beispiel ein Wort nicht richtig ausgesprochen hatte oder einen Zusammenhang nicht kannte, der allen anderen selbstverständlich war, dann klaffte plötzlich ein Abgrund auf, der mich von den anderen trennte. Manchmal genügte schon eine kleine Geste, die Art, wie ich einen Spüllappen auswrang – *eine Evakuierte, wie schön, ich weiß, aus welcher Zeit du kommst, ich weiß es, nicht verraten!* Schlimm, wenn sie dann auch noch richtiglagen, wenn sie es tatsächlich zustande brachten, nicht nur das Jahrhundert zu bestimmen, sondern auch das Jahrzehnt, selbst das exakte Jahr, als wäre ich nur von diesem einen Zeitpunkt beherrscht, dem Jahr, aus dem ich evakuiert worden bin.

Ohne dass der Weg selbst seine Höhe veränderte, fiel das Gelände links von uns ab, als würden wir an einer Grube entlanggehen. Wir befanden uns nun oberhalb eines Hangs, in den Hang waren Sitzreihen gebaut.

»Das ist das Freiluftkino«, sagte Matthias, »du kennst es wahrscheinlich noch?«

Auch Matthias machte sich wohl Gedanken über mich, freundliche Gedanken, da er nun lächelte, mich sehr freundlich ansah, wenngleich seine Augen einen müden, traurigen Ausdruck angenommen hatten. Ich dachte mir, dass er früher vielleicht Mönch gewesen war, das würde zu ihm passen, zumindest wirkte er sehr sanft.

»Nein, ich kenne es nicht, jedenfalls erinnere ich mich nicht daran, hier einmal einen Film gesehen zu haben. Wir hatten ein eigenes Kino.«

»Letzte Woche haben wir *Les Parapluies de Cherbourg* gezeigt. Schade, dass du ihn verpasst hast. Das Regenschirmgeschäft der Madame Emory und ihrer Geneviève war lange Zeit der Ort gewesen, an den ich mich am häufigsten hingewünscht hatte.«

Hinter dem Kino lag ein Tennisplatz, das Netz hing in Fetzen herab, erfüllte aber wohl noch seinen Zweck, denn es lagen Bälle auf dem Rasen. Der Schiedsrichterstuhl war umgeworfen, vielleicht aus Wut über ein verlorenes Spiel. Wir kamen an einem großen Gemüsegarten vorbei. Dort wurden Melonen angebaut, Kohl und Bohnen, außerdem Tomaten; an zierlichen, gelben Stängeln hingen kleine, grüne Früchte. Auf einem abgeernteten Acker stand eine Schubkarre, die sich mit Wasser gefüllt hatte, sich weiter füllte, auch wenn der Regen etwas schwächer geworden war. Vor einem Aprikosenbaum, der seine Früchte abgeworfen hatte, blieb Matthias stehen.

»Es wird eine Zeit der Eingewöhnung geben, für mich war es am Anfang nicht leicht.«

Er bückte sich nach einer Frucht und reichte sie mir. Die Aprikose war verschrumpelt und von einem bräunlichen Gelb.

»Kann man die noch essen?«

»Jetzt ist sie genau richtig.«

Ich drehte die Aprikose, bis ich eine saubere Stelle erwischte – ein köstlicher Geschmack, vielmehr gedörrt als gegoren, süß wie Marmelade. Jetzt spürte ich, dass ich eine Weile schon nichts mehr zu mir genommen hatte, mein Magen begann zu knurren.

»Wird es auch für mich schwer werden?«, fragte ich und nahm einen weiteren Bissen.

»Nicht unbedingt.«

Ich sagte, dass ich mir gar nicht so sicher sei, ob ich überhaupt länger bleiben würde, und dass ich immer noch Zweifel hätte, ob ich mir mit dieser Reise nicht etwas vormachte. Wie soll man so einfach an einen Lebensabschnitt anknüpfen, den man hinter sich gelassen hat.

Er nickte. An Kolchis seien schon viele gescheitert, das würde sich wohl erst mit der Zeit herausstellen, wie lange ich denn vorhätte zu bleiben.

»Vielleicht zwei Wochen oder drei.« Ich sei vor allem aus einem Gefallen einer Freundin gegenüber hierhergekommen, um eine Auszeit zu nehmen, eine Kur.

»Zwei Wochen vergehen schnell«, sagte Matthias in einem für mich doch überraschenden Anflug von Erleichterung, als hätte er insgeheim schon gehofft, die neue Bewohnerin bald wieder los zu sein. »Es ist bestimmt nicht leicht, alles stehen und liegen zu lassen, wenn man so einer wichtigen Aufgabe nachgeht.«

Ich fragte ihn, was er meine, von welcher Aufgabe er spreche.

»Die Missionen«, sagte Matthias, seine Stimme wurde hell.

Ich hatte die Missionen bislang nicht erwähnt, und es wunderte mich, dass er davon wusste. Er musste den Fragebogen studiert haben, der mir vor meiner Anreise mit der Bitte zugeschickt worden war, ihn unbedingt handschriftlich auszufüllen. Unter den vielen absurden Fragen – Fragen, wie aus einem Poesiealbum: Lieblingstier, Lieblingsnachtisch, Lebensmotto – waren auch Fragen nach der Evakuierungsgeschichte und dem aktuellen Beruf. Ich hatte zwar angegeben, welcher Beschäftigung ich nachging, aber nicht erwähnt, dass ich schon seit drei Jahren freigestellt war. Er wird die Antworten gelesen haben, dachte ich und überlegte, ob ich ihm erklären sollte, dass mich seit der Einstellung der Rettungsmissionen diese Reisen in die Vergangenheit im Grunde kaum noch interessierten, dass es im Allgemeinen auch nicht so besonders war, wie viele sich das vorstellten, als würde man da eine Art Raumanzug tragen oder wie in einer Abenteuergeschichte ständig vor Herausforderungen gestellt werden. In der Regel gingen den Einsätzen ja Phasen der Vorbereitung voraus, Vorbereitungen, die oft Monate in Anspruch nahmen und aus kleinteiligem, nicht selten auch langweiligem Einprägen und Auswendiglernen bestanden.

»Es hat sich vieles verändert«, sagte ich.

»Natürlich«, sagte er.

Die Wolkendecke riss auf. Der Himmel, der zum Vorschein kam, war zwar immer noch grau, doch wirkte er heller, offener. Nach Osten hin erstreckte sich das Meer. Unbewegt und still lag es dort wie auf einer Fotografie.

Auf einem Plateau, wo die Laubbäume des Parks in einen Pinienwald übergingen, ragte ein langes, mehrstöckiges Gebäude auf.

»Das ist das Sanatorium«, sagte Matthias, »unser Raumschiff, so nennen wir es manchmal, das Raumschiff Nr. 9.«

Ich verstand, warum sie dem Gebäude diesen Beinamen gegeben hatten. Auf Betonpfeilern wirkte es trotz seiner doch erheblichen Größe so leicht und schwebend wie ein dicht über dem Boden ruhendes Schiff.

»Unter den Pfeilern spielen manche von uns *Lurgy*, habt ihr das damals auch schon gespielt? Ich finde es ehrlich gesagt ziemlich langweilig, aber da unten gibt es guten Schatten, wir haben ein paar heiße Wochen hinter uns, erst die Hitze, dann der Regen. Den Schirm brauchen wir wohl nicht mehr.« Es hatte aufgehört zu regnen, ich hatte es nicht bemerkt. Als er den Schirm zusammenfaltete, flammte das Leuchten noch einmal auf, ein hektisches Pulsieren, das einen Moment später erlosch.

Unten auf der Wiese waren Laken aufgehängt, weißes Bettzeug auf Wäscheleinen, die zwischen Apfelbäume gespannt waren. Ich sah Gartenstühle und mehrere Tische, die Tische waren mit Teegeschirr gedeckt. Abseits der Wiese parkten Fahrzeuge, Golfmobile wie das von Matthias.

»Wo sind sie denn alle?«, fragte ich.

»Bestimmt sitzen sie drinnen«, sagte Matthias und nickte in Richtung Nebengebäude. »Im Gemeinschaftshaus halten wir unsere Sitzungen ab, die Gespräche.«

Schweigend gingen wir an den Wäscheleinen vorbei. Die Bettlaken trieften vor Nässe, die Tassen auf den Tischen waren bis zu ihren Rändern mit Regenwasser gefüllt.

Im Gemeinschaftshaus waren die Vorhänge zugezogen. Es waren hohe, rote, über die gesamte Glasfront reichende Vorhänge. Die Eingangstür stand offen. Matthias schob den Stoff beiseite, und mir fiel auf, wie ungewöhnlich seine Farbe war, fast majestätisch in seinem Rot. Dahinter lag ein Saal. In der Mitte waren Stühle zu einem Kreis arrangiert, vielleicht fünfzehn, vielleicht zwanzig, weiter hinten waren Stühle zu Türmen aufgestapelt. Die Luft war schwer, stickig, als hätten hier gerade noch Menschen beieinandergesessen, doch in dem dämmrigen Licht war niemand zu sehen. An der Wand gegenüber schlängelte sich eine Wendeltreppe nach oben und führte zu einer Galerie, doch auch dort war kein Mensch.

Matthias ging in die Hocke und löste die Schnürsenkel seiner Schuhe, »wegen des Teppichs«, sagte er, ich tat es ihm nach, einem Teppichboden von diffusem, mal ins Gelbliche, mal ins Grünliche spielendem Grau, der bestimmt einmal eine schöne Pastellfarbe getragen hatte, inzwischen aber von Flecken übersät war, von Tassenringen und eingetretener Asche, Kaugummi im Flor. Auf Socken stiegen wir die Wendeltreppe hinauf. Oben angekommen zogen wir unsere Schuhe wieder an.

»Es ist wohl doch schon später, als ich dachte. Manche werden sich wahrscheinlich auf ihre Zimmer zurückgezogen haben, aber die meisten sind bestimmt in der Kantine. Falls du dich erst einmal ausruhen möchtest, kann ich dich entschuldigen. Hast du schon ein Zimmer? Andererseits wird Toni bestimmt enttäuscht sein, sie erwartet dich schon.«

Über die Wendeltreppe gelangten wir in einen Verbindungstrakt, eine Glastür führte auf einen Korridor, der als Durchgangspassage anscheinend nicht mehr gebraucht wurde, da er über und über mit Papierrollen verstopft war. Beim Öffnen der Tür würde einem eine Flut von Papierrollen entgegenstürzen. Dazwischen: Stuhlbeine und Kartenständer, ein Scheinwerfergestell, ganze Möbelstücke, achtlos zusammengeworfen, während die Rollen, den Vergilbungsgraden des Papiers nach zu urteilen, hier nicht auf einmal, sondern erst nach und nach zu einem Haufen angewachsen waren, alle Schattierungen von gelbgrau bis weiß. Ich sah, dass hinter dem Haufen eine Treppe nach oben führte, ein Treppenhaus, mit Gerümpel verstopft, Gerümpel, das allem Anschein nach von oben die Stufen hinuntergestoßen worden war. Ich wollte Matthias darauf ansprechen, doch Matthias war bereits abgebogen: »Heather, hier entlang.«

Wir gelangten in einen Flur mit einer langen Reihe von Türen. Einige Türen waren schmutzig schwarz, andere trüb weiß. Immer im Wechsel, schmutzig schwarz, trüb weiß. Den Türen gegenüber lagen Fenster, durch die man auf einen Pinienwald blickte, das musste die Rückseite des Sanatoriums sein. Irgendwo hinter den

Bäumen musste das Meer liegen. Durch diesen Wald führte ein Pfad, über den man zu einer Badebucht gelangte, Tezeta hatte mir davon erzählt.

Der Zustand des Gebäudes verschlechterte sich, wir mussten Häufchen von Putz ausweichen, der von der Decke herabgerieselt war. Es roch nach Fäulnis, feuchtem Kalk und schimmelnden Kleidern. Man hätte die Etage für aufgegeben, ja unbewohnt, halten können, doch das war sie nicht: Vor einer der Türen hatte jemand seine Schlappen ausgezogen, die Tür war angelehnt, und im Vorbeigehen hörte ich das Prasseln einer Dusche. Wir gingen auf eine weitere Glastür zu, die in das nächste Treppenhaus führte. Dort ein anderer Geruch, ein Essen wurde zubereitet, ich war unentschlossen, ob ich ihn als angenehm empfinden sollte, Evakuierte gehörten nicht unbedingt zu den vertrauenswürdigsten Köchen; ich erinnere mich an den Gestank von Schmalz und Innereien, wenn in einem der Sanatorien nostalgische Abende veranstaltet wurden.

»Die Kantine ist im Dritten«, sagte Matthias und wirkte mit einem Mal ganz bekümmert. »Übrigens, also wenn es dir nichts ausmacht, dann wäre ich froh, wenn du Toni nichts von meinem Unfall erzählen könntest. Sie würde sich nur furchtbar aufregen. Und auch, dass ich es nicht rechtzeitig geschafft habe, muss sie nicht wissen.«

Die Gerüche wurden intensiver, je weiter wir uns den höhergelegenen Stockwerken näherten. Nun ging ich voran, Matthias hielt sich hinter mir. Von oben drangen Stimmen zu uns. Geschirrgeklapper, etwas Metallisches fiel zu Boden, jemand rief *oh je, oh je.*

Vor dem Eingang der Kantine, in einer Vitrine mit Glasböden, war ein Gericht ausgestellt, eine farblose Silikonmasse, der so etwas wie Sägespäne beigemischt waren, Sägespäne und Schrauben in einem tiefen Teller. Das Ganze sollte wohl einen Witz darstellen, auf einer Tafel las ich: *Soupe du jour.*

Der Speisesaal war ein heller, offener Raum voller Tische und Stühle, die meisten davon eher zufällig angeordnet, doch links von uns waren Tische zu einer Tafel zusammengeschoben. Daneben, halb verdeckt von einem Pfeiler, lag eine holzverkleidete Durchreiche, die Essensausgabe, hinter der sich die Küche befinden musste. Auf dem Tresen saß jemand, eine Frau, die aussah, als hätte sie gerade über etwas lachen müssen. Sie hatte eine Schüssel auf dem Schoss, fuhr mit der Hand in das Gefäß und leckte sich die Finger ab. Als Matthias sich räusperte, entdeckte sie uns: »Endlich, wird ja Zeit.«

Hinter ihr, in der Küche, befanden sich weitere Menschen, ein Mann und ein Kind vor einem der Herde, einem schwarzen, gusseisernen Topf. Sie beratschlagten sich. Der Mann hob den Deckel des Topfes an, Dampf stieg auf, schnell ließ er den Deckel wieder sinken.

»Ich bin Toni«, sagte die Frau auf dem Tresen und ließ sich von der Ablage hinabgleiten, »und die beiden in der Küche sind Edgar …« – »Edgar kocht sehr gut«, flüsterte Matthias mir zu –, »…und neben ihm steht *das Kind.*«

»Das Kind?«, fragte ich.

Toni zuckte mit den Achseln, als wollte sie sich entschuldigen. »Es will ja selbst so genannt werden. K – I – N – D, in Großbuchstaben, wenn du es schreibst.«

Das KIND lächelte, und auch der Mann, der Edgar hieß, sah mich freundlich an. Er hatte sich ein Geschirrtuch über die Schulter gelegt und trug ein schwarzes Haarnetz, das im Nacken wie ein Zopf geknotet war. Etwas Elegantes ging von ihm aus, die gerade Nase, der feine Mund.

Ob ich hungrig sei, fragte Edgar, sie hätten entschieden, eine Cassoulet vorzubereiten, einen Eintopf, der mich stärken würde. »Ich hoffe, du hast nichts gegen ein wenig Schärfe.«

Bevor ich antworten konnte, stieß mich Toni in die Seite, etwas grob, wie ich fand.

»Komm, komm, es ist fertig. Da entlang.«

Verwirrt über die Entschiedenheit der Einladung, ließ ich meine Tasche vor der Durchreiche stehen und folgte Toni an den Platz, an dem offensichtlich für mich gedeckt worden war. Nun kamen weitere Menschen in den Saal, eine Gruppe von zehn, fünfzehn Menschen, alle auf einmal, wie auf ein Signal. Sie mussten sich verabredet haben, wirkten fröhlich, wie in Vorfreude, was mich fast ein wenig verlegen machte. Ich verstand nicht, warum nur ich nun etwas essen, warum nur ich mich hier an dieser Tafel niederlassen sollte – alle anderen verteilten sich stehend um die Tischplatte herum. Während ich mich insgeheim darauf vorbereitete, nun ein Lied vorgetragen zu bekommen, ein feierliches

Ständchen zur Begrüßung, drückte mich Toni auf meinen Platz.

»Setz dich doch.«

Edgar schlängelte sich mit dem Topf vorbei, das KIND brachte eine Kelle. Es war Suppe, heiße, dampfende Suppe, die zum Glück keinerlei Ähnlichkeit mit dem ausgestellten Gericht in der Glasvitrine hatte. Der Geruch aus dem Treppenhaus, ich beugte mich über die Schale. Vielleicht Weißkohlstreifen und Chiliflocken, etwas Violettes, Gewürfeltes, bei dem es sich um Rote Bete handeln könnte. An der Oberfläche trieben rötliche, von dem Sud durchfärbte Bohnen. Der Reihe nach begannen die Menschen, sich mir vorzustellen. Ich wollte mir ihre Namen merken, doch ich vergaß sie sofort, weil mich Toni fortwährend an das Essen erinnerte. »Iss«, sagte Toni.

»Iss doch«, sagten nun auch die anderen, alle redeten auf mich ein. Für sie mochte eine solche Aufforderung ein Ausdruck von Fürsorge sein, wie wenn man einer Ankommenden, einer Geretteten, am Ende eines qualvollen Martyriums eine Decke über die Schultern legt. Wir, deine Erretter, du, unsere Errettete, *Iss, du armes Ding.* Früher mochte es vielleicht angebracht gewesen sein, nachdem die Evakuierungen jedoch schon vor Jahren eingestellt worden waren, wusste ich nicht, was das hier sollte, wem machten sie etwas vor? Es wäre mir deutlich lieber gewesen, sie hätten einfach ein Lied gesungen und mir ansonsten ein wenig Abstand gegönnt. Ich suchte nach Matthias, konnte ihn in dem Pulk mich umstehender Frauen und Männer jedoch nicht mehr erkennen. Ich nahm den Löffel und rührte in der Schale, Flocken trieben auf. Das war die Sahne, die mir großzügig, ohne dass ich darum gebeten hätte, aufgetan worden war.

»Iss.«

Ich blickte mich nach Matthias um und entdeckte ihn abseits der anderen auf einer schmalen, überdachten Außenterrasse, wo er sich mit jemandem unterhielt, der an der Brüstung lehnte und eine Jogginghose trug. Als er meinen Blick bemerkte, lächelte er. Ich vermochte nicht zu sagen, ob es ein aufforderndes oder ein mitfühlendes Lächeln war.

»Warum isst sie denn nicht?«

Ohne weiter darüber nachzudenken, führte ich den Löffel zum Mund. Ich nahm einen zweiten Löffel, einen dritten, hob die Schale an und trank wie aus einer Tasse.

»Es schmeckt ihr, es schmeckt ihr«, rief das KIND, Matthias winkte mir von draußen zu.

»Jetzt haben wir die Brötchen vergessen.« Ein Mann reichte mir von hinten einen Brotkorb, und mir fiel auf, wie schmutzig seine Fingernägel waren, unter den Nagelrändern schwarzer Dreck.

»Jetzt der Kuchen«, sagte eine Frau, die einen vornehmen, rosafarbenen Hosenanzug trug, während nicht wenige so nachlässig gekleidet waren, dass ich mich fragte, ob sie gerade noch geschlafen hätten. Sie trugen Hosen, die auch Pyjamahosen sein könnten, Hemden, die zerlöchert waren.

»Vielleicht will sie vorher noch einen Nachschlag«,

hörte ich jemanden aus der Küche rufen, ich schüttelte den Kopf.

Nach einer kurzen Beratung wurde entschieden, meine Suppenschale abzuräumen, um mir Platz für das Dessert zu lassen.

»Ein Kuchen?«, fragte ich.

»Wir müssen dich doch richtig willkommen heißen.«

Der Kuchen wurde gebracht, ein Bananenbrot, das noch ofenwarm auf einen Teller gestürzt wurde. Toni übernahm es, mir ein Stück herunterzuschneiden. Der Kuchen, musste ich zugeben, war wirklich durch und durch köstlich, und auch gegen die Schlagsahne, mit der das KIND meinen Kuchenteller füllte, hatte ich nun nichts mehr einzuwenden. Nach einem zweiten Stück sollte mir Tee serviert werden, ich wollte eigentlich nicht, es stand aber schon jemand mit einem Tablett neben mir, ein kleiner Mann mit einer breiten Statur, der mich freundlich anblickte. Ich nahm also auch den Tee, tat ihnen allen den Gefallen, mich zu umsorgen, trank das Glas mit diesem ungesüßten, überzogenen Schwarztee, der mich augenblicklich sehr schläfrig machte.

»Ich könnte mir vorstellen«, sagte Matthias, der zwischen die anderen getreten war, »dass Heather sich nun gerne zurückziehen würde.« Dann wandte er sich direkt an Toni: »Was denkst du? Wo könnte Heather am besten nach einem Platz für sich suchen?«

Die Runde verstummte. Ich wusste nicht, was dieses Schweigen zu bedeuten hatte.

»Leidest du unter Höhenangst?«, fragte Toni, ich verneinte.

Unter allgemeinem Gemurmel begannen die Menschen, die mich umstanden, nun einen Disput darüber, auf welcher Etage ich am ehesten noch ein Zimmer finden würde, das akzeptabel sei.

»Auf keinen Fall im ersten Stock, oben ist es immer besser«, sagte ein Mann mit einem Pflaster auf der Stirn, das sei ja klar, doch jemand anderes widersprach, die Frau in dem Kostüm. So übel sei es dort gar nicht, man war nah an der Kantine und hatte es schnell, wenn man rauswollte.

»Aber der Schimmel!«

»Ach was, der ist überall.«

»Man hat keinen Meerblick.«

»Das ist überbewertet.«

»Ein Blick aufs Meer bedeutet alles.«

»Hast du ein Vorhängeschloss dabei?«

Nach einigem Hin und Her wurde beschlossen, dass ich mich in der vierten Etage umschauen sollte. Insgesamt gab es sieben Etagen, von denen wohl die erste und die sechste nicht in Frage kämen. Die erste wegen des Schimmels und die sechste, weil es dort hineinregnen würde – und wegen des Schimmels. Die übrigen Etagen wurden nicht erwähnt. Dass dort schon alle Zimmer vergeben waren, konnte ich mir nicht vorstellen, vielleicht gab es Bewohner, die es vorzogen, unter sich zu bleiben. Ich wollte niemanden stören und sagte, dass mir jedes Stockwerk recht sei, wenngleich auch ich mir einige dieser teilweise doch etwas derangiert wirkenden Frauen und Männer als Zimmernachbarn schwierig vorstellte. Toni klopfte auf den Tisch, wie zum Zeichen, dass meine Mahlzeit nun beendet war.

»Ich bringe dich.«

Ich blickte mich nach meiner Tasche um.

»Deine Tasche nehme ich.«

So unvermittelt, wie ich platziert worden war, hatte ich mich nun zu erheben. Matthias blieb bei den anderen. Im Gehen packte Toni mich an den Schultern und zog mich zu einer Art Umarmung heran. Sie war kräftig.

»Schön, dass du da bist«, sagte sie.

»Tschüss Heather!«, rief mir jemand hinterher, es war die Stimme des KINDs.

Toni öffnete zwei nebeneinanderliegende Türen, eine schwarze und eine weiße, und ließ mich zuerst einen Blick über die Schwelle der weißen Tür werfen. Dieses Zimmer, eigentlich ein Apartment, war wie eine kleine Maisonettewohnung geschnitten, eine Wohnzelle mit zwei übereinanderliegenden Fensterreihen. Ein Schreibtisch, eine Küchenzeile und ein etwas schiefes Bücherregal. Wie es oben auf der Galerie aussah, konnte ich auf die Schnelle nicht erkennen. Vermutlich befanden sich dort das Bett und das Bad. Keine Teppiche, keine Vasen, keine Vorhänge, keine Bilder, nicht unbedingt einladend. Das zweite Apartment glich dem ersten, der gleiche Grundriss, der einzige Unterschied waren die Farben der Eingangstüren. Ich fragte Toni, was es mit der Farbgestaltung der Türen auf sich habe.

»Entscheidest du dich hier für die schwarze Tür, ist die Tür, aus der du in der oberen Etage deines Zimmers auf den Korridor gelangst, die weiße. Wählst du jetzt eine weiße, musst du dann im fünften durch eine schwarze.«

»Jede Wohnung hat zwei Eingänge?«

»Ja.«

»Es spielt also keinerlei Rolle?«

»Nein.«

Ich blickte noch einmal in beide Wohnungen. Mir gefiel, wie die Zimmerdecken gestrichen waren: ein Ultramarinblau mit einem Stich ins Fliederfarbene, das sich mit dem Himmel vor den Fenstern vereinte. In dem zweiten Raum schien mir dieser Effekt noch etwas stärker. Beide Wohnungen waren großzügig geschnitten, definitiv keine Abstellkammern.

»Ich nehme die schwarze Tür.«

»Eine gute Wahl«, sagte Toni und fasste sich an die Stirn, als wäre ihr plötzlich etwas eingefallen. Meine Tasche setzte sie ab.

»Mal sehen, wo ich für dich Bettzeug auftreiben kann. Du findest dich zurecht?«

Zuerst begab ich mich auf die Galerie. Dafür musste ich mit meinem Gepäck eine schmale, geländerlose Treppe hinaufsteigen, ich wollte das Bett sehen, es gab doch hoffentlich ein Bett? – Dunkel und mächtig, beinah ein wenig furchteinflößend, baute es sich hinter der Brüstung auf, ein Doppelbett, das auf gedrechselten Pfosten stand, ein Koloss von einem Möbelstück, eine ganze Familie fände darin Platz. Sie mussten das Gestell in Einzelteile zerlegt und hier wiederaufgebaut haben. Das Bett war nicht bezogen, Decken und Kissen fehlten, ein löchriges, mit Flecken übersätes Leinentuch diente als Matratzenschoner. Zur Probe ließ ich mich fallen, ächzend und nachfedernd nahm es mich auf. Im Liegen blickte ich durch die Fenster: der Eindruck einer Höhe, als reichte der Himmel in das Zimmer hinein. Es war erstaunlich, wie sehr seine Farbe mit der Farbe der Zimmerdecke übereinstimmte.

Keine fremden Betten mehr, es gibt keine fremden Betten mehr, dachte ich, jedes Bett verwandelt sich, kaum dass ich eine Nacht darin gelegen habe, zu einem eigenen. Jeden Morgen, noch im Hinüberdämmern in den Tag, weiß ich, wer ich bin und wo ich mich befinde, und für einen Moment bin ich enttäuscht. Am Tag vergesse ich dieses Gefühl, schon unter der Dusche ist es verschwunden; manchmal vergehen Wochen, in denen mich morgens nicht diese Enttäuschung einholt, und dann ist wieder so ein Tag – ich liege da, gelähmt. Würde mich jemand in diesen Momenten berühren, ich stelle mir Tezetas Mädchen vor, Ruthi, wie sie mich untersucht, vorsichtig mit ihrem Stöckchen anstubst, einmal, zweimal, Ruth, mit einem spitzen Stöckchen in der Hand – ich wäre ein Stein. Barbara beobachtet, Lynn erteilt die Diagnose: Heather schläft wie ein Stein. Nein, müsste ich sagen, ich bin ein Stein, eine lebende Versteinerung.

Das Bad war klein und fensterlos, keine Spiegel, keine Schränkchen und auch, wie es mir Tezeta prophezeit hatte: keine Handtuchhalter. Es gab auch nichts zum Abtrocknen, nur einen Bademantel, er lag zusammengefaltet in einem auf dem Kachelboden abgestellten Korb. An der Brusttasche des Bademantels befand sich eine Stickerei, eine Palme, die aus einem Zylinder herauswuchs, das Siegel des *Böhmisch-Locarno*. Ich bekam Lust zu baden und drehte die Armaturen auf. Sie waren von Kalk überzogen, nichts geschah, dann kam ein großer, nachpumpender Schwall rostbraunen Wassers aus der Leitung geschossen. Ich wartete, bis es klarer wurde, und blockierte den Abfluss. Beim Hineinsteigen in die Wanne kurz die Vorstellung einer weiß gekalkten Wand, auf der sich Fliegen sammelten – ich drehte den Wasserhahn zu.

# ZWEITER TAG

## *Ans Meer*

Die Kantine war verlassen, niemand saß an den Tischen, und auch hinter der Durchreiche rührte sich nichts. Vielleicht war Matthias schon gegangen. Wir waren zum Schwimmen verabredet, er hatte mir einen Zettel unter der Tür durchgeschoben, doch hatte er mir nicht gesagt, wo wir uns treffen würden. Ich wollte schon kehrtmachen, da entdeckte ich jemanden auf dem Balkon, dort schlief jemand auf einem Liegestuhl. Ich trat noch etwas näher heran.

Der Mann auf dem Liegestuhl war nicht Matthias. Das Gesicht tiefgebräunt, der Mund leicht geöffnet, ein Zucken der Unterlippe, und auf der Stirn klebte ein Pflaster, ein Heftpflaster breit wie ein Daumen. In der Mitte war ein eingetrockneter Fleck, der an eine Blüte oder an ein Wasserzeichen erinnerte, am Rand waren Härchen zu erkennen, Flusen des sich allmählich zersetzenden Materials. Es war lange her, seit ich zuletzt so etwas gesehen hatte, Heftpflaster, Verbände, Mull, nässende Wunden, etwas Unwirkliches ging von ihm aus, ein Mann mit einem Wundpflaster auf der Stirn. Wo mochte er es herhaben, aus einem medizinhistorischen Museum? Kurz bekam ich Lust, das Pflaster herunterzureißen, ganz schnell, ich wollte ihm nicht weh tun, wollte nur sehen, was darunter war. Neben dem

Liegestuhl, auf einem Beistelltisch, stand eine Tasse Kaffee. Vielleicht hat er sich den Kaffee gerade erst aufgebrüht, dachte ich – da begann er sich zu bewegen. Ich sah, wie seine Hände sich aus der Gebetshaltung lösten, ein Arm sank herab, die Hand berührte den Boden; ich wich zurück, um ihn nicht zu erschrecken, doch seine Augen blieben geschlossen. Sein schlaffer Arm und der Handrücken waren gerade wie eine Wand. Nur die Spitze des Zeigefingers erreichte den Boden, der als etwas Festes und Kaltes zu spüren sein musste, die anderen Finger schwebten noch. Was machte diese Berührung wohl mit seinem Traum, falls er träumte? Reglos, auf den Boden zeigend, als hätte er genau dort etwas verloren.

Als ich wieder in den Speisesaal trat, sah ich etwas hinter der Durchreiche aufblitzen, eine Maus, eine Katze, Matthias? Hinten, in der Küche, zwischen Stapeln schmutziger Auflaufformen und hohen Schränken voller Töpfe, befand sich eine Schiebetür, die sich öffnete, sich schloss und wieder öffnete. Zunächst dachte ich, dass es sich um den Eingang einer Kühlkammer handelte, um die Tür zu einem Vorratsraum, doch war es die Tür eines Aufzugs. Wahrscheinlich diente er vor allem dem Transport von Lebensmitteln. Ich trat näher heran.

»Ausgang, Richtung, Ausgang«, sagte eine Stimme.

Für einen Aufzug war die Kabine ungewöhnlich groß, Servierwagen, Kühlschränke fänden darin Platz. Er wirkte robust, vertrauenerweckend. Ein Schild gab das zulässige Gewicht an: siebenhundert Kilogramm.

Vier Haltepunkte standen zur Auswahl: 3, 2, 1 und Ausgang. Die Türen schlossen sich. »Ausgang«, wiederholte die Stimme. Dann ging es hinab.

»Gut geschlafen?«, fragte Toni und blinzelte mir entgegen. Auf der Wiese vor dem Sanatorium, an einen Apfelbaum gelehnt, stand sie, Toni in einem Badeanzug, ein Handtuch über der Schulter, als hätte sie auf mich gewartet. Der Aufzug hatte mich direkt nach draußen befördert, einer der Betonpfeiler, die das Sanatorium trugen, war zugleich ein Aufzugsschacht. Die Morgensonne schien ihr ins Gesicht. Wieder kam es mir so vor, als hätte sie sich gerade über etwas amüsiert.

»Ja, gut und fest«, sagte ich und ging auf sie zu. »Übrigens danke für das Bettzeug.«

»Keine Ursache. Ich hoffe, du konntest trotz der Hitze schlafen. Wobei dein Zimmer ja auf der anderen Seite liegt. Bei uns heizt es sich schon in den Morgenstunden ein.«

Eine Möwe kreiste über uns, stieß kurze Schreie aus, stieg weiter nach oben. Beide sahen wir dem Vogel nach, bis er schließlich verschwand.

»Du bist mit Matthias verabredet?«, fragte Toni.

Ich nickte.

»Der ist gleich hier. Ich hoffe, du hast nichts dagegen, wenn wir uns anschließen. Wir gehen oft zusammen schwimmen.«

Matthias kam mit einer Frau, die mir gestern schon wegen ihres rosafarbenen Kostüms aufgefallen war, nun trug sie einen Bademantel in der gleichen Farbe. Von den anderen wurde sie Miss Bishop genannt, ihren Vornamen hatte ich noch nicht vernommen. Miss Bishop gab Toni einen Kuss und tätschelte ihren Arm. Die beiden schienen ein Paar zu sein. Zu viert brachen wir auf.

Zwischen den schlanken, hohen, immer leicht in die Schräge neigenden Stämmen der Pinien glitzerte das Blau der Bucht. Der von weichen Nadeln bedeckte Waldboden dampfte und sendete nach Harz und feuchter Erde riechende Duftnoten aus, doch es roch auch schon nach Meer, nach Algen und Morgenhitze. Die Steilküste hinab führte ein schmaler Pfad, der mit einem Tau gesichert war.

»Gut festhalten«, sagte Matthias.

Ich folgte den anderen. Das Wasser lag still und war so klar, dass man von oben jeden Kiesel und jeden von Seegraswäldchen zu Seegraswäldchen ziehenden Fisch erkennen konnte. Über einen Betonsteg mit einer rostenden Eisenleiter gelangte man ins Wasser. Auf der Betonfläche lag ein Handtuch ausgebreitet. Weit draußen stoben gischtige, weiße Wellen auf. Umgeben von Blau: ein ferner, mit den Armen das Wasser durchpflügender Schwimmer.

Miss Bishop warf den Bademantel ab und drängelte sich vorbei. Toni und Matthias folgten ihr, als Letzte umfasste auch ich das Geländer der Leiter und stieg hinter den anderen ins Wasser. Eine Kühle wanderte meine Brust hinauf.

Toni blieb in der Nähe des Ufers. Im Wasser trieb sie auf dem Rücken und wendete ihr Gesicht zum Himmel. Ruhig schaukelte sie auf und ab, Miss Bishop mit kräftigen Zügen voraus, kurz auf- und wieder untertauchend, hinter ihr Matthias mit hochgerecktem Kinn. Miss Bishop schien zu dem Schwimmer zu wollen, ein dunkler Haarschopf weit vor uns, Matthias und ich schlossen uns ihr an.

»Du hast das schöne Wetter zurückgebracht«, sagte der Mann, als ich auf ihn zuschwamm. Mit der Brille, die seine Augenbrauen zu Wülsten quetschte, hätte ich ihn beinahe nicht erkannt. Es war Edgar, der gute Koch, der mir gestern das Essen serviert hatte. »Wie gefällt dir die Bucht?«

Miss Bishop schnellte unter mir hinweg, das Aufblitzen eines pinken Badeanzugs, ein aus dem Wasser ragender Fuß, der geräuschlos wieder verschwand. Einige Schwimmzüge entfernt tauchte sie wieder auf, blickte sich nach uns um, lächelte.

»So viele von uns gehen nie ins Wasser«, rief sie aus der Ferne. Im nächsten Moment war sie wieder nah bei uns, tauchte auf, als hätte sie die Entfernung in einem einzigen Zug überwunden. »Ich verstehe das gar nicht.«

»Weil sie einfach ersaufen würden«, sagte Edgar.

»Sie könnten es lernen«, sagte Miss Bishop, »so wie die anderen Dinge, die wir gelernt haben. Die neue Sprache, die neuen Umgangsformen, warum nicht auch das Schwimmen? Ich verstehe nicht, warum viele den Schwimmunterricht so vernachlässigt haben, als gäbe es keine Notwendigkeit, sich im Wasser fortbewegen zu können.«

»Der Vergleich mit den Sprachkursen hinkt«, sagte Edgar, »das ist ja längst nicht mehr so mühevoll, wie das zu meiner Zeit einmal gewesen ist, während beim Schwimmen, da muss die Atmung stimmen, der Rhythmus, die Koordination, das war vor tausend Jahren genauso schwer wie heute.«

»Matthias hat es auch geschafft«, sagte Miss Bishop.

Ich blickte zu Matthias.

»Ich hatte schon etwas Erfahrung«, sagte er.

»Ja, aber du konntest es nicht. Ich habe dich doch gesehen. Wie ein Hund bist du herumgepatscht.«

*Herumgepatscht*, wie sie es sagte, hatte es etwas Beleidigendes.

»Ich war in der Lage, mich über Wasser zu halten, außerdem bin ich an einem Weiher aufgewachsen.«

»Also ich bezweifele sehr, dass du dich wirklich selbst vor dem Ertrinken bewahren konntest.«

Matthias blieb ruhig.

»Jedes Jahr«, sagte er und holte Luft, »haben sie bei uns im Weiher das Wasser abgelassen, um die armen Teufel von Karpfen zu keschern. Da habe ich mir immer gedacht, das Land ist viel gefährlicher als das Wasser. Landbewohner können schwimmen, aber Fische ...« – beim Sprechen hatte Matthias etwas Wasser geschluckt – »Fische haben an Land keine Chance.«

»Ihr konntet früher alle nicht schwimmen.« Ohne abzuwarten, was Matthias darauf erwidern würde, tauchte Miss Bishop wieder unter, tauchte ab und wieder auf, zog in einem Halbkreis um uns herum.

»Das stimmt so nicht«, sagte Matthias nun an mich gewandt, »wir hatten keine Schwimmstile, aber über Wasser halten konnten wir uns schon.«

»Früher, als noch evakuiert wurde, gab es in allen Sanatorien Schwimmkurse. Die haben das sehr gut gemacht, immer mit höchster Epochen-Achtsamkeit, ich habe mir das selber angesehen«, sagte Miss Bishop, »an den Kursen lag es nicht.«

Jetzt mischte sich auch Edgar ein. »Erinnere dich doch mal daran, wie es für dich war, als du hier ankamst. So vieles ist neu, fundamental anders, und dann sollst du auch noch schwimmen lernen.«

»Oder Fahrrad fahren«, sagte Matthias.

»*Er kann weder lesen noch schwimmen*, hat man das nicht im antiken Griechenland über einen ungebildeten Menschen gesagt?«

»Du bist zu streng«, sagte Edgar.

»Ja, vielleicht«, sagte Miss Bishop und drehte sich auf den Rücken, »aber dieses Gefühl, einfach so getragen zu werden, wie kann man freiwillig darauf verzichten.« Miss Bishop stampfte mit den Beinen. Wasser spritzte auf. »Was ist euer Lieblingsschwimmstil?«

»Der Kraulschlag«, sagte Matthias, »wie ein Mühlrad. In keinem anderen Stil bin ich so schnell.«

»Da schließe ich mich an. Beim Brustschwimmen kann man sich zwar gut unterhalten, aber ich muss mir dann immer so einen Typen mit Pickelhaube vorstellen. Es ist ein so militärischer, so einfallsloser Stil, steif und immer schön das Köpfchen hoch, das Gegenteil von Eleganz, kein Vergleich zum Delfin, *Butterfly*. Außerdem bekomme ich nach einer Weile immer Rückenschmerzen davon. Wisst ihr, wie eine Pickelhaube aussieht?«, fragte Edgar und drehte sich zu mir um, »Heather, du könntest es wissen. Wann bist du evakuiert worden? Noch im zwanzigsten Jahrhundert? Nein, sag es nicht. Ich habe gleich gesehen, dass wir aus demselben Jahrhundert stammen, dich würde ich aber etwas später einordnen, eher gegen Ende, in die neunzehnhundertneunziger Jahre?«

Ich nickte. »1998. Und ich weiß natürlich, wie eine Pickelhaube aussieht.«

»Und du Heather?«, fragte Miss Bishop, »wenn du dich zeitlebens nur noch in einem einzigen Schwimmstil fortbewegen könntest, welcher wäre es?«

Mein Schwimmlehrer fiel mir ein, damals in der Vorher-Zeit, Herr Troschitz – ihn hätte ich mir auch mit einer Pickelhaube vorstellen können, brustschwimmend oder nicht. Ich erinnere mich daran, wie er mich einmal über den Kachelboden geschleift und ins Schwimmbecken gestoßen hatte, obwohl ich ihn angefleht hatte, es nicht zu tun. Für dieses Ich-flehe-Sie-an war ich noch lange gehänselt worden. Ich war ins Wasser geklatscht, war geschwommen, sehr zum Erstaunen von Herrn Troschitz, der mein Nichtertrinken als Bestätigung seiner Lehrmethoden wertete. *Die kann ja schwimmen,* was hatte er bezwecken wollen? Dass ich ertrank? Dabei war ich gerne geschwommen, im See oder im Meer, nur Schwimmhallen waren für mich, diesen Unterrichtsmethoden geschuldet, noch lange Zeit Orte der Beklemmung und der Unfreiheit gewesen.

Ich sagte Miss Bishop, dass ich keinen bestimmten Schwimmstil bevorzugte, was nicht gelogen war, zumal mir nicht ganz klar war, worauf sie hinauswollte. Als gäbe es da eine richtige und eine falsche Antwort.

»Das kann nicht sein, irgendeine Art zu schwimmen wirst du doch gernhaben.«

»Lass sie doch«, sagte Edgar, »nicht alle wissen immer so genau, was ihnen gefällt.«

»Ich bin einfach nur neugierig. Das verstehst du doch Heather, oder?«

Ein wenig begann sie, mich zu nerven, dieses Lehrerinnenhafte, permanent Nachhakende. Sie würde erst Ruhe geben, wenn sie auch von mir eine Antwort erhalten hatte, also sagte ich ihr, dass ich gerne kraulte. »So wie die anderen.«

Mit meiner Antwort schien sie zufrieden. »Wenn das so ist«, sagte Miss Bishop und zeigte zum Ufer, »dann lasst uns zurückkraulen. Lasst uns alle zusammen zurückkraulen. Schaut euch Toni an, wie sie da liegt und sich treiben lässt. Toni, wir kommen!«

Weit vor uns dümpelte Toni vor sich hin. Es sah aus, als würde sie uns mit ihren Füßen winken.

## *Auf der Post*

Wegen des schönen Wetters hatte der Frühstücksdienst draußen die Tische gedeckt. Die meisten Bewohner wirkten schläfrig und nicht besonders hungrig. Sie erschienen kurz, stopften sich etwas in ihre Taschen und zogen weiter. Nur wir, die wir vom Schwimmen kamen, machten uns mit großem Appetit über die Gemüseplatten und warm gehaltenen Pfannkuchen her. In der Schlange vor den Auberginenröllchen winkte Toni mich heran: Wie meine Pläne für den Tag aussahen? Ich hatte nichts weiter vor, wollte mich erst einmal auf alles einlassen, mir vielleicht ein paar Notizen machen, vielleicht das Haus noch etwas besser kennenlernen. Das Einzige, wozu ich mich verpflichtet fühlte, war ein Anruf bei Tezeta. Sie war sicher neugierig, von meiner Ankunft zu hören, eigentlich hätte ich mich gestern schon bei ihr melden sollen. Dafür musste ich zum Postamt. Kolchis lag noch immer unter einer Störungsglocke, die alle Signale von außen abschirmte.

»Du willst also ins Hauptpostamt?«, fragte Toni.

»Ja«, sagte ich.

»Unsere Sitzungen beginnen um 15 Uhr. Schaffst du das?«

Ich sagte ihr, dass ich es versuchen würde, Tezeta

hatte nicht erwähnt, dass auf die Sitzungen so viel Wert gelegt wurde.

»Du kannst einen der Wagen nehmen«, sagte sie und zeigte in die Richtung, wo die Golfmobile standen. »Dann schaffst du es bestimmt.«

»Fahren die denn noch?«

Ich hatte wenig Lust, auf halber Strecke liegenzubleiben. Toni zuckte mit den Schultern.

»Manche ja, andere nein, es kommt immer ein wenig darauf an, was Matthias mit ihnen angestellt hat.«

Nach diesen nicht gerade vertrauenerweckenden Worten inspizierte ich die Wagen. Alle Golfmobile waren vom gleichen Typ, und doch schien jedes auf seine eigene, individuelle Art beschädigt zu sein. Bei einem Wagen waren die Sitzbänke herausgenommen, ein Lenkrad ohne Sitz, bei einem anderen waren die Scheinwerfer eingetreten, die Radkappen abgeschraubt. Ich entschied mich für einen Wagen mit zwei dunklen Flecken auf dem Polster der Vorderbank, der ansonsten jedoch in Ordnung zu sein schien. Es roch nach feuchtem Kunstleder und etwas Blumigem, das mich entfernt an das Drüsensekret eines Katers erinnerte. Ich sah den Startknopf, das Gaspedal, das Pedal für die Bremse, einen Hebel für den Rückwärtsgang, doch nirgends fand ich eine Betätigung für den Autopiloten. Gibt es keinen Autopiloten? Kurz blickte ich zu Toni; mit Miss Bishop schlenderte sie in Richtung des Gemeinschaftshauses – Miss Bishop gestikulierte, die beiden lachten; ich überlegte, ob ich sie rufen sollte –, schon verschwanden sie hinter dem Vorhang.

Die Windschutzscheibe war aus Plexiglas, das Dach wurde von dünnen metallischen, an Zeltstangen erinnernden Verstrebungen gehalten, Gurte fehlten, und da es auch keine Türen gab, würde man, wenn man zu schnell um eine Kurve bog, vermutlich hinausgeschleudert werden. Ich zögerte, bevor ich Platz nahm.

Nachdem ich den Wagen gestartet hatte, nach einigen Fahrversuchen, immer in weiten Bögen um die Apfelbäume herum, bekam ich ein Gefühl für die Steuerung und fuhr den Schotterweg hinauf. Die Sonne brannte auf der Stirn, doch der Fahrtwind tat gut.

In der Halle des Postamts war es kühl. Ein Marmorboden, Säulen, Sprechkabinen, eine lange Reihe von Schaltern. Nur zwei waren besetzt, Schalter C und Schalter F. Wieder waren es Kinder, die hier arbeiteten, sie schienen nun also nicht nur den öffentlichen Nahverkehr, sondern auch noch das Fernmeldewesen übernommen zu haben. Ich war die einzige Besucherin. Vorbei an Schreibpulten und Wartebänken schritt ich dem mir am nächsten liegenden Schalter entgegen. Obwohl das Klacken meiner Schritte zwischen den Säulen hallte, blickte keines der Kinder auf. Der Junge an Schalter C war in die Lektüre einer Zeitschrift vertieft, blätterte um und faltete das Magazin so, dass mir ein bekanntes Gesicht entgegenlächelte. Das heißt, eigentlich war es ein Grinsen, ein triumphierendes, überheblich wirkendes Grinsen, das winzige, spitze Zähne zum

Vorschein brachte. Darüber ein Titel: *Gerda mal wieder.* Gerda, dieses gefräßige und etwas selbstgefällige Mädchen, das als eine Art Superheldin die Alltagsprobleme der Menschen löste, sich überall einmischte, indiskret und aufdringlich war, stets recht behielt, obwohl es zwischendurch ganz und gar nicht danach aussah, und am Ende jeder Geschichte den immer gleichen Spruch verkündete: *Ohne Gerda geht's halt nicht.* Tezetas Töchter waren ganz vernarrt in diese Reihe, sie trugen *Gerda*-Aufnäher, *Gerda*-Turnschuhe, tranken aus *Gerda*-Tassen ihren Saft. Ich selbst hatte ihnen einmal aus Einfallslosigkeit von einer Reise zwei *Gerda*-Schnürbeutel mitgebracht und verspürte seither immer eine leichte Scham, wenn ich die Mädchen mit *Gerda*-Schnürbeuteln auf den Rücken das Haus verlassen sah. Da der Junge hinter dem Schalter keine Anstalten machte, von seiner Zeitschrift aufzublicken, ging ich weiter zum Schalter F. Das Mädchen an Schalter F sortierte einen Stapel leerer Kuverts, Kuverts in zwei Formaten, einem länglichen und einem hohen. Es verging ein Moment, bis es schließlich zu mir aufblickte.

»Wie kann ich helfen?«

»Ich würde gerne eine Kabine buchen, am besten mit einem Projektor.«

»Für wann, wenn ich fragen darf, ist eine Kabine gewünscht?«

»Eigentlich für jetzt.«

»Wohin?«

»Kann ich das nicht selber anwählen?«

»Das machen wir. In welche Region?«

»Ins Oderland. Soll ich buchstabieren?«

Das Kind tippte etwas und blickte auf den Bildschirm vor seinem Platz.

»Nein, da ist es schon, NN21-Oderland. Oh, das ist nicht gut.«

»Nicht gut?«

»In dieser Gegend haben wir keinen Empfang.«

»Wie bitte?«

»Momentan machen uns einige Regionen Schwierigkeiten.«

»Wie kann so etwas sein?«

»Wir tun hier alle unser Bestes.« Das Mädchen hob die Hände, als hätte ich eine Waffe gezogen. Ich fragte, wann sie ihre Probleme wieder behoben hätten.

»Morgen«, sagte es, »morgen ist besser. Am besten schon früh, dann kann ich dir Näheres sagen.«

Ich überlegte, wen ich stattdessen erreichen könnte, nun, da ich schon mal hier war. Mitsu vielleicht. Bestimmt wäre er überrascht. Ich hatte ihm nichts von meinen Reiseplänen erzählt.

»Was ist mit Tsuyama, Okayama?«, fragte ich.

Das Kind schüttelte den Kopf.

»Leider nein.«

»Du hast doch gar nicht nachgesehen.«

»Ich weiß es.«

»Hast du alle Regionen im Kopf?«

»Die meisten ja.«

»Und woher weißt du, dass dorthin keine Verbindung besteht?«

»Morgen früh ist besser.«

Am liebsten hätte ich noch einmal den Schalter gewechselt, mich an das andere Kind gewandt, an den *Gerda*-Schalter, ich blickte hinüber, doch der Junge war nicht mehr da.

## *Abwärts*

Draußen war es nun noch heißer geworden. In den Schattenflächen unter der Bronzeskulptur von *Cher Ami*, unter dem Stumpf des weggeschossenen rechten Beins, unter der langen Schwanzfeder und dem linken Flügel hockten Vögel, Sittiche und Spatzen, die Augen halb geöffnet. Neben *Laika*, dem Hund, und *Rita*, der Landschildkröte, war *Cher Ami* die wohl prominenteste Kreatur unter den evakuierten Tieren, den Vögeln und Fischen, den Katzen und Hunden, Delfinen und Gorillas – Tezeta besaß eine sehr schöne, illustrierte Enzyklopädie aller geretteten Tiere, in der ich, wann immer ich zu Besuch kam, gerne blätterte –, doch soweit ich wusste, war *Cher Ami* das einzige Tierdenkmal in Kolchis. Ich ging um die Skulptur herum, hielt Abstand, um die Vögel nicht aufzuscheuchen. Der Körper war länglich, hatte etwas von einem Fisch. Eine wirklich schöne Skulptur, dachte ich, aber auch die Gestaltung des Platzes schien mir gelungen. Lange Rabatten, in denen Zierkohl blühte, führten strahlenförmig auf ein Zentrum zu. Dort war eine Schrifttafel eingelassen, die mir früher nie aufgefallen, möglicherweise neu hinzugekommen war; ich sah, dass jemand frische Blumen abgelegt hatte. In einem Halbkreis waren Bänke aufgestellt, nur der Schatten fehlte. Es war ein Platz für milde Spätherbstnachmittage, ein Platz, den man bei Wintersonne aufsuchte, auf dem man sich im Vorfrühling verabredete.

Ich beschloss, im Ort zu bleiben und mir mein altes Sanatorium anzusehen. Als ich die Serpentinen hinunterrollte und an Ecken vorbeikam, die mir vertraut erschienen, begann ich, mich auf eine Enttäuschung gefasst zu machen. Der Palast, dachte ich, würde gewiss kleiner sein, als ich ihn im Gedächtnis hatte, wie das bei Orten der Vergangenheit nun einmal so ist: alles kleiner, schäbiger, mickriger und damit auch die Erinnerung. Bei einem Besuch meiner alten Universität war es mir einmal so gegangen. Zehn Jahre nach meinem Abschluss war ich dorthin eingeladen worden. Ich sollte über meine Arbeit bei den Rettungsmissionen sprechen. Wochenlang hatte ich mich vorbereitet, in der Nacht zuvor kein Auge zugemacht, nur um dann in einem trotz der nur halb gefüllten Ränge seltsam beengt wirkenden Hörsaal zu sitzen und mir selber beim Sprechen zuzuhören. Dieselben Pamphlete und Gedichte an den Wänden, was für ein winziger, muffiger Raum. Das, was mir einmal wichtig vorgekommen war, wurde dieser Rolle nicht mehr gerecht. Details hingegen, für die ich früher keinen Blick gehabt hatte, Nebensächlichkeiten, wurden mit einem Mal bedeutsam und schön. Während ich mich also darauf vorbereitete, mich von einer mir sehr lieben Erinnerung zu verabschieden, machte die Straße eine Kurve, und da tauchte es vor mir auf: in den Hang errichtet, fünf Stockwerke über dem Meer – ich hatte mich getäuscht.

Wie das Sanatorium dalag, schweigend, mächtig. Es erhob sich aus den Klippen, wucherte die Küste entlang. Jetzt kam es mir so vor, als wäre es um das Doppelte, ja um das Dreifache angewachsen. All diese Anbauten, Module, Terrassen, Veranden, Balkone und Verbindungstrakte. Ein Schloss, nein, tatsächlich ein Palast.

Ein Stück lang nahm die Straße einen geraden Verlauf. Ich beschleunigte, umfasste das Steuer mit beiden Händen, verlangsamte vor der nächsten Biegung. Mal lag das Meer links von mir, dann wieder rechts von mir, dann schien es, als würde ich direkt ins Blaue fahren. Die Nachbarsanatorien schoben sich ins Bild: der *Eden Tower*, das *Tadeusz*; sie machten einen beschädigteren Eindruck als die Gebäude weiter oben, was wahrscheinlich daran lag, dass sie stärker dem Seeklima ausgesetzt waren. Im *Eden Tower* brüteten jetzt Möwen, ein ganzes Volk von Möwen, eine Republik der Seevögel, ein Kommen und Gehen durch die glaslosen Fenster – eines der ersten Sanatorien, das geschlossen worden war. Das *Haus Basima*, das damals vor allem zur Unterbringung evakuierter Familien gedient hatte; schon zu meiner Zeit hatten dort nur noch wenige Familien gelebt: die Donnellys, von denen es hieß, sie seien bei einem Schiffsunglück gerettet worden; die vielen Nichten, Neffen, Cousinen und Großonkel meines Freunds Mosche und seiner Schwester Ava, zu denen ich leider keinen Kontakt mehr hatte, soweit ich wusste, waren sie Augenärzte geworden. Es war erstaunlich, wie die Gebäude in nur wenigen Jahren derart hatten verfallen können. Das *Trainingszentrum Süd*, die einst riesige gläserne Halle mit Lernküchen und Lernbädern, Werkstätten und Laboren, wirkte nur noch wie ein trauriges Stahlskelett, das ein Riese mit seinen Pranken zerquetscht hatte, und mittendrin: ein Hügel aus Herden, Kühlschränken, Toilettenschüsseln. Das *Haus Ljubov*: eine Burg aus Latten, eine einsturzgefährdete Jahrmarktsattraktion, eine Geisterbahn.

Hinter der nächsten Kurve erschien erneut der *Kinderpalast*: der Sonnenglast über dem weißen Kalk der Fassade wie eine atmosphärische Schicht – so groß war das Gebäude, man traute ihm eine eigene Atmosphäre zu. Aus der Nähe wirkte er nicht mehr ganz so weiß, eher weißgrau, an vielen Stellen war der Putz vom Salz weggefressen. Ich wandte den Blick wieder auf die Straße, wollte die Auffahrt nicht verpassen, da erschienen vor mir – ich bremste scharf –, fatamorganisch im hellen Licht, zwei mir entgegenflimmernde Gestalten. Zwei Frauen, eine jüngere und eine ältere mit Wanderstöcken in den Händen, die sich so angeregt unterhielten, dass sie mein jähes auf die Bremse Treten überhaupt nicht registriert zu haben schienen. Ohne sich nach mir umzusehen, zogen sie eilig an mir vorbei. Ich wartete, bis ich sie nicht mehr sehen konnte. Beim Warten ein Bild: meine Mutter, deutlich älter, als ich sie zurückgelassen habe, die Augenbrauen dünner, die Lippen rissig, das schwarze Haar am Ansatz grau. Eine Kerbe in der Mitte ihres Kinns, die mir früher nie aufgefallen ist, außerdem trägt sie eine Brille – meine Mutter, die sich aufmacht, um ihre Tochter abzuholen. Sie fährt Auto, die eine Hand hält das Steuer, mit der anderen sucht sie einen Radiosender, welchen Radiosender? Rauschen. Sie fährt auf der Straße, die aus unserem Dorf hinunter ins Elbtal führt, dorthin, wo der Bahnhof liegt. Fährt über die Brücke, sieht schon den Zug kommen, in dem ich sitzen müsste, ich, ihre Tochter, so wie wir es vereinbart haben. Sie hasst es, wenn sie zu spät kommt, möchte immer schon wartend dastehen, wenn ich ankomme, möchte nicht, dass ich aussteige und da niemand ist.

Ich bog in die Auffahrt ein, stoppte den Motor. Vom Wagen aus suchte ich die Fenster meines Zimmers, wanderte mit dem Blick die Reihen der Balkone entlang. War mein Balkon wirklich so groß? Da war die alte Zypresse. Der Baum war kaum gewachsen, das Gebäude hingegen schon. Neben meinem Balkon lag der Balkon von Mitsu. Es war bald zwei Jahre her, seit wir uns zuletzt gesehen hatten. *Das gleiche Leben, nur in glücklich,* hatte er gesagt und gemeint, dass es ja darum gehe. Ich hatte gesagt, dass mir das nicht reichen würde, vermutlich hatte ich ihn damit gekränkt. Ich erinnere mich, wie wir im Speisesaal stehen, der Lärm in der Kantine. Alles plappert durcheinander, jemand stimmt die Kolchis-Hymne an: *Kolchis, du Schöne, du wurdest errichtet von Kindern der Erde.* Mitsu und ich werfen uns Blicke zu, die uns gegenseitig bestätigen, dass wir das jetzt albern finden, dass wir da nicht mitmachen. Das Geplapper hört auf, alle anderen singen schon, auch Mitsu stimmt mit ein. Erst verstellt er seine Stimme und zieht eine Grimasse – beim *du Schöne* zeigt er auf mich –, doch dann sehe ich, wie sich auf seinem Gesicht ein Ernst einschleicht, seine Stimme findet in seine normale Tonlage zurück, die Ironie, die Distanz verschwinden. Schließlich singe auch ich mit. So war das oft in diesen Jahren. Man wollte immer über allem stehen, nicht mitmachen, aber am Ende packte es einen dann doch.

## *Im Park*

Gleich hinter der Stelle, an der ich Matthias begegnet war – der Wagen lag noch immer dort –, sah ich das KIND, das sogenannte, mit dem ich gestern in der Kantine gesessen hatte. Es hockte hinter dem Wagen und stocherte mit einem Stift im Schotter herum, einem Rätsel auf der Spur. Als es mich kommen hörte, blickte es auf.

»Matthias muss sehr schnell unterwegs gewesen sein«, sagte es, mehr zu sich selbst als zu mir sprechend ohne ein Wort der Begrüßung. »Man erkennt es am Bremsweg. Der Bambus und der Regen haben sicherlich auch eine Rolle gespielt, ausschlaggebend jedoch war die Geschwindigkeit, normalerweise hätte es nicht dazu kommen dürfen. Er hat den Motor manipuliert, muss die Drosselung rückgängig gemacht haben.«

Das KIND trug eine Mütze der Eisenbahnverwaltung. Die Ärmel des Hemds waren hochgekrempelt, vielleicht hatte es gerade eine Schicht hinter sich gebracht. Um dem Hals baumelte eine Brotdose.

»Soll ich dich mitnehmen? Ich fahre ins Sanatorium, da müsste gleich eine Sitzung beginnen.«

»Hast du eine Einweisung bekommen?« Das KIND schob den Schirm seiner Mütze hoch und fuhr sich über die Stirn, feine, nass glänzende Haarsträhnen aus dem Gesicht wischend. Unschlüssig blickte es auf den Beifahrersitz und betrachtete die gelben Flecken mit der gleichen detektivischen Aufmerksamkeit, mit der es zuvor die Bremsspuren untersucht hatte. Auch mich musterte das Kind. Es hatte etwas Kränkendes, dass es nicht sofort einsteigen wollte.

»Eine Einweisung?«

»Die Nutzung dieser Fahrzeuge setzt eine Einweisung voraus.«

»Das wusste ich nicht, außerdem fahre ich schon den ganzen Tag damit herum. Du musst nicht einsteigen, wenn du nicht möchtest.«

Ein Nicken nach links, ein Nicken nach rechts, als hätte ich etwas Dummes gesagt.

»Fahranfänger tragen das größte Unfallrisiko.«

»Ich bin keine Fahranfängerin«, sagte ich und bedauerte, überhaupt angehalten zu haben. Hoffentlich steigt es nicht ein, dachte ich, schon nahm es neben mir Platz. Mit dem KIND auf dem Beifahrersitz startete ich den Motor. Schon beim Anfahren streiften wir eine Rhododendronhecke. Ein Zweig klatschte gegen die Windschutzscheibe, Blütenblätter rissen ab und verfingen sich an den Scheibenwischern, während das KIND keine Miene verzog.

»Wir werden es sowieso nicht mehr rechtzeitig schaffen. Wenn wir die Geschwindigkeit halten, mit der du gerade unterwegs bist, und dann die Strecke berücksichtigen, werden wir etwa fünfzehn Minuten zu spät sein.«

»Und wenn ich schneller fahre?«

Ich trat gegen das Gaspedal, musste aber gleich wieder bremsen, um einem Ast auszuweichen.

»Erstens lässt das die Strecke nicht zu, wie du sicher schon bemerkt hast, und zweitens ist dieser Wagen hier sowieso gedrosselt. Viel schneller würdest du auch dann nicht fahren können, wenn der Park …« – ich trat das Gaspedal weiter bis zum Anschlag durch; das Sirren des Motors wurde eine Nuance höher, ein Klacken, wie wenn der Reißverschluss einer Jeans während des Waschgangs gegen die Waschmaschinentür schlägt, schneller wurde ich nicht – »… wenn die, die dafür zuständig sind, sich um die Parkpflege zu kümmern, ihrer Aufgabe auch nachkämen.«

Ich fragte mich, ob dem KIND nicht heiß war in seiner langen Uniformhose. Auch der Hemdstoff, die Manschetten, der Kragen schienen mir dem Wetter nicht angemessen.

»Habt ihr keine Sommeruniformen?«

»Nein.«

»Und Winteruniformen?«

»Auch keine. Keine Sommer- und keine Winteruniformen, nur diese hier, davon zwei. Eine zum Reinigen und eine zum Anhaben.«

»Warum nicht mehr Uniformen? Je nach Jahreszeit.«

»Das haben wir so beschlossen.«

»Die Republik der Kinder?«

»Keine kurzen Hosen mehr, keine Pudelmützen, keine Lätzchen, keine Tieraufnäher, nichts, was uns degradieren und nur als halbe Menschen darstellen soll.«

»Aber im Sommer kann es hier sehr heiß werden.«
»Das wissen wir.«

Während wir an Wiesen und stillgelegten Springbrunnen vorbeifuhren, unternahm ich Vorstöße, ein neues Gespräch zu beginnen. Ich erkundigte mich nach der Arbeit bei der Eisenbahn, bekam jedoch immer nur einsilbige Antworten. Entweder schienen ihm meine Fragen nicht zu gefallen, oder es wollte sich einfach nicht unterhalten, das KIND; wie seltsam, dass es so genannt werden wollte, die Stimme hoch und dünn, eine Stimme, die der eines Kleinkinds entsprach, bis es sich räusperte und sprunghaft in eine sehr viel tiefere Stimmlage rutschte. Ich fragte mich, welcher Name zu ihm passen würde und ob es, wie viele andere auch, nach seiner Evakuierung einen neuen Namen angenommen hatte. Wie würde es wohl reagieren, wenn es jemand mit seinem Namen ansprechen würde? Wie sollte man es überhaupt ansprechen? KIND, kannst du mir bitte mal das Salz reichen? Na, KIND, wie geht es heute? Robin, auch Ira würde passen. Wie alt mochte es sein? Zehn oder elf? So alt war Barbara, Tezetas mittlere Tochter. Ich versuchte mir vorzustellen, wie Barbara, Lynn und Ruth auf das KIND reagieren, ob sie sich anfreunden würden. Das KIND schien sehr eigen zu sein. Auch Tezetas Töchter waren ja eher speziell, allerdings anders speziell. Das KIND wirkte kontrolliert, freundlich, aber kontrolliert, Tezetas Töchter hingegen waren sehr offen, manchmal sogar eine Spur zu offen, ohne Distanz, sie griffen in meine Taschen, befühlten meine Haare, sprangen mich regelrecht an. Diese Überschwänglichkeit war durchaus rührend, und natürlich schmeichelte es mir, dass sie sich so für mich interessierten. Trotzdem hatte ihre Wertschätzung für mich auch etwas Manipulatives, auch im Verhältnis zu der immer etwas spröden Art, mit der Tezeta und Natalia mich empfingen, so als würde ihre Vernarrtheit in mich erst im Wettstreit mit den Eltern entstehen, ein Werben der Kinder um meine Gunst. Alle wollen ja von Kindern gemocht werden, und sie waren so schlau, das für sich zu nutzen. Meinem Beifahrerkind wiederum war es ganz offensichtlich egal, was ich von ihm dachte. Ich war es, die sich anstrengte, die versuchte, ein Gespräch zu führen, auch wenn mir das Klappern der Brotbox, die dem KIND immer noch um den Hals herum baumelte, allmählich so auf die Nerven ging, dass ich mir wünschte, sie ihm einfach vom Hals zu reißen. Wann immer wir über ein Hindernis fuhren, klapperte es. Es klapperte, als wir auf dem sachte abfallenden Weg hinter dem Freiluftkino über die buckeligen Wurzeln einer Blutbuche holperten und auch als wir wegen der Schlaglöcher beim Tennisplatz im Wagen durchgeschüttelt wurden, klapperte es. Es klapperte und klapperte und klapperte. Ich hätte das KIND gerne gebeten, die Dose abzunehmen, sie irgendwo zu verstauen, im Ablagefach oder unter dem Sitz, würde das KIND auf dieses Klappern der Dose an seiner Brust nicht jedes Mal mit einem eigenartig nachsinnenden Ausdruck von Zufriedenheit reagieren.

»Was klappert denn da so?«

»Eine Kamera.«

»Du fotografierst?«

»Ich mache Bilder.« Endlich nahm das KIND die Brotdose ab. »Interessiert es dich nicht, wie ich Bilder mache?« Zu meiner Verwunderung holte es keinen Apparat hervor, sondern Stifte und einen Notizblock. Auf der Deckseite, in einer kindlich runden, mit Schnörkeln verzierten Handschrift, stand geschrieben: *Impressionen / Variationen.*

»Darf ich ein Bild von dir machen?«

Ich nickte, gab jedoch zu bedenken, dass uns noch eine holprige Strecke bevorstand und ich auf keinen Fall eine Pause einlegen wollte. Aus den Augenwinkeln sah ich, wie das KIND nun zu zeichnen begann, vorgebeugt, den Notizblock gegen die Armatur gelehnt. Seine Zungenspitze schaute hervor, es wirkte konzentriert. Immer wieder drehte es sich zu mir um und warf mir einen eindringlichen Blick zu. Als es fertig war, riss es die Seite vom Block, steckte das Bild in den Schlitz der Dose, machte erst ein schnalzendes und dann ein surrendes Geräusch, zog das Bild wieder aus dem Schlitz und schüttelte es. Schließlich bekam ich das Bild überreicht.

»Wenn man erst mal den richtigen Abstand zwischen den Augen und dem Nasenrücken bestimmt hat«, sagte das KIND, »ist es eigentlich ganz leicht. Es ist nur eine Frage der Verhältnisse, wie verhält sich das eine zum anderen, das ist alles.«

Weil ich mich auf den Weg konzentrieren musste, konnte ich nur einen flüchtigen Blick darauf werfen.

Zu meiner Überraschung fühlte ich mich tatsächlich getroffen. Das war ich, im Profil: meine Nase, meine Stirn.

## *Eine Hauptsache*

Aus dem Gemeinschaftssaal war eine Stimme zu hören, sie hatten also schon angefangen, jemand schien sehr aufgebracht zu sein, vorsichtig schob ich den Vorhang beiseite. Etwa zwanzig Menschen füllten den Raum, Edgar stand dort umgeben von anderen, die auf Stühlen saßen, ein Stuhlkreis, der Edgar umschloss. Edgar hielt eine Art Rede, die ihn sehr mitzunehmen schien. Mit seinen Händen schwang er hin und her, hob den Zeigefinger, fuhr sich ins Haar.

»Ihr begreift es einfach nicht. Ihr wollt es einfach nicht verstehen.«

Ein zorniges Schnaufen, Edgar rang nach Worten. Es war schwer zu bestimmen, worüber sie gesprochen hatten, da niemand im Stuhlkreis etwas erwiderte, alle schwiegen. Das KIND zog seine Schuhe aus und stellte sie zu den anderen hintereinandergereihten Schuhpaaren und Sandalen, ich folgte seinem Beispiel, niemand sah uns an. Die Stimmung war angespannt, in den Gesichtern eine Erschöpfung. Ich wusste gar nicht, wo ich hinsehen sollte: Fußpaare, hinter Stuhlbeine geklemmt, nackte Füße, lackierte Nägel, behaarte Zehen, Fersen, die aus löchrigen Socken hervorschauten. Einen Moment lang verharrten wir ratlos am Eingang, bis das KIND auf einen

Turm aufgestapelter Stühle zeigte, der sich unterhalb der Galerie befand.

Stuhlkreise hatte es bei uns früher in Kolchis nicht gegeben. Ich erinnere mich an keine einzige Situation, in der jemand den Vorschlag unterbreitet hätte, herumzugehen, alle Stühle einzusammeln und sie nebeneinander in einen Kreis zu stellen. Warum auch? Warum sollte es eine gute Idee sein, sich in unbequemer Sitzhaltung der totalen Beobachtung durch die anderen preiszugeben und zugleich genötigt zu werden, den anderen dieselbe, unfreiwillige Aufmerksamkeit zukommen zu lassen? Die Annahme, dass man sich ausgerechnet in einem Kreis – einer Sitzordnung, aus der man nicht so einfach wieder ausbrechen konnte, in der man der Gruppe völlig ausgeliefert war –, dass man sich ausgerechnet im Stuhlkreis den anderen öffnen, sein Inneres nach außen kehren, sich geborgen und verstanden fühlen sollte, wäre uns damals absurd erschienen. Wenn jemand seine Eltern vermisst hatte oder von Ängsten geplagt war, dann waren wir spontan zusammengekommen, dort, wo es sich eben ergeben hatte, auf der Terrasse liegend, ein Kissen unter dem Kopf, in der Turnhalle, manchmal auf einem Zimmer. Die Art des Umgangs hatte es möglich gemacht, ohne Zwang nahezu jederzeit auf unsere Probleme zu sprechen zu kommen, da war nichts angeleitet worden, nichts arrangiert, das ganze Sanatorium hatte aus Orten bestanden, an denen Kinder sich zurückziehen konnten. Wenn ich mich recht erinnere, dann kenne ich diese Sitzordnung nur aus der Zeit vor meiner Evakuierung. Seltsam, dass man sie hier offensichtlich wieder für sinnvoll hielt.

Auf Socken schlichen wir an den anderen vorbei, nahmen uns Stühle und stellten sie so leise wie möglich neben der Treppe auf. Eigentlich war ich ganz froh über den Platz am Rand – wir hatten uns gerade hingesetzt, da bemerkte uns Matthias. Kurz sah ich, wie er sich mit seinem Sitznachbarn beriet – ich schüttelte den Kopf –, es war der Mann mit dem Pflaster auf der Stirn, beide rückten ein wenig auseinander, doch der Abstand war nicht groß genug, nicht für mich und erst recht nicht für uns beide, so dass ich nicht verstand, warum Matthias uns heranwinkte. Ich machte eine Geste, die zum Ausdruck bringen sollte, dass es nicht nötig war, den Stuhlkreis unseretwegen aufzulösen – zu spät, wie sich nun zeigte, eine Bewegung war in Gang gesetzt worden, Knarzen und Ruckeln, Seufzen und Stöhnen, eine Kettenreaktion. Während der Stuhlwanderung verharrte Edgar im Stehen. Seine Wut schien sich an einem Kippmoment zu befinden, gleich würde sie in Traurigkeit umschlagen, dachte ich, doch ich hatte mich getäuscht. Sobald Ruhe eingekehrt war, setzte er von neuem an.

»Alles ist Hauptsache«, sagte er, hob sein Glas in die Höhe und machte eine wirbelnde Bewegung mit der Hand, als würde er einen Zaubertrick vollführen, nur um das Glas gleich darauf vor sich fallen zu lassen. Ein dumpfer Aufprall, das Glas war nicht zu Bruch gegangen. Es war eines dieser Sicherheitsgläser, niemand schien beeindruckt.

»Dieser Ton«, sprach er weiter und blickte in die Runde, »war gerade die Hauptsache. Das ist jetzt fünf, zehn Sekunden her. Was war also vor zehn Sekunden relevant?«

Eine rhetorische Frage, niemand schien das Gefühl zu haben, eine Antwort geben zu müssen, doch ich bemerkte, wie Toni auf ihrem Stuhl immer weiter nach vorn rutschte, sie wirkte genervt.

»Es ist nicht alles egal, es ist nicht alles gleichwertig.« Edgar bückte sich nach dem Glas, hielt es noch mal in die Höhe. »Erst das Glas, dann der Ton.« Er ließ das Glas wieder fallen.

»Wenn das Glas fällt, dann ist es *für alle* zu hören. Für Claudio ist es etwas schlechter zu vernehmen, als für Chen-Lu, ja, weil sie gleich hier sitzt« – er zeigte auf eine Frau, die seine Geste mit einem stoisch nüchternen Blick erwiderte –, »aber alle hören es, alle sind davon betroffen. Ihr aber kramt wieder nur nach dem individuellen Trauma, nach dem persönlichen Leid, als wäre das Leid, das einem anderen widerfährt, nicht auch für alle spürbar. Was nützt es mir denn, wenn ich diesmal davongekommen bin, dann erwischt es mich eben beim nächsten Mal. Das ist viel umfassender, komplexer, widersprüchlicher. Das ist nicht immer nur Betroffenheit, Perspektive. Das ist viel, viel mehr. Assja, Suleika, ihr wisst doch, was ich meine, warum sagt ihr nichts? Warum dieses Schweigen?«

Ein Mann mischte sich ein: »Wir liegen doch gar nicht so weit auseinander. So wie ich das sehe, gibt es keinen Widerspruch. Wir tragen das gesellschaftliche

Leid unserer Vergangenheit in uns und sprechen darüber in Beispielen, Erinnerungen, persönlichen Erlebnissen. Es ist doch wirklich nur eine Frage des Zugangs. Das hatten wir doch alles schon.«

»Wenn es so wäre, gut, aber so lief es vorhin ja nicht. Deine Frage vorhin, wie sich das *angefühlt* hat, das ist doch schon falsch, diese Frage stellte sich doch überhaupt nicht, wie das für mich war.«

»Ich wollte doch einfach nur wissen, was das mit einem macht, man ist endlich frei, kann aber doch nicht gehen. *Displaced Persons*, wie das schon klingt, das ist doch wirklich noch mal eine besondere Manifestation dieses unerträglichen Zustands.« Der Mann, der sprach, trug ein T-Shirt, das ihn als Teilnehmer des 27. Nuuk-Marathons auswies. Doch seine Statur entsprach eher der eines Turners oder Gewichthebers, nicht sehnig, nicht drahtig, eher kräftig und breit, vor allem der Nacken. »Ich habe mich immer gefragt, wie das gewesen sein muss, wenn man ein Jahr, zwei Jahre, drei Jahre in diesem Übergang festhängt, nicht vor- und nicht zurückkann, mich hätte das zermürbt. Und wenn man dann auch noch hört, man solle versuchen, möglichst lange dazubleiben, als würde man den anderen durch das eigene Überleben nun zur Last fallen.«

Kurz hatte es den Anschein, als würde Edgar über etwas nachdenken. Er senkte den Kopf, nickte, blickte zu Toni, dann machte er eine wegwerfende Handbewegung und drängte sich aus dem Kreis.

»Zeitverschwendung.«

In Socken eilte er die Treppe zur Galerie hinauf. Auf der letzten Stufe stolperte er über den verschobenen Teppich. Gerade noch rechtzeitig hielt er sich am Geländer fest. Oben angelangt drehte er sich noch mal um: »Schade um die Zeit.«

Ich sah ihn nicht mehr, doch es klang, als wäre er gegen etwas gestoßen, ein Fluchen, eine Tür knallte ins Schloss.

Nach einem Moment des Schweigens – Matthias blickte zu Boden, das KIND pulte sich etwas unter dem Daumennagel hervor – war es Toni, die das Wort erhob.

»Ich schlage vor, dass wir jetzt nicht über das reden, was gerade geschehen ist. Edgar ist weg und kann sich momentan nicht erklären.« Zustimmendes Raunen. »Ich frage mich, wie wir jetzt weitermachen, etwas Zeit haben wir ja noch.«

Tonis Blick wanderte durch den Saal, von den Gesichtern der im Stuhlkreis Sitzenden allmählich auf mich zu. So wie sie mich beim Frühstück angesprochen hatte, rechnete ich fest damit, dass sie nun mir das Wort erteilen würde. Sie will, dass ich etwas sage, mich den anderen noch einmal vorstelle, mit den meisten hier hatte ich noch nicht gesprochen, ich dachte daran, wie sie mich gestern in der Kantine zum Essen gedrängt hatte, doch zu meiner Erleichterung war es nicht ich, der ihre Aufmerksamkeit galt. Es war der Mann, der auf dem Stuhl neben meinem saß, der Mann mit dem Pflaster auf der Stirn.

»Claudio«, sagte sie, »ich weiß, du wolltest von letzter Nacht erzählen. Möchtest du das nun tun?«

Claudio schüttelte den Kopf.

»Meine Konzentration lässt nach. Die ganze Nacht habe ich in der Kantine gesessen und gegrübelt, erst am Morgen wurde ich müde, da schien schon die Sonne.« Kurz blickte er sich um, fasste sich an die Stirn, als wollte er sicherstellen, dass dort immer noch ein Pflaster klebte. »Außerdem habe ich den Eindruck, dass es nach der Sache mit Edgar ohnehin nicht viel bringen würde, darüber zu sprechen.«

»Bist du dir sicher?«

»Ja.«

»Dann beenden wir das für heute.«

Auf ein Zeichen von Toni erhob sich die Frau, auf die Edgar vorhin zu Demonstrationszwecken gezeigt hatte, ging zu den Vorhängen und klappte eine Kurbelstange aus, mit deren Hilfe sich der Samtstoff von der Mitte her in Hälften teilte, sich nach links und rechts zur Seite schob, so wie sich Vorhänge einer Theaterbühne nach der Vorstellung öffneten. Licht flutete den Saal. Ich blickte zu Matthias, der eine Schachtel mit Bonbons aus seiner Hosentasche zog und sie mir reichte.

»Möchtest du eins? Das ist Fliederbeere.«

»Danke.«

Nach und nach erhoben sich nun alle von ihren Plätzen und gingen in Richtung Ausgang zu ihren Schuhen. Nur Matthias und ich blieben noch sitzen und lutschten unsere Bonbons.

»Du wunderst dich wahrscheinlich wegen des Streits gerade.«

»Ja«, sagte ich, die Sache mit Edgar beschäftigte mich tatsächlich noch. Ich verstand nicht, warum es so eskaliert war, worum es überhaupt gegangen war.

»Da ist ein alter Streit wieder hochgekommen. Es gibt hier unterschiedliche Ansichten darüber, wie man sein Leiden zu bewerten hat. Ist man selber der Auslöser, weil man nicht so funktioniert, wie man soll, oder ist es die Gesellschaft, die diese Leiden produziert? Die einen suchen immer nach dem individuellen Trauma, die anderen verstecken sich gerne hinter ihrer kollektiven Rolle, so würde ich das zusammenfassen.«

»Verstehe, schwer zu beantworten. Kann nicht auch beides gelten?«

»Wenn das deine Haltung ist, wirst du hier keine Schwierigkeiten haben. Aber normalerweise läuft es ohnehin anders.«

»Wie läuft es denn normalerweise?«

Die Frau, die die Vorhänge aufgezogen hatte, ging herum, um auch die Stühle einzusammeln. Sie nahm sich immer zwei, trug sie unter die Galerie und ließ nach und nach den Stuhlkreis immer kleiner werden.

»Meistens ist es eher ruhig«, sagte Matthias, »ruhig und konzentriert.«

Ich räumte ein, dass ich unterschätzt hatte, wie ernst die anderen die Sitzungen hier nahmen. Nicht, dass ich ein Problem damit hätte, doch in Tezetas Erzählungen hatte es eher nach einer lockeren Zusammenkunft geklungen.

»Der Ansatz, den Toni verfolgt, kann auf den ersten Blick vielleicht altmodisch, sicher auch streng wirken, sie ist da wirklich hinterher. Das liegt an ihrem Hintergrund. Wusstest du, dass sie Schamanin war?«

»Schamanin? Oh je.«

»Ich verstehe deine Vorbehalte, und doch würde ich mit solchen Bemerkungen lieber vorsichtig sein. In ihrer Herkunftszeit war Toni eine Heilerin, wohl auch relativ erfolgreich, und auch bei uns stößt sie, Edgar einmal ausgenommen, mit ihrem Ansatz inzwischen größtenteils auf Zustimmung. Bevor du dir eine Meinung bildest, würde ich dir raten, erst noch das Morphen abzuwarten, den Farbabgleich. Hat sie dir davon erzählt? Morphen ist eine Technik, die Toni eingeführt hat, aber das alles wirst du noch früh genug kennenlernen, spätestens wenn deine erste Sitzung ansteht. Mich erinnert es ein wenig an Hypnose, falls du dich schon mal hypnotisieren lassen hast. Man könnte es auch als eine Art Aufräumen bezeichnen. Wann war deine Freundin noch mal hier?«

»Vor einem Jahr«, sagte ich. »Auch im Sommer.«

Matthias geriet ins Grübeln. »Damals war, glaube ich, Assja für die Gespräche verantwortlich, Assja ist es eher locker angegangen. Aber du kannst dich natürlich auch dazu entscheiden, nicht an den Sitzungen teilzunehmen, da wärst du nicht die Einzige, zumal du ja ohnehin nicht die Absicht hast, hier Wurzeln zu schlagen. Du bist bei den Missionen, für dich gibt es wichtigere Aufgaben«, sagte Matthias und hob die Stimme, als hätte er eine Frage an mich gerichtet. »Weißt du schon, wohin es dich als Nächstes verschlagen wird oder darfst du nicht darüber sprechen?«

Bevor ich ihm antworten konnte, kam Chen-Lu auf uns zu, die Frau, die die Stühle einsammelte. »Braucht ihr noch lange?« Alle Stühle waren fortgetragen, nur unsere fehlten noch.

»Ach so«, sagte Matthias und stand auf, »du putzt ja heute.«

Auch ich erhob mich; ohne ein Wort zu sagen, griff Chen-Lu nach unseren Stühlen. Wir beobachteten, wie sie die Stühle auf zwei Stapel hievte, einen Schritt zurücktrat, die Türme begutachtete, nur um den letzten der beiden Stühle wieder vom Stapel zu nehmen und ihn auf einen der anderen Türme zu heben.

»Ich weiß nicht, ob ihr schon Gelegenheit hattet, euch kennenzulernen«, sagte Matthias. »Chen-Lu achtet auf Symmetrie.«

Am Ausgang: vier Schuhpaare, die wohl nicht zufällig in dieser symmetrischen Zwei-mal-zwei-Reihung angeordnet waren, Schuhspitze an Schuhspitze. Da waren meine, die Tennisschuhe von Matthias, ein Paar Stoffschlappen und Lederschuhe, die bestimmt Edgar gehörten, er musste sie vergessen haben.

»Eigentlich hat Edgar recht«, sagte Matthias, der sich auf den Teppich gesetzt hatte, um seine Schuhe anzuziehen. »Die Epochen, die uns geprägt haben, die Gesellschaften, die uns hervorgebracht haben, das lässt sich im Grunde ja über alle zurückliegenden Epochen sagen, diese Vergangenheiten haben Verhältnisse erzeugt, unter denen Menschen gelitten haben, manche mehr, manche weniger. Natürlich gibt es Abstufungen, diese besonders schlimmen Gesellschaften, die einen jeden Glauben an die Menschheit verlieren lassen könnten, wüssten wir nicht, dass es auch anders sein kann, insofern finde ich beide Ansätze eher unbefriedigend. Jede Epoche verfügt ja auch über Potenziale, das Bestreben, es besser zu machen, schöner und gerechter, das finde ich viel interessanter, Chancen, an denen sie sich zu messen hat. Je weiter sich eine Gesellschaft von diesem Möglichen entfernt, je weniger sich ihre Potenziale entfalten können, desto rückständiger, ja brutaler ist sie. Der Fokus auf das individuelle Leid verstellt da manchmal den Blick. Zugleich hat Edgar in seiner Reaktion aber auch übertrieben, es widerspricht ihm ja niemand. Abdoulis Frage war schon berechtigt, und es ist nun mal so, dass wir erst mal von uns erzählen und dann ins Allgemeine kommen.« Er blickte auf seine Schuhe und überprüfte die Schleife, die er gerade gebunden hatte. »Das ist, wie gesagt, ein alter Konflikt.«

## *Im Zimmer*

Bis zum Abendessen wollte ich die Zeit damit verbringen, mir mein Zimmer genauer anzusehen und mich ein wenig einzurichten. Ich rückte den Schreibtisch näher ans Fenster, so dass er nun mehr im Licht stand, brachte das Bild an, das das KIND von mir gezeichnet hatte, und hing ein aus der Halterung gerutschtes Fach des Bücherregals wieder ein. Dann wandte ich mich der Küchennische zu. Mir standen zwei Kochfelder zur Verfügung, ich hatte Töpfe, etwas Geschirr, ein Gerät zur Zubereitung von Kaffee und Tee. Da ich noch nicht entschieden hatte, wie lange ich bleiben würde, wusste ich nicht, ob es sich lohnte, mich hier vollständig einzurichten. Der Kühlschrank war leer, doch zu meiner Überraschung befanden sich Vorräte in einem der Unterschränke. Ich entdeckte ein verschlossenes Paket mit Buchweizengrütze, ein Glas Quittenmus, ein Glas Kimchi, tradierte Eier in einem vakuumierten Beutel, Salz und einige Gewürze, Sumach, Zimt, Zatar, sogar Kaffee und Lupinenmilch. Natürlich lag überall Staub, fanden sich überall tote Fliegen, Spinnweben und Mottennester; indem ich jedoch den Staub von den Etiketten wischte, alle Möbelstücke etwas verrückte, alle Gegenstände einmal berührte, kam mir die Wohnung schon behaglicher vor. Nur meine Reisebibliothek wollte ich noch ins Regal stellen, wenn ich es nun schon repariert hatte. Der schöne Doppelschuber, der neben einer Neuübersetzung der Odysseus auch einen weiteren Text enthielt, auf den ich schon sehr gespannt war, das Langgedicht *Argos wartet*, das das Leben von Argos nacherzählt, Odysseus' Hund, der zwanzig Jahre lang auf einem Misthaufen liegend die Rückkehr seines Herrchens erwartet, nur um dann – nicht mehr in der Lage, von seinem Misthaufen aufzustehen – noch einmal kurz mit dem Schwanz zu wedeln, bevor er letztlich an Altersschwäche stirbt. Ich platzierte den Schuber zwischen die Evakuiertenbiografie von Betsy Amadhila, die mir Natalia, Tezetas Frau, empfohlen hatte, und die Sammlung ägyptischer Bauernlieder, die mich, wenngleich ich bislang nicht dazu gekommen war, darin zu lesen, schon auf so vielen Reisen begleitet hatte. Daneben Irmtraud Morgner, die Fortsetzung der *Trobadora* in der gleichen antiken Ausgabe, die schon meine Mutter gelesen hatte, *Krabat*, zerlesen, Hubert Fichte, Band VII der *Geschichte der Empfindlichkeit*, und die gesammelten Notizen von Peter Weiss, die ich so hinstellen wollte, dass mich der Einband mit der Fotografie von dem Haus der Familie Palmstierna-Weiss auf Lidingö ansah. Als ich es anhob, rutschte mir eine Broschüre entgegen. Es war Tezetas Essay, ihr Bericht einer Reise ins Malireich, Juni 1352. Ich hatte schon befürchtet, ihn vergessen zu haben, und blätterte in der Broschüre, sprang zwischen den Kapitelüberschriften dieses ruhigen, fast schon meditativen Versuchs über die Stadt am Niger-Fluss und ihre Bewohner und blieb wie immer bei dieser Beschreibung eines Bambara-Erdnuss-Händlers hängen, die mir so gut gefiel. Tezeta beschreibt sehr eindrücklich, wie der Händler die leeren, wie kleine Boote geformten, hölzernen Hülsen der Früchte, die er zum Verkauf anbietet, bemalt, sich über die Fingernägel stülpt und mit Pech festklebt und wie er schließlich mit seinen so geschmückten Händen all seine Tätigkeiten, das Herausklauben der Nüsse, das Abwiegen der Ware, das Prüfen des Goldes, des Salzes und der Münzen, mit einer besonderen Umständlichkeit und Vorsicht verrichtet.

*Er beginnt, mit den Fingern zu zählen, drei Finger, vier Finger, schon fangen die Frauen an zu lachen, verstecken ihr Lachen hinter der sittsam vor den Mund gehaltenen Hand. Es ist ein Lachen, das ebenso gegen ihn gerichtet ist, wie es für ihn spricht, ein Lachen, in dem Verehrung zum Ausdruck kommt und Verachtung mitschwingt.*

Bei unserer letzten Begegnung hatte ich Tezeta gegenüber meine Bewunderung für den Text ausgesprochen – wie es ihr gelungen war, Situationen darzustellen, ohne die Menschen, deren Handlung sie beschreibt, als Akteure zu verurteilen. Vor allem ihre Schilderungen der Marktszenen habe ich noch deutlich im Gedächtnis. Ich erinnere mich, wir hatten an ihrem Pool gesessen, die Kinder schliefen bereits, und auch Natalia hatte sich zurückgezogen. Um niemanden im Haus zu wecken, sprachen wir nur flüsternd miteinander, die Fenster standen offen. Flüsternd hatte Tezeta mir auseinandergesetzt, warum sie ihren Text entgegen meiner Einschätzung als missglückt betrachtete, warum sie mein Lob so nicht stehen lassen konnte. Der Essay, hatte sie erklärt, sei entstanden unmittelbar nach dem Beschluss, das Evakuierungsprogramm vollständig einzustellen, es war die erste Reise, die sie lediglich als Beobachterin angetreten hatte, zum ersten Mal ohne Rettungsauftrag. Die Ruhe des Textes würde über die Ungeduld hinwegtäuschen, die sie eigentlich empfunden habe, er sei nicht ehrlich. In Gao angekommen, habe sie die Tage gezählt und den Händler kaum ertragen.

»Ich konnte nicht hinsehen. Hülsen, die abbrechen und wieder neu befestigt werden müssen. Ständig fallen ihm die Schalen ab.«

Behindert durch seinen Nagelschmuck, arbeitete er nicht nur langsamer, so dass seine Einnahmen, dem stolzen Preis zum Trotz, am Ende des Tages immer geringer ausfielen als die seiner Konkurrenz, er ging letztlich dazu über, seine Kunden zu betrügen, indem er ihnen leere Hülsen unter die Nüsse mischte. Es deprimiere sie, an Gao zu denken, das Jahr 1353, die Jahre, die darauf folgten – Pestwellen und Kriege, das Eintreffen der französischen Kolonialisatoren. Die Bambara-Erdnuss war letztlich von einer Erdnusssorte verdrängt worden, die die europäischen Sklavenhändler aus Amerika zwei Jahrhunderte später über den Atlantik nach Afrika gebracht hatten. Doch die seltsame Eigenart, die Fingernägel zu verlängern, war über Umwege bis nach China gelangt, wo sich die Mode während der Qing-Dynastie in Form eines überlangen Nagels an dem kleinen Finger jeder Hand etabliert hatte, wobei auf die Schale der Bambara-Erdnuss verzichtet werden musste, da sich diese als Handelsware in Asien nie durchgesetzt hatte. Damals hatte ich nicht verstehen können, warum diese doch interessanten Widersprüche nicht auch in ihren Bericht Einzug gefunden hatten, der Text hätte dadurch doch sicher gewonnen, »warum hast du das nicht erwähnt?« – »Um den Händler nicht zu kränken«, hatte sie gesagt, schließlich sei er von der Sinnhaftigkeit seines Tuns überzeugt gewesen, habe selbst geglaubt, seine Ware durch eine Art Zauber zu veredeln. Ich erinnere mich noch, wie sie dabei mit den Füßen über das Wasser im Pool gestrichen hatte, in kreisenden Bewegungen dicht über der Oberfläche, gerade so, dass sie das Wasser nicht berührte, während sie wieder und wieder darauf zurückkam, dass sie sich Sorgen um mich machte.

»Du bist jetzt schon drei Jahre freigestellt. Wie soll das weitergehen?«

»Ich sehe das Problem nicht, ich komme zurecht; ich probiere Rezepte aus und besorge die Zutaten. Ich beschäftige mich ausschließlich mit Dingen, die mir guttun. Ich langweile mich nicht, falls es das ist, was dir Sorgen bereitet.«

»Das ist doch lächerlich. Du hast jahrelang studiert, du kannst ein Raumschiff durch ein Wurmloch steuern, und jetzt kochst du Rezepte nach?«

»Ja genau, Rezepte aus meiner Kindheit, ich habe

ein Kochbuch gefunden, das damals, vor meiner Evakuierung, in unserer Küche gestanden hat. Du solltest wirklich einmal vorbeikommen, dann koche ich uns etwas Schönes. Außerdem habe ich auch wieder angefangen zu übersetzen – ein Buch, das ich als Kind sehr gemocht habe, *Jules Ratte*, du wirst es nicht kennen, ein deutsches Buch, es existiert noch keine Übertragung. Eine Ratte frisst einem Kind die Bücher weg und wird dadurch zu einer Gelehrten. Natürlich hilft sie dem Kind bei seinen Schulaufgaben, korrigiert Aufsätze mit seinem Schwanz. Der Text ist ziemlich raffiniert und außerdem in Versen verfasst. Ein Buch für Barbara, ich könnte mir vorstellen, dass es ihr gefällt.«

»Und das reicht dir? Ich glaube dir nicht.«

Vielleicht lag es am Flüstern, dachte ich jetzt, ganz gleich, was ich ihr im Flüsterton mitgeteilt hätte, sie wäre trotzdem davon ausgegangen, dass ich etwas vor ihr verbarg.

Tezeta war der Ansicht, dass wir als ehemalige Evakuierte das Ende der Rettungsmissionen, die Verkündung ihres Scheiterns, schon allein deswegen als schmerzhaft empfinden müssten, weil die Einstellung des Programms ja auch unsere Anwesenheit in Frage stellen, ja auch unsere Existenz nachträglich zu einem Fehler erklären würde, wodurch auch ich mich nun in einer Krise befände, einer Krise, die ich leugnen würde; schon die Phantomerinnerungen seien Ausdruck davon – als wären die Reisen mein einziger Lebensinhalt gewesen, als wüsste ich ohne die Evakuierungen nichts mehr mit mir anzufangen.

Tezeta verglich die Situation mit der eines Kindes, dem gesagt wurde, seine Eltern würden sein In-die-Welt-Kommen bedauern. Ich fand diesen Vergleich unangebracht. Weder war ich ein Kind, noch würde ich auf die absurde Idee kommen, die, die mich hierhergebracht hatten, als meine Eltern zu betrachten. Ich war ja auch nicht die Mutter derjenigen, denen ich dabei geholfen hatte, ihrer Herkunftszeit zu entfliehen. Dass wir hier waren, war eine Tatsache, da gab es weder etwas zu beklagen noch zu bejubeln.

»Und warum fährst du dann nicht mehr auf Mission, wenn dich die Einstellung der Evakuierungen so kaltlässt? Ich glaube dir nicht, ich erkenne dich nicht wieder.«

»Ich sage ja überhaupt nicht, dass es mich kaltlässt, nur fühle ich mich persönlich nicht verantwortlich. Natürlich ist es furchtbar, da gibt es nichts zu beschönigen, deswegen will ich mit diesen Reisen ja auch nichts mehr zu tun haben.«

In Wirklichkeit war es Tezeta, die es nicht ertragen konnte, ihrer Berufung nicht mehr nachkommen zu können, die nicht damit leben wollte, das Unglück, das zurücklag, das Elend unserer Vorzeit nun wieder tatenlos mitansehen zu müssen, unabwendbar und grausam, ohne wenigstens einem einzigen Menschen die Hand reichen zu können – ich verstand sie sehr gut. Und doch hatte mich an jenem Abend auch ein Verdacht beschlichen: In ihrer Betroffenheit verbarg sich ein Egoismus, schließlich konnten ja ohnehin immer nur einige wenige gerettet werden, das war die oberste

Prämisse, einige wenige Alibi-Gerettete, die dazu dienten, unser Gewissen zu beruhigen.

»Vielleicht brauchst du Hilfe«, hatte sie gesagt und mir erzählt, was sie bis dahin verheimlicht hatte: dass sie nach Kolchis gefahren war, allein ohne die Kinder, sie habe einen Urlaub dort verbracht. Ich weiß noch, wie sehr es mich berührt hatte, diesen Namen wieder zu hören. Wie ein Kosewort aus einem anderen Leben, bei dem sich zuerst das Herz erinnert – als würden in einem dunklen Haus plötzlich alle Lichter angeknipst. *Kolchis, du Schöne*. Ich hatte geglaubt, der Ort sei aufgegeben, würde allenfalls noch von Touristen besucht werden, um ein Wochenende lang einzutauchen in das glorreiche Zeitalter der Evakuierungen, eine Museumsstadt, nicht mehr.

»Niemand ist mehr dort«, hatte ich gesagt.

»Doch, manche sind geblieben. Jemand bleibt immer.«

*Tischgespräche*

Zum Abendessen gab es mit Linsen gefüllte Riesenchampignons in Tomatensauce, Grillkäse, dazu Süßkartoffelpüree und weißen Spargel. An der großen Tafel sah ich Toni umgeben von anderen, zehn, zwölf Leute in ausgelassener Stimmung, die meisten kannte ich nicht. Toni an der Schmalseite des Tisches – alle Augen waren auf sie gerichtet – erzählte etwas, ich verstand das Wort *Panade*, alle brachen in Gelächter aus. Ein Platz war noch frei – da schlängelte sich Miss Bishop an mir vorbei und setzte sich.

Es gab noch andere Tische, an einem, etwas versteckt hinter einer Säule, saßen Matthias, das KIND und Chen-Lu, und auch an ihrem Tisch wurde gelacht, war offensichtlich etwas sehr komisch gewesen. Ich wusste nicht, was die gute Stimmung ausgelöst hatte, und fragte mich, ob sie beim Abendessen immer so heiter waren. Mit einem Tablett in der Hand ging ich auf sie zu.

Von weitem hatten die drei so gewirkt, als würden sie sich über meine Gesellschaft freuen, sie hatten mir zugenickt, doch kaum, dass ich an sie herangetreten war, wirkten sie fast ein wenig verlegen.

»Redet ruhig weiter«, sagte ich und setzte mein Tablett ab, »lasst euch von mir nicht stören.« An den Süßkartoffeln bemerkte ich eine Orangennote, und auch die Linsen waren sehr gut abgeschmeckt.

Nach kurzem Schweigen wollte Matthias wissen, wie mein Ausflug in die Stadt gewesen sei, das habe er vorhin vergessen, mich zu fragen.

Ich probierte vom Grillkäse – zu meiner Überraschung war er mit Aprikosen gefüllt – und erzählte ihm kauend, dass es zwar schön gewesen sei, mich im Postamt allerdings eine Enttäuschung erwartet hätte.

»Das kommt mir bekannt vor«, mischte sich Chen-Lu ein, während sie ihren Spargel Stange für Stange in kleine, mundgerechte Stücke schnitt, »die Republik ist« – sie warf dem KIND einen entschuldigenden Blick zu, als wollte sie ihm nicht zu nahe treten – »etwas überfordert.«

Das KIND hob die Hände. »Konstruktive Kritik ist immer erwünscht.«

»Schon gut«, sagte Chen-Lu.

Wie sich herausstellte, ging Chen-Lu öfter ins Postamt, um mit ihren Angehörigen zu telefonieren. Sie sagte Angehörige, nicht Freundinnen, nicht Familie.

»Hast du Kinder?«

Chen-Lu schüttelte den Kopf. »Ich habe nur Urgroßnichten und Urgroßneffen, aber keine Kinder.« Nachdem sie alle Spargelstangen auf ihrem Teller in Abschnitte zerteilt nebeneinander aufgereiht hatte, ging sie auch beim Verspeisen des Gemüses systematisch vor. Mit den Kopfstücken beginnend, spießte sie Abschnitt für Abschnitt auf ihre Gabel auf, bis sich nur noch Endstücke auf ihrem Teller befanden. »Ich weiß, was du jetzt denkst.«

»Was denke ich denn?«

»Du denkst jetzt an Anti-Metabolisma, an diese Mittel gegen die Zerfallsprozesse des Körpers. Du denkst, dass ich so eine bin.«

»Ich habe kein Problem mit diesen Mitteln«, sagte ich und dass ich von Zeit zu Zeit selber welche nehmen würde, je nachdem, wie ich mich fühlte. »Ich habe noch nie verstanden, was daran unanständig sein soll, als wäre eine geringe Dosis vernünftig und eine hohe skandalös.«

Chen-Lu schob sich einen Spargelabschnitt in den Mund und machte eine Geste, die mir vermitteln sollte, dass sie gerade nicht sprechen konnte.

»Chen-Lu gehört zu den Ersten«, sagte das KIND.

»Zu den was?«

»So ist es. Sag es, Chen-Lu.«

Chen-Lu kaute noch immer, nickte, schluckte. Ein kurzes, irgendwie stolzes Lächeln erschien auf ihrem Gesicht. »Stimmt.«

»Dann gehörst du zu den Lazarus-Leuten?«

Eigentlich hieß es, die Menschen dieser ersten Evakuierungswelle hätten sich besonders gut an die neue Gegenwart anpassen können, weil sie aus einer Zeit geholt worden waren, die sich technologisch und sozial nicht mehr allzu sehr von der Gegenwart, die sie erwartete, unterschieden hatte und auch das Reisen in die Vergangenheit theoretisch bereits möglich gewesen war. Eigentlich galt das Lazarus-Projekt als ein

Erfolg, die Anpassung der Evakuierten funktionierte, allen Bedenken zum Trotz, weshalb die Nachfolgeprogramme ja überhaupt erst eingeleitet worden waren. Nur bei Chen-Lu schien es nicht geklappt zu haben. Sonst wäre sie nicht hier.

»Da staunst du, was?«, sagte das KIND.

Chen-Lu zog die Oberlippe hoch, als formte sie eine Grimasse. Ihre Finger wanderten zum Mund. Etwas klemmte fest.

»Dieser Spargel«, sagte sie und begann, zwischen ihren Schneidezähnen herumzupulen, »Edgar schält nicht richtig … schneidet nie die Enden ab. Typisches Hungerepochenverhalten. Man bräuchte einen Zahnstocher« – Chen-Lu sah sich um –, »gibt es hier natürlich nicht.«

Wie auf ein Zeichen hob Matthias seine Gabel in die Höhe, als wäre die Gabel eine Art Wurfspeer und Matthias ein Harpunier, der versuchte, eine Spargelstange zu erlegen. Für einen Moment waren alle still, alle Blicke auf Matthias gerichtet, dann stach die Harpunengabel auf den Spargelfisch ein.

»Getroffen«, sagte das KIND und applaudierte, »der Spargel ist gefährlich.«

»Ja, regelrecht heimtückisch«, bemerkte Matthias, »niederträchtig.«

»Das gefährliche, niederträchtige Spargelgemüse.«

»Und dann die ganze Schälerei.«

»Schälerei-Quälerei.«

»Mensch versus Spargel.«

»Auch beim Schälen kann man sich verletzen.«

»Ein Risiko-Gemüse.«

»Ich prüfe immer vor dem Schlafengehen, ob sich nicht ein Spargel unter meinem Bett versteckt hat«, sagte Matthias, und alle am Tisch begannen zu lachen.

Nach dem Essen folgte ich den anderen zu den Apfelbäumen. Sie hatten sich mit Wein eingedeckt, saßen auf Gartenstühlen und unterhielten sich über ein Paar, das inzwischen nicht mehr hier lebte, zwei ehemalige Bewohner, die sich in Kolchis kennengelernt hatten und zusammen wieder abgereist waren, ein Walter und ein zweiter Mann, dessen Name irgendwie kompliziert klang. Auf der Wiese saß ich zwischen zwei Männern, mit denen ich mich noch nicht bekannt gemacht hatte. Sie wohnten, wie ich glaubte, im ersten und im sechsten Stockwerk und hatten bislang, was mich wunderte, noch kein einziges Wort miteinander gewechselt. Jeder sprach in die dem anderen entgegengesetzte Richtung. Die meisten, der hier Sitzenden kannte ich nur vom Sehen, doch da waren auch Miss Bishop und Toni, Claudio und Chen-Lu, Edgar, wieder ausgelassen und fröhlich nach den Aufwühlungen des Nachmittags, die ihn nicht mehr zu beschäftigen schienen, das KIND, bereits im Schlafanzug und mit einer Art Beißschiene im Mund, und auch Matthias hatte sich, nachdem er kurz *in seine Werkstatt* verschwunden war, um sich etwas Wärmeres anzuziehen, wieder dazugesellt, eine winterlich anmutende Daunenjacke über den Schultern, die jedoch niemand kommentierte, nicht Toni in ihrem Sommerkleid, nicht Miss Bishop in ihren Sandalen.

Ich rückte den Gartenstuhl so, dass ich noch lange etwas von der Abendsonne haben würde. In violetten Schatten legten sich die Umrisse der Bäume über die Wiese, während die Grillen zirpten. Hin und wieder fiel ein Apfel zu Boden, ein Knacksen in den Ästen, dann ein dumpfes Aufschlagen. Wie blind, doch erfüllt von Farbe, hielt ich meine geschlossenen Lider dem roten Glühen entgegen und hörte den anderen zu. Ein Bild stieg in mir auf: eine Wiese, über der die Sonne tief im Westen stand, auch dort saßen Menschen beieinander und schauten der Sonne beim Untergehen zu.

»Was mögt ihr lieber: Sonnenaufgänge oder Sonnenuntergänge?«

»Meine Güte, was du immer wissen willst.«

»Ich meine es ernst, was gefällt euch besser?«

»Ganz klar Sonnenaufgänge.«

»Das ist interessant. Warum?«

»Sonnenuntergänge sind Krisen.«

»Krisen?«

»Ja.«

»Du denkst nicht an den Schlaf, das Zubettgehen?«

»Nein, ich denke an Krisen.«

»Mich hat früher gestört, dass sich die Sonnenuntergänge hier so lange hinziehen. Es hat mich richtig wuschig gemacht.«

»Was, das wusste ich gar nicht. Davon hast du mir nie erzählt.«

»Jetzt weißt du es.«

»Nun, wenn dir das schon lang vorkommt, dann

möchte ich nicht wissen, wie du es bei uns in Sakha im Sommer finden würdest.«

»Da will ich mal hinfahren.«

»Es wird dir nicht gefallen.«

»Das sagst du immer, woher willst du das wissen?«

»Gib mir mal den Wein.«

»Hier.«

»Ich vermisse die Krise. Es gibt keine Krisen mehr.«

»Es gibt sie noch immer, doch wir haben gelernt, anders damit umzugehen.«

»Haben wir das?«

»Der Korken riecht komisch. Riech mal.«

»Bäh, riecht nach Stall.«

»Igitt.«

»Darf ich auch mal?«

»Was?«

»Gib mir doch bitte auch mal den Korken.«

»Kannst du fangen?«

»Hab ihn.«

»Und?«

»Hase.«

»Als ob du das so genau sagen könntest.«

»Kann ich zufällig.«

»Ja, ja.«

»Du meinst wohl eher Kaninchen.«

»Nein, Hase. Woher stammt dieser Wein?«

»Die Hasen fangen den Jäger.«

»Die Hasen fangen und braten den Jäger, so heißt es.«

»Stimmt, so heißt es richtig. Ziemlich brutal eigentlich.«

»Der Jäger bekommt einen Prozess, dann spießen sie ihn auf und grillen ihn über dem offenen Feuer. Auch die Hunde schlagen sie tot.«

»Auch die Hunde? Aber die können doch wirklich nichts dafür.«

»Ja, das ist seltsam, weil die Hasen dem Jäger in dem Prozess auch vorwerfen, die Hunde gequält zu haben. Ein Fehler, finde ich auch.«

»Die Hunde hätten sie laufen lassen sollen.«

»Ist das nicht deine Zeit Matthias?«

»Ja, es fällt in die Epoche. Meine Zeit.«

»Das klingt so düster, wie du es gerade gesagt hast: meine Zeit.«

»Dessen war ich mir nicht bewusst … Meine Zeit. Wie würdest du es sagen?«

»MEINE ZEIT, meine ZEIT, mei-ne Zeit, MEINE Zeit!«, das war Miss Bishop, die ihre Stimme verstellte. »Ach, wahrscheinlich genauso. Vergiss es, tut mir leid.«

»Jetzt will ich aber auch mal riechen. Her damit.«

Etwas landete auf meinem Schoß, ich öffnete die Augen.

»Entschuldige bitte«, sagte Claudio, »ich wollte ihn Toni zuwerfen. Habe ich dich geweckt?«

Ich schüttelte den Kopf und sah, dass Claudios Pflaster sich gelöst hatte, ein Zipfel hing nun schräg über der Augenbraue, während die runde, verkrustete Stelle, die er damit bedeckt gehalten hatte, im abnehmenden Licht fast wie eine Art Stirnmal aussah, ein an den Rändern verkrustetes, drittes Stirnauge in der Mitte zwischen den Brauen. Ich hätte ihn gerne darauf aufmerksam gemacht, wusste jedoch nicht, wie empfindlich er darauf reagieren würde, zumal auch die anderen nichts dazu sagten.

»Heather will vielleicht auch mal riechen«, sagte Chen-Lu, doch da hatte ich den Weinkorken bereits an Toni weitergereicht, Toni, die mir die Hand entgegengestreckt hatte und sich den Korken nun unter die Nase hielt, das dunkle Haar in derselben Farbe wie der dunkle Lack auf ihren Nägeln.

»Krisen sind doch erst mal nichts Schlechtes«, sagte sie, kennerisch an dem Weinkorken schnuppernd, »Wendepunkte, weder gut noch schlecht, sie bilden halt Übergänge. Oder?«

Matthias nickte stumm, setzte zu einem Satz an und brach ihn wieder ab.

»Nicht für die, die unmittelbar unter ihnen zu leiden haben«, sagte Claudio.

»So kann man es auch sehen«, sagte Miss Bishop, »das kommt ganz darauf an. Krisen sind ja auch Gelegenheiten, die es zu nutzen gilt, man muss allerdings darauf vorbereitet sein. Während der Krise kann man nicht mehr damit anfangen, dafür ist es dann zu spät. Wenn alles gut läuft – das ist der Zeitpunkt, auf den es ankommt. Und dann, wenn es so weit ist, wenn die Krise da ist, zack geht es los. Heather, was meinst du, bist du für oder gegen die Krise?«

Ich wusste nicht, was ich darauf antworten sollte, und lachte aus Verlegenheit. »Krise als Chance, sagt man doch so. Ich schätze, ich bin dafür. Täglich dämmernde Krise.«

Miss Bishop schien zufrieden. Aufrecht auf ihrem Stuhl sitzend, die Arme auf den Lehnen ruhend, lächelte sie mich an. Beim Essen hatte ich gehört, wie jemand Miss Bishop als *die Premierministerin* bezeichnet hatte, ein Titel, der mir zunehmend treffend erschien, so staatsmännisch wie sie dasaß, die Gastgeberin einer Konferenz.

»Aber Claudio«, sagte sie, »du wolltest doch auf etwas anderes hinaus, oder?«

»Ist schon in Ordnung.« Claudio hatte das Pflaster abgenommen und klebte es wieder an.

»Sicher?«

»Ich mag Sonnenuntergänge und Sonnenaufgänge gleichermaßen. Ich mag die Dämmerung. Aufgänge vielleicht ein wenig lieber, weil man sie so selten erlebt. Ich zumindest.«

»Stimmt.«

»Aber auf den Sonnenuntergang folgt der Sonnenaufgang, richtig?«

»Ja, darauf kann man sich mehr oder weniger verlassen.«

»Und dazwischen liegt die Nacht?«

»Korrekt.«

»Aber stimmt das überhaupt? Es gibt da ein Zitat von jemandem, ich hoffe, ich erinnere mich richtig. Es heißt, dass die Krise gerade in der Tatsache besteht, dass das Alte stirbt, das Neue aber noch nicht zur Welt kommen kann, es muss warten. Und in diesem Interregnum, glaube ich, heißt es, kommt es zu den unterschiedlichsten Krankheitserscheinungen. Daran denke ich bei Sonnenuntergängen: das Wartenmüssen. Wenn die Sonne aufgeht, ist die Krise überwunden, dann kommt das Neue zur Welt. Der Sonnenuntergang aber läutet dieses Dazwischen ein.«

»Die Nacht als Krankheit. Das ist von Gramsci«, sagte Edgar, »aus den Gefängnisheften.«

»Die Abwesenheit des Tages, das ist die Nacht!«, warf Toni ein. »Die Nacht existiert überhaupt nicht.«

»Das gefällt mir«, Chen-Lu lachte, »kann ich mal den Wein haben?«

»Aber die Flasche ist doch immer noch bei dir.«

»Ach so.«

Mir war aufgefallen, dass von Zeit zu Zeit immer wieder jemand aufgestanden und kurz hinter die Bäume verschwunden war, und auch ich verspürte allmählich den Wunsch, mich nach einer Toilette umzusehen. Als ich mich erhob, um mir ein Plätzchen zu suchen, stand auch der Mann neben mir auf. Beide, peinlich berührt, wollten wir zu den Apfelbäumen. Auf die Schnelle fiel mir nichts Besseres ein, als ihm viel Glück zu wünschen, und ich bog zum Sanatorium ein. Auch im Gemeinschaftssaal musste es eine Toilette geben. Kleine Kugellampen, in die Erde gepflockt, beleuchteten den Weg.

Hinter dem Vorhang fand ich den Lichtschalter nicht, konnte ihn nirgendwo ertasten. Trotz der Dunkelheit, die mich umgab, in dem schwachen Licht, das von der Außenbeleuchtung in den Raum geworfen wurde, erkannte ich unter der Treppe, die zur Galerie führte, dort, wo die Stühle gestapelt waren, eine Tür, die jedoch leider verschlossen schien. Die Klinke ließ sich nicht bis zum Ende durchdrücken, war irgendwie blockiert, wie bei einer Klinke, die versehentlich falsch herum montiert worden war. Als ich versuchte, die Klinke anzuheben, hörte ich etwas aus dem Saal. Es klang wie ein Scharren, dazu ein Rascheln, ein kleines, nachtaktives Tier, ein Igel oder eine Maus, ein Siebenschläfer, der an etwas knabberte oder versuchte, sich hinter einer der Wände ein Nest zu bauen. Vielleicht war es aber auch ein Mensch, der auf den gleichen Gedanken gekommen war und nun, nach einer Toilette suchend, so wie ich darüber erschrak, in der Dunkelheit auf jemanden zu stoßen.

»Hallo?«, rief ich und hielt inne. »Ist da jemand? Hallo?«

Kurz war das Geräusch wieder da, jetzt klang es eindeutig wie ein Kratzen, Kratzen und Rascheln.

Nah bei den Stühlen, hinter den Türmen, zu denen sie aufgestapelt waren, stand ein metallischer Kasten, ein Gerät, Tasten und Regler, ein schmales Display, das schwach grün leuchtete. Auf dem Display, Wörter und Zeichen, ich las:

*Hallo? – – – – Ist da jemand? – – – – Hallo?*

Aus einem Fach auf der Rückseite schob sich ein langer Papierstreifen, der zu einem bis unter die Stuhltürme reichenden Papierwust führte, eine Papierrolle von sicherlich mehreren Metern Länge, die dieses raschelnde Geräusch erzeugt hatte.

»Guten Abend, guten Abend, guten Abend«, wiederholte ich vor dem Kasten hockend. Sobald ich sprach, bewegte sich etwas, eine feine Nadel, und kratzte eine winzige Schrift auf das Papier, die im dämmrigen Dunkel mit dem bloßen Auge geradeso lesbar war, ein mechanisches Aufzeichnen, das irgendwas registrierte, selbst wenn ich nicht sprach. Ich kniff die Augen zusammen, um besser sehen zu können, was da auf dem Papierstreifen stand. Vier Zeilen:

Reiben (*Hosenbein*)
Reiben (*Hosenbein*)
Knacks (*Knie*)
*Unbekannt*: Guten Abend, guten Abend, guten Abend.

## *Der Fuhrmann*

Als ich aus dem Gemeinschaftshaus zurückkam, waren manche schon gegangen. Auf meinem Platz saß nun Chen-Lu, parallel vor ihr aufgereiht lagen vier leere Weinflaschen, eine fünfte Flasche stand etwas abseits im Gras. Es war still geworden, so still, wie es den ganzen Abend über nicht gewesen war, alle schwiegen, so dass ich mich fragte, ob die anderen sich gerade über mich unterhalten hatten, warum sollten ihnen plötzlich die Gesprächsthemen ausgegangen sein? Weil neben Matthias ein Stuhl frei geworden war, schlich ich um Chen-Lu herum, merkte jedoch, dass sie mich beobachtete. Etwas gefiel ihr nicht, meine Platzwahl sagte ihr nicht zu, also ging ich weiter und ließ mich neben Toni nieder, eine Entscheidung, der Chen-Lu offenbar positiver gegenüberstand, denn nun nickte sie anerkennend, lächelte sogar.

»Heather«, sagte sie und lehnte sich zurück, »ich finde, du passt gut zu uns. Oder, Toni, sie passt doch gut zu uns? Die Leute von der Mission sind immer so anstrengend mit ihrer Hilfsbereitschaft und diesem ganzen Gehabe, aber du bist anders. Mir gefällt auch dein Name, *Hea-ther*«, sagte Chen-Lu, »ein guter Name. Von mir aus kannst du fest bei uns einziehen. Oder, Toni?« – Toni nickte, und auch die anderen drehten sich zu mir um –, »weißt du schon, wie lange du bleibst?«

»Das interessiert mich auch«, sagte das KIND und nahm seine Beißschiene aus dem Mund. »Ich will mich nicht an Menschen gewöhnen, die von einem Tag auf den nächsten wieder verschwinden. Was, wenn du zu einer neuen Mission abberufen wirst? Wie können wir sicher sein, dass du uns nicht gleich wieder verlässt? Also, wie lange bleibst du?«

»Lasst sie doch erst mal ankommen«, sagte Edgar, »ihr seht doch, dass es ihr unangenehm ist.«

»Es ist mir nicht unangenehm … « Ich wusste nicht, was ich sagen sollte. »Drei Wochen bestimmt. Ich habe mir darüber noch keine Gedanken gemacht, aber wenn ihr mich so direkt fragt, ich könnte mir auch vorstellen, länger zu bleiben, warum nicht, ich habe zu Hause keine Verpflichtungen.«

»Und die Missionen?«, fragte Miss Bishop. »So viele Welten und darauf möchtest du verzichten? Wäre ich bei den Missionen, ich glaube, ich müsste immer daran denken, was mir gerade entgeht. Das muss doch aufregend sein. Du steigst in ein Shuttle, lässt alles, was dir bekannt ist, zurück, und wenn die Türen sich wieder öffnen, befindest du dich in einer völlig anderen Zeit.«

»Ganz so ist es nicht«, sagte ich, »dass die Türen sich öffnen und du völlig überwältigt in eine fremde Epoche hinaustaumelst. Zunächst gehen den Reisen ja immer Vorbereitungen voraus, Training und Simulationen, so dass dir, wenn du das Shuttle verlässt, erst einmal alles recht vertraut vorkommt. Am Anfang fühlst du dich eher wie ein Experte, du kennst den Ort, du kennst die Zeit, weißt mehr darüber als die meisten Menschen, denen du begegnest – nichts kann dich überraschen, das ist das Grundgefühl, mit dem du aufbrichst, schließlich hast du das alles ja schon unzählige Male geübt, hast Stunden in der Simulationshalle verbracht. Zuerst fühlst du dich leicht, fast schwebend, als wäre alles programmiert, alles für dich in eine Szene verwandelt und du schreitest durch diese Szene, bist ihr Protagonist.«

»Das kenne ich«, sagte Chen-Lu, »wenn die Schritte und Gedanken wie in einer Choreografie aufeinanderfolgen und du genau weißt, was für ein Gegenspieler aus welcher Ecke wann und wie mit seinem Morgenstern auf dich eindrischt.«

»Du trägst den Pass der Zukunft bei dir, so hat es Betsy Amadhila einmal ausgedrückt. Ich weiß nicht, ob hier jemand ihre Memoiren gelesen hat« – ich sah mich in der Runde um, niemand nickte, niemand schüttelte den Kopf –, »aber diese Formulierung trifft es schon sehr gut. Mit diesem Pass muss man verantwortungsbewusst umgehen, da ist ein Übermut, eine Täuschung, von diesem anfänglichen Überlegenheitsgefühl darf man sich nicht zu einer Dummheit hinreißen lassen, zumal die Kenntnisse, mit denen man angereist ist, nur einen bestimmten Rahmen abdecken. Eigentlich weiß man rein gar nichts. In den Nachbildungen, in denen man sich zur Vorbereitung aufgehalten hat, ist selbst die unmittelbare Zielumgebung niemals vollständig enthalten, die Informationen sind begrenzt, es fällt nur eben nicht sofort auf, es dauert eine Weile. Das Ungeheuerliche: dass man sich wirklich und leibhaftig in einer anderen Epoche aufhält, diese Erkenntnis dringt erst verzögert zu einem durch, dann, wenn man auf etwas stößt, das von der Simulation abweicht, etwas, das nicht mit dem Einstudierten übereinstimmt, eine Kleinigkeit wie eine bestimmte Geste, die man an jemandem beobachtet und die einem unverständlich ist. Etwas Lächerliches oder Abstoßendes, etwas Rührendes oder Furchteinflößendes, ein eigentlich unscheinbares Detail an einer Kleidung oder am Wegrand, etwas ungewöhnlich Schönes, mit dem man nicht gerechnet hat, eine Melodie, die jemand summt. Oft sind es auch Gerüche, die einem unvorbereitet in die Nase ziehen und einen Wirklichkeitsmoment auslösen. Keine Nachbildung, alles echt, alle Dinge, alle Menschen; ich weiß nicht, ob ihr mir folgen könnt, wenn man es nicht erlebt hat, ist es schwer, es wirklich nachzuvollziehen, doch diese Momente – darauf wollte ich hinaus –, diese Erkenntnis, sie kann eben auch verstörend sein, auf eine unangenehme Weise überwältigend.«

»Weil man plötzlich so weit weg ist und sich einsam fühlt?«, fragte das KIND.

»Ja, das auch. In der Regel werden Missionen aber in Gruppen unternommen, so dass man niemals ganz auf sich allein gestellt ist.«

»Interessant, dass du Gerüche erwähnst. Wenn ich einen Duft zusammenstelle, versuche ich immer, mir einen Moment vor Augen zu führen, der sich meinem Zugriff zunächst entzieht. Vielleicht habe ich einen

Anhaltspunkt, eine Jahreszeit oder ein Zimmer, eine bestimmte räumliche Vorstellung, der ich selbst noch nicht ganz vertraue. Erst nach und nach stellt sich eine Sicherheit ein, werden die Umrisse konkreter. Ein Geruch kann eine ganze Szenerie entfalten, wie ein Gedächtniskomprimat, als wären Duftnoten die Grundstoffe, mit denen Erinnerungen gespeichert werden, und auch der Raum spielt eine Rolle: Moleküle, die sich ausbreiten und eine Weite aufspannen. Natürlich funktioniert das nur bei mir – es sind ja meine Erinnerungen, die sich an eine bestimmte olfaktorische Zusammensetzung geknüpft haben, für Toni hat der Geruch vielleicht gar keine oder sogar eine konträre Bedeutung, weshalb wir uns früher ständig gestritten haben. Erinnerst du dich?« Miss Bishop schaute sich über die Schulter.

»Pfui Teufel, und wie ich mich erinnere.« Toni zog eine Grimasse, als hätte sie in etwas Saures gebissen. »Rost zum Beispiel, oxidiertes Eisen, für mich einer der abstoßendsten Gerüche überhaupt – wie eine Zecke zwischen dem Fell eines Tiers, wenn das Blutsäckchen bereits gefüllt ist. Wenn so die Hände riechen, altes Blut, ich denke dabei nicht an Ankerketten oder Boote, die vor der Küste liegen«, sagte Toni und schenkte Miss Bishop Wein nach. »Es hat eine Weile gedauert, bis wir uns einig geworden sind.«

»Trotzdem«, sagte Miss Bishop und trank ihr Glas in einem Zug leer, »auch wenn es, wie du sagst, viel Arbeit beinhaltet, eine Missionsreise zu unternehmen, und auch sehr aufwühlend sein kann, ich könnte trotzdem nicht darauf verzichten. Die Möglichkeiten, die du hast« – sie kreiste mit dem Finger über dem Glasrand, bis ein Geräusch zu hören war, ein heller, merkwürdig durchdringender Klang –, »die Hängenden Gärten von Babylon, der Leuchtturm von Alexandria und dann die Feste und Zeremonien. Ich würde auf Banketten tanzen und Prinzessinnen entführen. Mich beeindrucken die Missionen sehr.«

»Prinzessinnen entführen?« Toni lachte auf. »Ich wusste ja gar nicht, dass in dir eine Royalistin schlummert. An welche Prinzessin hast du denn gedacht?«

Miss Bishop nickte verschwörerisch. »Da wäre ich nicht wählerisch. Wir könnten sie zusammen entführen und einen Mythos begründen. Oder wir verkleiden uns als Außerirdische und bringen einen Papst von seinem Glauben ab. Auf der eigenen Beerdigung erscheinen und allen Gästen einen Schrecken einjagen. Rache üben! Was ich nicht alles machen würde. Die Pariser Kommune: ihnen zeigen, wie sie aus Petroleum, Weinflaschen und Stofffetzen Molotowcocktails bauen können. An Weinflaschen wird es ja nicht gemangelt haben.«

»Revolutionstourismus, aus diesem Grund würdest du nie auf eine Mission geschickt werden, was dir Heather bestimmt bestätigen kann.«

Ich nickte. »Du kannst ja nichts verändern.«

»Ich weiß, ich weiß, das Nowikow-Gesetz, war ja auch nicht ernst gemeint. Aber stell dir doch nur mal vor, so viele Türen, die dir offenstehen. Nichts gegen Kolchis, aber Fanon im Krankenhaus besuchen, ihm

Trost zusprechen. In einer Vorlesung von Walter Rodney sitzen. Sappho das Kraulen beibringen, da fällt mir einiges ein.«

»Du müsstest zunächst einmal eine Reihe von Tests bestehen, und als Linkshänderin würdest du es niemals durch das Auswahlverfahren schaffen.«

»Nicht unbedingt«, sagte ich, »ich kenne Linkshänderinnen, die für das Programm gearbeitet haben. Wichtiger ist, dass du in der Lage bist, schnell und sicher Sprachen zu lernen und auch ein phonetisches Talent mitbringst. So war es zumindest früher, meine Eignungsprüfung liegt aber auch schon eine Weile zurück, seitdem hat sich viel geändert. Uns ging es damals ja um die Menschen, die wir geholt haben, während die Missionen heute nur noch der Forschung wegen unternommen werden, zuschauen, mehr nicht. Wenn ich ehrlich bin, fühle ich mich von diesen Reisen seit der Einstellung des Evakuierungsprogramms eher abgestoßen.«

»Also doch eine Retterin«, sagte Chen-Lu, »eine verhinderte«, und auch Miss Bishop schien mit meiner Antwort nicht einverstanden zu sein.

»Aber das Zuschauen«, sagte sie, »das Lernen von anderen ist doch auch bedeutsam, der Reichtum an Erzählungen, das Wissen über die Anfänge, diese Gleichzeitigkeiten, diese vielen verschütteten Versuche. Wachstum und Zusammenbruch, Wege aus der Verzweiflung. Wie lange es manchmal dauert und wie schnell es plötzlich gehen kann. Oder Stimmungen. Was ist eine Stimmung? Das Ringen um Gerechtigkeit – Herrschaft und

Unterdrückung. Nimm nur mal die Tuulipo-Kultur, wir wissen immer noch fast nichts über diese Leute, wissen nicht, wie die Menschen im Elam-Reich gesprochen haben. Die Klänge verstehen, die Schriften lernen und dann die Gerüche, all diese Wissensschätze. Riechen, wie dieses Öl geduftet hat, mit dem die Götterstatuen im alten Ägypten eingerieben wurden, einen Duft, den sie Freude genannt haben. Myrrhe, Johannisbaumfrucht, Styrax. Toni könnte eine Süßspeise damit parfümieren, ein altägyptisches Dessert.«

»Ich habe tatsächlich einmal eine Pyramidentorte gebacken, sechsstöckig mit einem quadratischen Grundriss für einhundertzwanzig Personen, das war eine Schweinearbeit. Allein die Eier, es müssen Hunderte gewesen sein, aufschlagen und trennen. Das Ganze nannte sich dann ägyptischer Empfang, aber frag mich nicht, wer damals gekommen war, Minister, Offiziere. Jemand hatte diese Palmen angefertigt, auf die wir Datteln aufspießen sollten, und dann gab es noch diese Kamele, Kamele aus Sesam, die so prächtig ausgesehen hatten, dass es niemand gewagt hatte, sie anzuschneiden. Natürlich Halva und Lokum, stundenlang Sirup einkochen, Rosenwasser und Pistazien, Baklava und weißer Nougat. Vielleicht sollten wir auch mal einen ägyptischen Abend veranstalten, schade, dass Mona schon schlafen gegangen ist. Wie dem auch sei, wir sind froh, dass du hier bist, Heather.«

Ich sah, wie sich Matthias, der seit einer Weile nichts mehr gesagt hatte, nach einer Weinflasche bückte, eine Flasche, die jedoch leer war, was sich in einer Enttäuschung niederschlug, die mir nicht angemessen erschien. Ich wusste, dass sich in der Flasche, die hinter Chen-Lu stand, noch ein Rest befand, also beugte ich mich vor und reichte sie ihm.

»Danke«, sagte Matthias, wich meinem Blick jedoch aus, als hätte ich ihn durch irgendetwas gekränkt. In seine Daunenjacke gehüllt, kauerte er, den Rücken krumm gebeugt, auf seinem Gartenstuhl und machte ein nachdenkliches Gesicht.

»Kamele aus Sesam«, wiederholte Miss Bishop mit einem Ausdruck des Genusses, brach ihren Gedanken jedoch gleich wieder ab, weil sie am Himmel etwas gesehen habe: zwei Sternschnuppen, die sich in einem Punkt getroffen hätten, »schaut doch, hier oben! Da ist wieder eine, da sind zwei, was ist denn heute eigentlich los?«

Zwischen den Umrissen der Bäume, in einer Schwärze, die nicht mehr flach erschien, sondern gewölbt, waren nun deutlich leuchtend diese Punkte hervorgetreten, Punkte und Haufen, die Milchstraße mit ihrem dunstig hellen Band – und ja, auch Sternschnuppen: eine Sekunde lang zu sehen, Punkte, die über den Himmel wischten, wenn man zufällig in die richtige Richtung sah.

»Habt ihr das gesehen? Ein Shuttle oder eine Sternschnuppe? Nein, wieder eine Sternschnuppe.«

Alle saßen wir zurückgelehnt und blickten in den Himmel, einen Sternenhimmel, der seinem Namen wirklich alle Ehre machte. »Nach der nächsten Sternschnuppe gehe ich aber ins Bett«, sagte Miss Bishop, nur um sich gleich darauf zu korrigieren: »Na gut, noch eine, das ging jetzt aber schnell. Habt ihr euch etwas gewünscht?«

»Ich wusste gar nicht, dass man sich bei Sternschnuppen etwas wünschen soll.«

»Wusstest du nicht?«

»Ich wünsche mir …«

»Nicht aussprechen, um Himmels willen, du kennst dich ja tatsächlich nicht mit den Gepflogenheiten des Wünschens aus.«

»Hier noch eine!«

»Wo denn?«

»Hier drüben.«

»Wie nennt man ein Haarwaschmittel für garantiert sternenfreie Nächte?«

»Ein Anti-Schnuppen-Shampoo?«

»Schade, habe sie verpasst.«

»Gibt es einen Unterschied zwischen Kometen und Meteoren?«

»Sagt man nicht Meteoriten?«

»Seid doch mal ruhig, ich versuche, mir etwas zu wünschen.«

»Bei der nächsten gehe ich aber wirklich«, sagte Miss Bishop und legte ihre Hand auf die Schulter des KINDs, das sich die Augen rieb und sehr müde aussah, »und dich nehme ich mit.«

»Ich wollte ja gar nicht so lange wach bleiben.«

Als sie sich verabschiedeten, das KIND wankend vor Müdigkeit, drückte Miss Bishop Toni einen Kuss auf die Stirn, »wir sehen uns morgen.«

»Du meinst wohl, ich soll dich nicht wecken.«
»Du darfst es gerne versuchen.«

Als Nächster erhob sich Edgar, um in der Küche noch mal nach dem Rechten zu sehen, um die Töpfe einzuweichen und die Reste in den Kühlschrank zu stellen, woraufhin auch Matthias von seinem Stuhl aufstand, Matthias in seiner Winterjacke, auch er würde sich nun gerne zurückziehen, doch so wie er es aussprach, den Blick gesenkt, wirkte es, als würde er sich dafür entschuldigen, was ich albern fand, schließlich konnte er doch kommen und gehen, wann er wollte. Ich hatte nach dem Abendessen kaum mit ihm gesprochen und suchte seinen Blick, doch Matthias hatte sich schon weggedreht.

»Pass auf den Spargel auf«, rief ich ihm hinterher, »falls er sich in deinem Zimmer versteckt hat.«

Jetzt blickte Matthias sich noch einmal um und nickte mir zu, nickte so, als hätte er meine Anspielung nicht verstanden.

»Der Spargel«, fügte ich nun schon etwas leiser hinzu, doch Matthias sah mich nur unglücklich an. »Die Spargel-Gefahr … das Risiko-Gemüse.«

Wieder ein Nicken, die Stirn in Falten, konnte er sich wirklich nicht erinnern?

»Matthias hat vorhin nämlich etwas Komisches gesagt«, erklärte ich Toni, die meinen Versuch einer Verabschiedung mit Interesse verfolgt hatte. Ihr Blick war gutmütig, aber auch distanziert, als würde sie jemanden beobachten, der etwas Offensichtliches nicht verstand.

»Mensch versus Spargel, ihr wisst schon«, sagte ich, nun auch an die anderen gerichtet, und kam mir wie eine Idiotin vor, von niemandem ein Wort, geschweige denn ein Lachen. Es kam mir unfair vor, dass mein Scherz so überhört wurde, während alle anderen die ganze Zeit herumwitzelten. »Chen-Lu, hilf mir doch mal. Der Spargel war faserig.«

»Der Spargel war faserig«, gab sie zurück, nüchtern, ohne die Miene auch nur ein bisschen zu verziehen, so ernst und ausdruckslos, dass ich mir nicht sicher war, ob nicht Chen-Lu sich jetzt über mich lustig machte, zumal ich hören konnte, wie jemand nachäffend wiederholte: *Der Spargel war faserig.* – Daraufhin Lachen, ich drehte mich um, wer hatte da gelacht? Einer der Männer, neben denen ich vorhin gesessen hatte, ohne mich ihnen vorgestellt zu haben, worüber ich nun insgeheim froh war. Nachdem die beiden sich den ganzen Abend angeschwiegen hatten, kam nun zum ersten Mal eine Art Gespräch zwischen ihnen zustande. Auf der Ebene des hämischen Nachäffens kamen sie offenbar gut miteinander aus.

»Matthias legt sich heute mit dem Spargel an.«

Diese Idioten, dachte ich und blickte zu Matthias, der nun noch viel trübsinniger aussah.

»Ich gehe dann.«

Mir eine gute Nacht wünschend, verschwand er in dem Dunkel hinter den Bäumen. Ich wollte ihm noch etwas hinterherrufen, konnte ihn aber nicht mehr sehen.

»Ich habe nur einen Scherz gemacht«, sagte ich, nun an Toni gerichtet, die sich zu mir herübergelehnt hatte, wenigstens vor ihr wollte ich es richtigstellen. »Gerade habt ihr doch noch alle so herumgealbert.« Ich überlegte, ob ich sie auf Matthias' Daunenjacke ansprechen sollte, entschied mich jedoch dagegen, weil mir ihr Blick eine Spur zu ironisch vorkam.

»Bei so vielen Humorebenen«, sagte ich schließlich, »ist hier wahrscheinlich immer alles lustig und ernst zugleich.«

»Mach dir nichts draus«, sagte Toni und sank in ihrem Stuhl zurück. »Wir sind hier alle Missverständnisse gewöhnt.«

Eine Nachtwolke, violettgrau gebauscht, zog vom Meer Richtung Land und wischte über die hinter ihr verschwindenden Lichtpunkte wie ein Schwamm über eine Tafel, deren Beschriftung nur kurzzeitig verlosch, nach dem Trocknen der Nässe jedoch wieder zum Vorschein kam, so wie das manchmal bei Schultafeln der Fall war, als würde alles Notierte, jeder Kreidestrich, eine Art Erinnerung hinterlassen.

Capella blinkte auf, ein fernes Funkeln, eigentlich ein Winterstern, doch auch am Sommerhimmel erschien er noch so klar, dass man ihn leicht von den anderen unterscheiden konnte. Früher in Kolchis hatten wir immer von dem *Sternenzelt* gesprochen, ein Kolchis-Wort, so wie die ganzen Sternbilder, als wären sie nur von diesem einen Ort aus sichtbar, als gehörten sie zu Kolchis so wie das Postamt oder der Kurpark.

Das Sternbild des Fuhrmanns war nicht vollständig zu erkennen, nur Capella, dieser hellste Punkt eines schräg verzogenen Sechsecks, ein Lichtpunkt, der eigentlich aus vier Sternen bestand, vier glühende Sterne, deswegen leuchtete er auch so hell, ein Sternsystem, dessen Glühen sich in diesem einen Punkt vereinigte.

Auch für mich war es langsam an der Zeit, zu gehen.

Als ich nach Kolchis gekommen war, hatte ich die Venus nicht vom Mars unterscheiden können, was mir peinlich gewesen war, weil hier schon die Siebenjährigen mühelos alle wichtigen Sternbilder bestimmen konnten; Astronomie wurde als Schulfach unterrichtet, wir nutzten Sternkarten und Sternschablonen, schon von der ersten Klasse an. Mir aber waren weder die Namen vertraut gewesen, noch hatte ich die Symbole mit den jeweiligen Sternanordnungen in Verbindung bringen können. Ich erkannte keine Wagen, keine Jungfrauen, keine Wale und keine Eidechsen. Für mich sah der Große Bär aus wie eine Ratte, die spitze Schnauze, der lange Schwanz: die *Große Langschwänzige Ratte*, so müsste man das Sternbild nennen, während ich der sogenannten Giraffe, diesem Sternhaufen unweit Kassiopeias, generell jeden Tierbezug absprechen würde, ein paar schwache Lichtpunkte, die völlig willkürlich zu etwas Zusammenhängendem erklärt worden waren. Doch mit dem Fuhrmann war es mir von Anfang an anders gegangen, ein Sternbild, das ich auch ohne Hilfsmittel leicht bestimmen konnte. Im Gegensatz zu den anderen, mir immer sehr gewollt erschienenen Symbolnamen, verband ich mit dem Fuhrmann eine Erinnerung an etwas, das in meine Kindheit zurückführte, an eine Spielzeugfigur aus der Zeit vor meiner Evakuierung, die mein Vater damals als Fuhrmann bezeichnet haben musste, und auch heute fällt es mir nicht schwer, mir dieses Spielzeug vor Augen zu führen. Es war ein Heuwagen von Playmobil, das erste Playmobil-Set, das mir als Kind von einer mit meinen Eltern befreundeten Familie geschenkt worden war – eine Familie aus dem Westen, wie man damals gesagt hatte, wir kamen aus dem Osten –, Familie Fährmann aus Kiel, weshalb die Wörter Fuhrmann und Fährmann für mich schon damals zu einem Amalgam verschmolzen.

Das Spielzeug war eine Ochsenkarre, ein Zweispanner, und es ist mir bislang nicht gelungen, dieses Spielset antiquarisch aufzutreiben. Um die Kutsche zusammenzubauen, mussten zwei Leitern in ein Gestell geschoben werden. Die Deichsel wurde mit einem Stift gehalten, der sich unter dem abnehmbaren Kutschbock versteckte – man musste drücken, dann machte es klick. Auch das Geschirr musste festgedrückt werden, Kerben an den Schultern der Ochsen. Auf dem Kutschbock saß ein Bauer, der sich ziehen ließ, sich und seine Fuhre, die, je nachdem in welcher Spielwelt ich mich befand, mal aus Holzbuntstiften bestand, die eine Ladung frisch gefällter Bäume darstellte – eine Holzernte auf dem Weg zum Sägewerk –, mal aus Backpulvertütchen, die ich als Mehlsäcke einsetzte – schnell zur Bäckerei.

Manchmal spielte ich auch die Textstrophen eines Lieds nach, das ich in der Schule gelernt hatte und das im Kanon gesungen sehr dramatisch klingen konnte, eine Ahnung von einem Unheil, auch wenn ich als Kind noch nicht verstanden hatte, was denn so Schlimmes darin verhandelt wurde. *Hey ho, spann den Wagen an, sieh, der Wind treibt Regen übers Land, hol die goldnen Garben, hol die goldnen Garben.* Aus irgendeinem Grund war es sehr schwer, die Ernte einzuholen, das Glück der Menschen hing davon ab. Wenn ich darüber nachdenke, waren es sogar zwei Lieder, die ich im Spielen miteinander verband. Das zweite Lied war deutlich fröhlicher und schneller, ich erinnere mich an die hohe Stimme meiner Klassenlehrerin, vor der ich mich ein wenig gefürchtet hatte, weil sie dafür berüchtigt gewesen war, schnell in Rage zu geraten und dann gelegentlich sogar Kopfnüsse zu verteilen – wer sich zur falschen Zeit in ihrer Nähe aufgehalten hatte, war potenziell gefährdet –, doch das Lied hatte mir gefallen. *Was macht der Fuhrmann? Der Fuhrmann spannt den Wagen an. Die Pferde ziehn, die Peitsche knallt, dass laut es durch die Straßen hallt. He, Fuhrmann, he.*

Ich spielte, dass Herbst war, spielte, dass ich Heugarben einsammeln musste, Büschel aus gelbem Gras. Wo die Kokosläufer endeten und die Dielen frei lagen, erstreckte sich ein Fluss, ein mächtiger Strom, der zum Meer führte, einem Hafen. Ein Pappbuch, flach auf dem Boden liegend, wurde zur Fähre, der Fuhrmann lenkte die Ochsen auf das Buch, das Buch setzte sich in Bewegung. Ich hatte bedauert, dass es Ochsen waren und nicht Pferde, die den Wagen zogen, Pferde wären eleganter, schneller, schöner, dafür aber hatte an der Kutsche ein Eimerchen gehangen. Es hatte geschaukelt, wenn die Kutsche fuhr, hatte sich abnehmen, sogar mit echtem Wasser befüllen lassen, um die Ochsen zu tränken.

Ich blieb noch eine Weile in der Erinnerung, blieb dort auf den Kokosläufern im Kinderzimmer, blieb unter dem Fenster, wo das Aquarium stand und die Guppys schwammen, die mir und meinen Schwestern gehörten, in dem Haus meiner Eltern, in dem sächsischen Dorf, in dem ich aufgewachsen war.

# DRITTER TAG

# *Tezeta*

Einhunderttausendsiebenhundertfünfzehn Evakuierte aus dem einundzwanzigsten Jahrhundert. Neunundachtzigtausendvierhundertneunzig Evakuierte aus dem zwanzigsten Jahrhundert. Siebenundsiebzigtausendeinhundertzweiundvierzig Evakuierte aus dem neunzehnten Jahrhundert. Vierzehntausendzweihundertzweiunddreißig aus dem achtzehnten, fünfzehntausendvierhunderteinundneunzig aus dem sechzehnten, vierzehntausendfünfhundertdreizehn aus dem fünfzehnten, dreizehntausendneunhundertsiebenundfünfzig aus dem vierzehnten Jahrhundert. Fünfzehntausendzweihundertzweiundzwanzig aus allen Jahrhunderten davor. Insgesamt dreihundertvierzigtausendsiebenhundertneunundfünfzig Menschen, las ich, evakuiert nach Kolchis, Hafen der Zeit. Ich wusste, dass es etwa dreihunderttausend waren, die in der zwei Jahrzehnte währenden Phase der Großen Evakuierung nach Kolchis gebracht worden waren, dreihunderttausend aus verschiedenen Epochen, diese Zahl wurde immer genannt, wenn jemand auf die Evakuierungen zu sprechen kam. In den darauffolgenden Jahren waren die Rettungsmissionen schon so stark eingeschränkt worden, dass sie zahlenmäßig nicht mehr ins Gewicht fielen, Einzelfälle, Kolchis verwaiste, das Programm wurde eingestellt. Hier nun aber die exakten Zahlen zu lesen, in einer Schreibweise, die so absurd lange, sich über mehrere Zeilen hinweg fortsetzende Buchstabenketten ergab, jeder Buchstabe ein Versuch, Zahlenwörter, die nicht enden wollten, bis sie schließlich doch abbrachen – dieser Anblick ließ mich nicht unberührt, löste tatsächlich etwas in mir aus. Sie sprachen Mazedonisch, Palauisch, Jiddisch, Kirundi, Singhalesisch, Swasi, Tagalog. Allein die Aufzählung der Sprachen nahm fast die Hälfte der Tafel ein. Usbekisch, Griechisch, Urdu, Arabisch, Spanisch, Guarani, Tok Pisin. Darunter ein Satz, den ich irgendwo bereits gelesen haben musste, oder handelte es sich um ein Lied? *Wir wissen, dass wir niemandem zu Dank verpflichtet sind, nicht dem Schicksal, das es nicht gibt.*

Das Schicksal, das es nicht gibt – hat Mitsu das gesagt? *Todgeweihte, doch dem Tode entrissen.* Die Sprache, in der der Text verfasst war, erinnerte mich an den Ton, mit dem früher in Kolchis gesprochen worden war, ein Evakuiertenton, der zugleich hart und pathetisch wirkte und einem außerhalb der Grenzen von Kolchis sofort unangemessen erschien. Ehemalige, die sich an Ehemalige wandten, an andere, die wie ich nach Kolchis zurückgekehrt waren, um diesem Anfang noch einmal nachzuspüren.

Es folgte eine Aufzählung von Städten, Ländern und Berufen, die allerdings subjektiver war, nicht mehr darum bemüht, wirklich alle zu benennen, was ich insgeheim bedauerte, auch wenn eine vollständige Auflistung in diesem Rahmen niemals darstellbar wäre, eine Liste eher spontan wirkender, sich in Inhalt und Aussage stark von einander unterscheidender Selbstbezeichnungen ähnlich den Einträgen in einem Gästebuch oder Poesiealbum: *Anne-Pernille aus Tirstrup-Fuglslev, Orhan aus Mülheim an der Ruhr*; jemand bezeichnete sich als *stolzer Aschanti vom Delta des Volta*, als *couponschneidendes Valleygirl*.

Unterzeichnet war diese Gedenktafel von einem *Komitee der Ehemaligen von Kolchis*, eine Steinplatte im Zentrum des Platzes unweit der großen Taubenskulptur. Bei meinem gestrigen Versuch, Tezeta anzurufen, die sich bestimmt schon ärgerte, weil ich mich nicht bei ihr gemeldet hatte – vielleicht hatte sie auch eine Nachricht für mich hinterlassen –, hatte ich die Tafel auf dem Vorplatz übersehen. Sie war zwischen die Pflastersteine eingelassen, umgeben von einer Fläche aus weißem Sand. Kein Unkraut wucherte in den Beeten, die Bänke waren in einem frischen Blau gestrichen, alles wirkte auf eine geradezu penible Weise gepflegt. Selbst in den Sand vor meinen Füßen waren mit einem Rechen Rillen gezogen worden, saubere, wellenförmige Rillen und Kreise, und es fiel mir nicht schwer, mir eines dieser so rechtschaffenen, ordnungsliebenden Republikkinder vorzustellen, wie es über die Sandfläche harkte, über die Steinplatte wischte, Unkraut aus dem Blumenbeet rupfte. Wer sonst sollte für dieses Meisterstück der Denkmalpflege verantwortlich sein, während *Cher Ami*, matt und angelaufen, mit Vogelkot beschmutzt, ganz offensichtlich schon nicht mehr in ihren Zuständigkeitsbereich fiel.

Ich stellte mich vor den Eingang des Postamts, das in fünf Minuten öffnen würde. Ich hatte mir gedacht, dass sie ihren Dienst als Geste der Übererfüllung vielleicht schon früher beginnen würden und es sich lohnen könnte, eher zu erscheinen, doch weit gefehlt: Eine Minute vor acht erschien ein Kind mit einem Schlüsselbund, es war dasselbe Mädchen, das mich gestern am Schalter abgewimmelt und behauptet hatte, alle Ortskennzeichen im Kopf zu haben, ohne sie nachschlagen zu müssen. Durch die Glastür sah sie mich auf der Treppe stehen und zeigte auf die Wanduhr, die hinter ihr hing. Diese kleine Despotin, dachte ich. Erst als der Sekundenzeiger seine Runde zu Ende gebracht hatte, öffnete sie die Tür.

Drinnen war es noch kälter als am Tag zuvor. Mit langsamen Schritten ging das Mädchen, das Kind, Diensthabende im Fernmeldewesen, Chefbeauftragte der Telefonie, zu ihrem Arbeitsplatz, dem Schalter F. Wir waren die einzigen Menschen in der großen Halle, ich folgte ihr und wartete vor dem Schalter, bis sie sich hingesetzt hatte. Dafür ließ sie sich Zeit, vorher musste sie sich noch einen Malzkaffee einschenken, einen Ordner auf einen Aktenwagen legen, ihren Stuhl zurechtrücken und versonnen die Blütenblätter der Primel berühren, die sich etwas versetzt hinter dem Bildschirm aus einem Blumentopf erhob. Schließlich begann sie, still in sich hineinlächelnd, eine Zahlenfolge einzutippen, dann blickte sie strahlend zu mir auf.

»Die Verbindung steht. Kabine 11 ist bereit«, sagte das Mädchen, das sich Tezetas Regionalvorwahl tatsächlich gemerkt hatte, so dass es mir schon etwas leidtat, sie in Gedanken so verunglimpft zu haben. Sie zeigte auf eine lange Reihe von Türen, dunkles Furnierholz, die Sprechkabinen. »Genügt dir eine Stunde?«

»Aber ja«, sagte ich und bedankte mich.

»Hat jemand eine Nachricht für mich hinterlassen?« Ich nannte meinen Namen.

»Nein, für Heather Hopeman ist keine Nachricht hinterlassen worden.«

Die Kabine war winzig. Das Licht ließ sich gerade so auf die Helligkeit einer Nachttischlampe hochdimmen, eine kleine dunkle Zelle, Wände und Decke waren mit schwarzem Samt bezogen, was wohl der Schalldämmung diente, den Raum aber noch kleiner wirken ließ. Zum Telefonieren nahm man auf einem Sessel Platz, dessen Bezug ein Muster aus Sternen zeigte, Sterne und Galaxien. In der rechten Armlehne verbarg sich ein Bildschirm, über den sich der zweite Bildschirm, der an einem Schwenkarm von der Decke hing, steuern ließ. Ich machte es mir bequem, richtete das Sichtfenster auf meine Sitzhöhe aus und gab Tezetas Nummer ein.

»Warte mal eben …«

Tezeta schien von meinem Anruf überrascht, ich hatte mich mehrfach einwählen müssen, bis sie endlich abnahm, und auch als ich ihr von meinen ersten Tagen erzählte, schien sie mir etwas zu abwesend in Anbetracht dessen, wie nachdrücklich sie mir im Vorfeld eingeschärft hatte, sie unbedingt und sofort, ja am besten gleich nach meiner Ankunft in Kolchis, zu kontaktieren. Auf der Arbeitsplatte vor ihr lag ein großes Küchenmesser, sie schnitt Obst für den *Doktor*, was sie morgens immer als Erstes machte: den Vogel versorgen. Das Tier sah ihr dabei zu, ein kleiner, weiß gefiederter Nasenkakadu mit einem blauen Kranz um das Auge und einem rötlichen Fleck um den Hals, den sie von einer Evakuierungsreise mitgebracht hatte und der seither keine Sekunde lang von ihrer Seite wich; sie hatte seine Mitnahme damals eigenständig erwirkt. Gerade war ihr ein Stück Melone heruntergefallen, sie bückte sich, verschwand für einen Moment aus dem Bildausschnitt und tauchte wieder auf.

»Kann ich jetzt wegschmeißen. Was auf dem Boden lag, frisst er nicht mehr. Wo waren wir?«, fragte sie.

»Bei den Sitzungen.« Ich hatte ihr gerade erzählt, wie unangenehm es mir im Nachhinein war, in eine Art Streit hineingeplatzt zu sein. »Habt ihr dieses Morphen probiert?«

»Bitte was?«

»Morphen. Das ist eine Technik, die Toni entwickelt hat, die Frau, die die Sitzungen im Moment leitet. Sie kann sehr direkt sein, aber ich mag sie. Glaube ich. Auch ihre Freundin ist ein bisschen eigen, eine Politikerin wohl. Wenn ich es richtig verstanden habe, stellt sie Düfte her und hat auch eine Zeitlang recht erfolgreich an Schwimmwettbewerben teilgenommen. Schon mal von einer evakuierten Premierministerin gehört?«

Tezeta lachte auf. »Miss Bishop und Toni? Da bist du ja wirklich an zwei Experten geraten, ich kann nicht glauben, dass Toni die Sitzungen leitet. Manche haben schon eine kleine Schraube locker, besonders Toni. In den zwei Wochen, die ich im Sanatorium verbracht habe, gehörten die beiden eindeutig zur Spinner-Fraktion. Du musst nicht alles mitmachen, das weißt du, oder?«

Im Hintergrund waren Kinderstimmen zu hören, bald darauf stürmten Ruth und Barbara herbei und drängten sich ins Bild, das Tezeta der Höhe der Mädchen entsprechend neu ausrichtete. Die neue Einstellung zeigte auch den Kakadu in einem größeren Ausschnitt, vor ihm die Schale mit dem zerteilten Obst, Kiwiviertel und Melone. Der Vogel schien einige seiner Federn verloren zu haben, wie mir jetzt auffiel, an seinem Kopf gab es eine kahle Stelle. Es hieß, er sei schon zweihundert Jahre alt.

»Bist du gut angekommen?«, fragte mich Barbara. Sie stand in einem Pyjama vor mir, die Haare zerzaust. Ich erzählte von der Kurbahn und von den Kindern, die sie bedienten. Das interessierte auch Ruth, die nun auf Tezetas Arm geklettert war.

»Was sind das für welche? Warum arbeiten sie?«

Ich erklärte ihr, dass es diese Organisation gab, die Republik der Kinder, die in Kolchis eine Art Arbeitsgemeinschaft bildete und alle wichtigen Aufgaben, von der Kurbahn über das Postwesen, übernahm. »Mit denen legst du dich besser nicht an.«

»Und sind sie nett zu dir? Die Leute im Sanatorium.«

Barbara lehnte sich über die Arbeitsplatte und schnitt sich ein Stück Honigmelone herunter, was der Doktor krächzend kommentierte.

»Ja, alle sind sehr freundlich.«

Ich erzählte von Matthias und seinem Regenschirm, sagte, dass man sich um mich kümmere, dass es einen Küchendienst gebe und immer leckeres Essen. Dann kam Natalia herunter, in einen Morgenmantel gehüllt, eine Zahnbürste im Mund, jetzt war die Familie fast vollständig.

»Wo ist Lynn?«, fragte ich.

Natalia zuckte mit den Achseln, sie war kein Morgenmensch. »Noch nicht zurück.«

»Lynn knutscht gerade«, sagte Barbara und kicherte wie ein kleiner Kobold, »mit Zunge.« Lynn sei gestern auf einer Party gewesen, erzählte mir Tezeta, »sie ist noch nicht zurück.«

»Oh nein«, sagte ich, »das ging jetzt aber schnell.«

In kurzer Zeit war Lynn zu einem Teenager herangewachsen, der in einer Band Gitarre spielte, eigene Lieder schrieb und nicht mehr jeden Abend nach Hause kam. Lynn kannte ich seit ihrer Geburt. Wie oft sagte man das so vor sich hin, wie schnell die Zeit vergeht, eine Floskel, die erst wirklich Sinn ergibt, wenn man Kindern beim Aufwachsen zusieht.

Alle redeten durcheinander, ich merkte, wie ich immer einsilbiger wurde, dann ging Natalia einfach aus dem Bild, während Barbara sagte, dass sie jetzt in den Pool springen wolle. Alle hatten etwas Besseres zu tun, wozu war ich denn so früh in dieses Postamt gefahren?

»Und wie ist dein Zimmer? In welche Besenkammer haben sie dich einquartiert?«, fragte Tezeta, während sie Natalia heranwinkte, Natalia, die wieder ins Bild kam, um Tezeta die kleine Ruth abzunehmen, »schaut doch mal, was Barbara im Wasser macht.«

»Eigentlich ist mein Zimmer sehr schön«, sagte ich. Ich hatte das Gefühl, dass sie auf etwas anderes hinauswollte. »Die Badewanne funktioniert, ich kann mich nicht beschweren.«

»Dann scheinen sie dich zu mögen.«

Wir sprachen über ihre Zeit im Sanatorium. Trotz allem, sagte sie, trotz der vielen kleinen Dinge, habe sie es nie bereut, noch mal nach Kolchis zurückgekehrt zu sein, und auch für mich sei es genau das Richtige. Sie recherchierte gerade über einen Fall, der nur wenig bekannt war, eine Frau, der durch die Evakuierung das Leben gerettet wurde und die trotzdem, trotz des Wissens um den Ausgang ihrer Geschichte – man würde sie als Hexe verfolgen –, entschieden hatte, wieder in ihre Herkunftszeit zurückzukehren – die Anna Göldi, ob ich davon gehört hätte? Einer der letzten Menschen, der der europäischen Hexenverfolgung zum Opfer gefallen war. Der Fall sei, führte sie aus, im Nachhinein als Beweis dafür hergenommen worden, dass die Rettungsmissionen auch aus Evakuiertenperspektive nicht eindeutig zu befürworten seien, was Tezeta für einen Fehler hielt.

»Die wollen das so darstellen, aber etwas ist faul. Erst sagen sie, die Evakuierungen seien vielfach bedauert worden und unter den Geretteten umstritten, doch wenn du nachfragst, ist da nur der eine Name. Das allein kann einem schon merkwürdig vorkommen, aber dann findet sich auch nirgendwo eine Aussage der Göldi zu dieser Frage. Wenn es stimmt, dass sie ihre Evakuierung so bedauert hat und deswegen zurückgekehrt ist, warum hat sie sich in der Zwischenzeit dann nie beschwert? Was man stattdessen über sie lesen kann, klingt für mich vielmehr nach dem Gegenteil: Sie hatte nach der Evakuierung ja ein ausgesprochen aktives Leben, hat noch mal Kunst studiert. Schau dir ihre Arbeiten an, ich kann da kein Bedauern erkennen.«

»Sie war Künstlerin?«

»Eine sehr gute, völlig zu Unrecht nur als Evakuiertenkünstlerin wahrgenommen, du weißt ja, wie das ist. Ich bin mir sicher, dass die Göldi aus anderen Gründen in ihre Herkunftszeit zurückgekehrt ist. Ich werde hinfahren und sie fragen, so einfach ist das. Ich muss bloß noch einen Antrag durchbekommen, daran arbeite ich gerade.«

Je mehr sie sprach, desto mehr verfestigte sich in mir der Eindruck, dass Tezeta etwas von mir wollte, warum sonst erzählte sie so ausführlich von dieser mir doch völlig unbekannten Frau?

Als Evakuierte, sagte Tezeta, habe die Göldi auch eine Zeitlang in Kolchis gelebt, und da ich gerade vor Ort sei: Es gebe doch dieses Archiv, im *Haus der Wissenschaften*, ein offenes Magazin – sie würde ja selbst vorbeischauen, doch mit den Kindern und dem Vogel –, eine Magazinsammlung, die sie sehr interessieren würde.

»Und jetzt soll ich da für dich hin?« Natürlich fragte ich mich, inwieweit ihre Empfehlung, nach Kolchis zu reisen, von dieser Absicht beeinflusst war. »Das hast du doch geplant.«

Tezeta schien überrascht. Es sei ein Zufall, sagte sie, und dann, dass sie meine Anwesenheit hier erst auf die Idee gebracht habe, diesem Fall noch einmal nachzugehen, doch ich glaubte ihr nicht, zumal Tezeta im Lügen noch nie sehr überzeugend gewesen war.

»Das kann ich gerne für dich machen, aber sei doch bitte ehrlich zu mir.«

»Ich habe mir Sorgen um dich gemacht, wir alle haben das, nur aus diesem Grund habe ich dir den Rat gegeben, nach Kolchis zu fahren, und wenn es dir dort nicht gefällt, dann hau doch einfach wieder ab. Es zwingt dich niemand, bei diesen Leuten zu bleiben. Falls du vorher noch im Magazin vorbeischaust, würdest du mir einen großen Gefallen tun, und übrigens nicht nur mir. Ohne die Göldi gibt es keinen einzigen stichhaltigen Grund, der die vollständige Einstellung der Evakuierungen rechtfertigen würde, das muss dich doch auch interessieren, eine leere Behauptung, ohne die Göldi hätten sie diesen Beschluss nie durchgekriegt.«

»Schon gut, ich habe doch gesagt, dass ich dir helfe.«

»Großartig, ich danke dir.« Tezeta schien zufrieden, sie griff unter die Arbeitsplatte und holte einen Block hervor. »Ich wusste doch, dass ich mich auf dich verlassen kann. Das Beste ist, du konzentrierst dich auf die Ausstellungen, es gab damals doch so viele Kunstprogramme, bestimmt hat sie an einem davon teilgenommen, und wenn es eine Ausstellung mit ihren Arbeiten gegeben hat, wird sich irgendwo auch ein Artikel darüber finden lassen, jemand wird darüber geschrieben haben, vielleicht gibt es sogar ein Interview. Sie ist ja nur wenige Jahre vor dir evakuiert worden, es ist theoretisch sogar nicht unwahrscheinlich, dass ihr euch damals über den Weg gelaufen seid. Leider weiß ich nicht, in welchem Sanatorium sie untergebracht war.«

»Im Kinderpalast?«

»Nein, das kann ich ausschließen, sie war Ende vierzig, als sie nach Kolchis kam.«

»Also gut, Anna Göldi, Sanatorium unbekannt, ich werde schauen, was ich finden kann.«

Als Tezeta zur Spüle ging, um das Messer abzuwaschen, fing der Vogel an, Krächzlaute von sich zu geben, wahrscheinlich weil sein Napf leer war, darüber hinaus war er immer schon ein gutes Stimmungsbarometer, ein Vogel, der mit dem Kopf wippte, der Hals blähte sich.

»Und sonst?«, fragte Tezeta, der Vogel krächzte, ich sah, wie sie zum Kühlschrank ging, »was hast du heute noch vor?« Aus dem Kühlschrank holte sie einen Blumenkohl hervor, den sie abwusch und halbierte. Ich merkte, dass sie das Gespräch beenden wollte, und hatte selbst nichts dagegen.

»Jetzt werde ich wohl zum *Haus der Wissenschaften* gehen, außerdem habe ich noch nicht gefrühstückt.«

»Frühstück, das wird hier auch gleich Thema sein. Wenn sie geschwommen sind, kommen sie immer an, als stünden sie kurz vor dem Hungertod.«

## *Die weiße Dame*

So früh am Morgen, an diesem von Touristenströmen nicht gerade überlaufenen Kurort, sah ich kein einziges Lokal, von dem ich mir ein Frühstück erhoffen konnte. Kein Kiosk, keine Konditorei. Ich schritt die Seebrücke ab, vorbei an Pavillons und Imbissständen, die den Eindruck erweckten, als würde dort seit längerem schon nichts mehr angeboten werden. Buden, die verrammelt waren, Folien, die sich ablösten, alle Restaurants, die noch betrieben wurden, öffneten sich nur am Wochenende der Kundschaft und auch dann nur zu sehr eingeschränkten Zeiten. Ich hatte es schon aufgegeben, mich damit abgefunden, die Strecke ins Sanatorium zurückzufahren, um dort etwas zu essen, hätte mir das Blinken einer Lichterkette unter einer Markise nicht verraten, dass es sich lohnen könnte, mich ganz vorne, an der Spitze der Seebrücke, noch einmal umzusehen. Und tatsächlich: Ein Lokal hatte geöffnet, *La Donna Bianca*, ein handgemaltes Schild. An das Schild erinnerte ich mich noch, eine Schachfigur über dem Eingang, die mir immer gefallen hatte, wenn ich vorbeigegangen war, flanierend über die Seebrücke, eine Figur mit runden Wangen und vollen, roten Lippen, die einen Kussmund formten. Das Schild schien unverändert, der Lack nicht etwa sonnenverblichen oder abgeblättert. Der Schachfigur einen Luftkuss zuwerfend betrat ich die *Donna Bianca* zum ersten Mal.

Die Raumgestaltung ergab ein recht eklektisches Bild: Tischtücher in einem orange-weißen Vichy-Karo-Muster, an der Markise hing eine Girlande aus chinesischen Lampions, und an Getränken wurde anscheinend ausschließlich Fenchelteelimonade in kleinen, bauchigen Glasflaschen angeboten, platziert auf Bierdeckeln, auf denen in thailändischer Schrift für Litschi-Soda geworben wurde. Eine Tafel neben dem Tresen nannte eine Vielzahl an Gerichten, von denen die meisten jedoch durchgestrichen waren. Was es gab, waren Scones mit Stachelbeermarmelade, Porridge, gedünstete Karotten und sogenannte Poppies, bei denen es sich der unter einem Sternchen ausgeführten Erklärung nach um Mohnkringel handelte. Ich entschied mich für die Poppies, und es dauerte nicht lange, bis ein Kind, natürlich, die *Republik*, an meinem Tisch erschien.

»Eine leckere Entscheidung«, sagte das Mädchen, das meine Bestellung entgegennahm und mir außerdem zu einer Fenchelteelimonade riet. Auf meine Nachfrage hin erfuhr ich, dass hier tatsächlich nichts anderes ausgeschenkt wurde, kein Kaffee, kein Tee; ich entschied mich also für die Limonade, sofern man mangels anderer Alternativen überhaupt von einer Entscheidung sprechen konnte.

Die einzigen Gäste außer mir waren eine Mutter und ein unschwer als ihre Tochter zu erkennendes, vielleicht siebzehnjähriges Mädchen, Touristinnen wohl, beide trugen die gleiche, vorne deutlich kürzer als hinten geschnittene Frisur. Sie aßen Porridge und immer wenn sie den Löffel in den Haferbrei tauchten, berührten sich ihre Füße. Hinter ihren Köpfen erstreckte sich das Meer, das so blau und unbewegt dalag wie schon am Morgen zuvor. Von der Seebrücke hatte man einen guten Blick auf die in den Hängen errichteten Sanatorien. Darüber die Bergstation, die inzwischen bestimmt nur noch von Vögeln besucht wurde, die Aussichtsplattform, und ganz hinten, fast nur als Ahnung, als wäre es ein Trugbild, die Zinnen und Türme einer Burg, das *Haus der Mittelalterlichen.*

Die kindliche Bedienung brachte mir das Frühstück und wünschte mir einen guten Appetit. Außerdem fragte sie mich, ob ich mit der Musikauswahl zufrieden sei – dass Musik lief, war mir nicht aufgefallen –, sie könne sie ausmachen oder leiser drehen, falls ich mich davon gestört fühlte, eine sphärische Melodie sich überlagernder, wellenartig anschwellender Steel-Drum-Klänge.

»Nein, lass sie ruhig, ist doch schön«, sagte ich und untermalte dieses Urteil, indem ich den Bewegungen der Melodie mit einem Wippen folgte.

Auch die Mutter am Tisch nebenan nickte mir zu, was ihre Tochter ein wenig verlegen machte, und doch schienen alle zufrieden, eine Woge wohlwollender Entspanntheit breitete sich aus. Hinter den Tresen zurückgekehrt, drehte das Mädchen die Musik auf; ich nahm einen Schluck von der Limonade, biss von dem Mohnkringel ab. Nun fiel mir ein, woher ich die beiden kannte: Mutter und Tochter, sie waren es, denen ich gestern vor dem Kinderpalast ausweichen musste, die mir mit Wanderstöcken entgegengekommen waren. Die Mutter lehnte sich über den Tisch.

Ob ich auch eine Evakuierte sei, die Stimme gegen die Musik erhebend.

»Ja«, rief ich zurück. Schon war sie aufgestanden und streckte mir die Hand entgegen: »Dann sind wir ja Schwestern.«

Winda, so hieß die Mutter, setzte sich zu mir und ermutigte auch ihre Tochter, auf dem freien Stuhl neben mir Platz zu nehmen. Sie habe so selten Gelegenheit, sich mit einer Evakuierten auszutauschen, zu ihren Freundinnen aus den Kolchis-Tagen sei leider der Kontakt abgebrochen.

»Wie bei mir«, sagte ich.

Winda war aus Jakarta angereist, um ihrer Tochter zu zeigen, was sie hier alles erlebt hatte. Das habe sie sich schon lange vorgenommen, sich immer wieder nicht getraut. Schließlich sei es die Tochter gewesen, die ein Zimmer gebucht habe, ein Zimmer beim Tourismusbüro der *Republik der Kinder*, ein Geburtstagsgeschenk. Die ersten Nächte hätten sie im *Boreal* verbracht, dem Sanatorium Nr. 3, schließlich seien sie ins *Böhmisch-Locarno* umgezogen. »Von außen sieht es schlimmer aus, als es ist.« Zum Glück kümmere sich die Republik darum, sie hätten dort schon viel geschafft, sie machten Orte wieder zugänglich, engagierten sich gegen den Verfall und organisierten sogar Veranstaltungen. Gestern, zum Beispiel, seien sie im *Haus der Wissenschaften* bei einem Vortrag gewesen: *Architektur in Kolchis: Planen und Bauen zwischen Optimismus und Trauer,* ein durchaus gut gefüllter Saal, die Rednerin ein Mitglied des *Komitees der Ehemaligen*, dort sei auch mein Sanatorium erwähnt worden, ein sehr schönes Gebäude mit den Pilotenpfeilern und den Fensterbändern, ob es von innen auch so schön sei? Wie sich herausstellte, hatte auch Winda im Kinderpalast gelebt, allerdings einige Jahre vor mir, begegnet waren wir uns nie. Zwar suchten wir nach gemeinsamen Bekannten, doch zu den Namen, die sie nannte, Rosalina, Vernor, Wim, Aram, fielen mir keine Gesichter ein, keine Stimmen, keine Gesten, und jedes Mal, wenn ich *Nein* sagte, bemerkte ich, wie ihre Enttäuschung darüber anwuchs, ein Zucken der Mundwinkel, das zunehmend bitterer wurde. Endlich fanden wir jemanden, den wir beide kannten: Henrik, einen der Lektoren, *ein Bezugi*, wie sie sagte. Doch was Henrik betraf, unterschieden sich unsere Erinnerungen. Ich erzählte, wie Henrik einmal nachts wutentbrannt in mein Zimmer gekommen war, weil Mitsu und ich uns bei offener Balkontür unterhalten hatten, vielleicht über die Zuckerkrankheit, unter der wir beide vor unserer Evakuierung gelitten hatten, auch wenn bei mir damals nicht erkannt worden war, dass die Ermattungszustände nichts mit der Pubertät, meinem Schulversagertum oder der Trennung meiner Eltern zu tun hatten. Vielleicht hatte Mitsu mir davon erzählt, wie er einmal bei einer Orchesterfahrt so unterzuckert gewesen war, dass er das Bewusstsein verloren hatte und das während eines Auftritts. Sich niemals gehen lassen zu können und dann die Angst zu sterben – worüber wir auch gesprochen hatten, es waren ernste Themen gewesen und unsere Stimmen selbst bei offenen Balkontüren bestimmt nicht übermäßig laut. In dieser Nacht war Henrik in mein Zimmer gestürmt und hatte mir vorgerechnet, wie vielen Menschen wir den Schlaf geraubt hätten und wie viele von ihnen ihre Launen dann an anderen Menschen auslassen müssten – alles wegen uns. Es war eine ganze Stadt, der wir das Leben schwer gemacht hatten, ganz Kolchis, und das alles wegen einer offenen Balkontür. Ich mochte Henrik schon irgendwie, aber im Gegensatz zu all den anderen Lektoren, die stets geduldig waren, hatte er ein Wutproblem. Winda hingegen sah es anders: »Nein. Henrik war der sanfteste von allen.«

Wir fragten uns, was Henrik wohl machte. Sie vermutete, er sei nach Peristera gegangen, als Siedler, wie so viele von den Kolchis-Leuten. Ob ich jemals dort gewesen sei, auf dieser anderen Erde?

»Nein«, sagte ich. Sie auch nicht. Wenigstens hatten wir nun wieder etwas gemeinsam.

Mit einem Mal klagte Winda über starke Kopfschmerzen. »Spätzchen«, sagte sie, berührte ihre Schläfen und blickte hilfesuchend zu ihrer Tochter, die sich augenblicklich von ihrem Stuhl erhob. »Ich glaube, es geht wieder los.«

Aus der Vordertasche ihres Rucksacks zog die Tochter ein Tütchen hervor, dessen Inhalt Winda sich in den Mund schüttete.

»Ich dachte, ich bekomme es in den Griff«, sagte sie und versuchte sich an einem Lächeln. »Kümmert euch nicht um mich. Gleich wird es besser.«

Ich bot ihr an, sie zurückzufahren, doch Winda wollte mir keine Umstände bereiten. Der Bahnhof sei ja gleich in der Nähe, und so schlecht gehe es ihr gar nicht, »alles halb so schlimm.« Ihre Tochter, die sich mir als Tiine vorstellte, *Tiine mit ii*, konnte sie schließlich überreden, meine Hilfe anzunehmen. Beim Hinausgehen wäre sie fast gestürzt, wir mussten sie stützen. Zum Glück hatte ich den Wagen gleich am Anfang der Seebrücke stehen gelassen, auf einer Freifläche neben einem Trinkwasserbrunnen, bei der es sich allerdings – wie ein unter die Scheibenwischer geklemmter Zettel verlautbarte – nicht um einen Parkplatz handelte, BITTE HIER NICHT PARKEN, GEZEICHNET DIE REPUBLIK. Wir halfen Winda in den Wagen, legten sie auf die Rückbank.

»Geht es ihr schon länger so?«, fragte ich Tiine.

Die Tochter schüttelte den Kopf. »Es nimmt sie hier alles einfach mehr mit, als wir gedacht haben.«

Auf der Strecke zum *Böhmisch-Locarno* verfuhr ich mich, wegen der Gleise der Kurbahn musste ich einen Umweg nehmen. Als wir schließlich eine Ausschilderung zu ihrem Sanatorium erreichten, war Winda eingeschlafen.

»Der Trip ist eine einzige Katastrophe«, wandte sich Tiine leise in meine Richtung, »ich hätte ihr diese Reise niemals schenken sollen.«

»Aber sie ist dir doch dankbar«, sagte ich.

»Das macht es ja so schlimm.« In den letzten Tagen habe sie zum ersten Mal begriffen, wie alt ihre Mutter eigentlich sei, wie ururalt. Ob ich verstehe, was sie meine?

Natürlich verstand ich sie. So wie ich kam auch Winda aus einer Welt, in der Zeitreisen Science-Fiction und das am weitesten von Menschen erreichbare Ziel der Mond gewesen war. Um evakuiert zu werden, war ihre Mutter in ein Shuttle gestiegen, das ihr so fremdartig erschienen sein musste, so fremdartig und unerklärlich wie ein UFO in ihrer Zeit, eine fliegende Untertasse, ein Flugobjekt, unidentifizierbar, worum es sich für ihre Begriffe ja tatsächlich auch gehandelt hatte, ein Raumschiff aus der Zukunft, was für ein Irrsinn, was für ein Wagnis, und sie war eingestiegen und durch ein Wurmloch gerast, vollkommen verrückt. Und nicht nur das: Sie hatte alles, was ihr vertraut gewesen war, alle Menschen, die sie gekannt hatte, ihre Freunde, ihre Eltern, alle Menschen, die in ihrem Leben eine Bedeutung hatten, mit dieser Entscheidung zurückgelassen, alle auf einen Schlag – eine Entscheidung, die für niemanden, erst recht nicht für ein Kind, in seiner Tragweite vollständig zu begreifen war. Und obwohl die für ihre Evakuierung zuständige Kommission ihren Fall aufs sorgfältigste geprüft haben wird, diese Menschen, denen sie gefolgt war, die so viel mehr wussten als sie, Menschen, denen sie ihr Vertrauen geschenkt und geglaubt hatte, dass sie auch wirklich alle Eventualitäten, alle Konsequenzen und Gefahren offen mit ihr besprechen und sich auch nach ihrer Ankunft in Kolchis auf jede erdenkliche Weise darum bemühen würden, ihr, der Unwissenden, dabei zu helfen, in dieser neuen Welt Fuß zu fassen, trotz all der Umsicht, all der Planung, all des guten Willens, war der Schritt, den sie gegangen war, der Schritt, zu dem sie sich entschlossen hatte, so überwältigend gewesen, so viel größer als ein einzelner Mensch zu fassen in der Lage war. Ihr Zusammenbruch, dachte ich, war nicht nur verständlich, er war angemessen, Kopfschmerzen waren da noch harmlos, selbstverständlich steckte sie die Konfrontation mit diesem Bruch nicht so leicht weg.

»Ich kann gut verstehen, wie sich deine Mutter fühlen muss«, sagte ich Tiine, die ihren Rucksack durchwühlte, auf der Suche nach einem Tütchen jenes Mittels, das ihrer Mutter, wie sie nicht müde wurde zu beteuern, bislang immer so gut geholfen habe. Die Relaxans, die sie einnahm, um die Hirnregionen zu beeinflussen, die während des Auftretens sogenannter PTPEs jene typischen irrtümlichen Erinnerungseindrücke produzierten, unter denen auch ich litt, Kaskaden falsch koordinierter Übertragungsprozesse, Nervenreize und Botenstoffe, Synapsen, die Erinnerungen abriefen, die so nicht stattgefunden hatten – diese Mittel waren auch mir schon verschrieben worden. Ich wusste, was auf die Einnahme folgte: Manche wurden sehr schläfrig, andere bloß entspannt, während mich diese Wirkstoffe in erster Linie mit einem Gefühl von Gleichgültigkeit zurückließen, als würde es keinen Unterschied machen, ob ich etwas erlebt hatte oder nicht, eine Gleichgültigkeit, die selbst Ereignisse, von denen ich wusste, dass sie eingetreten waren, die Wirklichkeit, in der ich lebte, zu etwas Phantomhaften machten.

»Du hast das Richtige getan«, sagte ich Tiine, so überzeugend, wie ich konnte, und kam mir sogleich wie eine Heuchlerin vor. Vielleicht wäre es wirklich besser gewesen, sie wären zu Hause geblieben.

Rechts von uns tauchte das Eingangstor zum Garten des *Böhmisch-Locarno* auf, ich bog ein und brachte den Wagen unter einer hohen Palme zum Stehen, die über und über mit gelb leuchtenden Datteln behangen war.

Tiine beugte sich über ihre Mutter, streichelte ihr die Wangen. Winda wirkte erschöpft, müde, wiederholte aber immer wieder, dass es ihr schon besser gehe. Als wir versuchten, sie von der Rückbank zu heben, bemerkten uns die Kinder, die an der Außenfassade des Wintergartens damit beschäftigt waren, ein zersprungenes Fenster auszubessern, zwei Jugendliche, die eine an Saugnäpfen befestigte Glasscheibe anhoben. Kaum, dass sie uns gesehen hatten, unterbrachen sie ihre Arbeit und kamen uns entgegen. Zu viert halfen wir Winda ins Gebäude, die Treppenstufen hinauf bis ins Foyer.

»Braucht sie einen Arzt?«, fragten die Jungen, doch Tiine verneinte.

»Ich glaube, sie braucht jetzt einfach nur Schlaf.«

Ich wusste nicht, wie ich noch helfen konnte, und bat die beiden Jungen, in einer halben Stunde noch einmal nach ihnen zu sehen, woraufhin sie einstimmig erwiderten, dies sei doch selbstverständlich: »Jetzt übernehmen wir.«

## *Im Archiv*

Im *Haus der Wissenschaften*, in der Eingangshalle, waren wandernde Wände aufgebaut, eine Reihe weißer, hoher, sich wie eine Ziehharmonika auffächernde Pinnwände, doch zu sehen gab es nichts, keinen Hinweis auf die Veranstaltung, von der Winda mir erzählt hatte. Auch Bildschirme hingen im Raum, Bildschirme, die nicht eingeschaltet waren und nichts als Schwarzflächen präsentierten, Schwarzfläche neben Schwarzfläche. Auf einer Ablage der Garderobe stand eine Box mit Fundsachen. Ich sah ein Seidentuch, einen Hut aus Bast, eine Trinkflasche; an einem Haken hing ein schwarzer Regenmantel. Die Tür zum Großen Hörsaal stand offen, doch niemand war zu sehen.

Ich war früher immer gern hierhergegangen, noch lieber als ins Kino, ins Konzerthaus oder ins Theater. Hier wurden Vorträge gehalten, nach denen sich oft noch Diskussionsrunden zusammengefunden hatten, je nachdem, ob es Bedarf gab oder nicht, und meistens gab es den. In regelmäßigen Abständen kamen Forschungsgruppen nach Kolchis, um uns Evakuierten von ihrer Arbeit zu berichten, Fortschritte und Entdeckungen in Fachbereichen, von denen ich noch nie etwas gehört hatte. Ich erinnere mich an den Vortrag einer Physikerin, der es nicht nur gelungen war, mir den *Großen Korridor*, die Wurmlochverkettung, durch die wir alle nach Kolchis gelangt waren, zumindest halbwegs verständlich zu machen, sie hatte mit uns auch ein Modell hergestellt, das mich seither in Gedanken auf allen meinen Reisen begleitet hat.

Angefangen hatte es damit, dass wir Knete auf einer Gummimatte ausgewalzt hatten, Knetschicht über Knetschicht in jeweils unterschiedlichen Farben, um die Matte am Ende in Wellen zu legen und die Wellen wie einen Leporello zu einem Streifen zu falten. Durch diesen Streifen hindurch hatte die Physikerin ein Loch gestanzt und uns das Ergebnis dieser Ausstanzung gezeigt: eine Säule, die ein buntes Muster aufwies, in der Knetschichten übereinanderlagen, die farblich weit voneinander entfernt waren, jede Farbe stand für eine Zeit. Dieses Bild hatte mir geholfen, mich von der Vorstellung zu lösen, Zeitabschnitte würden beim Passieren des *Großen Korridors* chronologisch durchquert, von der Vergangenheit in die Zukunft oder eben anders herum. – Nein, in einem Zeitkorridor waren die Schichten ganz anders angeordnet, die Übergänge sprunghaft, das leuchtete mir seither ein, eine Aufeinanderfolge, die chaotisch wirkte, wenn man den Permutationsschlüssel nicht kannte. In einem Korridor konnte man in die Jahre 1965, 2023, 1704 und 1198 gelangen, in einem anderen in die Jahre 1848, 458, 1509 und 2199. Und obwohl das Faltprinzip eine grobe Vereinfachung war, die nicht an die tatsächlichen Zerwühlungen heranreichte, wäre das Zeitreisen bestimmt nicht zu meinem Beruf geworden, hätte mir die Frau – leider hatte ich ihren Namen vergessen – mit ihrem Vortrag damals nicht die Angst genommen. Sie hatte gesprochen, als würde sie keinen Unterschied machen, ob sie sich an Erwachsene wandte oder an Kinder, ein Sprechen auf Augenhöhe, das suggerierte, dass wir absolut ernst zu nehmen waren und prinzipiell auch in der Lage, alles zu begreifen, was auch sie begriffen hatte.

Durch das Foyer gelangte ich an den Plenarsälen vorbei zur Treppe. Im ersten Stock war die Bibliothek, das Archiv befand sich im Untergeschoss. Plenarsaal IV, Plenarsaal V, die Kleine und die Große Aula, terrassenförmig ansteigende Sitzreihen, vorne ein Pult und eine Tafel, Plenarsaal VI, mit seinen Stühlen und Tischen auf Kinderhöhe – wie viele Stunden hatte ich allein in diesen Räumen zugebracht, hatte Anfragen gestellt und auf dem Podium gestanden, der Ernst, mit dem wir jede Kleinigkeit erörterten, immer musste man alles ausdiskutieren.

Wenn ich darüber nachdenke, habe ich nicht nur positive Erinnerungen, da waren auch viele zähe, sich ewig hinziehende, durch immer neue Funken der Entrüstung entfachte Debatten, Grundsatzdiskussionen, Fragen über Leben und Tod und dann wieder völlige Banalitäten, aus denen absurde Gebote hervorgingen, wie das Gebot damals bei uns im Kinderpalast, dass nichts anderes als brotähnliche Lebensmittel in einen Toaster zu stecken seien, weil irgendein Schlaumeier bei einer nächtlichen Heißhungerattacke auf die Idee gekommen war, die Toaster im Frühstückssaal mit dicken Scheiben übel riechenden Appenzellerkäses zu befüllen, was natürlich nicht dazu geführt hatte, den Käse zu rösten; der Käse war zerflossen, hatte die Heizelemente verklebt und eine Qualmwolke aufsteigen lassen, die uns alle, als die Rauchmelder angesprungen waren, mit großem Lärm und einem fürchterlichen Gestank in der Nase aus dem Schlaf gerissen hatte. Die vorherige Regelung hatte nur das Rösten von Lebewesen und Gegenständen untersagt, der Junge hatte gegen kein Verbot verstoßen, also musste eine neue her, eine Zusatzklausel, und bis sich da eine neue, konsensuelle, auch von dem Toasterdelinquenten akzeptierte Bestimmung hatte finden lassen, waren Stunden vergangen, waren Tränen geflossen, hatten Kinder sich beschimpft.

Das Archiv war geöffnet. Ich schritt die langen Reihen von Dokumentenschränken ab, stellte jedoch fest, dass nicht alle nach demselben Zeichensystem angeordnet waren. Da waren Zeichen, die ich weder lesen noch zuordnen konnte. Eine Übersichtstafel listete dreiunddreißig verschiedene Unterabteilungen auf, es gab eine chinesische und eine kreolische Sektion und interessanterweise sogar eine deutschsprachige Abteilung, die allerdings nur aus einem einzigen, noch dazu leeren Aktenschrank zu bestehen schien. Die Sektionen mussten aus der Arbeit in den Sprachlaboren entstanden sein, in denen sich viele nach ihrer Evakuierung engagiert hatten, um die Verbindung zu ihrer Herkunftssprache nicht abbrechen zu lassen, Arbeitsgruppen, die sich Übersetzungen und Schreibwerkstätten gewidmet hatten. Der überwiegende Teil der Archivsammlung war allerdings einheitlich gefasst, so dass es mir am sinnvollsten erschien, mich in meiner Suche auf diesen Sammlungsbestand zu beschränken.

Ich hatte mir vorgenommen, in der Chronik des *Kolchis-Kuriers* nach Ausstellungsbesprechungen zu suchen, in der Hoffnung dort auf den Namen Anna Göldi zu stoßen, also ging ich bis zum Buchstaben K und suchte nach dem entsprechenden Kürzel: KO-KU. Das Ornithologen-Magazin *Kuckuck*, ein Ordner der Zeitschrift *Kochen!*, eine Zeitschrift, die ich früher selber gerne gelesen hatte. Da sich die Redaktion um die Gleichbehandlung aller Esskulturen bemüht hatte, war man dort immer auf die unglaublichsten Gerichte gestoßen, und auch ich hatte einmal ein Rezept beigesteuert, *Spaghetti mit Tomatensoße nach Mama Mirácoli*, leider fand ich die Ausgabe nicht. Ich stieß auf alte Speisepläne der Kantine der Eisenbahnkinder, abgeheftet in Klarsichtfolien, unter denen sich die glänzenden Fettflecken vergangener Mittagspausen erhalten hatten, und blätterte in den Programmheften eines Sommertheaters, das von Mitte Juni bis Ende September auf der Felsenbühne des Südufers Aufführungen organisierte, eine Theatergruppe, in der ich selbst hin und wieder ausgeholfen hatte, wenn jemand krank geworden war oder sich aus Lampenfieber gedrückt hatte. Ambitioniert klingende Stücke, an die ich mich noch erinnern kann, wie diese eine Inszenierung: *Amadhilas Bearbeitung von Brechts Bearbeitung der Antigone des Sophokles nach Hölderlin in Anlehnung an das Fanja-Kollektiv.* Oder das Nō-Stück *Wind in den Kiefern* – mit originalen Masken, wie das Programmheft angab. Ein Abend mit dem

Ballett *Les Fruits de Mer* versprach ein großes Festbankett im Anschluss, sie tanzten das Stück *Les Andouilles*. Nur die Jahrgänge des *Kolchis-Kuriers* schienen unvollständig zu sein, von einem Personenregister fehlte jede Spur. Da ich Anna Göldis exaktes Evakuierungsjahr nicht kannte, zog ich alle Ordner hervor, die zeitlich in etwa in Frage kamen. In vielen Ordnern befanden sich auch keine vollständigen Ausgaben, sondern nur Ausschnitte, die zu irgendwelchen Themen zusammengestellt und auf Pappen aufgeklebt waren. Keine Ausstellungen, keine Anna Göldi, ich las von einer Schlägerei, die sich nach einem Fall von Vandalismus im Pool des *Haus Basima* ereignet hatte, las einen *Aufruf gegen das Spucken* und den Verriss eines Auftritts des Sappho-Quartetts in der Konzertmuschel des Kurparks. *Zwei geplatzte Oberlippen und ein blaues Auge – Wir sind der Meinung, dass das öffentliche Spucken dir letztlich mehr schadet als Erleichterung verschafft. Es erzeugt eine Atmosphäre, in der du dich nicht wohlfühlst. – Die musikalische Darbietung war solide, nichts Besonderes zwar, aber gewiss auch fleißig geübt. Anderes galt für die unsäglich peinliche Imitation des äolischen Dialekts. Dieser musste allen Zuhörerinnen, die das Altgriechische als ihre Muttersprache bezeichnen durften, als ein stümperhafter, geradezu quälend von Unwissen durchdrungener Ohrenschmerz in den Gehörgängen nachhallen.*

Ich bewegte mich nun wieder in Richtung Ausgang, entschied mich allerdings, mangels anderer Ideen und um Tezeta glaubhaft vermitteln zu können, ich hätte keine Möglichkeit ungenutzt gelassen, auf gut Glück noch einmal direkt unter den Buchstaben A wie Anna und G wie Göldi nachzusehen, Vor- und Nachnamen wurden in Kolchis ja öfter durcheinandergebracht, das heißt, eigentlich gab es keine einheitliche Regelung, wie mit den vielen unterschiedlichen Namenshierarchisierungen umzugehen war, und nicht wenige entschieden sich auch für einen neuen Namen, weil ihnen der alte zu sehr von den Ungerechtigkeitsstrukturen ihrer Herkunftszeit durchdrungen zu sein schien oder sie einfach Lust auf einen Neuanfang hatten. Der Buchstabe A führte mich zum *Atlantis-Atlas*, einem fiktiven Kartenwerk, das irrsinnig detaillierte, auffaltbare Zeichnungen aller Orte und Regionen der *Stadt unter den Wellen* enthielt, während auf G eine beachtliche Sammlung von *Gerda*-Ausgaben folgte: *Gerda im Cockpit*, *Gerda am Skalpell*. Ich blätterte durch alle Ordner, vielleicht war Anna Göldi ja einmal in einen spektakulären Unfall verwickelt gewesen, vielleicht hatte sie einen Vortrag gehalten. Damals hatte es viele Veranstaltungen gegeben, die sich der Hexenverfolgung gewidmet hatten, und ich erinnere mich an einen Club, der versucht hatte, sich positiv auf den Hexenbegriff zu beziehen, und magische Zirkel abgehalten hatte. Wie hieß er noch mal? Leider fand ich nichts, das mich Anna Göldi irgendwie näher bringen würde. Unter der Buchstabenfolge FE, FE wie Festival, Feiertag, Feuerwerk, FE wie das chemische Zeichen für Eisen, lagen auf Konsolen Bilder aus. Es waren Aufnahmen von Umzügen: der Karneval im Frühling, das *Fest des Meeres*. Auf den Bildern sah ich Stände, die mit Muschelschalen und Seetang geschmückt waren. Über die Uferpromenade zogen Menschen in Fischkostümen und Quallengewändern, Krakenarme in die Höhe haltend, vorbei an Laternenmasten, die mit Krepppapier in Korallenbäume verwandelt worden waren. An einem dieser Umzüge hatte ich teilgenommen, eine Parade zu einer Jubiläumsfeier des Evakuierungsprogramms. Das Planungskomitee hatte damals die Idee entwickelt, uns alle in den typischen Festtagsgewändern unserer jeweiligen Herkunftszeiten über den Boulevard ziehen zu lassen, was nur den wenigsten gefallen hatte. Lieber wollten wir in eine uns fremde Epoche schlüpfen, und so tauschten wir unsere Kostüme untereinander aus. Ich erinnere mich an ein Mädchen in einem Umhang mit einem Totenskelett und einen Jungen, der sich am ganzen Körper mit roter Farbe angemalt hatte, während ich die Garderobe meines vierzehnten Geburtstags – meine *Southpole*-Baggy-Hose und den *Fishbone*-Fleece-Pullover – gegen den violetten *Verena-Vermont*-Blazer und die schwarzen *Mishka*-Shorts mit aufgenähten Taschen getauscht hatte, die Antonia aus unserer Gruppe sich nach dem Vorbild einer Silvesterfeier des Jahres 2030 hatte nachschneidern lassen.

Ich sah mir die Aufnahmen genauer an, suchte nach einem bekannten Gesicht, entdeckte zuerst Henrik, den Lektor, der so besorgt um den Schlaf der anderen gewesen war, und dann mich – tatsächlich. Da ging ich eingehakt in einer Gruppe von Jugendlichen, lachend, den Kopf vom Kameraobjektiv weggerissen, eine halbe Drehung, nicht aus Absicht, ich schien nicht zu wissen, dass ich fotografiert wurde, ein Schnappschuss. An keines der Kinder, mit denen ich offensichtlich vertraut genug gewesen war, um mich bei ihnen unterzuhaken, erinnerte ich mich, Mitsu sah ich nicht, nicht Antonia, nicht Ava, nicht Anika. Vielleicht zeigte die Fotografie ein anderes Kind, das mir in diesem bestimmten Winkel ein wenig ähnlich sah, aber nein, dachte ich, unmöglich: Ich hatte damals solche kurzen Hosen getragen, und auch den Blazer erkannte ich.

Als ich schließlich wieder ins Sanatorium zurückkehrte, war es bereits früher Nachmittag. Auf einem Liegestuhl im Schatten sah ich Chen-Lu in ein Buch vertieft, ein grüner Einband, ich konnte nicht erkennen, ob sie dahinter nicht vielleicht eingeschlafen war. Im Haus war es still, ich begegnete niemandem, nicht in der Kantine, nicht auf den Fluren.

Die Fotografie, die ich mitgenommen hatte, hängte ich an der blauen Wand in meinem Zimmer auf, gleich neben dem Porträt, das das Kind gestern von mir angefertigt hatte. Bis zur Sitzung hatte ich etwas Zeit, ich entschied mich für eine kalte Dusche und zog mir etwas Frisches an.

## *Claudio*

»Ich rieche die Fabrik«, sagte er, »ich rieche ihren Gestank, die schöne Papelera, der Stolz der chilenischen Zelluloseindustrie, die südlichste Papierfabrik der Welt, sie stinkt. Nach was stinkt sie?« Er sog Luft ein, vorsichtig, stockend. »Pferdefurz, das ist es. Die Papelera stinkt, als hätte ein Pferd gefurzt. Eine ganze Herde, eine Herde furzender Pferde. Da sind Hunderte Pferde in einem Stall ohne Fenster, in ewiger Dunkelheit werden sie gemästet, mit unreifem Mais und feuchtem, schimmligen Heu. Alte, huflahme Mähren, sie haben Blähungen, quälende Koliken, fürchterliche Schmerzen, und sie warten auf die Schlachtbank, morgens wird das Tor geöffnet, da schlägt einem dieser fürchterliche Gestank entgegen – so riecht es aus den Schloten der Fabrik. Kohlfauler Dampf. Keine Angst, ihr seid es nicht. Ihr seid nicht die Stinkenden. Es ist mein sich erinnerndes Hirn, das diesen Gestank erzeugt, eingebildetes Stickoxid mische ich mit vorgestelltem Kohloxid, schon bin ich dort, in der Papelera, in der Fabrik. Sie ist wie ein verdauendes Pferd, sie wird mit Holz gefüttert, das Holz wird zerkaut, mit Magensaft vermengt, das Papier ist ihre Scheiße.«

Claudios Augen waren geschlossen. Das Kinn an die Brust gelegt, die Arme hinter der Rückenlehne verschränkt, wirkte er auf seinem Stuhl wie weggedämmert, als wäre er im Sitzen eingeschlafen.

»Du bist also wieder dort«, sagte Toni, sie hatte eine Weile geschwiegen, das Kinn herabgesenkt, die Augen geschlossen, auch sie verbarg ihre Hände hinter dem Stuhl. Alle im Saal hatten diese Haltung eingenommen.

»Was tust du dort?«, fragte Toni.

»Ich arbeite«, sagte Claudio, »ich stapfe die Stiegen des großen Kessels hinauf. Ich klopfe gegen die Ventile, schön laut, damit alle hören, dass ich arbeite, und zugleich sind meine Schläge um eine kleine, durchaus provokative, nur für den Vorarbeiter bemerkbare Nuance verlangsamt. Ich mache es gerade so, dass ich keine Abmahnung riskiere. Habe ich schon erzählt, wie wir in die Pause gehen?«

»Erzähl.«

»Wenn wir Pause machen, dann schieben wir den Helm so halb hoch«, sagte er. Seine Hand wanderte in Richtung Stirn. Er machte eine pantomimische, das Visier eines unsichtbaren Schutzhelms berührende Geste, nicht zur Veranschaulichung, eher schien es ein Reflex zu sein.

»Kein Kaffee für dich, das sagt der Vorarbeiter, aber das gehört sich bei uns nicht. Pause ist Pause, und wer den Helm hochschiebt, den lässt man gehen.«

»Hat der Vorarbeiter etwas gegen dich?«, fragte Toni.

»Ja. Heraldo hat kein Klassenbewusstsein. Er kann uns Organisierte nicht ausstehen. Er mag nicht, wie ich spreche.«

»Wie sprichst du denn?«

»Ich wiegle auf. Ich schüre den Hass gegen die Bourgeoisie.«

»Hast du heute auch schon agitiert?«

»Nein. Ich mache es nicht mehr.«

»Warum?«

»Allende ist tot. Es ist besser, still zu sein.«

»Was siehst du jetzt, in diesem Moment?«

»Ich sehe Dampf, tropfendes Wasser, schwarzes Wasser, Leitungen, die von Rost überzogen sind und sich winden, Ventile, Druckgefäße. Ich klopfe und prüfe mich voran, ich sehe die Metalltür einer Luke, einen Drehknauf, ich öffne die Luke.«

»Und jetzt?«

»Der Kessel speit mir seine Hitze entgegen.«

»Schließ doch die Luke.«

»Nein.«

»Warum nicht?«

»Heraldo ruft. Ich soll wieder herunterkommen. Sofort. ›Runter, runter.‹ Ich will aber nicht und stelle mich taub. Es brodelt und zischt. Da muss er schon lauter rufen. Jetzt brüllt er. Nicht hinsehen, sage ich mir. Soll es mir die Haut wegbeizen, die Augenbrauen versengen. Aber es ist nicht nur mein Stolz, der mich so handeln lässt.«

»Nein?«

»Nein. Es ist auch eine Vorahnung. Ich spüre eine Gefahr. Heraldo wird mich nicht holen, die Höhe mag er nicht. Er steigt nie irgendwo hoch. Ich muss nun doch nach unten schauen.«

»Was siehst du?«

»Ich sehe ihn.«

»Du siehst den Vorarbeiter?«

»Ja, den auch, aber auch Jack, ich sehe Jack. Heraldo fuchtelt mit den Armen. Er ist außer sich. Bläst sich auf. Drei Polizisten sind bei ihnen, keine Militärpatrouille, drei Gewöhnliche und Jack.«

»Wer ist Jack?«, fragte Toni. Ich hatte das Gefühl, dass sie es wusste.

»Jack ist einer von uns, ein Genosse.«

»Was wollen die Polizisten?«

»Sie haben Jack am Werktor abgefangen, und jetzt ziehen sie mit ihm durch die Fabrik. Er soll auf alle zeigen, die zu uns gehören. Er soll uns alle verraten.«

»Zeigt Jack auf dich?«

»Nein. Jack macht so etwas nicht. Sie hatten ohnehin die Namen. Die Fabrikleitung führte Listen. Es ging ihnen darum, es öffentlich zu machen, alle sollten sehen, dass nun wieder Ordnung herrscht. Jack hat auf niemanden gezeigt.«

»Du stehst noch immer am Kessel?«, fragte Toni.

»Ja, ich stehe immer noch da. Meine Stirn, sie schmerzt. Weil ich hinuntergesehen habe, kann ich nun nicht mehr so tun, als hätte ich nichts gehört.«

»Hast du immer noch Angst?«

»Ich mache alles mechanisch. Langsam, sehr langsam schließe ich die Luke. ›Was nervst du mich?‹, rufe ich. Heraldo nickt zu Jack. Jack blickt zu Boden. Er trägt seine Brille nicht. Meine Hände sind schweißnass. Ich kann kaum den Schraubenschlüssel halten.«

»Was geschieht nun?«

»Heraldo berät sich mit den Polizisten. Ein anderer wäre hochgekommen, nicht Heraldo, Heraldo war ein Feigling und eitel noch dazu. Er wusste, er würde mich nicht da runterkriegen, und er wusste, er konnte die Polizisten nicht allein hinaufschicken. Sie ziehen weiter.«

»Dein Glück.«

»An jenem Tag haben sie alle von uns verhaftet. Alle erschossen. Nur mich nicht.«

»Alle, nur dich nicht.«

»Ja, mich haben sie gelassen. Frage.«

»Ja?«

»Es heißt doch, ein Gesetz der Gerechtigkeit regiert in dieser Welt.«

»Nein.«

»Nein? Sagt man das nicht so?«

»Niemand sagt das, das hast du falsch verstanden. Fühlst du dich schlecht, weil sie dich evakuiert haben?«

»Natürlich nicht. Aber ich denke an Jack.«

»Also fühlst du dich doch schlecht?«

»Nein, vielleicht bin ich ein bisschen wütend«, sagte Claudio.

»Auf Jack?«, fragte Toni.

»Ich bin wütend auf sie.«

»Die Polizisten?«

»Ich spreche von denen, die uns evakuiert haben. Sie sind grausam. In ihrer Fortschrittlichkeit haben sie etwas Grausames.«

Das Knarzen eines Stuhls, jemand kratzte sich. Außer dem KIND hatten alle ihre Augen wieder geöffnet.

Ich sah Toni: weit nach vorn gebeugt, das Kinn auf ihre Hände gestützt.

»Es kann nicht jeder geholt werden.«

»Jack hätten sie retten sollen.«

»Er war dein Freund.«

»Darum geht es nicht, aber Jack hätten sie retten sollen, ich weiß es, denn ich kenne ihn.«

»Hast du es prüfen lassen?«

»Natürlich habe ich das.«

»Und was haben sie gesagt?«

»Was sie eben so sagen: bla bla bla.«

»Was war die Begründung? Du hast ein Prüfverfahren eingeleitet?«

»Ja.«

»Und?«

Claudio nickte, fuhr sich durchs Haar. »Ich kenne niemanden, der so gut für eine Evakuierung geeignet gewesen wäre. Seit ich Jack kenne, seit ich ihn gekannt habe, sprach dieser Irre, dieser Spinner, und ich habe mich noch lustig über ihn gemacht – sprach dieser Typ davon, dass ihn Außerirdische mitnehmen würden, er lag uns allen in den Ohren damit, jeden Tag. Er hat sich darauf vorbereitet, das meine ich, hat jeden Tag, kein Witz, damit gerechnet, dass man ihn mitnimmt – er war ein Posadist, falls das jemandem etwas sagt. Und er, der seine Koffer schon gepackt hat, er, Jack, der Posadisten-Spinner, soll nicht geeignet gewesen sein? Das glaube ich einfach nicht.«

»Es liegt ja nicht nur an der Person, es gibt so viele Parameter. Haben sie gesagt, es liege an ihm? Wie waren seine Werte? Es gibt Modelle, alles lässt sich nachvollziehen.«

»Sicherlich«, sagte Claudio.

»Aber?«, fragte Toni. »Es ist eine Fehlannahme, dass nur die gerettet wurden, die es besonders verdient haben, aber das weißt du ja bestimmt. Ausschlaggebend war allein die Frage, ob eine Evakuierung anderen schaden könnte und wie die Evakuierten hier zurechtkommen würden. Und selbst wenn niemandem unmittelbar Schaden entstanden wäre, auch die Selbstübereinstimmung musste gewährleistet sein.«

»Selbstübereinstimmung, was auch immer das bedeuten soll.«

»Du zweifelst die Gültigkeit dieses Prinzips an, oder verstehst du nicht, was es aussagt?«

»Ich verstehe nicht, wie irgendjemand verstehen soll, was es auszusagen behauptet. Wie soll man wissen können, was eintreten wird, bevor es eingetreten ist?«

»Wenn das dein Problem ist: Es gibt hervorragende Lehreinheiten zu dem Thema. Unsere Gegenwart darf sich durch die Eingriffe in die Vergangenheit nicht verändern, was den Handlungsspielraum stark einschränkt.«

»Ich weiß, ich weiß, immer gibt es eine Erklärung, aber ich muss deswegen ja nicht einverstanden sein.«

»Ob du einverstanden bist oder nicht, es ändert nichts. Geholt wurden die, die man holen konnte, und im Fall von Jack war es wohl einfach nicht möglich. Es bringt nichts, sich den Kopf darüber zu zerbrechen. Du solltest damit abschließen, das ist besser für dich.

Wenn du möchtest, können wir eine Vertreibungszeremonie vornehmen, das hat manchen schon geholfen.«

»Hat es das?«, fragte Claudio.

»Ich denke schon, aber ich wollte dir nur einen Vorschlag unterbreiten. Am Ende musst du selbst entscheiden, was für dich das Richtige ist.«

Claudio sog Luft durch die Nase ein. »Die Papelera, ich rieche sie.«

Das Gespräch war zu Ende, alle erhoben sich, nur Claudio blieb als Einziger auf seinem Stuhl zurück. Dass niemand zu ihm ging, ihm einen Arm über die Schulter legte, etwas Nettes zu ihm sagte, etwas, das vielleicht auch unangebracht wäre oder als nicht aufrichtig empfunden werden könnte, etwas wie *Kopf hoch* oder *Danke, dass du diese Erinnerung mit uns geteilt hast*, irgendeine Reaktion, irgendein Zeichen, dass er nicht ins Leere gesprochen hatte, dass er sich in einer Gemeinschaft von Menschen befand, denen es vielleicht ähnlich ging, die etwas erlebt hatten, von dem sie nicht loskamen – dass alle schwiegen, irritierte mich. Würde er jetzt zu mir rüberschauen, dachte ich, würde ich aufstehen und diejenige sein. Ich würde ihn zu einem Spaziergang einladen, ihn nach seinem Pflaster fragen und von Jack erzählen lassen, doch er schaute nicht zu mir herüber, sah auf die Uhr, sah auf den Boden, knöpfte die Ärmel an seinem Leinenhemd auf.

Unter der Galerie, vor der Tür zur Toilette, sah ich Chen-Lu an dem metallischen Kasten hantieren, dessen nächtliche Umtriebe mir gestern einen kurzen Schrecken eingejagt hatten, dieses seltsame, selbsttätige Aufzeichnungsgerät. Ich dachte daran, dass irgendwo auf diesem langen Papierstreifen auch meine Rufe verzeichnet waren. Aus der Nähe und bei Tageslicht erinnerte mich die Gravurnadel dieser eigenartigen Kombination aus einem Drucker und einem Lügendetektor an den Tonabnehmer eines Schallplattenspielers. Ich sah, wie Chen-Lu etwas an den Reglern einstellte, das die Nadel für einen Moment stillstehen ließ.

»Gut, dass du da bist«, sagte Toni, als sie mich neben Chen-Lu sah, »der Protokollant möchte dich gerne kennenlernen.«

»Der Protokollant?«

»Ein Protokollant SX 400 D. Ursprünglich wurde er angeschafft, um Träume aufzuzeichnen, jetzt kommt er fast nur noch in den Sitzungen zum Einsatz. Das D steht für Druck, er druckt, was er versteht. Wir haben das Glück, eine der wenigen noch funktionstüchtigen Ausführungen dieser erstaunlichen Maschine unser Eigen nennen zu dürfen, und dank der Unterstützung von Chen-Lu auch einen einigermaßen großen Vorrat an Ersatznadeln.«

»Gern geschehen«, sagte Chen-Lu, über dem Protokollanten kniend. »Soll ich ihr zeigen, wie er funktioniert?«

Toni nickte. »Heather, das wird dir gefallen.«

»Hier«, sagte Chen-Lu und zeigte auf ein kleines, grünes Rädchen – ich ging in die Hocke und hörte meine Knie knacksen, vom Protokollanten kein Mucks –,

»hier lässt sich einstellen, was aufgezeichnet werden soll.« Sie drehte an dem Regler, der Nadelarm hob sich. »Wenn du ihn nur in der Paraphrase-Einstellung nutzen willst, dann gehst du auf römisch eins, da werden dann automatisch alle Ähs und Ähms herausgestrichen und auch Wiederholungen gekürzt. Willst du die Wiedergabe komplett, alles, was gesprochen wurde, ohne Komprimierungen, gehst du auf zwei. Meistens nutzen wir aber die Einstellung drei, das nennt sich Diktoskript und ist ein guter Kompromiss.«

»Und was ist vier?«, fragte ich.

»Bei vier enthält die Aufzeichnung auch jedes Niesen, das sich zwischenzeitlich bemerkbar gemacht hat, jeden Schluckauf und jedes Magenknurren. Das wird schnell zu umfangreich, auf Dauer sollte man das dem Apparat nicht zumuten, die Nadel nutzt sich ab. Was mich dazu bringt: Gestern hat sich wieder einmal jemand an den Einstellungen zu schaffen gemacht.« Sie hob den Papierstreifen an und zeigte mir etwas, doch zu meiner Erleichterung waren es nicht meine Ausrufe und Schritte, sondern die protokollhafte Schilderung dessen, was hier heute Vormittag stattgefunden haben musste, ich las:

Person betritt den Raum (*Edgar*)
Reiben (*Hosenbein*)
Reiben (*Hosenbein*)
*Edgar*: So ein Scheiß.
*Edgar*: Das kann doch nicht.
*Edgar*: Immer, immer, immer.

*Edgar*: Schuhe aus, Schuhe an.
Reiben (*Hosenbein*)
Reiben (*Hosenbein*)
*Edgar*: Die wollen mich fertigmachen.
*Edgar*: Ich halte das nicht aus.
*Edgar*: Madre mia.
*Edgar*: Ich habe das nicht verdient.
*Edgar*: Was habe ich euch getan?
*Edgar*: Mecker, mecker, mecker.
*Edgar*: Ah, da sind sie ja.
Reiben (*Hosenbein*)
Reiben (*Hosenbein*)

»Genial, oder?«

Während ich las, spürte ich Tonis Blick auf mir. Sie sah mich an, als würde sie etwas von mir erwarten, eine bestimmte Reaktion, was offensichtlich auch Chen-Lu aufgefallen war, da sie nun fragte, ob Toni beabsichtige, ein neues Muster hinzuzufügen.

»Ein Muster?«

»Das Gerät ist in der Lage, eine Stimme zuzuordnen, sobald man das Stimmmuster einmal eingespeichert hat.«

»Könnten wir das gleich machen?«, fragte Toni und nickte mir zu. »Du hast doch nichts dagegen?«

Nachdem Chen-Lu am Display etwas eingegeben hatte, sollte ich auf drei verschiedene Arten meinen Namen sagen, meinen Namen oder wie ich genannt werden wollte, die Schreibweise könne man hinterher noch korrigieren, einmal laut, einmal leise und ein drittes Mal, als würde ich eine Frage stellen. Am Ende der Satz: *Das Pferd frisst keinen Gurkensalat.*

»Okay, das müsste funktioniert haben. Und jetzt sprich einfach drauf los.«

Ich wusste nicht, was ich sagen sollte, stammelte eine Begrüßung und wunderte mich sehr darüber, dass mich ein technisches Gerät so in Verlegenheit bringen konnte.

»War das in Ordnung?«

Die Nadel ratterte.

»Wenn du den Ausdruck mitnehmen willst, solltest du immer auf diese Taste hier drücken, niemals einfach bloß ziehen«, sagte Chen-Lu, und ich sah, wie sich die Nadel hob und eine kleine Schneide von links nach rechts über das Papier fuhr. »Jetzt kannst du es abreißen.«

Entlang der Schnittkante löste sich der Papierstreifen und rollte sich zusammen. Das Protokoll enthielt nicht nur meine Begrüßungsanrede, sondern auch Claudios Sitzung.

»Und was mache ich damit?«

»Am besten bringst du es gleich zu den anderen. Weißt du, wo wir die Protokolle aufbewahren?«

»Ja, ich denke schon.«

## *Das quartärliche Rotationsprinzip mittlerer Kollektive*

Die Sonne ist gut, die Sonne ist warm, ein allgegenwärtiges, allumfassendes Orange, unten und oben lassen sich nicht unterscheiden, Aufsteigen und Fallen, von violetten Fäden durchzogen, von Wirbeln und Strichen, den Aufnahmen von Sonnenstürmen nicht unähnlich, hinter meinen Lidern. Violette Fäden in einem orangefarbenen Meer, die sich verbinden und verflechten wie Neuronen zu einem Gedanken. *Kolchis, du Schöne, du wurdest errichtet* – keine falsche Erinnerung. Das Schmatzen der Dünung gegen Beton, satt und feucht, und eine Sonne von solcher Zärtlichkeit. Erst allmählich kommen die Geräusche, der Klang von Besteck gegen Porzellangeschirr, das Aufwerfen eines Tischtuchs, das leise Vibrieren der Stimmen der Lektoren, Menschen, die sich um mich kümmern. Jemand streichelt mir über die Wange, ein Kind oder einer der Lektoren, ich beschließe, die Augen nicht zu öffnen, die Hand nicht näher zu bestimmen, eine Hand, die es gut mit mir meint, Sonnenbaden an jedem Tag. Da wäre auch ein Duft, dieser besondere Duft nach frischer Wäsche, der Duft dieses französischen Waschmittels nach einer Formel von 1977, der einer Studie zufolge am universellsten den Eindruck von Sauberkeit vermittelte, ein Duft, der für uns gleichbedeutend war mit dem Duft von Sommer und Ferien. *Zwei Jahre Ferien*, Jules Verne, das war Mitsus Lieblingsbuch; würde ich diesem Duft einen Namen geben, so müsste es dieser sein.

Ich war fünfzehn, als ich nach Kolchis gebracht wurde, an meinem zweiundzwanzigsten Geburtstag zog ich wieder von hier fort. In Märchen kommt dieser Zeitspanne eine besondere Bedeutung zu: sieben Jahre Pech nach einem zerbrochenen Spiegel, der Bärenhäuter muss sieben Jahre im Fell eines erschossenen Bären umherziehen. Die sieben Zwerge, sieben Raben, sieben Geißlein und der Wolf.

Ein Tropfen landete auf meiner Stirn, erst einer, dann ein zweiter, nass und kühl. Gerade noch hatte die Sonne geschienen hier im Warmen auf dem Beton, nun lag ich im Schatten. Wieder erwischte mich ein Tropfen, diesmal spürte ich ihn auf dem Kinn. Ein Keuchen war zu hören, ich fuhr mir über das Gesicht. In kompliziert aussehenden Verrenkungen, auf einem Bein stehend, mit einer, wie mir schien, übertriebenen Gründlichkeit, trocknete sich Toni mit einem Handtuch ab, sogar um die Zwischenräume der Zehen kümmerte sie sich.

»Haben wir dich doch geweckt«, bemerkte sie, auf einem Bein stehend und vorgebeugt, einen Schatten erzeugend, der mich an einen Kranich erinnerte, einen Kranich, der die äußersten Spitzen seines Gefieders reinigte.

»Ich habe nicht geschlafen.«

»Dann ist ja gut«, sagte sie, wickelte sich das Handtuch um die Haare und setzte sich neben mich. Sie wolle wissen, wie es mir so gehe, ob es mir hier gefalle, ob ich mich wohlfühlen würde, im Sanatorium und in der Gruppe. »Du bist doch zufrieden mit deinem Zimmer?«

Ich sagte ihr, dass ich gerne hier sei, war aber auch so ehrlich, ihr mitzuteilen, dass ich mir immer noch nicht ganz sicher war, wie lange ich bleiben würde.

Sie nickte verständnisvoll. »Ja, ja, das verstehe ich gut.« Durch das Nicken hatte sich ihr Handtuch gelöst; sie nahm es ab und wickelte es zu einem Turban. »Und die Gruppe, was denkst du über die Gruppe?«

Im Hintergrund, umrahmt von gelbem Licht, kletterte Miss Bishop an Land. Sie griff ebenfalls nach einem Handtuch und nahm neben mir Platz, Toni zu meiner rechten, Miss Bishop zu meiner linken Seite, zwei Gestalten, die neben mir aufragten, während ich noch auf dem Rücken lag. Ich richtete mich auf.

»Heather gefällt es gut bei uns«, sagte Toni zu Miss Bishop.

»Das freut mich«, sagte Miss Bishop.

»Nur mit den Sitzungen ist sie nicht so zufrieden.«

»Ja, die Sitzungen könnten besser laufen«, ergänzte Miss Bishop in einem mir fast einstudiert vorkommenden Dialog. Ich fragte mich, wie sie zu dieser Annahme kamen, über die Sitzungen hatte ich kein Wort verloren. Bevor ich widersprechen konnte, fiel mir Toni ins Wort.

»Mit der Zeit schleicht sich eine Routine ein, Rollen setzen sich fest. Was denkst du?«, fragte Toni, nun an mich gerichtet, »hast du vielleicht eine Idee?« Ich war überrascht, dass sie ausgerechnet meinen Rat hören wollte, und zuckte mit den Achseln.

»Ich bin doch gerade erst angekommen.«

Schweigen. Ich war nun umso mehr davon überzeugt, dass die beiden etwas vorhatten, einen Plan, der mich einschloss, was mich ein wenig beunruhigte. Gemeinsam saßen wir auf dem Betonsteg und sahen den jagenden Schwalben zu, Vögel, die in der Böschung am Ufer nisteten, über das Wasser flogen und nach Fliegen schnappten.

»Habe ich einen Hunger«, sagte Miss Bishop.

»Ja, es wird Zeit.«

Dass sie mir beim Abendessen einen Platz frei gehalten hatten, wunderte mich nicht, ich saß zwischen Toni und Miss Bishop am großen Tisch in der Mitte des Saals. Es gab Kürbislasagne und Salat, ein Gericht, das bei allen beliebt war, entsprechend gut war die Stimmung, als dann zum Nachtisch auch noch Schokoladencreme serviert wurde, das, wie jemand sagte, *ultimative Edgar-Dessert*, nichts komme an diese Schokoladencreme heran. Am Tisch machte Abdouli Witze darüber, dass sie ein Sondergesetz erlassen müssten, welches sicherstelle, dass Edgar die Aufgabe des Kochens niemals wieder abgeben würde, ein Edgar-Gesetz müsse her.

Edgar lachte. »Danke, danke, aber das hängt ja nicht nur von mir ab.« Er stand auf und breitete die Arme aus: »Gebt mir eure Stimme!«

»Ach, ist denn bald schon wieder Epochenfest?«

Beim Stichwort Epochenfest sahen Miss Bishop und Toni mich prüfend an. Sich nach hinten lehnend, winkte Toni mich zu sich heran, als befürchtete sie, man würde uns andernfalls belauschen. Leise erklärte sie mir, dass beim Epochenfest die Aufgaben verteilt würden und es gut sei, sich vorher schon Gedanken zu machen.

»Ich weiß ja nicht, wie wichtig dir dein Schlaf ist, aber beim Frühstücksdienst musst du sehr früh aufstehen. Den Wäschedienst kann ich dir auch nicht empfehlen, es sei denn, es gefällt dir, dich durch schmutzige Laken zu wühlen. Der Garten ist harte Arbeit, und auch von der Wartung der Golfmobile würde ich dir abraten, du hast ja selbst gesehen, in welchem Zustand sich die Fahrzeuge teilweise befinden, während du dich bei der Güterbeschaffung in erster Linie mit den Republikkindern herumschlagen musst.«

Später, wir waren nach dem Essen wieder vors Haus gezogen – es war ein langer Abend geworden, fast schon Mitternacht, ich wollte auf mein Zimmer zurück –, folgten Miss Bishop und Toni mir in den Fahrstuhl. Sie hatten sich fast gleichzeitig erhoben, als hätten sie nur darauf gewartet, mich zu begleiten, Toni mit einem Gähnen, das gekünstelt wirkte. Auch im Aufzug stand ich zwischen ihnen, Toni und Miss Bishop. Als ich meine Etage erreichte, zupfte Toni mich an meinem Ärmel. »Hast du noch einen Moment?«

Wie ich inzwischen wisse, sagte Miss Bishop und blockierte die Fahrstuhltür mit ihrem Fuß, komme das Epochenfest auf uns zu. Es gebe eine Reihe von Aufgaben, ohne die das Zusammenleben in dieser Gemeinschaft kaum denkbar sei, Aufgaben, denen wir uns annähmen, weil sie unseren Neigungen entsprächen, und Aufgaben, die erfüllt werden müssten, weil sie notwendig seien. Ihr Ton wurde feierlich, sie schien sich auf das, was sie nun vortrug, vorbereitet zu haben. Im Ideal, führte sie aus, und das sei der Anspruch unserer Gesellschaft, würden Neigung und Notwendigkeit zusammenfallen. Jeder nach seinen Bedürfnissen, jeder nach seinen Fähigkeiten. Doch nicht immer sei das möglich. »Das ist dir doch sicherlich bewusst«, sagte Miss Bishop.

»Natürlich«, sagte ich.

Eine Aufgabe, die der eine als angenehm empfinde, sei dem anderen eine Last. Auch sei es so, dass bestimmte, notwendige Aufgaben manchen schlichtweg leichter fielen, als das bei anderen der Fall sei. Manche strebten nach Abwechslung und suchten nach immer neuen Herausforderungen, andere wünschten sich die Wiederholung, Geborgenheit in der täglichen Beschäftigung mit ein und demselben Gegenstand.

»Ja, ja, das ist mir bekannt.« Wie ich verstand, sollte ich etwas für sie erledigen, etwas, von dem sie annahmen, dass es mir nicht gefiel.

Das Licht ging aus, Miss Bishop trat von einem Fuß auf den anderen und drückte den Lichtschalter, die Fahrstuhlkabine begann sich einen Moment lang zu schließen, bis Miss Bishop ihren Fuß wieder über die Schwelle schob. Fast entschuldigend ruckten die Türen zurück. »Vierter Stock, Richtung Ausgang. Richtung Ausgang.«

Allmählich verlor ich die Geduld, und auch Toni wirkte zunehmend unruhig. Sie blickte sich nach allen Seiten um, als hätte sie Angst, jemand könnte uns belauschen, doch Miss Bishop ließ sich nicht hetzen. »Sehr schön«, sagte sie, »sehr schön.« Alle drei Monate würden die Aufgaben neu vergeben werden, das wisse ich sicher.

»Ihr wendet das quartärliche Rotationsprinzip mittlerer Kollektive an.«

»Genau.«

Dies sei zwar erst mein dritter Tag, doch das Ende der Epoche komme immer schneller, als man denke, die Mitte des Quartals sei überschritten. Falls ich beabsichtigen würde, auch den Herbst hier zu verbringen, müsste ich mir dann eine Aufgabe aussuchen. Jetzt hätte ich noch den Status einer Besucherin, doch spätestens nach dem Epochenfest müsste ich mich festlegen, falls ich hierbleiben wolle, was sie alle natürlich hofften. Miss Bishop nickte, Toni nickte, Toni ergriff das Wort:

»Ich zum Beispiel leite schon seit fast acht Monaten die Sitzungen. Leider hat sich die Gruppe stark verändert, viele denken bloß noch in Lagern. Es ist schwer, die Leute zu motivieren, den Sitzungen wieder mehr Offenheit entgegenzubringen. Oder was denkst du?«

Ich wiederholte, was ich ihnen schon am Nachmittag auf dem Betonsteg gesagt hatte: dass ich noch neu sei und mir allein deswegen noch kein Urteil über die Abläufe erlauben würde, woraufhin Toni eifrig nickte. Ein wenig zu eifrig, wie ich fand.

»Deine Zurückhaltung gefällt mir. Es wäre einfach so furchtbar schade, wenn alle Arbeit, die ich in die Gruppe investiert habe, durch ein unüberlegtes Abstimmungsergebnis zunichtegemacht werden würde, das verstehst du bestimmt.«

»Toni hat sich das alles nämlich ausgedacht«, sagte Miss Bishop, »früher waren die Sitzungen völlig unstrukturiert, alle redeten durcheinander, oft saßen sie dort nur zu fünft, irgendwann mitten in der Nacht.«

»Würdest du aber die Sitzungen leiten – und noch hast du ja Zeit, dir alles genau anzuschauen –, mit dir als Nachfolgerin wäre das, was wir uns in den vergangenen Monaten gemeinsam aufgebaut haben, in guten Händen, da bin ich sicher.«

»Ich soll die Sitzungen übernehmen?« Ich ging einen Schritt in den Flur, die beiden Strippenzieherinnen mir hinterher. »Ich glaube nicht, dass ich dafür geeignet bin, außerdem kennt mich hier doch niemand.«

Toni sah mich an. »Du interessierst dich doch für die Protokolle. Die werden dir helfen, dich darauf vorzubereiten, und wenn du Fragen hast, kannst du dich jederzeit an mich wenden. Kann ja sein, dass du die Sitzungen übernimmst und es dir nicht gefällt. Kein Problem. Wenn du erst mal ein Quartal hinter dir hast, kannst du die Leitung einfach wieder an mich übergeben. Und wir alle schätzen dich sehr, das glaubst du mir doch? Wir jedenfalls vertrauen dir.«

»Aber ich habe an den Sitzungen bislang doch nur als Zuhörerin teilgenommen? Was wisst ihr denn von mir?«

»Wir haben deinen Fragebogen gelesen, wir wissen genug.«

Ich wusste nicht, was ich antworten sollte. Einen Moment lang waren die Türen nicht blockiert, der Fahrstuhl zuckte. Bevor die Kabine sich schließen konnte, hatte Miss Bishop ihren Fuß wieder in die Tür geschoben.

»Jetzt bist du enttäuscht«, sagte sie. »Du hast gehofft, von uns Hilfe zu erhalten, deswegen bist du nach Kolchis zurückgekehrt, stattdessen bitten wir dich nun um deine Unterstützung, das kommt dir falsch vor. Doch indem wir anderen helfen, helfen wir uns selbst. Auch das weißt du bestimmt.«

Ich überlegte, welche Argumente ich vorbringen könnte, um ihnen glaubhaft zu machen, dass ich mich wirklich nicht für geeignet hielt. Durch ihre erwartungsvoll auf mich gerichteten Blicke fühlte ich mich allmählich bedrängt. Ich dachte an Tezeta, wie sie mir vorgeworfen hatte, ich sei verschlossen, würde ihr ausweichen, würde immer das Wichtigste zurückhalten. Selbst die Kinder würde ich meiden, sobald ich das Gefühl bekäme, ein Konflikt stünde im Raum, und sei es nur ein blutendes Knie. »Wie könnt ihr euch da so sicher sein?«

»Weil wir dich eben kennen. Außerdem wird es eine Probesitzung geben. Jemand Besseren hätten wir uns nicht wünschen können.«

»Ich bin …«, sagte ich und trat noch einen Schritt zurück, nun buchstäblich mit dem Rücken zur Wand stehend, »ich bin ein unzuverlässiger Mensch, ohne jede Bindung.«

»Genau das haben wir gesucht.«

Sie verstanden sich wirklich gut darin, sämtliche Einwände in ihr Gegenteil zu verkehren. Für sie war es gar keine Frage, sie wollten mich lediglich in Kenntnis setzen, die Entscheidung war längst gefallen.

»Du machst es also?«

Mir fiel ein, dass ich gar nicht über meine anderen Optionen informiert worden war, ich hätte gerne gewusst, was es sonst noch für Aufgaben gab.

»Ich überlege es mir«, sagte ich. »Außerdem muss ich doch auch gewählt werden. Herrscht hier keine Einvernehmlichkeit?«

Toni hob die Arme. »Natürlich, hier wird alles konsensual entschieden.«

»Das Wichtigste ist, dass du dich aufstellen lässt«, sagte Miss Bishop, »den Rest erledigen wir. In vier Wochen ist das Epochenfest, danach kannst du übernehmen. Und vorher hast du genug Zeit, dir ein Bild zu verschaffen. Toni sagte, du liest gern.«

– – – – – – – – – – – – – – – – – – – – – – – – –
– – – – – – – – – – – – – – – – – – – – – – – – –
– – – – – – – – – – – – – – – – – – – – – – – – –
– – – – – – – – – – – – – – – – – – – – – – – – –
– – – – – – – – – – – – – – – – – – – – – – – – –
– – – – – – – – – – – – – – – – – – – – – – – – –
– – – STIMMEINGABE: Heather. Heather. Heather? Das Pferd frisst keinen Gurkensalat. *(Stimme registriert)*

*Heather*: Hallo, ich bin Heather, ich freue mich, dich kennenzulernen.

*– – 16:21 – –*

*Heather*: War das in Ordnung?

*– – 13:21 – –*

*Chen-Lu*: Test eins zwo, Test eins zwo.
*Matthias*: Wo klemmt es, hast du gesagt?
*Chen-Lu*: Test eins zwo, Test eins zwo.
*Matthias*: Sag doch mal.
*Chen-Lu*: Test eins zwo, Test eins zwo.
*Matthias*: Warum eigentlich zwo? Warum nicht zwei?
*Chen-Lu*: Test eins zwo, Test eins zwo.
*Matthias*: Jetzt hör schon mit dem Test auf.
*Chen-Lu*: Test eins zwo, Test eins zwo.
*Matthias*: Ah hier.
*Chen-Lu*: Test eins zwo, Test eins zwo.
*Matthias*: Jaja, Test eins zwo.
*Chen-Lu*: Du hast es doch gefunden.
*Matthias*: Danke für nichts.

*– – 15:16 – –*

*Toni*: Erinnere dich an die Farbe. Siehst du die Farbe?
*KIND*: Ja, ich sehe sie.
*Toni*: Das ist gut. Wie fühlst du dich?
*KIND*: Mir ist kalt.
*Toni*: Der Raum ist dir nicht warm genug?
*KIND*: Nein, ein Gefühl. Kalt.
*Toni*: Das wird gleich vergehen. Nicht alle kennen dich, stell dich doch noch mal vor.
*KIND*: Muss ich?
*Toni*: Nur wenn du möchtest.
*KIND*: Möchte ich nicht.
*Toni*: Wie können wir es dir leichter machen?
*KIND*: Ich weiß nicht.
*Toni*: Keine Idee?
*KIND*: Nun, vielleicht.
*Toni*: Warum beißt du dich?
*KIND*: Was mache ich?
*Toni*: Du beißt dich.
*KIND*: Stimmt doch gar nicht.
*Toni*: Doch, gerade hast du es wieder gemacht, du beißt dich immer auf die Unterlippe.
*KIND*: Ach so.
*Toni*: Ja, das machst du öfter. So eine ganz komische Bewegung mit dem Unterkiefer. Du ziehst den so ein.

Warum?
*KIND*: Das ist, weil ich mich beobachtet fühle.
*Toni*: Sollen wir die Augen schließen?
*KIND*: Danke, so ist es besser.
*Toni*: Sollen wir es versuchen?
*KIND*: Ja.
*Toni*: Wo bist du gerade?
*KIND*: In einem Auto. Nein. Nicht in einem Auto. Ich bin auf der Ladefläche eines Pick-up-Trucks. Es ist der Truck meines Vaters. Papa fährt, Mama sitzt neben ihm, ich bin hinten, auf der Ladefläche.
*Toni*: Bist du auf der Ladefläche allein?
*KIND*: Nein. Toby ist bei mir und Kress. Und vorne sitzen Papa und Mama.
*Toni*: Wer ist Kress?
*KIND*: Kress ist unser Hund.
*Toni*: Was siehst du?
*KIND*: Es ist diesig. Kein Nebel. Es ist heiß. Smog. Ich erkenne Bäume und Werbetafeln, einen Autohändler, aber es ist, wie gesagt, sehr dunstig.
*Toni*: Kannst du bestimmen, wo ihr seid?
*KIND*: Ja, ich kenne die Gegend. Wir sind auf dem Santa Monica Boulevard.
*Toni*: Der Santa Monica Boulevard, Los Angeles? Woher weißt du das?«
*KIND*: Da vorne ist dieser riesige Mormonentempel. Aber er sieht unwirklich aus, als wäre er nur angedeutet, wie gezeichnet mit einem Bleistift auf Papier. Ein weicher Bleistift. Ich kenne das Gebäude.
*Toni*: Wie geht es dir?

*KIND*: Ich weiß nicht.
*Toni*: Du weißt es nicht?
*KIND*: Mir ist ein bisschen schlecht.
*Toni*: Hier oder dort? Sollen wir aufhören?
*KIND*: Nein, es ist dort. Dort ist mir schlecht. Hier geht es mir gut. Es liegt am Benzingeruch. Aber es ist wirklich nur leicht. Die Übelkeit gehört zum Autofahren dazu. So wie das Kribbeln bei den Bodenwellen. Oder die Angst, zu viel getrunken zu haben und plötzlich ganz dringend aufs Klo zu müssen. Oder die Vorstellung, dass meine Eltern in dem Truck verunglücken, dass sie alle sterben und ich als einzige Überlebende zu Tante Christa nach Kanada gehen muss. Ich lächele.
*Toni*: Du lächelst? Obwohl dir schlecht ist?
*KIND*: Ja, das ist der Fahrtwind. Ständig muss ich mein Gesicht in die eine und dann wieder in die andere Richtung wenden. Doch auch wenn man gezwungen wird zu lächeln, macht das fröhlicher. Die Gesichtsmuskeln haben Einfluss auf das Gehirn. Das ist erwiesen. Ich freue mich auf etwas.
*Toni*: Auf was freust du dich?
*KIND*: Ich weiß es nicht. Die Zukunft? Ich kann es wirklich nicht sagen.
*Toni*: Doch, du weißt es. Sag es uns.
*KIND*: Meine Haare flattern, immer flattern sie mir ins Gesicht. Ich muss immerfort blinzeln und lächeln, und lächeln und blinzeln, und mit jedem Wimpernschlag taucht ein neues Bild auf. Da ist ein Werbeplakat. Ich kann lesen, was draufsteht: Canadian Pacific, Fly Vancouver. Ist das ein Zeichen?

*Toni*: Fragst du uns das?
*KIND*: Nein, das frage ich mich. Ist das ein Zeichen dafür, dass ich zu Christa gehen werde.
*Toni*: Christa ist deine Tante.
*KIND*: Die Schwester meiner Mutter. Ist das ein Zeichen?
*Toni*: Das wissen wir nicht.
*KIND*: Der Dunst ist immer noch da. Eine World-Tankstelle, ein Porschehändler, ein Anhalter am Rand der Straße. Er ist groß, dünn. Weich gezeichnet vom dunstigen Licht. Wie ein Engel sieht er aus. Ein Bus überholt uns. Aus einem der geöffneten Fenster hängt ein Arm. Vielleicht von einem Mann. Vielleicht von einer Frau. Papa fährt jetzt schneller. Wir ziehen am Bus vorbei. Unter der blauen Linie steht was: K-BIG FM104. Das ist Werbung für einen Radiosender.
*Toni*: Warum liest du uns das vor?
*KIND*: Ich weiß es nicht.
*Toni*: Es ist nur Reklame.
*KIND*: Nein. Die Erinnerung an Kress zum Beispiel. Wie er riecht. Eine ganz eigene Mischung aus Schmieröl und Nelke. Die Weichheit seines blonden Fells, das sich im Nacken wellt. Zusammen mit den Schlappohren sieht es aus, als würde er eine Perücke tragen. Eine Richterperücke. Das gehört auch dazu. Ich lege jetzt den Arm um Kress.
*Toni*: Und?
*KIND*: Wie gut er duftet. Ich mag einfach, wie Hunde riechen. Toby sieht zu mir.
*Toni*: Was ist mit Toby?

*KIND*: Er lächelt auch.

*Toni*: Warum?

*KIND*: Einfach so. Auch wegen des Fahrtwinds wahrscheinlich.

*Toni*: Und deine Eltern?

*KIND*: Ich sehe sie durch das Rückfenster der Fahrerkabine. Mama im Profil. Wenn sie nicht selbst am Steuer ist, dann sitzt sie immer seitlich, wie auf einer Eckcouch. Jetzt auch. Ihr Arm liegt auf der Rückenlehne. Sie dreht sich zu Papa, als hätte sie mit der Welt außerhalb nichts zu schaffen. Sie sagt etwas zu meinem Vater. Vielleicht spricht sie über uns Kinder, vielleicht aber auch über die Luftverschmutzung. Sie sprachen damals viel über die Luftverschmutzung. Ich verstehe ja nichts. Ich kann ja keine Lippen lesen. Und selbst wenn ich Lippen lesen könnte, würde ich nichts verstehen, weil ich sie ja nur von der Seite sehe, nur den halben Mund.

*Toni*: Und dein Vater?

*KIND*: Papa sehe ich von hinten. Ich sehe seine Schultern. Er trägt seinen violetten Pullover. Trotz der Hitze. Den hat er fast immer an. Sein langes Haar. Die Koteletten. Das sehe ich. Ein dunkelblauer und sehr neu funkelnder Wagen fährt uns entgegen. Einundzwanzig, zweiundzwanzig, dreiundzwanzig. Wir kommen wieder an einer Werkstatt vorbei. Dann an einem Möbelgeschäft und aus einer Bar – ein seltsamer Name: Betty's Pistole Dawn, kann das sein? – vierundzwanzig, fünfundzwanzig, sechsundzwanzig – tritt eine Frau mit silbern gefärbten Locken und macht eine Handbewegung. Wie beim Verscheuchen einer Fliege. Sie verscheucht alles. Das Bild. Jetzt ist alles weg.

*Toni*: Alles weg?

*KIND*: Ja.

*Toni*: Aber warum bist du denn zu deiner Tante gekommen? Was hat dazu geführt?

*KIND*: Fragst du das mich?

*Toni*: Erinnerst du dich nicht?

*KIND*: Ich habe das Erinnern trainiert wie einen Muskel. Noch bevor ich hierherkam, habe ich mich stets dazu aufgefordert, mich zu erinnern. Ich habe mir gesagt: Vergiss das nicht, merk dir das, erinnere dich. Wenn mir eine bestimmte Situation bedeutsam erschien oder gewöhnlich, exemplarisch gewöhnlich, habe ich mir das gesagt. Vergiss das nicht. Natürlich sind da auch Lücken, ich habe nicht alles im Gedächtnis, aber ich erinnere mich an mehr Dinge als andere, ich habe es trainiert.

*Toni*: Du hast es trainiert.

*KIND*: Habe ich doch gesagt.

*Toni*: Und?

*KIND*: Mir ist wieder sehr kalt.

*Toni*: In welchem Jahr ist das passiert?

*KIND*: 1973. Im September.

*Toni*: Das ist auch Claudios Jahr.

*KIND*: Das weiß ich.

*Toni*: Habt ihr euch schon mal unterhalten?

*KIND*: Nein.

*Toni*: Schade.

*KIND*: Was hat Claudio damit zu tun?

*Toni*: Sprich doch mal mit ihm. Claudio, könntest du dir das vorstellen?

*Claudio*: Verstehe ich nicht.

*KIND*: Verstehe ich auch nicht. Das ist mir unangenehm.

*Toni*: War ja nur ein Vorschlag.

*KIND*: Schlechter Vorschlag.

*Toni*: Dann sind wir fertig.

*– – 15:07 – –*

*Toni*: Wo waren wir neulich stehen geblieben?

*Edgar*: Ich habe von Wien erzählt.

*Toni*: Genau. Du hattest damals überlegt, dort hinzuziehen.

*Edgar*: Es tauchte kurz als Vision auf, ja. Als eine Idee. Als eine Möglichkeit.

*Toni*: Warum noch mal?

*Edgar*: Mir gefiel, wie kaputt dort alles war. Häuser mit weggebombten Fassaden. Man blickte direkt in die Zimmer. Auf Tapeten, Kachelöfen. In Zimmer, in denen vorher gewohnt worden war, wurde nun Wäsche aufgehängt, wurden Teppiche ausgeklopft. Als wären sie Vorgärten.

*Toni*: Und das fandest du gut?

*Edgar*: Zerschossene Fenster, mit Pappe verrammelt. Früh vergreiste Witwen, keine dreißig und schon grau. Sie ziehen Kinderwagen, die mit dem Holz gefällter Parkbäume beladen sind. Blonde Kinder, die schwarzen GIs bettelnd hinterherlaufen. Mädchen, die sich bei Rotarmisten einhaken. Ein magerer Typ mit amputiertem Arm, ein Landser. Ja, das gefiel mir alles sehr.

*Toni*: Aber warum?

*Edgar*: Es sah nach totaler Kapitulation aus. Es sah aus, wie ich es mir immer gewünscht hatte. Es sah aus, als wäre ein Traum in Erfüllung gegangen.

*Toni*: Und dann wolltest du in diesem Traum leben?

*Edgar*: Ja. In diesem Rachetraum.

*Toni*: Was hat dich daran gehindert?

*Edgar*: Rache ist ein flüchtiges Gefühl. Und für so eine kleine Spießeralpenrepublik meine Kräfte verschwenden, nein danke.

*Toni*: Das war der Grund?

*Edgar*: Ich hatte kein Geld, keine Arbeit. Mein Status hat es nicht erlaubt. Ich habe es auch in der sowjetischen Zone versucht, aber sie konnten mich da nicht gebrauchen, kein Interesse, ich soll zurück. Solange Krieg herrschte, habe ich niemanden in Verlegenheit gebracht, alle wussten genau, was sie von mir wollten. Man brauchte mich, um für den Ruhm eines Faschistenstaates zu töten, ich war gefragt, als ich mit meinem Karabiner der königlichen Armee zu den Partisanen gegangen bin. Und als nützliches Vieh, solange da noch etwas Fleisch an meinen Knochen hing, hatten selbst die Deutschen noch Verwendung für mich, schuften und in den Schlachthof, ein Tier mit einer Nummer. Und den Italienern haben alle misstraut, sie wussten ja selbst nicht, wer sie sind. Faschisten, Antifaschisten, Katholiken, Kommunisten. Haben sie nicht gerade noch in Stalingrad gekämpft? Ich trug einen roten Winkel, was mir unter den russischen Häftlingen Freunde verschaffte. Erst als es aufhörte, bin ich nutzlos geworden, ein überflüssiger Mensch. Und dafür habe ich überlebt.

*Toni*: Du bist dann wieder ins DP-Lager gefahren.

*Edgar*: Es blieb mir nichts anderes übrig.

*Toni*: Aber du hättest doch auch zurückkehren können?

*Edgar*: Wohin?

*Toni*: Dorthin, wo du vor diesem Krieg gelebt hast. Leute wie du, die verschleppt und dann nach Kriegsende befreit wurden – es gab doch Programme, die dich zurückgebracht hätten?

*Edgar*: Vor dem Krieg hatte ich ein Zimmer bei einer Witwe in Rom, die ihren Benito verehrt hat wie ihren verstorbenen Gemahl. Auf ihrem Nachttisch standen drei Bilderrahmen. Ihr Mann, der Duce und Antonio Centa. Als ich einberufen wurde, hat sie vor Freude geweint, mir die Hände geküsst.

*Toni*: Dann hättest du dir eben eine andere Wohnung gesucht. Warum bist du in diesem Lager geblieben?

*Edgar*: Warum bleibt man irgendwo? Ich hatte ein eigenes Bett und verstand mich mit meinen Zimmergenossen. Das war eine Verbesserung.

*Toni*: Und dein Vater, was ist mit deiner Familie? Wolltest du nicht wissen, wie es ihnen geht, ihnen sagen, dass du am Leben bist?

*Edgar*: Meinen Vater gab es nicht mehr, er war nur noch eine Hülle, und seine Frau hat mich gehasst. Sie hatte eigene Kinder, ich kann es ihr nicht verübeln. Wer kann es sich schon leisten, einen ungeliebten Menschen durchzufüttern? Natürlich, wenn ich für sie arbeiten gegangen wäre, aber dafür kannte sie mich zu gut. Das Haus war voll und dass ich mich den Partisanen angeschlossen habe, hat sie mir auch nicht verziehen. Sie war verhört worden, geschlagen, zu Hause die

kleinen Kinder. Ich mache ihr keine Vorwürfe, aber wir mochten uns nicht. Sie war gut zu meinem Vater, das reicht. Ich habe sie in Schwierigkeiten gebracht.
*Toni*: Aber Italien war befreit, der Faschismus besiegt. Ist euer Duce nicht sogar öffentlich an einem Laternenmast gehängt worden?
*Edgar*: Kein Laternenmast, und sie waren vorher schon hingerichtet worden, Mussolini, Petacci, Bombacci, Pavolini. Sie haben die Leichname auf ein Tankstellendach gehoben und kopfüber von dort runterhängen lassen. Auf den Fotos sieht man auch die Männer, die auf dem Dach stehen. Sie halten sie wie Marionettenspieler, fühlen sich mächtig. Unten die Leute, du kennst die Gesichter. Jetzt applaudieren sie.
*Toni*: Bist du deswegen nicht zurückgegangen? Weil du den Leuten nicht verziehen hast?
*Edgar*: Ich hatte damals schon deswegen nicht in mein Heimatdorf zurückkehren können, weil niemand wusste, was mit der Gegend passieren würde, sie gehörte ja nicht mehr zu Italien, lag jetzt im Freien Territorium. Und diesen Müttern gegenübertreten, die ihre Söhne verloren haben. Ihre Enttäuschung, dass es nicht mich getroffen hat. Ich hatte andere Pläne, ich wollte nach Amerika. Viele im Lager hatten das vor. Weg von diesem vermoderten, erschöpften, zugrunde gerichteten Elendskontinent. Auf ein Schiff steigen und Abschied für immer.
*Toni*: Ich weiß, dass du das wolltest, du wolltest Schauspieler sein, aber wenn es nun mal nicht klappt? Ist nicht alles besser, als in diesem Lager festzusitzen? Da-

rüber haben wir schon gesprochen, aber ich verstehe es immer noch nicht.

*Edgar*: Ich war Schauspieler! Ich habe in Filmen mitgespielt. Keine großen Rollen, doch immer mit Text. Signore, il suo giornale! Ich war ein Zeitungsverkäufer, ein spanischer Ritter, ein Pirat mit einer Augenklappe. Ich habe Englischkurse belegt. Meine Chancen standen nicht schlecht. Als Erntehelfer, als Fabrikarbeiter. Als Koch in einer Großküche. Und ich hatte ja einen Onkel, der Bruder meiner Mutter. Roberto Decaneva, Garside Street 95, Newark, New Jersey.

*Toni*: Warum hat es nicht geklappt?

*Edgar*: Weil ich am Anfang zu ehrlich gewesen bin. Da war ein Typ, der muss irgendwas in meinen Antrag geschrieben haben. Ich komme hin, ich spreche vor, ich sage, dass ich nichts lieber täte, als goldene, runde Kartoffelknollen aus der amerikanischen Erde auszugraben, mit feuchten Augen, die Ärmel hochgekrempelt, solche Sätze habe ich vorgetragen, ich spiele einen Goldgräber, ich bin John Wayne, ich bin James Stewart, ich spreche amerikanisch, und trotzdem lehnen sie mich ab. Ich spiele Charlie Chaplin, wie er einen Stiefel kocht, den Schaft von der Sohle löst, als würde er einen Fisch filetieren, die Nägel sind die Gräten, die Schnürsenkel Spaghetti. Ich zeige meine Verzweiflung, und sie lehnen mich ab. Das heißt, sie haben mich nicht abgelehnt, sie haben mich warten lassen, warten und warten, bis sie die guten Leute herausgepickt hatten und nur der Ausschuss übrig blieb. Jeden haben sie genommen, nur mich nicht.

– – *15:13* – –

*Katharina*: Mein Mann ist an der Pest gestorben.
*Abdouli*: Meine Frau starb im Kindbett. Ihre erste und einzige Geburt.
*Katharina*: Unsere Ehe blieb kinderlos.
*Abdouli*: Ich habe das Kind weggegeben. Es war ein Mädchen mit heller Haut und einem rötlichen Flaum auf dem Köpfchen.
*Katharina*: Warum hast du das getan?
*Abdouli*: Ich dachte, bei weißen Eltern, die es adoptierten, würde vielleicht nicht auffallen, dass ich ihr Vater war. Bei uns gab es viele Kinder mit brauner Haut, heller und dunkler, es ging ihnen nicht schlecht, aber auch nicht gut.
*Katharina*: Ich wollte keine Kinder und liebte nicht meinen Mann.
*Abdouli*: Liebte nicht, das sagst du immer so.
*Katharina*: Und?
*Abdouli*: Ich wollte Kinder und liebte meine Frau.
*Katharina*: Und beide sind wir allein geblieben.
*Abdouli*: Ja.
*Katharina*: Ich hätte dein Kind geliebt wie mein eigenes.
*Abdouli*: Das hättest du.
*Katharina*: Konntest du herausbekommen, was aus ihr wurde?

*Abdouli*: Als ich hierherkam, habe ich nachgeforscht. Sie hat es weit gebracht. Oder hatte. Sie wurde Krankenschwester und assistierte einem Mediziner bei einer wichtigen Studie im Frauengefängnis von Liverpool.
*Katharina*: Worum ging es?
*Abdouli*: Sie untersuchten die Folgen von Alkoholismus während der Schwangerschaft. Der Arzt war Eugeniker. In seiner Studie kommentierte er die hohe Rate an Säuglingssterblichkeit unter alkoholkranken Frauen mit diesen Worten.
*Katharina*: Ja?
*Abdouli*: This is to some extent a matter of advantage to the community. Das habe ich mir gemerkt. Von Vorteil für die Gesellschaft.
*Katharina*: Dass die Kinder von alkoholkranken Müttern öfter sterben?
*Abdouli*: Genau. Die Kinder des Pöbels. Des Abschaums. Ob er wusste, was seine Assistentin für einen Vater hatte?
*Katharina*: Liverpool war so etwas wie das Thessaloniki des Britischen Empires, oder?
*Abdouli*: Ich weiß nicht, ob sich das so vergleichen lässt.
*Katharina*: Ich stelle mir das Liverpool deiner Zeit wie ein graues, nebelverhangenes, steinernes Thessaloniki vor. Es gab viel Handel, viel Seefahrt in Liverpool?
*Abdouli*: Ja.
*Katharina*: Wie bei uns. Viele Hafenarbeiter. Reeder. Händler.
*Abdouli*: Ich war Hafenarbeiter in Liverpool, vorher bin ich zur See gefahren.

*Katharina*: Mein Mann ist auch zur See gefahren, er war Händler, nannte sich marcante.
*Abdouli*: Ich war Matrose und dann an den Docks.
*Katharina*: Ich liebte nicht meinen Mann, was allein wohl nicht so schlimm gewesen wäre, viele Paare sind ja so. Ohne Liebe, damals und jahrhundertelang. Ich aber achtete ihn nicht. Achten sollte man seinen Mann schon. Lieben nicht, aber wenigstens achten.
*Abdouli*: Du sprichst immer sehr schlecht von ihm.
*Katharina*: Ja.
*Abdouli*: Aber als er an der Pest gestorben ist, da hat er dir doch sicherlich leidgetan.
*Katharina*: Nein. Er war geizig gewesen und immer kränklich, von der Mutter verwöhnt. Er war Hellene wie ich, aber er lebte nicht unsere Kultur. Wenn ich mitbekam, wie er unten im Kontor einen patto abschloss, wenn ich hörte, wie er feilschte, den Käufern Honig ums Maul strich, mit gespieltem venezianischen Akzent Kunden über den Tisch zog, dann dachte ich, dass ich wohl keinen Menschen so sehr hasste wie ihn. Oh, wie ich es hasste. Wenn er cappuccio sagte. Oder calza. Oder scarlatto oder griso.
*Abdouli*: Du empfandest Hass gegen die Venezianer?
*Katharina*: Die Venezianer, die Florentiner, die Genueser, ja sie alle. Damals. Das muss ich zugeben. Sie erschienen mir so selbstbewusst und dabei so dumm. So habe ich früher gedacht. Viele haben so gedacht.
*Abdouli*: Es gab auch Italiener bei uns, das waren aber keine Händler. Ich hatte nichts gegen sie.
*Katharina*: Wenn er mit mir schlafen wollte, nannte

er mich cortesa und sprach dann nasal und gestelzt. Dieses cortesa hat die Empfängnis verhindert. So habe ich es mir vorgestellt. In meiner Vorstellung hatten wir wegen dieses Wortes keine Kinder.
*Abdouli*: Wolltest du Kinder haben?
*Katharina*: Ich war fruchtbar und er auch. Einer Geliebten zeugte er Nachkommen. Wir beide konnten es, aber nicht zusammen.
*Abdouli*: Meine Frau war die Tochter eines walisischen Maurers, der bei uns in Toxteth viele Häuser gebaut hat. Neue Reihenhäuser vor allem. Er hatte nichts gegen mich, auch wenn er sich für seine Tochter wohl einen anderen Mann gewünscht hatte.
*Katharina*: Mein Mann war der Sohn eines Händlers, seine Familie kam aus Kreta, keine Alteingesessenen, aber angesehene Leute.
*Abdouli*: Der Familie meiner Frau ging es auch nicht schlecht. In unserem Viertel lebten viele Waliser, sie waren arm wie wir alle, ihrer Familie aber ging es recht gut.
*Katharina*: Wir haben uns nicht reich gefühlt, aber wir waren es wohl. Man konnte uns viel wegnehmen. Wir hatten auch Land. Außerhalb auf Kassandria, ein großer Olivenhain, der brach lag und verwildert war, weil mein Mann sich überlegte, ihn zu verkaufen. Das warfen die Zeloten uns vor. Dass wir ihn nicht nutzten. Ich habe diesen Hain nur einmal gesehen, blieb meistens in der Stadt. Auch dort hatten wir einen Garten. Hätten wir nichts gehabt, hätten sie uns nichts nehmen können.

*Abdouli*: Ich hatte kein Land.
*Katharina*: Die Zeloten haben uns das Land genommen, in Parzellen zerteilt und Hafenarbeitern geschenkt. Ich weiß nicht, was diese Leute damit angestellt haben. Vielleicht haben sie es bebaut, die Olivenbäume beschnitten, die Oliven geerntet. Als Konstantinopel unsere Stadt besiegte, ging das Land wieder zurück an meinen Mann und mich.
*Abdouli*: Unter den Zeloten hätte ich euer Land bekommen und dort mit meiner Frau und meiner Tochter etwas aufbauen können.
*Katharina*: Aber du hast viel später gelebt und an einem anderen Ort.
*Abdouli*: Ja.
*Katharina*: Jetzt leben wir gleichzeitig.
*Abdouli*: Und sind zusammen.
*Katharina*: Und lieben uns.
*Abdouli*: Ich sehe meine tote Frau im Bett liegen. Ihr Vater kniet davor. Ich stehe am Fenster. Das Fenster ist offen, damit ihre Seele fortschweben kann. Make haste, O God, to deliver me; make haste to help me, O Lord. Make haste, O God, to deliver me; make haste to help me, O Lord. Make haste, O God, to deliver me; make haste to help me, O Lord.
*Katharina*: Was ist das?
*Abdouli*: Ein Gebet. Ihr Vater weint und spricht dieses Gebet immer wieder. Ich wende den Blick ab, sehe aus dem Fenster und stelle mir vor, dass dort ein kleines Licht tanzt.
*Katharina*: Deine Frau.

*Abdouli*: Ihre freie Seele.

*Katharina*: Ich bin im Garten. Die Feigen sind reif. Die Luft sehr schwer, sehr süß. Mein Mann ist auf Geschäftsreise im Osten. Seit zwei Monaten schon. Ich lasse die Früchte nicht ernten, um meinen Mann zu ärgern. Ich erlaube dem Personal, sich hin und wieder eine Frucht zu nehmen, aber nur, wenn sie die Feigen sofort essen. Der Boden ist übersät mit reifen Früchten, überall schwirren Wespen. Später erfahre ich, dass mein Mann gestorben ist, wahrscheinlich geschieht es gerade in diesem Moment, als ich im Garten stehe, beim Feigenbaum.

– – *15:48* – –

*Walter* sagt, dass ihn die Einstellung der Evakuierungen gekränkt habe. Er nehme es persönlich. Es hinterlasse in ihm das Gefühl, dass er falsch sei, ein Gefühl der Wertlosigkeit.
*Kunolo, Edgar* und *Suleika* stimmen ihm zu.
*Abdouli* sagt zu *Walter*, dass er doch immerhin noch als schlechtes Beispiel herhalten könne. Also habe er einen Wert.
*Edgar* sagt zu *Abdouli*, dass er seinen Mund halten soll, da *Walter* gerade ein ernsthaftes Problem angesprochen habe. Er benutzt einen Kraftausdruck.
*Katharina* verteidigt *Abdouli* und verwendet für *Edgar* eine pejorative Bezeichnung, die für das männliche Geschlechtsorgan steht.
*Edgar* verwendet einen Kraftausdruck, der sich gegen *Katharina* richtet.
*Abdouli* verlangt, dass *Edgar* den Kraftausdruck zurücknimmt.
*Edgar* verwendet einen weiteren, der Fäkalsprache entlehnten Kraftausdruck.
*Abdouli* sagt, dass er Edgar zu anderen Zeiten längst den Kiefer ausgerenkt hätte.
*Edgar* sagt, dass er sich durch Drohungen nicht einschüchtern lasse.

*Walter* sagt, dass er nicht mehr weitersprechen wolle, solange *Abdouli* und *Katharina* im Raum seien.
*Abdouli* und *Katharina* weigern sich zu gehen.

# ZWEITE WOCHE

## *Stille Stunde*

Die restliche Woche verbrachte ich im Grunde nicht viel anders als die Tage zuvor. Morgens, gleich nach dem Aufwachen, begab ich mich in Badesachen durch den Pinienwald hinunter ans Meer, meistens zusammen mit Toni, Miss Bishop, Matthias und Edgar. Manchmal war auch Abdouli dabei, manchmal seine Freundin Katharina. Einmal begleitete ich auch das KIND, das jedoch meist nur zur Wassergymnastik ans Meer ging, selten zum Baden, weshalb es auch nur einen einzigen Uferabschnitt akzeptierte, eine Zone, an der das Wasser flach und der Grund sandig war. Die anderen Badeplätze suchte es nur auf, um dort Steine zu sammeln. In seinem Zimmer stand ein großer Schubladenschrank, die Fächer aufgefüllt mit geschliffenen Kieselsteinen und funkelnden Mineralien, an einem Nachmittag hatte es mich dorthin eingeladen.

Auf das Schwimmen folgte das Frühstück, das wir in der Regel draußen einnahmen, je nachdem, wo der Frühstücksdienst das Buffet aufgebaut hatte, am Vormittag fuhr ich in den Ort. Nachdem ich Tezeta von meinem Misserfolg im *Haus der Wissenschaften* berichtet hatte – dass es mir nicht gelungen war, in den dort abgehefteten Zeitschriften Informationen über Anna Göldi aufzuspüren –, hatte sie mir vorgeschlagen, mich im Postamt nach einem Personenverzeichnis zu erkundigen, ein solches habe es nämlich gegeben, allen Bewohnerinnen und Bewohnern war ein Postfach zugeteilt worden, um für die Außenwelt erreichbar zu sein, in diesem Personenverzeichnis müsste auch das Sanatorium vermerkt sein, in dem Anna Göldi gelebt hatte, doch leider hatten mich die Postbeamtenkinder nur wieder auf das Magazin verwiesen, wohin auch die Post ihre alten Unterlagen überstellt habe. Auch Winda und ihrer Tochter begegnete ich noch einige Male, immer zufällig, doch ich hatte das Gefühl, dass wir uns nicht mehr viel zu sagen hatten. Jedes Mal wirkten sie sehr beschäftigt, inzwischen waren sie abgereist.

Was meine Phantomerinnerungen anging, so waren sie meinem Eindruck nach hier weder stärker noch schwächer, weder öfter noch seltener eingetreten. Die Ameise und der Rucksack, ein Bild, das mich schon lange begleitete, hatte sich allerdings dahingehend verändert, dass es inzwischen nicht nur eine, sondern viele Ameisen waren, etwa ein Dutzend, die, demselben Weg folgend, immer wieder auf und ab marschierten.

So wie das KIND legten viele großen Wert auf ihre Freizeitaktivitäten, denen sie in Gruppen oder ganz individualistisch nachgingen. Vom Papierschöpfen über das Herstellen von Düften. Chen-Lu verbrachte viel Zeit mit einem Computerspiel, das sie selbst programmiert hatte, Assja züchtete neue Blumensorten, indem sie artverwandte Pflanzen miteinander kreuzte. Eine Gruppe um Claudio traf sich regelmäßig zum Kegeln unter den Pilotenpfeilern, wobei sie das Spiel aus irgendeinem

Grund *Lurgy* nannten und es nicht neun, sondern vierundzwanzig Kegel waren, die zu Fall gebracht werden mussten, wodurch es immer eine Weile dauerte, bis alle Kegel eingesammelt und wieder in Formation gebracht waren.

Da mir im Gegensatz zu den anderen bisher keine Aufgabe zugeteilt war, konnte ich mit Ausnahme der Sitzungen den Tag über im Großen und Ganzen machen, wozu ich Lust hatte, was mich jedoch nicht davon abhielt, den anderen unter die Arme zu greifen, wenn ich den Eindruck hatte, dass ihnen etwas Unterstützung guttäte. Plante Edgar ein aufwendiges Gericht, half ich ihm bei der Zubereitung, und auch beim Frühstücksdienst gab es immer etwas zu tun. Nur Chen-Lu, hatte ich gelernt, war Hilfe gegenüber wenig aufgeschlossen und wertete meine Angebote als Kritik.

Kurz nach drei begannen die Sitzungen. Gestern war es Chen-Lu gewesen, die gesprochen hatte. Sie beschäftigte vor allem Dinge, die nach ihrer Evakuierung geschehen waren, Fehler, die ihr unterlaufen seien. Sie habe diese lange Liste: Situationen, in denen sie sich gerne anders verhalten hätte, und diese Liste gehe sie in Gedanken wieder und wieder durch. Eine Verbesserung, eine Vermeidung der Fehler, wäre erst möglich, wenn sie alles verändern könnte. Sobald sie in ihrer Vorstellung aber auch nur eine dieser Gegebenheiten korrigiere, habe dies Auswirkungen auf die später darauffolgenden, was die Angelegenheit so kompliziert mache. Besonders bereue sie es, ihre Nachfahren in ihrer Anfangszeit ständig vor den Kopf gestoßen, ihnen ständig Vorhaltungen gemacht zu haben. Etwa als ihre Urgroßnichten ihr ein neues Videospiel gezeigt hatten, *Voodoo*, das einfach nur schlecht entwickelt sei. Sie verfüge über dieses Talent, Schwachstellen zu erkennen, und habe erst lernen müssen, dass die meisten Menschen es vorzögen, mit ihren Defiziten zu leben, statt sich damit auseinanderzusetzen. Auf die Frage, was genau sie unter einem Fehler verstehe, antwortete Chen-Lu, die gerade noch so reumütig gesprochen hatte, mit einer, wie ich fand, doch sehr abrupt einsetzenden Strenge: »Ein Fehler ist ein Fehler«, das sei doch völlig klar. Mit ihrer Herkunftszeit sei sie allerdings in Frieden; wenn Toni sie etwas fragte, antwortete sie unmittelbar und direkt, als habe sie nicht die geringsten Schwierigkeiten, über diesen Abschnitt ihrer Biografie zu sprechen.

Auch wenn ich mich in den Sitzungen als Zuhörerin nicht unwohl fühlte, merkte ich, wie mich die Aussicht, selbst an einem solchen Gespräch teilzunehmen, zunehmend beunruhigte. Wann immer mich jemand darauf ansprach, wurde ein Rotabgleich erwähnt, eine Art Sitzungsinitiation, die auf Toni zurückging und wohl alle erwartete, die sich zum ersten Mal ihrer Befragung stellten – somit demnächst auch mich.

Was mir jedoch gut gefiel, das war die Mittagsruhe, die *stille Stunde*, wie hier die Zeit zwischen 14 und 15 Uhr genannt wurde, in der es tatsächlich, so wie der Name es vermuten ließ, mit einem Mal erstaunlich still wurde. Alle zogen sich irgendwohin zurück, in ihre

Betten oder auf die im Garten in den Schatten der Apfelbäume gerückten Liegestühle, manche ruhten sich auch auf dem Balkon der Kantine aus. Wie sie trotz ihrer so unterschiedlichen Rhythmen – manche standen erst gegen elf auf, andere zogen noch vor dem Morgengrauen über die Flure, ließen die Türen knallen, summten Lieder; es gab Leute, die das Frühstück verschliefen, und andere, denen ihr früher Schlaf so wichtig war, dass sie dafür sogar auf das Abendessen verzichteten –, wie sie nachmittags trotz ihrer doch recht individualistischen Tagesroutinen alle immer zur selben Zeit müde werden konnten, war mir ein Rätsel, zumal ich anfangs noch davon ausgegangen war, viele würden die Zeit mit etwas anderem verbringen – weit gefehlt. Wen immer ich fragte, alle bestätigten mir, dass sie in dieser Stunde tatsächlich schlafen würden, *alles eine Frage der Übung*. Schon während des Mittagessens saßen sie gähnend an ihren Tischen. Da mir diese Übung fehlte, las ich stattdessen in den Protokollen. In ihrer Form erinnerten mich die Aufzeichnungen an Theaterstücke, wobei mich vor allem reizte, dass die Stücke, wenn man sie so nennen wollte, erst im Spielen entstanden, improvisierte, im Zuge der Improvisation von einem fleißigen Mitschreiber festgehaltene Dialoge, und so notierte ich mir zu allen Figuren Stichpunkte, die mir halfen, mir einen Überblick zu verschaffen. Von den meisten wusste ich mittlerweile auch, welcher Zeit sie entstammten, und auch wenn mir im Alltag etwas an ihnen auffiel, ergänzte ich meine Figurenübersicht um eine Anmerkung: *Leckt nach jedem Essen den Teller ab (Edgar), kichert, wenn andere stolpern (Chen-Lu), weint schnell (das KIND), will nicht, dass im Haus gepfiffen wird, weil das Unglück bringt (Assja).*

Etwas widersprüchlich waren die Informationen, die ich über Toni zusammengetragen hatte. Auf ein Protokoll, in dem sie von sich gesprochen hätte, war ich bislang nicht gestoßen, immer nur auf Texte, die sie in ihrer Funktion als Gesprächsleiterin zeigten, jedoch machte sie hin und wieder, wenn sie sich über etwas ärgerte, wenn sie unzufrieden war, etwa weil jemand den Backofen zum Trocknen nasser Socken verwendet hatte, den Müllschlucker mit einem Stuhlbein verstopft oder mal wieder eines der Golfmobile zu Schrott gefahren hatte, eine Bemerkung, die mir etwas über sie verriet. Sie sagte dann: *Nicht mal als Vorsitzende der Sowchose Jakutische Schützen ist mir so etwas je untergekommen*, oder in einer kürzeren Form: *So etwas gab es nicht mal bei uns Rentierzüchtern.* Oder: *Selbst bei minus fünfzig Grad haben wir nicht so gejammert.* Von Matthias wusste ich, dass Toni in ihrem früheren Leben schamanische Zeremonien abgehalten hatte und Tuiaara genannt worden war, während Miss Bishop, die es schließlich am besten wissen musste, mir gegenüber bei jeder sich bietenden Gelegenheit betonte, Toni sei Lyrikerin gewesen, sogar eine sehr anerkannte, eine Meisterlyrikerin. Ob Toni immer noch Gedichte verfasste, wusste ich nicht. Ich war mir natürlich im Klaren darüber, dass die Annahme, Toni müsste als Lyrikerin andauernd mit einem Notizbuch herumlaufen und Verse rezitieren, allerhöchstens einem Klischee entsprach, und doch konnte ich sie mir einfach nicht als Dichterin vorstellen, als Sowchosen-Vorsitzende hingegen schon. Fest stand, dass sie eine ausgezeichnete Bäckerin war, Bäckerin und Konditorin; neben Edgars Mousse au Chocolat waren es vor allem Tonis Bananenbrot, ihre Maronencremetörtchen, ihre Eclairs, die alle in Verzückung versetzten und einen Grad an Perfektion erreichten, der fast schon befremdlich war. Als ich sie neulich fragte, wo sie die Kunst des Ganacheüberziehens, Rosettenspritzens und Orangenschalenkandierens erlernt hatte, sorgte ihre Antwort bei mir jedoch nur für weitere Verwirrung. Offenbar war sie auch als Diplomatin tätig gewesen, Angestellte der sowjetischen Botschaft. Ihre Antwort: in Dublin, bei den besten Konditoren des Warschauer Pakts. Außerdem hatte ich erfahren, dass sie sich seit ihrer Evakuierung in Kolchis aufhielt, somit nie von hier fortgegangen war. Sie hatte den Niedergang erlebt, als immer weniger Menschen nach Kolchis gekommen waren und sich Leerstand ausgebreitet hatte, und schon in sieben verschiedenen Sanatorien gewohnt.

Ich saß in meinem Zimmer und blätterte in den Protokollen, als mich ein Licht blendete. Das Laken, das ich als provisorischen Vorhang in den Fensterrahmen gespannt hatte, war heruntergerutscht, nun gleißte die Nachmittagssonne auf meinen Platz. Beugte ich mich nach vorn, spürte ich das Licht glühend auf meinen Wangen, lehnte ich mich zurück, trafen mich die Strahlen knapp über den Augenbrauen. In einer Halbposition verharrend, den Ellenbogen auf die Tischkante gestützt – so konnte ich nicht lesen. Ich stand auf, um den Stoff wieder in den Fensterrahmen zu klemmen. Draußen streifte jemand durch den Pinienwald, ging in Zickzacklinien am Rand des Waldstückes entlang, eine Gestalt in einem weißen Kleid. Kurz sah ich ein helles Aufschimmern, dann verschwand die Gestalt hinter den Bäumen, verschwand für einen Moment, nur um bald darauf hinter der nächsten Pinie wiederaufzutauchen, barfüßig, den Kopf etwas schief. Die Gestalt war ein Mann, und was ich für ein Kleid gehalten hatte, war tatsächlich ein Nachthemd, getragen von Matthias. Er bewegte seine Hände, schwang die Arme in die Höhe und breitete sie aus, als würde er sich angeregt gestikulierend mit jemandem unterhalten, große, ausladende Bewegungen; so ging er bis zum Ende des Walds, wo die Wiese begann, und machte wieder kehrt. Ich versuchte zu erkennen, ob seine Augen geschlossen waren; seltsam war der nach vorne geneigte Kopf. Während meiner Ausbildung, als ich entschieden hatte, mich fortan Rettungsmissionen zu widmen, lebte bei uns im Wohnheim eine Frau, die jede Nacht, ohne sich am Morgen daran erinnern zu können, mit einer ähnlichen Kopfhaltung über den Korridor gestreift war, wobei hinzukam, dass ihr die langen Haare vor das Gesicht fielen, was dieses nächtliche Schauspiel sehr unheimlich wirken ließ. Wenn ich sie ansprach, sie fragte, was sie gerade mache, warum sie die Augen nicht öffnete, dann antwortete sie mir, den Kopf schief nach vorne gebeugt, nicht ohne Empörung, dass ihre Augen doch offen seien, sperrangelweit offen. Sie wusste nicht, dass sie schlafwandelte, hatte nicht den blassesten Schimmer, und ich wiederum wollte es ihr nicht sagen, weil Schlafwandelei neben Farbenblindheit und Bluthochdruck eben auch zu jenem umfangreichen Katalog an Eigenschaften und Dispositionen gehörte, die eine Ausbildung am Zentrum für Raumzeitreisen ausschlossen oder zumindest sehr heikel werden ließen, weil es statistisch irgendwelche Auffälligkeiten gab, Korrelationen in den Zahlenwerten, eine schwierige Situation. Damals entschied ich, nichts zu unternehmen, nachdem sie – Aljona, glaube ich, hieß sie – ohnehin darüber nachdachte, ihre Ausbildung zugunsten eines anderen Studiums abzubrechen, was dann schließlich auch geschah. Dass auch Matthias schlafwandelte, wunderte mich nicht, so zerknittert wie er mir morgens vor dem Schwimmen oft erschien. Sein Zimmer lag im ersten Stock, es war nicht weit, hinter einer der weißen oder schwarzen Türen. Ich wusste, dass man Schlafwandler nicht wecken sollte, bei Mittagsschlafwandlern war es vermutlich ähnlich. Jemand musste hinuntergehen und ihn in sein Bett zurückbegleiten, bevor er sich verletzte, über die Baumwurzeln stolperte, an einem Ast hängen blieb. Ich hatte gerade nach meinen Schuhen gegriffen, da sah ich unten vor meinem Fenster Katharina und Abdouli, beide in Unterwäsche, das Haar zerzaust, auf das Waldstück zugehen. Sie näherten sich Matthias. Katharina schien ihm zuzureden, doch Matthias zog einfach an ihr vorbei. Abdouli versuchte es, auch ihn schien er nicht wahrzunehmen, jetzt berührte Abdouli seine Schulter. Ein

Stupser genügte, schon änderte Matthias mitten im Gehen seine Richtung. Von der anderen Seite stupste nun auch Katharina ihn an, dann wieder Abdouli. Stupser für Stupser wurde er zum Haus zurückgeleitet. Kurz bevor die drei aus meinem Sichtfeld verschwanden, blickte Katharina zu mir hinauf. Sie hatte mich gesehen, ich wich zurück, als wäre ich bei etwas Verbotenem ertappt worden.

## *Eine schlechte Phase*

Nach der Sitzung und dann noch mal am Abend, als wir draußen auf der Wiese saßen, suchte ich nach einer Gelegenheit, Abdouli oder Katharina auf den Vorfall mit Matthias anzusprechen, doch wann immer ich sie sah, waren sie entweder beschäftigt oder führten, wie am Abend, sehr angeregt eine Unterhaltung über die Vor- und Nachteile intertemporaler Beziehungen. Am nächsten Tag beim Frühstück hatte ich es schon fast wieder vergessen, ich wollte mich in den Ort aufmachen, da fragte mich Abdouli, der mit Matthias einen Wäschewagen schob, ob ich mittlerweile eigentlich neues Bettzeug bräuchte, Matthias habe ihn darauf aufmerksam gemacht, dass sie mich beim Austeilen der neuen Bettwäsche übergangen hätten – tatsächlich keine schlechte Idee. Ich folgte ihnen in das Wäschezimmer im Gemeinschaftshaus. Die Wäsche lagerte in Eisenregalen, die Rost angesetzt hatten, eine Erklärung für die rotbraunen Flecken auf dem Baumwollstoff.

»Wie viele Laken brauchst du?«

Während ich Abdouli dabei zusah, wie er neues Bettzeug für mich heraussuchte, erklärte mir Matthias, was für einen großen Unterschied es mache, ob man die Wäsche draußen zwischen den Apfelbäumen trockne oder in einem dieser Geräte. Die Menschheit, sagte er, hatte zwar schon vor 250 Jahren Verfahren entwickelt, um das Trocknen maschinell zu bewerkstelligen, Verfahren, die auch ständig perfektioniert worden waren, und doch war es nicht gelungen, ein Gerät zu entwickeln, dessen Ergebnisse an die Griffigkeit und das Reinlichkeitsversprechen eines Bettlakens heranreichten, das an einem sonnigen Tag zum Trocknen auf eine Leine aufgehängt wurde, Sonne und frische Luft, da könne er sich noch so sehr den Kopf zerbrechen, an die Sonne komme niemand heran. Auch der Bleicheffekt spiele eine nicht unwesentliche Rolle, noch immer würden die meisten Menschen weiße Bettlaken bevorzugen, luftgetrocknet und sonnengebleicht, und auch ihm würde es nicht anders gehen, selbst wenn ihn die Umständlichkeit der hier praktizierten Methoden anfangs irritiert habe. »Sie waschen die Laken, hängen sie draußen auf, und dann nehmen sie die Wäschestücke wieder ab, vom Bügeln ganz zu schweigen.« Diese Heraufbeschwörung veralteter Haushaltspraktiken rühre an dem nostalgischen Begehren, mit der Vorzeit in Verbindung zu stehen, um so das eigene Ende, den Tod, rituell ein ums andere Mal zu schlagen. »Die Angst vor dem Tod ist ein Menschheitstrauma, das sich nicht so leicht überwinden lässt, auch wenn diese natürliche Grenze für uns heutzutage nicht mehr dasselbe bedeutet, wie es früher der Fall gewesen ist. Wir alle wären ja gestorben, wären wir nicht evakuiert worden. Oder ziehst du bunte Bettwäsche vor?«

Ich wusste nicht, was ich darauf erwidern sollte, und erzählte von jenem Waschmittel, das damals bei uns im Kinderpalast verwendet wurde und für mich untrennbar mit meiner Erinnerung an Kolchis und dem Ankommen dort verbunden war, woraufhin Abdouli, den ich vorhin bereits seufzen gehört hatte, in ein Lachen ausbrach.

»In Liverpool, wo ich herkomme, wurde die Wäsche grau und fleckig, wenn man sie der sogenannten frischen Luft aussetzte, und sie duftete auch nicht, sie stank nach Ruß.«

»Ja, das stimmt natürlich.« Matthias wirkte beschämt.

»Aber nicht falsch verstehen«, sagte Abdouli, nun an Matthias gewandt, auch Katharina und er hätten sich nicht ohne Grund um den Wäschedienst bemüht, und dass er sich um die Gerätschaften hier unten so gut kümmere, würden sie sehr zu schätzen wissen. Diese Rollen hier, Abdouli zeigte auf den Wäschewagen, hätten gestern zum Beispiel einfach nur genervt, »heute: wie Butter. Danke lieber Freund, auf dich kann man sich verlassen. Und jetzt fällt mir ein: Könntest du dir mal unsere Steckdose ansehen, die in der Küchenzeile, sie hängt schon wieder raus. Das sollte ich dir von Katharina ausrichten. Katharina ist gerade oben. Wenn du Zeit hast, schau doch mal vorbei, sie braucht deine Hilfe. Ginge es jetzt?«

Ohne um weitere Erklärung zu bitten, verabschiedete sich Matthias.

»Was hat er denn?«, fragte ich Abdouli.

»Eine schlechte Phase«, sagte er und fügte hinzu, nachdem er nachgesehen hatte, ob Matthias auch wirklich gegangen war, dass es ihm in letzter Zeit wieder schlechter gehe. »Dämonen. Er erinnert sich oder eben nicht. Manches verschwindet. Eigentlich müsste er mal wieder reden.«

Ich überlegte, ob ich ihm anvertrauen sollte, dass Toni und Miss Bishop mir nahegelegt hatten, die Gesprächsleitung zu übernehmen, dass ich mich aus diesem Grund auch mit den Protokollen beschäftigte, konnte jedoch nur schwer einschätzen, wie solcherlei Absprachen hier aufgefasst wurden. Im Grunde wusste ich ja noch nicht einmal, ob Abdouli und Katharina und all die anderen überhaupt einverstanden damit waren, dass ich ihre Gesprächsaufzeichnungen las.

»Es ist nicht gut, zu viel Zeit mit sich allein zu verbringen«, sagte Abdouli und tippte sich gegen die Stirn, »in dieser Kammer hier oben – keine gute Idee.« Er und seine Frau würden sich um Matthias kümmern. »Besser, er bekommt hin und wieder was zu tun.«

»Hat er denn keine Aufgabe?«

»Er ist der Hauswart, das Faktotum, und dann kümmert er sich noch ab und zu um den Gemüsegarten, aber meistens versteckt er sich in seiner Werkstatt.«

»Ah ja, die ist im Wald.«

»Warst du schon mal dort? Er gibt sich sehr geheimniskrämerisch mit seinem Brennofen und den Maschinen, kein Mensch weiß, womit er sich da eigentlich beschäftigt.«

»Ich kenne seinen Regenschirm.«

»Ja, der ist schön, wenn er gerade funktioniert.«

»Also bei mir hat der Regenschirm den Praxistest bestanden.« Ich erzählte von meiner ersten Begegnung mit Matthias bei strömendem Regen im Kurpark, wie schnell meine Kleidung unter dem Schirm getrocknet war und wie angenehm ich die Wärme empfunden hatte.

»Ich glaube es dir ja. Und jetzt«, sagte Abdouli und drückte mir ein Wäscheset in die Hand, »jetzt bekommst du noch ein zweites Laken. Katharina hat mir berichtet, dass du unsere Bettwäsche als Gardinen einsetzt.«

Ich konnte seiner Stimme nicht entnehmen, ob sie vorwurfsvoll war.

»Halb so wild«, bemerkte er, »du kannst in deinem Zimmer machen, was du willst.«

»Ich habe gesehen, dass ihr Matthias gestern eingesammelt habt, er hat geschlafen, oder?«

»Ja, das macht er seit einer Weile, fast jeden zweiten Tag. Er will arbeiten gehen, zum Glück kommt er dort nicht an, mit den ganzen Sägen und Metallfräsen. Matthias beim Verschweißen mit geschlossenen Augen – lieber nicht. Wir wohnen gleich nebenan, und Katharina hat zum Glück einen sehr leichten Schlaf.«

Wir verließen die Wäschekammer, ich wollte auf mein Zimmer, Abdouli zu den Apfelbäumen, jeder seines Weges, da rief Abdouli mir noch etwas hinterher.

»Wann hören wir bei den Sitzungen eigentlich einmal dir zu? Hast du dich schon eingetragen?«

Mir fiel ein, dass ich tatsächlich schon nächste Woche eingeplant war, zumindest hatte Toni mir neulich gegenüber angedeutet, dass sie einen Nachmittag für mich frei halten wollte.

»Demnächst«, sagte ich, »demnächst bin ich dran«, und ging zum Fahrstuhl.

## – – *06:21* – –

*Chen-Lu*: In der Nacht ein seltsamer Traum. Ich träumte, ich würde im Bett liegen und mir auf meinem alten Laptop einen Film ansehen. Einen Animationsfilm. Schlechte Grafik. Alles wirkte zerstückelt und ruckelte. In dem Film kämpften zwei dürre, nur aus losen Strichen bestehende Männchen gegen eine Windmühle. Die Männchen hoben die Arme, versuchten, einen der Flügel zu fassen zu kriegen, schon fielen sie auseinander. Ein Teil wurde in die Höhe gezogen, der Rest blieb auf dem Boden. Auch eine Hand fiel ab. Sie ruckelte alleine weiter, wanderte zurück zum Arm und heftete sich wieder an. Sekunden später krachte die Mühle in sich zusammen. Die Grafik verschob sich. Ein Chaos. Dann spielte eines der Männchen Harfe, und das andere Männchen, das dem Harfenisten zuhörte, tat so, als würde es weinen. Vor Rührung über die Musik. Dabei gab es nichts zu hören. Der Film lief ja stumm, ich träumte ja tonlos. Später tanzten die Figuren auf einem Dach. Im Übrigen eine sehr schlechte Grafik und stümperhaft programmiert. Weiße Striche auf einem schwarzen Grund. Wirklich nicht gut gemacht. Ganz unfertig. Grob und zugleich hässlich waren diese Figuren. Darüber hatte ich mich geärgert und zu schimpfen begonnen. Was für ein blöder Film und wie dilettantisch. Hinzu kommt, dass ich generell keine Strichzeichnungen mag. Ist nicht mein Stil. Bis mir plötzlich aufging, dass der Film auf diesem Laptop ja meiner eigenen Phantasie entsprang. Das war ein unangenehmes Gefühl.

– – *15:15* – –

*Toni*: Ich würde heute gerne noch mal das Gleiche probieren wie gestern. Nur diesmal zu dritt.
*Kunolo*: Morphen zu dritt?
*Toni*: Ein Experiment. Ich werde mich dann nach und nach zurückziehen. Kunolo beginnt. Bist du damit einverstanden?
*Kunolo*: Warum nicht.
*Toni*: Mona?
*Mona*: Gar kein Problem.
*Toni*: Also gut. Ihr wisst noch, was wir besprochen haben?
*Kunolo und Mona (gleichzeitig)*: Ja.
*Toni*: Und Mona, wenn du eine Frage hast, stell sie direkt an ihn.
*Mona*: An Kunolo.
*Toni*: Genau. Kommt dir schon etwas in den Sinn?
*Mona*: Nein. Oder doch.
*Toni*: Ja?
*Mona*: Nein, war doch nichts. Ich denke noch mal nach.
*Toni*: Kunolo, fang einfach an.
*Kunolo*: Ich will einen ganz normalen Tag, keinen guten, keinen schlechten. Einen ganz normalen Tag.
*Toni*: Wie würde so ein Tag aussehen?
*Kunolo*: Meine Schwestern stampfen den Mais, wir

schlachten eine Schildkröte, ich gehe in den Wald und suche Brennholz, oder ich schnitze etwas, arbeite an der Verzierung eines Holzschemels weiter, mache die Sitzfläche noch gebogener, verfeinere das Dekor.

*Toni*: Gab es viele solcher Tage?

*Kunolo*: Nein, viel zu wenige.

*Mona*: Ich will auch einen normalen Tag.

*Kunolo*: Keine Angriffe, keine Geflohenen, nicht beraten müssen, ob wir sie ausliefern oder ob es nicht doch einen Weg gibt, sie bei uns zu behalten, nicht losziehen müssen, weil uns die Munition ausgeht oder das Essen.

*Mona*: Ihr habt sie wieder weggeschickt?

*Kunolo*: Ja, manchmal.

*Mona*: Schrecklich.

*Kunolo*: Es war die Bedingung für unseren Frieden.

*Mona*: Aber ihr hattet doch gar keinen Frieden?

*Kunolo*: Doch, wir haben Frieden geschlossen. Außerdem lag unser Dorf weit weg vom nächsten Militärposten.

*Mona*: Wo war das?

*Kunolo*: Am mittleren Lauf des Suriname. Sagt dir das etwas?

*Mona*: Nein.

*Kunolo*: Es gab da diese Biegung und eine Insel. Viele Tapire. Gutes Jagdgebiet eigentlich.

*Toni*: Und wie würde ein guter Tag aussehen, kannst du dir einen guten Tag vorstellen?

*Kunolo*: Nein.

*Mona*: Bei mir geht es gerade auch nicht.

*Toni*: Was siehst du?

*Mona*: Ich stehe am Strand von Abukir und sehe am Horizont einen Kontinent aus dem Meer auftauchen. Es ist eine mächtige Landmasse, die mit kahlen Bäumen bewachsen ist, Bäume ohne Laub. Die Landmasse bewegt sich, sie zittert, formt sich, wächst an und wird zerrissen. Erst allmählich begreife ich, dass es Schiffe sind, Hunderte Schiffe, die mit dem Wind kommen.
*Kunolo*: Was sind das für Schiffe?
*Mona*: Damals dachte ich, einfach nur fremde. Heute weiß ich, es war das Expeditionsheer Napoleons, über dreißigtausend Menschen auf Handelsschiffen, Kanonenbooten und Fregatten, die aus den Häfen Toulons, aus Genua, von Korsika und aus Civitavecchia ausgelaufen sind, um mein Land zu erobern.
*Kunolo*: So viele. Dein Land?
*Mona*: Ägypten sagte man damals. Aber ich mochte diesen Namen nicht.
*Kunolo*: Warum?
*Mona*: Keine Ahnung. Da klang so etwas mit. Das Land, in dem ich geboren worden bin. Durch Zufall, wie wir alle.
*Toni*: Was siehst du außerdem?
*Mona*: Nichts, immer nur die Schiffe, die sich flimmernd auf mich zubewegen.
*Toni*: Was hast du da am Wasser gemacht?
*Mona*: Ich habe wilden Salbei gesammelt.
*Toni*: Warum?
*Mona*: Einer meiner Söhne war krank.
*Toni*: Hast du ihn wieder gesund bekommen?
*Mona*: Ja.

*Toni*: Das freut mich.
*Mona*: Im Nachhinein war das nicht gut. Sobald er sich erholt hatte, ist er zu den Soldaten gegangen. Mein Liebling, mein Herz, mein Honigkind.
*Toni*: Und du, Kunolo?
*Mona*: Kunolo sieht etwas.
*Kunolo*: Ich sehe einen Weißen in der Hängematte auf der Veranda seines Herrenhauses schlafen. Er trägt Hollandhosen, Seidenstrümpfe, gelbe Hausschuhe aus Leder, auf dem Kopf eine Nachtmütze, dünn wie Spinnweben, und darüber einen Biberhut, der ihn wohl vor der Sonne schützen soll. Es muss der Besitzer der Plantage sein, oder es ist sein Verwalter, jemand, der denkt, dass alles wäre seins. Am Kopfende der Hängematte steht ein hübscher Quarteron-Junge, vielleicht von ihm selbst gezeugt, und fächert ihm die Moskitos weg. Etwas abseits sitzt ein weiterer Quarteron-Junge und kämmt seine Perücke. Auf einem Tischchen stehen eine Karaffe mit Wasser bereit und daneben ein volles, mit Moselwein oder Madeira gefülltes Glas, damit der Herr, wenn er erwacht, sich gleich erfrischen kann. Eine friedliche Nachmittagsszene, eine Idylle.
*Mona*: Ja, sehr idyllisch.
*Kunolo*: Ich habe mich im Gebüsch versteckt, liege auf der Lauer und warte auf das Zeichen für den Überfall. Zuerst richte ich den Lauf auf den Quarteron-Jungen mit der Perücke, ich sehe, wie er sie kämmt. Ich wandere mit dem Blick weiter und richte das Gewehr auf den anderen Quarteron-Jungen, der mit dem Fächer. Sie sehen nicht unglücklich aus, sind nicht zu mager.

Ich richte den Lauf meines Gewehrs auf die Karaffe, auf das Glas. Was für eine Verschwendung. Ich schwenke das Gewehr noch etwas weiter auf das einzige in Frage kommende Ziel: das behaarte, aus einem weißen, luftigen, volantumsäumten Hemd hervorschauende Brustdreieck des schlafenden Massera. Dorthin schieße ich, dorthin werde ich gleich schießen. So wird nichts von der feinen Kleidung beschädigt. Das Glas bleibt heil. Die teuren Sklaven verlieren nicht an Wert. Sogar der Weiße, denke ich, müsste dafür Verständnis haben.

– – *15:21* – –

*KIND*: Ich sitze auf dem Boden vor einem Tisch, der Tisch ist hoch, ich komme nicht an die Tischplatte heran. Auf dem Tisch steht ein Sattelschlepper. Ein Spielzeug. Ein Truck mit einem Anhänger, der Autos transportieren kann. Autos auf der Ladefläche, bereit für die Abfahrt, nur eines fehlt noch. Das letzte Auto befindet sich noch unten, ich halte es in der Hand. Es muss unbedingt mitfahren, auf keinen Fall darf es zurückgelassen werden. Doch um das Auto auf die Ladefläche des Anhängers zu setzen, müsste ich mich aufrichten. Um mich aufzurichten, müsste ich mich abstützen. Um mich abzustützen, müsste ich das Auto loslassen, eine schwierige Situation. Die eine Hand umfasst ein Tischbein, die andere hält das Auto. Es ist so anstrengend, dass meine Beine zittern, meine Beine, meine Arme, doch es gelingt mir nicht, mich in die Höhe zu ziehen. Also versuche ich, es noch mehr zu wollen, mich noch mehr zu konzentrieren. Mit der Hand, die das Auto hält, schlage ich auf den Tisch auf, das Auto stößt den Sattelschlepper an, der Sattelschlepper rollt von mir weg. Er steht jetzt so weit von der Tischkante entfernt, dass ich unmöglich herankomme. Vielleicht, denke ich, wenn ich das Auto loslasse, vielleicht rollt es dann schon auf den Sattelschlepper zu. Ich versuche, es loszulassen, meine Hand zu lockern, doch meine Finger sind völlig verkrampft. Plötzlich kommt meine Mutter hereingestürmt. Meine Mutter kann mir helfen. Sie freut sich, ist außer sich vor Freude, als wäre etwas Gutes geschehen, ein Wunder, dessen Zeugin sie geworden ist, während ich mich mit Mühe an der Tischkante halte, mich kaum noch halten kann. Sie redet auf mich ein mit einer Stimme, die der Situation völlig unangemessen ist. Ich bin verzweifelt, ich versuche, ihr zu erklären, was das Problem ist, ich zeige ihr das Auto, ich bitte sie um Hilfe, sie aber hebt mich hoch, küsst mich, lobt mich. Lobt mich wieder und wieder und streichelt mir die Beine. Sie will das Auto in meiner Hand nicht sehen. Als ob sie mich nicht kennt. Meine Laute, meine Gesten. Ich kann mich nicht verständlich machen und fange an zu weinen. Warum weinst du nur, mein Kleines? – Sie kann mich nicht verstehen.

– – *15:23* – –

*Miss Bishop* sagt, sie könne auch jetzt, so viele Jahre später, nicht erkennen, was genau schiefgelaufen sei. Ihr ganzes Bestreben habe darin bestanden, auf ihrer Insel ein stabiles, demokratisches System zu etablieren, das einerseits den Bedürfnissen der Bevölkerung entspreche und andererseits den kapitalistischen Ländern keinen Anlass gebe, in ihrem Land ein Blutbad anzurichten. Aus diesem Grund habe sie der immer schon korrupten und mehr an Konsum interessierten Oberschicht nach einem Referendum zwar die Produktionsmittel entzogen und sie unter die Kontrolle der Gesellschaft gestellt, ihnen dafür aber ihre Villen in Lance aux Epines, den Golfplatz von St. George und den Yacht-Club am Spout Point zur freien Nutzung überlassen. Selbst ein Taschengeld habe sie ihnen ausgezahlt, sie seien immer noch reich gewesen, reicher als der Bevölkerungsdurchschnitt, eine Begünstigung, die sie den Grenader und Grenaderinnen gegenüber damit gerechtfertigt habe, dass mit dieser Sonderstellung ja auch Pflichten einhergehen würden, repräsentative Aufgaben, ein repräsentativer Kapitalismus, nicht sehr viel anders als es die Briten mit ihrem Königshaus gemacht hätten. Sie dürften weiter so tun als ob, hätten de facto aber keine Macht mehr, könnten nicht alles zu ihrem Vorteil zugrunde richten. Auch sei keine einzige politische Partei durch das oberste Gericht verboten worden, sogar die Mitglieder der New National Party, ihre schärfsten Kritiker, hätten ihre Arbeit fortsetzen können. Nach dem Referendum hätten alle ursprünglich bestehenden Parteien die freiheitlich-sozialistische Verfassung respektiert und sich allmählich im Rahmen eines allumfassenden politischen Transformationsprozesses gewandelt. Der historische Kompromiss, die Wende, sei von allen getragen worden. Selbst der häufig kritisierte Austritt Grenadas aus dem Commonwealth sei ihren Überlegungen zufolge letztlich alternativlos gewesen, da keiner der Mitgliedsstaaten bereit gewesen sei, auch nur die minimalsten menschenrechtlichen Standards einzuhalten. Als Premierministerin habe sie nichts anderes als das Wohl der Menschen im Sinn gehabt und nach diesem Ideal gehandelt. Dass es letztlich zu einem Putsch gekommen sei, einem Verrat durch all jene, denen sie so viele Sonderrechte eingeräumt hätte, diesen Umstand könne sie sich bis heute nicht erklären.

– – *20:56* – –

*Assja*: Wer wollte noch etwas sagen?
*Edgar*: Walter wollte.
*Katharina*: Wo ist Walter?
*Walter*: Witzig. Ein Klassiker. Haha, ich lach mich tot.
*Assja*: Walter, du warst das, oder? Der noch was sagen wollte.
*Walter*: Ja.
*Assja*: Um was geht es denn?
*Walter*: Ein Nachtrag zu dem, was gestern besprochen wurde.
*Assja*: Eine Ergänzung?
*Walter*: Ja.
*Assja*: Okay, aber kurz.
*Walter*: Ich wollte noch mal klarstellen, dass es kein Entweder-oder ist. Selbstverständlich haben wir alle eine Herabsetzung erfahren durch die Einstellung der Evakuierungen.
*Mona*: Ich nicht.
*Katharina*: Ich auch nicht.
*Miss Bishop*: Ich würde es auch nicht so ausdrücken.
*Walter*: Doch ihr auch.
*Katharina*: Das werden wir doch wohl am besten wissen.
*Walter*: Ihr macht euch etwas vor.
*Katharina*: Nö.

*Walter*: Wir alle wurden aus den folgenden Gründen evakuiert: Erstens ist man der Ansicht gewesen, dass es uns hier besser gehen würde als in der Zeit, aus der wir gekommen sind. Zweitens hat man errechnet, dass unser Fortgehen keine negativen Folgen haben würde, weder für uns noch für andere, was sowohl die geschichtliche Dimension meint als auch die nahen Angehörigen, die uns in den meisten Fällen ja sowieso verloren hätten – alle Spielarten des Zu-Tode-Kommens, alle werden wissen, was ihnen zugestoßen wäre. Es muss hier niemand offenbaren, welche Probleme dazu geführt hatten, dass eine Evakuierung vorgenommen worden ist, ich will nur klarstellen, dass niemand der hier Anwesenden denkt, ohne Evakuierung wären wir besser dran.
*Assja*: Fahr doch bitte fort
*Walter*: Drittens war man der Meinung, sich durch die Evakuierungen von einer Last zu befreien, einer historischen Schuldigkeit, auf die man mit einem entsprechenden Programm reagieren müsse. Das ist, finde ich, der wichtigste Punkt. Habe ich etwas falsch dargestellt oder können mir alle zustimmen?
*Abdouli*: Ich ja.
*Mona*: Ich auch.
*Edgar*: Soweit ich das sehe, alles korrekt.
*Matthias*: Einverstanden.
*KIND*: Ich stimme dir auch zu.
*Katharina*: Ich habe nichts Neues gehört.
*Miss Bishop*: Ich verstehe nicht, worauf du hinauswillst.
*Assja*: Wir alle stimmen dir zu.

*Walter*: Wenn ihr mir zustimmt – hervorragend –, dann sagt mir doch bitte eines: Wie begründen sie die Einstellung der Evakuierungen?
*Assja*: Alle, die geholt werden konnten, wurden geholt.
*Walter*: Hast du das irgendwo schwarz auf weiß gelesen? Mission erledigt, alles gut?
*Assja*: Mission erledigt? Ja. Alles gut? Nein.
*Walter*: Unsinn. Das sagen sie nicht. Sie sagen, die Vergangenheit müsse ruhen. Man sei zu optimistisch gewesen, das Gefühl der Schuld lasse sich nicht auflösen, nicht, wenn man nur Einzelne evakuiere, und alle seien nicht möglich. Sie sagen außerdem, dass man lernen müsse, damit umzugehen, dass das Programm eine Anmaßung gewesen sei, ergo ein Fehler, und die Probleme der Evakuierten unterschätzt worden seien. Nur weil man etwas könne, müsse man es noch lange nicht machen. Das sagen sie.
*Assja*: Ja, das sagen sie vielleicht auch.
*Walter*: Das heißt also, dass die Gründe, die einmal für uns gesprochen haben, nun gegen uns sprechen.
*Katharina*: Das ist deine Sicht.
*Walter*: Das ist nicht meine Sicht, das ist die einzige Schlussfolgerung. Du weißt genau, wie ich das meine. Natürlich bist du auch gekränkt.
*Katharina*: Wenn du meinst, alles besserzuwissen.
*Walter*: Es geht doch nicht um das Besserwissen. Wäre das Programm nicht eingestellt worden, würden wir nicht hier sitzen. Bestellt und nicht abgeholt. Dann hätten wir keine Probleme, wie kann man das nicht sehen? Nicht mit unserer Evakuierung hadern wir. Unser

Problem ist das Ende des Programms. Punkt.
*Katharina*: Ich finde es gar nicht schlecht, dass wir die Letzten sind, wir wurden ausgewählt. Mir schmeichelt das. Wenn ständig Leute nachkommen, wird es ja irgendwann auch beliebig.
*Walter*: Wundert mich gar nicht, dass du das so siehst.
*Assja*: Es sind doch so viele unterschiedliche Dinge, die uns beschäftigen, du kannst doch deine Problemstellung nicht allen anderen hier überstülpen. Und warum auch? Ein Problem ist doch nicht erst dann legitim, wenn es anderen auch so geht. Es kann sich doch auch bloß um deine persönliche Krise handeln.
*Walter*: Meine persönliche Krise. Um Himmels willen.
*Edgar*: Walter hat recht.
*Walter*: Danke, Edgar. Bedeutet mir viel, dass du das sagst.
*Assja*: Was meinst du?
*Miss Bishop*: Falls du erwartest, dass ich mich einmische, muss ich dich enttäuschen. Da verzichte ich gerne. Männer gegen Frauen, ihr seid ja wirklich Hinterwäldler. Hinterwäldlerinnen. Nein danke, kein Interesse.
*Assja*: Und du?
*Abdouli*: Ich enthalte mich.
*Assja*: Das KIND?
*KIND*: Ich will lieber nichts dazu sagen.
*Assja*: Sonst noch jemand, Mona? Nein? Na gut. Wir haben ja auch deutlich überzogen. Dann danke, Walter, fürs Teilen.
*Walter*: Ich wollte nichts teilen. Ich wollte, dass ihr meine Argumente nachvollzieht.

*Edgar*: Ich habe dich verstanden.
*Matthias*: Ich auch.
*Walter*: Danke, Matthias, danke, Edgar.

– – *15:41* – –

*Toni*: Stellt euch vor.

*Assja*: Mein Name bedeutet Auferstehung.

*Chen-Lu*: Ich heiße Deng Chen-Lu, Deng ist der Name meiner Familie, Chen-Lu ist mein Vorname, er bedeutet Morgentau.

*Toni*: Interessant. Das ist irgendwie ähnlich. Auferstehung, Morgentau.

*Chen-Lu*: Ich hatte immer gedacht, du heißt wie der Kontinent. Assja, Asien.

*Assja*: Lustig, ja, stimmt, das könnte man denken. Aber es ist eine Abwandlung von Anastasia.

*Chen-Lu*: So wie Wanja von Iwan?

*Assja*: Ja, genau.

*Chen-Lu*: Verstehe.

*Toni*: Hat dein Name auch eine Kurzform?

*Chen-Lu*: Eigentlich nicht, ihr könntet mich Lù nennen, das würde dann aber Tau bedeuten.

*Toni*: Hat man dich so genannt?

*Chen-Lu*: Eigentlich nicht.

*Toni*: Bedeutet der Familienname Deng auch etwas?

*Chen-Lu*: Nicht dass ich wüsste. Meine Vorfahren kommen aus einem Dorf in der Provinz Sichuan, am Jangtse. Das Dorf hieß Deng-dja-tschen. Fast alle, die dort lebten, hießen Deng mit Nachnamen.

*Assja*: Das ist jetzt aber lustig. Kennst du Deng Schi-Hua?
*Chen-Lu*: Du meinst den Studenten, über den ein Schriftsteller ein Buch geschrieben hat?
*Assja*: Du kennst ihn?
*Chen-Lu*: Er ist ein Vorfahre von mir.
*Assja*: Das glaube ich jetzt nicht. Deng Schi-Hua, ein Bio-Interview. Ich habe Dengs Vorwort für die Neuauflage gelesen. Er ist ja auch evakuiert worden.
*Chen-Lu*: Ich weiß, wir sind uns begegnet.
*Assja*: Verrückt. Ich mag dieses Buch, diesen biografischen Roman? Bist du mit der Übersetzung zufrieden? Ich kenne das Original, ein Interview ist es ja nicht. Stimmt das, was über ihn geschrieben steht?
*Chen-Lu*: Er war jedenfalls einverstanden.
*Assja*: Deng, also dein Vorfahre, soll sich, wenn ich richtig informiert bin, auch für die Evakuierung von Tretjakow starkgemacht haben, hat aber leider nicht geklappt. Sergej Tretjakow, der Schriftsteller, der das Buch geschrieben hat. Hast du noch Kontakt? Zu Deng Schi-Hua?
*Chen-Lu*: Selten. Wir haben uns gestritten, jetzt aber vertragen. Ist schwierig.
*Assja*: Diese Stelle bei der Hochzeit. Wo er sich die ganze Zeit verbeugen muss vor den Gästen und ihm von dieser Bewegung speiübel wird. Nicht im übertragenen Sinne übel, weil er die Leute nicht mag, sondern tatsächlich übel, weil die ständige Wiederholung dieser Körperbewegung einfach physisch nicht auszuhalten ist. Ich habe so mitgelitten.

*Toni*: Ich glaube nicht, dass diese Information für die anderen interessant ist. Wer das Buch nicht gelesen hat, wird nichts damit anfangen können.
*Assja*: Du hast das Buch nicht gelesen?
*Toni*: Ich muss doch nicht jedes Buch gelesen haben, das irgendwann einmal geschrieben worden ist. Bleiben wir doch bei der Sache. Hast du geheiratet, Chen-Lu?
*Chen-Lu*: Nein, habe ich nicht. Es war nicht mehr üblich. Ich hätte mich aber sowieso auch nicht festlegen können.
*Assja*: Das ist verrückt. Du hast Urgroßnichten hier und dann noch einen Urururururgroßvater.
*Chen-Lu*: Nein. So nah sind wir nicht verwandt. Sein Cousin ist mein Urururururgroßvater.
*Assja*: Also er ist dein Urururgroßonkel?
*Chen-Lu*: Das müsste ich noch mal überprüfen. Aber ich denke ja.
*Assja*: Schon allein, dass ihr aus demselben Dorf kommt, ist ja unglaublich.
*Toni*: Wir haben es verstanden, Chen-Lu und dieser Typ kommen aus demselben Ort.
*Chen-Lu*: Nein, wir kommen nicht aus demselben Ort. Meine Vorfahren kommen daher. Ich aber nicht. Ich komme von den Dachen-Inseln.
*Assja*: Dachen-Inseln. Nie gehört. Wo liegen die?
*Chen-Lu*: Vor der Küste Südchinas, die nächste größere Stadt wäre Taizhou.
*Assja*: Taizhou, ja, der Ort sagt mir etwas.
*Toni*: Inwiefern ist das relevant?

*Chen-Lu*: In den fünfziger Jahren des zwanzigsten Jahrhunderts gab es eine Schlacht auf den Dachen-Inseln.
*Assja*: Ach ja? Wer gegen wen?
*Chen-Lu*: Die Kommunisten auf der einen Seite, die Kuomintang und die Amerikaner auf der anderen. Bürgerkrieg.
*Assja*: Wer hat gewonnen?
*Chen-Lu*: Die Kuomintang haben sich zurückgezogen, nachdem dort alles kaputtgeschossen war.
*Assja*: Also haben die Kommunisten gewonnen?
*Chen-Lu*: Die Inselbewohner sind den Kuomintang gefolgt.
*Assja*: Das heißt, deine Verwandten oder Vorfahren, diese Ururleute, die sind dann auch weggegangen? Von diesen Inseln? Mit den Nicht-Kommunisten?
*Chen-Lu*: Nein, meine Vorfahren, das sind die Eltern meiner Urgroßeltern, die sind erst nach der Räumung der Inselgruppe hingezogen, als der Krieg vorbei war. Es gab einen Aufruf. Dem sind meine Ururgroßeltern gefolgt. Am Anfang waren da nur junge Leute in Zelten und Baracken.
*Toni*: Zu so einem Trupp von Neuankömmlingen hast du doch auch gehört. Das wäre ein guter Anknüpfungspunkt, findest du nicht?
*Assja*: Ja, vielleicht ist das vergleichbar. Allerdings war das in Sibirien.
*Chen-Lu*: Sibirien, ich erinnere mich. Du hast schon mal davon erzählt.
*Toni*: Aber du warst freiwillig dort, oder nicht? Oder sage ich da etwas Falsches?

*Assja*: Niemand hat ein Gewehr auf mich gerichtet. Es gab gutes Geld.
*Chen-Lu*: Ich glaube, meine Ururgroßeltern sind auch aus freien Stücken hingegangen. Das Klima ist sehr angenehm. In Sibirien wahrscheinlich nicht?
*Assja*: Doch, gutes Klima, so wie es sein muss: heiße Sommer, kalte Winter. Ich war Geografin.
*Chen-Lu*: Oh.
*Toni*: Was hast du früher gemacht?
*Chen-Lu*: Dies und das. Ein bisschen Harpunenfischen, ein bisschen Grafikdesign und manchmal habe ich Videospiele rezensiert. Ein paar Spiele habe ich auch selber geschrieben.
*Toni*: Hat das zum Leben gereicht?
*Chen-Lu*: Musste es nicht, damals schon nicht mehr. Aber als Geografin hätte ich auch arbeiten können, gefällt mir. Wenn ich ein Spiel schreibe, dann beginne ich immer mit der Geografie. Das Spielfeld festlegen, die Geografie.
*Toni*: Noch eine Parallele.
*Assja*: Ja, noch eine Parallele. Ich könnte mir Chen-Lu dort auch gut vorstellen, wir durften uns keinen Fehler erlauben, exaktes Arbeiten. Liegt mir eigentlich nicht. Eigentlich hatte ich Botanik studieren wollen. Ich musste mich immer sehr konzentrieren.
*Toni*: Und warum warst du dann dort?
*Assja*: Wir sollten das Land vermessen, erschließen für neue Städte, blaue Städte. Wälder, fernab jeder Kontrolle, keiner, der dir sagt, was du zu tun oder zu lassen hast. Du kannst zweitausend Kilometer in eine Rich-

tung stapfen, niemanden juckt es. Nicht dass wir das getan hätten mit unseren Rucksäcken und dem Gepäck, wir hatten viel zu viel zu schleppen. Außerdem.

*Toni*: Außerdem?

*Assja*: Wer zog da denn hin, in diese Regionen? Wärter und Gefangene. Wer fällt die Wälder, wer baut das Schienennetz? Wasserleitungen, Elektrizität. Wir Jungen von den Universitäten, die sich immer so schnell gelangweilt haben, wir haben das damals nicht gesehen. Neue Städte, klingt erst mal nicht schlecht. Doch diese Gleichzeitigkeit, die Enge und die Weite. Es war die Hölle, das muss man einfach sagen. Aber nicht für mich.

*Chen-Lu*: Wie meinst du das?

*Assja*: Ich kann sagen, was gut war, und sagen, was schlecht war, aber ich kann das eine nicht mit dem anderen verrechnen, so einfach ist es nicht. Für mich, das wollte ich sagen, für mich war es ein Aufbruch, das war mein Leben. Mein Enthusiasmus war aufrichtig.

*Toni*: Erinnerst du dich an etwas Bestimmtes?

*Assja*: Ich versuche es mal.

*Chen-Lu*: Geht es los?

*Assja*: Moment.

*Toni*: Soll ich dir eine Frage stellen?

*Assja*: Ich begleite einen Kollegen den Hügel hinauf, hinter unserer Siedlung. Wir wollen noch etwas nachmessen. Er schleppt den Theodoliten, ich die Messlatte, um meinen Hals baumelt ein Klemmbrett. Oben angelangt, verschnaufen wir kurz, setzen uns ins Gras und blicken hinunter auf die Siedlung, es sind nur einige

Hütten aus ungehobeltem Lärchenholz. Der Kollege ist neu. Ich kenne ihn noch nicht gut, und wir haben bisher nur wenige Worte miteinander gewechselt. Er zündet sich eine Zigarette an, gibt mir auch eine. Dann fragt er, ob er mir eine Geschichte erzählen darf. Natürlich, sage ich, erzähl nur, aber beeile dich, wir sind nicht zum Vergnügen hier. Eine kleine Anzahl von Menschen, sagt er, siedelt sich an einem neuen Ort an und beginnt in einigen Häusern, die sie nahe beieinander errichtet haben, ein neues Leben. Unerwartet stirbt einer von ihnen. Es gibt noch keinen Friedhof. Der Tote kann jedoch nicht auf freiem Feld beerdigt werden. Einen Friedhof, der nur aus einem einzigen Grab besteht, kann es aber auch nicht geben. Unmöglich kann der Verstorbene mutterseelenallein begraben werden. So bestattet man ihn nahe bei einem Haus, im Vorgarten, unter den Fenstern.

# EIN TAG WIE EIN JAHR

## *Der Kinderpalast*

Der Leuchter war abgestürzt. Gleich in der Eingangshalle: ein gigantischer, aus dem Himmel gefallener Stern. Es war ein Explosionskronleuchter, ein Pendelleuchter, der aussah wie die Aufnahme einer Zersprengung: von einem Punkt in der Mitte nach allen Seiten fortstrebende Strahlen, an jedem Strahlenende ein Lämpchen. Jetzt lag er auf dem Parkett, ein kosmisches Objekt, eine Sonde mit langen, stachelartigen Antennenstäben, jeder einzelne so groß, dass er mich in seiner Länge überragte. In der Mitte eine kupferfarbene Kugel, sie hielt das Strahlenbündel zusammen, und tatsächlich: Die meisten Stäbe waren unverbogen, kein einziger Leuchterarm war aus der Kugel im Zentrum herausgebrochen, so dass der Aufprall im Grunde nur jene Lämpchen zerplatzen lassen hatte, die auf den Boden aufgeschlagen waren, alle anderen wirkten noch intakt. Man hätte sie abschrauben und irgendwo anders wieder einsetzen können. Ich hatte diesem Leuchter nie besondere Aufmerksamkeit geschenkt, musste aber Tausende Male unter seinem Lichtkegel hindurchgegangen sein. An der Decke ein Loch, Stahldrähte schauten hervor, Risslinien verteilten sich wie Spinnenbeine über der Deckenwölbung.

Heute Nachmittag sollte meine Sitzung stattfinden,

was bedeutete, dass ich mich heute vor einer mir inzwischen zwar mehr oder weniger vertrauten, nichtsdestotrotz aber doch respekteinflößenden Gruppe von Menschen auf eine Weise befragen lassen musste, die zwar keiner Hypnose im herkömmlichen Sinn entsprach, aber doch Ähnlichkeiten aufwies. Ein ungehemmtes, freies Assoziieren, das mir helfen würde, mich mit Episoden meiner Vergangenheit zu beschäftigen, ohne dabei in Pseudoerinnerungen abzurutschen, Bilder und Erinnerungen, die ich sonst eher unterdrückte, so dass die Konfrontation damit, moderiert durch die Gesprächsleitung, in mir hinterher das Gefühl einer Reinigung erzeugen würde. So zumindest hatte es mir Toni beschrieben. Chen-Lu wiederum meinte, es sei so, als würde man spielen, man hätte eine psychoaktive Droge genommen, hatte es aber tatsächlich gar nicht, und dieses Als-ob ohne wirklichen Kontrollverlust würde sich anfangs so anfühlen, als wäre man nüchtern in einem Raum voller Betrunkener. Dieser Effekt nutze sich allerdings ab, so dass sie mich fast darum beneiden würde, diese Erfahrung nun zum ersten Mal machen zu können. Das erste Mal sei ein großer Spaß, hatte sie mir erklärt, und doch glaubte ich ihr nicht. Ich hatte auch Edgars Beschreibungen im Ohr, die eher warnenden Charakter angenommen hatten, als ich mit ihm an einem Abend unter den Apfelbäumen ins Gespräch gekommen war. Toni, sagte Edgar, auf sein Verhältnis zu den Sitzungen angesprochen, betreibe einen Traumakult, untermalt von einem hin und wieder effektvoll in Szene gesetzten Budenzauber. Da kläre sich gar nichts, es gehe um Toni und ihre Kunststücke, *Vorhang auf.* Auf meine Frage, ob er mir irgendeinen Rat geben könne, der mir helfen würde, mich auf diesen Budenzauber vorzubereiten, empfahl mir Edgar, mich gedanklich mit meiner Ankunft zu beschäftigen, womit er die Zeit unmittelbar nach meiner Evakuierung meinte. Wenn gar nichts gehe, könne ich immer noch darüber sprechen. Trotzdem bräuchte ich mir keine Sorgen zu machen. Sollte Toni zu weit gehen, würde Edgar einschreiten, das mache er immer so. Außerdem freue er sich auf meinen Sitzungstermin – *schon aus Neugier.*

Mit diesen Stimmen im Ohr, in der Absicht alte Erinnerungen aufzufrischen, hatte ich heute auf das Telefonat mit Tezeta verzichtet und war stattdessen zu meinem alten Sanatorium aufgebrochen. Diesmal wollte ich nicht umkehren, ohne den *Kinderpalast* von innen gesehen zu haben. Bereits der erste Eindruck war schockierend: auf dem Boden ein Trümmerhaufen, an der Decke ein Loch, so groß, dass eine Badewanne hindurchpassen würde, und auch der Umfang des vor mir auf dem Boden liegenden Objekts schien mir ins Monströse verschoben, so war es früher nicht gewesen. Wieder beschlich mich dieses Gefühl: Etwas stimmte nicht mit den Größenverhältnissen. Müsste nicht alles nun kleiner wirken als in meiner Erinnerung? Stattdessen war ich es, die geschrumpft sein musste: diese Deckenhöhe, die Breite der Terrasse und dieses riesenhafte Ding, der *Seeigel,* jetzt erinnere ich mich, jemand hatte ihn so genannt. Selbst die Türklinken schienen mir überdimensioniert, kaum vorstellbar, dass sie von einer Kinderhand hinuntergedrückt worden waren. Der Ölsockel wirkte noch frisch, darüber blätterte die Farbe in Fetzen ab. Um eine Stuckrosette wand sich ein Kabel. Ich erinnere mich nicht an die Farbe des Ölsockels, konnte nicht sagen, ob ich diese bestimmte Stuckrosette mit dem bestimmten Kabel schon einmal gesehen hatte. Die Luft roch abgestanden, fremd.

Ich bog in einen der Seitenflügel ein, vorbei an aufgesprühten Pfeilen, die Fluchtwege markierten, weiter den Gang entlang. Abzweigungen, die in andere Gebäudetrakte führten, Schuhkästen aus Holz, in die Namen eingeritzt waren, Ausblicke auf Innenhöfe, in denen junge Eschen wuchsen. Diese Eschen hatte es damals nicht gegeben. Glastüren führten auf die Terrasse.

Es musste in meinem ersten Monat gewesen sein, kurz nach meiner Evakuierung, als ich auf Rollschuhen gegen eine solche Glastür gefahren war. Die Scheibe war nicht zu Scherben zersprungen, es hatten sich aber Zersplitterungen gebildet, ein Muster aus Linien und Kreisen, und ich weiß noch, wie die anderen lachten, als ich, erschrocken über den Zusammenprall, davon gesprochen hatte, dass meine Eltern versichert seien.

Was ich suchte, war mein Zimmer. Eine halbe Stunde, vielleicht aber auch länger, zog ich nun schon von Halle zu Halle, blickte in schimmlige, heruntergekommene Säle, immer ohne Erfolg. Der Verfall in diesem riesigen Komplex, der einmal mein Zuhause gewesen war, hatte ein Labyrinth erschaffen, in dem ich mich nicht mehr zurechtfand, viele Wege waren versperrt, die Treppen baufällig, Barrikaden aus herausgerissenen Heizkörpern und eingestürzten Zimmerdecken und überall diese Türen, schräg hängende, halb aus ihren Angeln gerissene Türen, an denen ich vorüberging wie an einer Illusion, so dick mit Staub und Spinnweben bedeckt, dass sie aussahen wie ein Trompe-l'Œil. An einer dieser Türen gab etwas unter meinen Füßen nach, der Fußboden, er knarzte, ein Knarzen, das mir vertraut war. Ich stand auf zwei sich hebenden Brettern des in Zickzackreihen angeordneten Parketts und wippte hin und her, während mir allmählich klarwurde, dass dies die Stelle sein musste, um die man besser herumging, wenn man nachts niemanden wecken wollte. Gleich hier musste ich einbiegen, ich zog die Tür vorsichtig an mich heran, eine Tür, die nicht verschlossen war.

Der Schreibtisch, die Kommode, das Bett. Mein Freischwinger, der Ohrensessel mit der Fußstütze, die Stehlampe mit dem Lampenschirm aus orangefarbener, inzwischen aber staubig brauner Seide, mein Schrank. Der runde, rote Webteppich, das Metallregal mit den Rauchglasböden – alles war noch da, kein Möbelstück war verrückt, nichts war verändert worden. In dieser Ecke, diagonal von der Wand weggerückt, so dass ich von diesem Winkel des Zimmers aus gleichermaßen auf den Balkon und zur Zimmertür blicken konnte, hatte auch damals schon mein Schreibtisch gestanden, und auch das Kastenbett befand sich an seinem alten Platz. Sogar die Kleinigkeiten, Muscheln und Kieselsteine, ein Strauß getrockneter Blumen, von Spinnweben umsponnen, ein Sockenknäuel, an das ich mich nicht erinnern konnte, ein Set Spielkarten, Kerzenstummel, Staub. Nach meinem Auszug schien das Zimmer nicht mehr vergeben worden zu sein, es war immer noch mein Raum, im Grunde gehörte er immer noch mir. Hinter einer Schiebetür lag das Bad, die Dusche, das Waschbecken, alles grauer und schäbiger, als ich es im Gedächtnis hatte, alles so, wie es sein sollte, wenn man nach langer Zeit zurückkehrt. Die Entscheidung, dass Sanatorium zu verlassen, war mit meinem Studium zusammengefallen, die meisten meiner Freunde waren damals schon gegangen, hatten sich ein weiteres Mal in ein neues Leben verabschiedet. Mitsu war nach Tsuyama gezogen, Antonia auf die Azoren, Mosche und seine Schwester hatten Medizin studiert und waren später nach Peristera gegangen.

Ich ging zum Schreibtisch und öffnete die obere Schublade. Der Boden war mit Geschenkpapier ausgelegt, ein Geschenkpapierbogen, den ich beschnitten und dort hineingelegt hatte – ich hatte das gemacht. Das Motiv auf dem Papier, ein Muster aus Hasen und Birken, immer im Wechsel, ein Motiv, für das ich damals eigentlich schon zu alt gewesen war, zu alt oder zu jung, denn natürlich hatte mich, ohne dass ich mir das damals eingestanden hätte, das Motiv dieses Papierbogens an meine Mutter erinnert – die gemusterten Vorhänge in der Küchenstube, die sie überall dort angebracht hatte, wo etwas aufbewahrt wurde, das man nicht sehen sollte, Töpfe und Pfannen, der Platz unter der Spüle. Auch in der Schräge unter der Stiege, wo eine Treppe in den Keller führte, hing ein Vorhang aus diesem Stoff. Es zierten ihn zwar keine Hasen und Birken, doch die Anmutung war dieselbe.

Bis auf den Papierbogen, eine Büroklammer und ein Haargummi war die Schublade leider leer, doch unten, an der Unterseite der Tischplatte, konnte ich noch immer diesen schief hineingedrehten Schraubenkopf ertasten, der mir immer die Hefte zerrissen hatte. Ich schob die Schublade wieder zu.

Auf den Balkon gelangte ich durch eine Tür, die von außen so flächig von Vogelkot überzogen war, dass sie sich kaum öffnen ließ, die Führung war verklebt, eine Schiebetür. Eigentlich hatte ich Lust, mich über die Balkonbrüstung zu beugen und hinüber in Mitsus Zimmer zu blicken, doch auch die Brüstung war über und über mit dieser grauweiß verkrusteten Kotschicht überzogen. Die einzigen Vögel, die ich sehen konnte, war ein Taubenpaar, das mich mit halb geschlossenen Lidern von seinem Nistplatz in der Zypresse aus beobachtete. Schwer vorstellbar, dass der ganze Dreck von ihnen stammte. Tauben waren nicht nur monogam, sondern auch standorttreu, möglicherweise lebten sie hier schon länger, möglicherweise war mein alter Balkon jetzt ihre Toilette. Ihr Blick hatte etwas Großmütiges, als würden sie mich mit ihren Augen dazu auffordern, mich ruhig umzusehen, und doch wäre klar, wer hier zu Hause war und wer nur zu Besuch. Vorsichtig trat ich an das Geländer. Auch Mitsus Balkon sah nicht viel besser aus. Die Vorhänge an seiner Balkontür waren zugezogen.

## *Sei gut zu mir*

Ich war zu Fuß den Hang hinabgestiegen und musste zu Fuß auch wieder zurück. Am Morgen war es ein schöner, langer, ausgedehnter Spaziergang gewesen; durch den Kurpark und den Schlängelpfad hinunter ans Meer, an die Küste, wo mein altes Sanatorium lag, doch nun hatte ich mir Gepäck aufgeladen, ein Erinnerungsstück, das mir zunächst gar nicht so schwer vorgekommen war. Ich wollte die Stehlampe aus dem *Kinderpalast* in meinem Zimmer im Sanatorium aufstellen, vielleicht oben neben dem Bett, um dort abends noch länger lesen zu können. Deswegen hatte ich sie mitgenommen, sie und den Geschenkpapierbogen aus der Schreibtischschublade, der sich nun zusammengefaltet in meiner Hosentasche befand. Zunächst hatte ich die Lampe noch ohne Schwierigkeiten die Treppen hinuntergetragen, den Lampenschirm in der einen Hand, das Gestell in der anderen. Auf der Uferstraße hatte ich kurz überlegt, einen Teil der Strecke mit der Kurbahn zurückzulegen, hatte dann in meiner Selbstüberschätzung aber entschieden, dass dies nicht nötig war und ich mit der Wartezeit vermutlich länger brauchen würde. Erst beim Marsch die Serpentinen hinauf kamen mir Zweifel. Mit jedem zurückgelegten Meter wurde das Ziehen in meinen Armen lästiger, der Gedanke kam mir, die Lampe irgendwo in einem Gebüsch zu verstecken. Auf dem *Boulevard der Kommunarden* schließlich bereute ich meine Entscheidung. Ohne den Sockel, der runden Scheibe, mit der der Lampenständer verschraubt war, wäre es sicherlich kein Problem gewesen, mit der Betonscheibe unter dem Ständer war die Lampe jedoch nicht bloß schwer, durch die Unwucht dieser Gewichtsverteilung konnte ich das Gestell nur auf eine einzige Weise tragen, die runde Scheibe unter den Arm geklemmt, während ich den Rest der Lampe, den Schirm ausgenommen, den ich mir mangels anderer Möglichkeiten wie einen Hut aufgesetzt hatte, einer Lanze gleich vor mir hertrug.

Gleich hinter dem Gatter des Kurparks setzte ich mich auf einen Baumstumpf, die elendige Lampe neben mir. Ich hatte den Fußmarsch inzwischen bestimmt ein dutzendmal unterbrochen, um die Lampe abzustellen und meine Arme auszuschütteln. Mürbe von der Schlepperei hoffte ich, jemand würde mit einem Golfmobil an mir vorbeifahren und mich endlich von meinem Unglück erlösen, eine Vorstellung, die längst mehr war als ein Hoffen, wenngleich ich nicht den geringsten Anlass dazu hatte – niemand war unterwegs. Es wäre besser gewesen, wieder aufzustehen, das alles würde von meiner Mittagsruhe abgehen, je länger ich wartete, desto weniger Zeit würde mir bleiben, um mich zu sammeln und mich auf die Sitzung vorzubereiten. Ein diffuses Gefühl der Beunruhigung, ich wollte die anderen nicht enttäuschen. Schon in der Nacht hatte ich kaum ein Auge zugemacht, Träume, in denen mich abwechselnd Toni, Tezeta oder Tezetas Kinder mit etwas Spitzem malträtierten, ein Traum, in dem ich gefesselt wie eine an Land gespülte Riesin dalag, über mir Winzlinge, die mich verhörten, Zwerge mit Zahnstochern, die jede Antwort, die ihnen nicht zusagte, mit einem Piks erwiderten, wobei die Zahnstocher in ihren Händen zu Speeren anwuchsen, Speere, die sie mir in den Rücken rammten, in die Waden, in den Bauch. Matthias, der eine Harpune auf mich abschoss, Chen-Lu, das KIND. Wäre ich in der Lage, meine Arme zu heben, ein Wischen hätte genügt, mich von den Plagegeistern zu befreien. Ich hätte nur aufstehen müssen, schon wären sie abgefallen, doch meine Arme waren steif, meine Arme, meine Beine, eine lebende Versteinerung. Beim Aufstehen hatte ich Piniennadeln in meinem Bett gefunden, die ich anscheinend nach dem Schwimmen mit nach Hause getragen hatte, nach Hause, als gehörte ich hierher. Ich dachte daran, wie meine Eltern mich früher, wenn Gäste zu Besuch waren, einen Spruch hatten aufsagen lassen, damals als Kind in diesem Haus, das meine Eltern einem alten, an grauem Star erkrankten Mann abgekauft hatten. Der Mann hieß Jakob Pohl, und das Haus trug den Namen *Sonnenblick*, so stand es auf einem Schild geschrieben, das unter dem roten Giebel angebracht war. Die Alten im Dorf aber nannten Jakob Pohl den *Engelmacher*, wodurch sein und später unser Haus im Dorf schlicht das *Engelmacher-Haus* geworden war, und ich stellte mir immer vor, wie dieser Pohl halb blind an einer schwangeren Frau herumschnitt. An den Wänden dieses Hauses hingen Holztafeln, die mit Ehesprüchen beschrieben waren, sie hingen dort schon, als wir eingezogen waren. Meine Eltern ließen mich diese Ehesprüche auswendig lernen und ihren Freunden vortragen. Ein Vers, der ihnen besonders zugesagt hatte, war mir noch immer im Gedächtnis:

*Sei gut zu mir,*
*es rinnt so schnell die Zeit.*
*Sei gut zu mir*
*in jedem Wort und heimlichem Gedanken.*
*Sei gut zu mir,*
*denn rings ist so viel Leid.*

Trug ich diesen Spruch vor, machte sich eine Ergriffenheit unter den Erwachsenen breit, ich wurde gelobt, und alle bestätigten, dass ich ein ganz außergewöhnliches Kind sei. Manchmal aber bemerkte ich, wie jemand ein Lachen unterdrückte. Dann war ich gekränkt. Ich nahm dieses Lachen persönlich und bezog es auf meinen Sprachfehler, ein Problem mit den Ch-Lauten. Ich sagte Mils statt Milch, Sule statt Schule. Dass die Reaktionen etwas mit dem Ehespruch an sich zu tun haben könnten, diesen Verrat hatte ich mir nicht vorstellen können. Meine Eltern hatten mir die Verse schließlich beigebracht, und alles, was sie mir vorlasen oder mich lernen ließen, nahm ich ernst, war die Wahrheit und unanfechtbar.

Als ich wieder zu Kräften gekommen war, setzte ich meinen Weg fort, den Lampenschirm auf dem Kopf, den Lampenstiel unter dem Arm. Vor mir tauchte die Liegewiese auf, die Liegewiese und der Brunnenplatz. Die Bärenklaue war verblüht, die Lupinen waren verblüht, jetzt waren es vor allem die Disteln, die mir auffielen. Nicht weit von hier war ich Matthias an meinem ersten Tag begegnet, von Regen durchnässt, Schlamm auf seiner Hose. Ich trat an den Brunnen heran, der kein Wasser mehr führte, und befreite mich für einen Moment von der Last unter dem Arm. Früher hatte man sich an allen Brunnenplätzen erfrischen können; ich würde duschen müssen, ein frisches Hemd anziehen. In meiner Vorstellung saßen sie alle schon da und kratzten sich nervös, zwanzig Augenpaare in einem Stuhlkreis, alle warteten auf mich. Als ich in die Hosentasche griff, um den Geschenkpapierbogen hervorzuholen, riss ich versehentlich eine Ecke ab, alles umsonst, dachte ich, der Papierbogen beschädigt, ein Papierbogen, den ich ebenso hätte wegwerfen können. Kurz musste ich mich abstützen, ein Flimmern vor den Augen, wie wenn man nach langem Sitzen zu schnell aufgestanden ist. Hier das Bild eines Säuglings, der schläft, ein Säugling in einem Kinderwagen. Das Gesicht ist verweint, der Blick noch in der Geste der Verzweiflung verharrend. Ein Schaukeln, am Griff des Wagens ist eine Hand. Die Knöchel treten hervor, Ringe an den Fingern, ich zähle drei, Ringe, die ich nicht kenne. Das ist keine Erinnerung, ich kenne niemanden, der solchen Schmuck getragen hat.

Hinter dem Brunnenplatz das Golfmobil, es war noch immer dort, seitlich liegend wie ein Wrack, etwas versetzt dahinter: ein zweiter Wagen, nicht gekippt oder verunglückt, ein zweites Golfmobil. Matthias, ich sah ihn hinter dem Wagen verschwinden, Matthias, was für ein Glück. In einem letzten Kraftakt, mit der Lampe unter dem Arm, eilte ich quer über die Wiese auf ihn zu.

»Wie gerufen«, sagte er, sein Blick hellte sich auf.

»Das wollte ich dir auch gerade sagen.«

»Wie siehst du denn aus?«

»Wie eine Idiotin, nehme ich an«, ich wuchtete den Betonfuß auf die Wiese. Als ich mich bückte, fiel mir der Lampenschirm vom Kopf.

»Und ich dachte an einen Ritter, eine völlig zu Unrecht so positiv gezeichnete Figur. Die Ritter waren die schlimmsten.« Er strich über den Lampenschirm. »Schick, gibt sicherlich ein schönes Licht.«

Matthias hatte sich einen Werkzeuggürtel umgeschnallt, in den Laschen an seiner Hüfte steckten ein Maulschlüssel, etwas, das man zum Messen verwendete, eine kleine Säge und ein Schraubenzieher. Zu seinen Füßen lag eine Arbeitsmatte aus Filz, schwarze Flecken, Schmieröl. Ich erkannte eine Schraubzwinge, Ketten und Seile.

»Heute komme ich endlich dazu, mich um den Wagen zu kümmern. Es haben sich schon Pflanzen über die Karosserie ausgebreitet, Nacktschnecken und Laub, noch ein paar Wochen und an den Wagen hätte nur noch ein grasbewachsener Hügel erinnert.« Matthias musste lachen. Vor seiner schweißglänzenden Stirn schwirrte etwas, ein schwarzer, in der Luft zitternder Punkt.

»Du hast da was«, sagte ich.

»Was, wo?«

»Eine Mücke, auf der Stirn, am Haaransatz. Sie macht es sich gerade bequem.«

»Eine Mücke? Die stört mich nicht.«

»Sie wird dich stechen.« Ich sah, wie die Mücke einen Buckel machte. Jetzt würde sie ihren Rüssel in seine Haut bohren, ich konnte gar nicht hinsehen.

»Wenn sie nun schon dabei ist, soll sie es sich doch schmecken lassen, mein Blut reicht für uns beide.«

Wie zum Beweis, dass es ihn wirklich nicht störte, von einer Mücke gestochen zu werden, legte Matthias seine ineinandergefalteten Hände auf den Bauch, als wäre er es, der gerade eine Mahlzeit einnahm, eine Mahlzeit, die ihn mit Wohlgefallen erfüllte, ein zufriedener Gesichtsausdruck. Während er weitersprach, mir darlegte, wie er beabsichtigte, den Wagen zu reparieren, saugte die Mücke sich voll, ich konnte mich kaum beherrschen. Das Insekt auf seiner Stirn wurde größer, schwoll immer weiter an. Ein schwerer Tanker, gefüllt mit Blut. Schließlich hatte die Mücke genug getrunken und flog, schon deutlich weniger zitternd, eher schleppend, wieder davon.

Bei dem Unfall, sagte Matthias, sei die Vorderachse gebrochen. Er habe den Schaden hier an Ort und Stelle reparieren wollen, nun aber festgestellt, dass es doch etwas komplizierter sei. Er brauche ein Schweißgerät und eigentlich auch eine Hebebühne, und er müsse den Wagen nun in seine Werkstatt bringen. Mit einem gewöhnlichen Abschleppseil sei es allerdings nicht getan. Der Wagen müsse gezogen werden, und zwar so, dass der vordere Teil, er zeigte auf die Achse, bei dem zweiten Wagen hier aufbocke. Er erwähnte auch die Kette und das Seil und eine Reihe bestimmter Knotentypen, deren Namen ich gleich wieder vergaß. Ich verstand nicht ganz, wie das gelingen sollte. Schon das Anheben des einen Wagens schien mir nicht zu schaffen, weder allein noch zu zweit. Wie er das Autowrack jedoch sicher auf dem zweiten Golfmobil platzieren wollte, wie der eine Wagen auf den anderen käme, das alles ging mir nicht auf.

»Keine Sorge«, sagte Matthias, »wenn wir den Wagen erst mal in die Waagerechte gebracht haben, ist es ein Kinderspiel. Dann muss ich bloß noch diese Kette anbringen mit einem mehrfachen Ankerstich.« Er kletterte in den Wagen und tastete unter das Lenkrad, ein hohes Summen erklang, dann schaltete er den Motor wieder aus. »Der rollt noch«, sagte er, »wir müssten ihn nur wieder aufrichten. Packst du mit an?«

Matthias führte mir vor, wo ich stehen müsste, damit das Kunststück gelingen könnte, und bat mich, das Trittbrett zu greifen, das vorne neben dem Beifahrersitz angebracht war. So wie der Wagen lag, ragte es in die Höhe. Das Metall war mit einem Schmierfilm überzogen.

»Hau ruck!«

Auf sein Kommando begannen wir zu schieben, er auf der einen Seite, ich auf der anderen, mit jedoch mäßigem Erfolg. Eine leichte Bewegung, ein kaum wahrnehmbares Kippeln, das sich vielleicht nutzen ließe, um eine Schwingung zu erzeugen, doch es genügte nicht, meine Hände rutschten ständig vom Trittbrett ab, und auch Matthias hatte Schwierigkeiten.

»Wenn wir einen Hebel hätten, eine Stange.«

»Eine Bambusstange?«, fragte ich.

»Genial.« Auf dieses Stichwort hin verschwand Matthias hinter den Büschen, ging auf ein Bambuswäldchen zu. »Bambus«, hörte ich ihn rufen, »Bambus, Bambus. Eine hervorragende Idee.« Ich sah, wie er nach einer Bambusgerte griff und sie zu sich heranzog. Ein Ruck, dann schnellte der Bambus wieder zurück, blitzschnell ging er in Deckung.

»Genau das brauchen wir«, rief er mir zu, »wie ein Katapult!«

Ich wusste nicht, wie ich ihm helfen konnte, und sah, wie Matthias etwas aus seinem Werkzeuggürtel zog. Es war die kleine Säge, er setzte sie unten knapp über dem Boden an einer Bambuspflanze an und brachte so in kürzester Zeit, wobei das ganze Bambuswäldchen mitschwang, Bambusstange für Bambusstange zu Fall. Sechs Bambusstangen hinter sich herziehend, als wollte er die Wiese pflügen, kehrte er gut gelaunt zu mir zurück.

»Eigentlich hätte schon eine einzige Stange gereicht, aber ich konnte mich nicht beherrschen. Der Vorteil ist, wir können mehrere Stangen zusammenkleben, ich habe ja noch Klebeband.«

Während ich mich wieder an dem glitschigen Trittbrett positionierte, schob Matthias von der anderen Seite die an mehreren Stellen zu einem Bündel zusammengeklebten Bambusstangen unter die Karosserie. Zuvor hatte er kleine, aus einer Bambusstange herausgesägte Pflöcke vor die seitlich in Gras und Erde vergrabenen Reifen gerammt, was uns das Kippen erleichtern würde, wegen der Hebelwirkung – »pass auf«. Jetzt müssten wir dem Schwergewicht hier nur noch einen ordentlichen Stoß versetzen und dann stemmen, was das Zeug hält.

»Was soll ich machen?«, fragte ich, während Matthias bereits hebelte. »Soll ich das Trittbrett festhalten?«

Bevor er antworten konnte, kippte der Wagen mir entgegen, kippte langsam auf mich zu.

»Vorsicht!«, hörte ich Matthias rufen, »oh nein, Heather, geh da weg. Heather, hast du dich verletzt?«

»Nein«, sagte ich, nachdem der Wagen seitlich kippend mit allen Rädern auf dem Boden aufgekommen war. »Nein, ich habe mich nicht verletzt, ich hatte bloß nicht damit gerechnet, dass es so schnell gehen würde. Wir hätten ein Zeichen vereinbaren sollen. *Baum fällt* oder etwas in der Richtung, aber mir ist nichts passiert.«

Immer noch ungläubig über die Vorgänge ging ich um den Wagen herum und sah mir die Räder an, Räder, die wieder auf dem Boden ruhten, er hatte es geschafft. Ein unwirklicher Anblick; dort, wo der Wagen gelegen hatte, hatte das Gras sich gelb verfärbt.

»Du hast recht. Ich hatte nicht erwartet, dass es auf Anhieb funktioniert. So ist das manchmal: Man versucht etwas wieder und wieder, bis einem die Kräfte versagen, und dabei braucht es nur einen richtigen Gedanken, ohne dich hätte ich das nicht geschafft.«

Das Aufbocken, wie er es genannt hatte, gestaltete sich wirklich einfacher, als ich erwartet hatte. Mit keilförmigen Bambusstäben unter den Rädern, etwas geschicktem Hantieren mit Ketten und Seilen, wobei ich eigentlich nur noch eine Zuschauerin war, die versuchte, die Arbeit nicht zu behindern, stand der Unfallwagen, nach einem Ruck durch das zweite, vorsichtig in Position gebrachte Golfmobil, tatsächlich aufgebockt und zum Abschleppen bereit neben mir auf der Wiese.

»Steig ein«, sagte Matthias, nachdem er mit den beiden Wagen auf den Schotterweg zurückgekehrt war. Über ihm ein Knacksen, ein Eichhörnchen war den Stamm einer Esskastanie hinaufgeklettert, der Fellrücken rot leuchtend zwischen den Blättern.

»Und vergiss deine Lampe nicht.«

– – *15:06* – –

*Toni*: Matthias, heute hören wir dir zu. Schön, dass du dich nun dazu bereit fühlst. Ich sehe dich inzwischen viel öfter im Haus.
*Matthias*: Ist das als Vorwurf gemeint?
*Toni*: Nein, überhaupt nicht. Ich finde es schön, dass du dich uns angeschlossen hast und jetzt auch an den Sitzungen teilnehmen möchtest.
*Matthias*: Am Anfang war es schwer … Ich habe eine Werkstatt.
*Toni*: Und da verbringst du deine Zeit?
*Matthias*: Ja genau, da verbringe ich meine Zeit.
*Toni*: Aber mittlerweile hast du dich doch eingelebt, oder sehe ich das falsch?
*Matthias*: Nein, da hast du recht.
*Toni*: Warum hast du dann gerade den Kopf geschüttelt?
*Matthias*: Nur so.
*Toni*: Nur so?
*Matthias*: Ich würde gerne anfangen.
*Toni*: Dann mach das.
*Matthias*: Wie fange ich an?
*Toni*: Stell dich uns allen doch einfach noch mal vor.
*Matthias*: Mein Name ist Matthias Gröning. Ich bin am 17. April 1498 auf der Teichmühle bei Frankenhausen geboren. Mein Vater Gert Gröning war Müllermeister

und Pächter der Teichmühle, die den Frankenhausener Zisterziensern gehörte. Seine Familie stammte aus Weißensee. Meine Mutter Regina kam aus Erfurt, ihre Eltern waren Tuchhändler. Drei ältere Brüder, eine jüngere Schwester und dann noch ein Schwesterchen, Kathrin, die mit zwei starb. Was gibt es noch zu sagen? Ich bin am Ostersonntag des Jahres 1526 evakuiert worden. In meiner Evakuierungseinheit befanden sich außer mir noch elf Personen, zwölf Leute wurden damals evakuiert. Ich bin der Einzige aus Thüringen. Zwei Jahre Kolchis. Danach ein Studium des Ingenieurwesens in Managua, Bochum und Calgary. Nach dem Master arbeitete ich in den Entwicklungsabteilungen verschiedener Kombinate, da ging es größtenteils um Landmaschinen. Durch meine Vorschläge wurde vieles verbessert. Die Spargelernte, Artischocken, Haselnüsse, ich konnte erreichen, dass vierzig Prozent weniger Schalensplitter mit dem Mahlgut verarbeitet werden.

*Toni*: Verschiedene Kombinate?

*Matthias*: Ich habe oft die Stellung gewechselt.

*Toni*: Wo warst du zuletzt?

*Matthias*: In Ulaanbaatar.

*Toni*: Warum bist du hier?

*Matthias*: Das habe ich dir doch schon gesagt.

*Toni*: Erzähl es doch noch einmal allen.

*Matthias*: Ich habe es dir erzählt.

*Toni*: Ich könnte mir vorstellen, dass es auch für die anderen von Interesse ist.

*Matthias*: Kann ich es nicht so machen wie alle?

*Toni*: Klar kannst du das.

*Matthias*: Gut.
*Toni*: Dann schließen wir die Augen.
*Matthias*: Jetzt?
*Toni*: Fang einfach ein.
*Matthias*: Ich muss etwa zwölf oder dreizehn Jahre alt gewesen sein, als meine Mutter nach Erfurt ging. In Erfurt lebten ihre Eltern, einige Onkel und Tanten, ihre Geschwister, deren Kinder, die alle Färber und Händler waren und es zu mehr gebracht hatten als mein Vater. Was der Anlass dieser Reise war, eine Vermählung oder ob jemand gestorben ist, das weiß ich nicht mehr, nur dass ihr Entschluss, auf Reise zu gehen, mir und meinen Brüdern recht überraschend mitgeteilt wurde, erst am Tag vor ihrer Abreise. Nur meine Schwester war eingeweiht worden, sie fuhr nämlich mit nach Erfurt. Wie immer hatte sie uns alles verschwiegen, um irgendeinen Vorteil daraus zu schlagen.
*Toni*: Moment mal. Morphst du jetzt schon?
*Matthias*: Ich dachte, ich vermittle erst mal ein bisschen Kontext.
*Toni*: Meinetwegen.
*Matthias*: Nur zum Einstieg.
*Toni*: Zum Einstieg, okay.
*Matthias*: In der Nacht vor ihrer Abreise sah ich in einem Traum meine Mutter im Wehrteich treiben. Sie war tot, ich spürte es deutlich, und es war nicht nur das Wissen, ich erkannte sie in dieser Leichengestalt, so schrecklich wie sie aussah, das aufgeschwemmte Gesicht, ich erkannte meine Mutter.
*Toni*: Mach nur weiter.

*Matthias*: Mich beschäftigte die Frage, ob ich den anderen davon erzählen sollte. Sicher war der Traum eine Warnung. Zugleich befürchtete ich, dieses mir im Traum erschienene Ereignis durch das Aussprechen gewissermaßen erst in die Wirklichkeit hereinzuholen, so wie mein Bruder es einmal erlebt hatte, als der Jüngste von den Albrechts, Albrecht Klaus, allen mit seinen Regenträumen in den Ohren gelegen hatte und es dann wirklich nicht mehr aufhörte zu regnen, die Mehlsäcke verschimmelten, manche haben sie trotzdem verwendet und sind gestorben.
*Toni*: Du wolltest das Unglück nicht heraufbeschwören, fühltest dich in einer Schuld.
*Matthias*: Einen ganzen Monat blieb meine Mutter fort. Während dieser Zeit wachte ich jeden Morgen mit der Erinnerung an den Wehrteich auf, und dabei kämpfte ich aus Angst, meine Mutter im Traum sterben zu lassen, jede Nacht gegen den Schlaf. Ich verzichtete auf Zwiebeln und auf alles, von dem man annahm, dass es das Träumen anregte, und doch war ich mir mit jedem Tag sicherer, dass sie sterben würde. Auch die anderen schienen das zu denken, dabei hatte ich noch nicht einmal mit ihnen gesprochen. Ich behielt den Traum für mich, um den Wehrteich machte ich einen großen Bogen. In einem Monat alterte mein Vater um Jahre. Er ging früh zu Bett und sprach nur noch mit leiser Stimme, und wenn er uns prügelte, dann schlug er nur mit halber Kraft, so schwach war er geworden. Die Gesellen nutzten den Zustand meines Vaters aus und machten sich immer öfter in die Stadt davon. Das Mühl-

rad verklemmte, zwei Tage kümmerte sich niemand darum. Die Stube wurde nicht mehr gefegt, niemanden kümmerte es, und wenn die Hühner ihre Eier versteckten, machte sich die Magd nicht mehr auf die Suche, es gab dann einfach keine. Auch wir ließen die Arbeit ruhen, nahmen weniger Fuhren an. Die Mutter fehlte. Wir alle waren wie in Trauer.

*Toni*: Das tut mir leid.

*Matthias*: Muss es nicht.

*Toni*: Wir hören zu.

*Matthias*: Meine Mutter und meine Schwester sind zurück. Alle haben wir uns in der Stube versammelt, auch die Gesellen, auch die Magd. Meine Mutter sitzt auf einem Stuhl, vor ihr kniet Vater. Eine Schüssel mit warmem Wasser wird gebracht. In dieses Wasser taucht Mutter ihre Füße. Vater wäscht sie. Mutter lacht. Er solle nicht so albern sein. Und doch kann man ihr ansehen, dass es ihr gefällt, dass es ihr schmeichelt. Mein Vater nimmt einen Fuß und führt ihn an den Mund. *Meine Fürstin, meine Fürstin.* Mir wird schlecht. Dann kommen die Geschenke. Die Dinge, die meine Mutter mitgebracht hat: Pfefferkuchen in Form eines Pferdchens, blaues Tuch von den Verwandten, eine Dose mit Gewürz. Als Letztes holt sie ein Päckchen hervor, darin ein Knochen, ein kleines Knöchlein, schwarz wie Kohle, in viele Fetzen gewickelt. Dies ist, sagt sie, ein Teil des heiligen Peters, ein Märtyrer, der viele Jahre, ohne sich zu bewegen, auf einem Felsen am Meer gestanden haben soll. Ich muss dazu sagen: Wir sind nicht besonders fromm. Wir halten uns an

die Regeln, gehen zur Beichte, fasten, sprechen das Gebet, aber uns ist auch klar, dass das mit den Ablassbriefen Quatsch ist, dass die Pfaffen Huren halten und dass sie das Geld, das sie uns wegnehmen, für ihre Bastarde brauchen. Das wissen wir, aber wir machen es eben so mit. Was würde es auch bringen, wenn man sich aufregt, nichts, nichts Gutes jedenfalls. Ich glaube auch an die Hölle und halte es für möglich, dass ich dorthin gelange, zuerst aber würden die Pfaffen dort schmoren, das steht außer Frage. Meine Mutter, wie sie dasitzt und diesen Knochen auspackt: Niemand nimmt sie ernst, meine Brüder nicht und auch mein Vater nicht, und selbst die Schwester sieht verlegen aus. Ich aber denke, etwas hat sie vor ihrem Schicksal bewahrt. Auch wenn das Quatsch ist, eine Scharlatanerie, an der jemand gutes Geld verdient hat, sie ist zurückgekehrt – nicht in einem Sarg. Wenn nun das Knöchelchen unsere Mutter davor bewahrt hat, tot auf unserem Wehrteich zu treiben, ein Knöchelchen, das vielleicht von einem Huhn stammt, vielleicht von einer Katze, ich wollte es in Ehren halten, es lieben, als wäre es tatsächlich dem Leichnam eines Heiligen entnommen.
*Toni*: Fahr nur fort, du machst das sehr gut.
*Matthias*: Nachdem mein Vater unserer Mutter die Füße gewaschen hat, dürfen wir alle der Reihe nach den schwarzen Knochen berühren. Wir alle stellen uns an, meine Brüder, meine Schwester, die Knechte und Mägde, die Gesellen, wie in einer Prozession. Nicht in die Hände nehmen, nur einmal kurz berühren. Es ist mir unangenehm, dass das Päckchen auf ihrem Rock

liegt. Alle beugen sich über sie, ich schaue zu meinem Vater, ihm scheint es egal zu sein. Wenn es ihm egal ist, warum soll ich mich dann schämen. Ich sage still zu mir: Danke liebes Knöchelchen für die Rettung meiner Mutter. So hört es auf.

*Toni*: Interessant, vielen Dank. Aber gibt es nicht noch mehr, über das du sprechen möchtest?

*Matthias*: Nein.

*Toni*: Wirklich?

*Matthias*: Der Knochen, wenn ich recht darüber nachdenke, ich habe auch etwas gespürt.

*Toni*: Ja?

*Matthias*: Ich habe gespürt, dass ich, das heißt mein Finger, also mein Fingerknochen, mit diesem kleinen, schwarzen Knöchelchen auf dem Rockschoß meiner Mutter durch eine Kette von Ereignissen verbunden ist, eine Kette, deren Glied ich bin und die, würde man alle Glieder der Reihe nach einsammeln, die ganze Menschheit als ein Ganzes enthalten würde. Alle, die schon da waren, und die, die noch kommen. Und plötzlich regt sich Freude in meinem Herzen, und ich muss für einen Augenblick innehalten, um Luft zu holen. Die Vergangenheit ist mit der Gegenwart durch eine ununterbrochene Kette von Ereignissen verbunden, von denen eins aus dem anderen hervorgeht. Ich habe eines dieser Kettenglieder berührt. Eine unaussprechlich süße Glückserwartung, die Erwartung eines unbekannten, verborgenen Glücks, überwältigt mich. Das Leben erscheint mir zauberhaft, wunderbar und voll eines hohen Sinnes. Das war's.

*Toni*: Ich verstehe dich nicht.
*Matthias*: Du verstehst mich nicht?
*Toni*: Das Leben erscheint mir zauberhaft, wunderbar und voll eines hohen Sinnes.
*Matthias*: Ja.
*Toni*: Das kommt doch nicht von dir. Ich weiß, wo du das herhast, ich kenne die Erzählung. Du hast dir das alles vorher zurechtgelegt. Hast du das mit dem Traum auch irgendwo gelesen?
*Matthias*: Nein. Ich weiß nicht, was du meinst.
*Toni*: Stammt das auch von Tschechow?
*Matthias*: Ich habe bloß versucht, euch mitzuteilen, was ich sehe, so wie du es uns erklärt hast.
*Toni*: Der Traum von der Mutter, ihr Tod, der Vater, der die Füße wäscht, der Knochen auf ihrem Schoß. Tut mir leid, aber das ist ein Ablenkungsmanöver.
*Matthias*: Nein, wirklich, das habe ich gerade gesehen.
*Toni*: Ich glaube nicht, dass das etwas bringt. Wir alle sitzen hier und hören dir zu, das ist ein Angebot, du kannst es annehmen. Wenn du aber denkst, dass du uns allen hier so eine Geschichte auftischen kannst, ich verstehe es einfach nicht. Was ist mit dem Krieg, du hast doch gekämpft. Du hast mir gesagt, dass du es bedauerst, auf der falschen Seite gestanden zu haben, und dir nichts mehr in der Welt wünschst, als diese Entscheidung rückgängig zu machen. Dass du dich schuldig fühlst.
*Matthias*: Das habe ich dir im Vertrauen gesagt. Ich weiß nicht. Ich finde wirklich. Ich würde jetzt doch lieber aufhören.

Während der Fahrt sprachen wir wenig, beide waren wir erschöpft und hingen unseren Gedanken nach, so dass sich unsere Kommunikation hauptsächlich auf kurze, den anderen auf ein Schlagloch, auf Wurzeln und Bambustriebe oder niedergestürzte Äste aufmerksam machende Hinweise beschränkte, Hinweise wie *Vorsicht* oder *Achtung*, wobei wir durch die Last des zweiten Wagens nur langsam vorankamen. Vorhin auf der Wiese, beim Wiederaufrichten des Wagens, hatte uns die gemeinsame Aufgabe so eingenommen, dass für ein Gespräch über ein anderes Thema keine Notwendigkeit geherrscht hatte, während nun, je näher wir dem Sanatorium kamen und obwohl ich mich in Matthias' Gegenwart bislang immer sehr wohlgefühlt hatte, ein fast unangenehmes Schweigen zwischen uns einzog. Ich verstand nicht, was diesen Stimmungswechsel hervorgerufen hatte, und fragte mich, ob Matthias etwas beschäftigte, zumal er mehr als einmal so gewirkt hatte, als suchte er nach einer Möglichkeit, mich auf etwas anzusprechen. Er seufzte dann und blickte in den Spiegel und kam nicht mit der Sprache heraus.

Den Wagen stoppte Matthias nicht unten am Sanatorium, sondern aus irgendeinem Grund noch auf dem

Hang an der Abzweigung zu den Gemüsebeeten. Ich sah den Aprikosenbaum, an dem wir uns am Tag meiner Ankunft gestärkt hatten. Die Früchte auf dem Grasboden: ein dunkler, von Wespen umschwirrter Haufen.

»Parken wir hier oben, weil Toni dich nicht mit dem Wagen sehen soll?«

»Ich bin ein lächerlicher Mensch. Wenn du willst, begleite ich dich noch das Stück bis zum Fahrstuhl. Kaum zu glauben, dass du die Lampe allein bis in den Kurpark geschleppt hast.«

Die letzten Meter den Hang hinab und über die Wiese trugen wir die Lampe gemeinsam, Matthias bestand darauf, den schweren Sockel zu übernehmen, und reichte mir den Lampenschirm. So schritten wir nebeneinanderher, wobei Matthias mehr als einmal stehen blieb, als wollte er mir etwas sagen, stehen blieb und wieder weiterging. Um es Matthias etwas leichter zu machen – da ich vermutete, dass es der Wagen war, der Matthias immer noch so beschäftigte –, wiederholte ich, was ich vorhin bereits gesagt hatte: Wie furchtbar schlecht der Zustand der Wege doch sei, katastrophal. Der Bambus habe den Unfall verursacht, ihn treffe keine Schuld.

Um diese Zeit, die stille Stunde hatte begonnen, sah ich niemanden auf der Wiese, nur Chen-Lu, die einen Liegestuhl in eine Schattenfläche gerückt hatte und uns den Rücken zuwandte.

Schweigend warteten wir auf den Aufzug, der sich der Anzeige nach oben in der Kantine befand. Nun war ich mir sicher, dass Matthias noch etwas mit mir klären wollte, warum sonst sollte er sich die Mühe machen, noch auf den Aufzug zu warten, während dort oben bei den Gemüsebeeten die beiden Wagen standen. Um die Wartezeit zu überbrücken, wagte ich noch einen Anlauf und sprach Matthias auf meinen Sitzungstermin an, der gleich beginnen würde. Matthias schien, seit diese Aufgabe von Toni ausgeführt wurde, nur an einem einzigen Gespräch teilgenommen zu haben. In keinem anderen Protokoll tauchte sein Name auf. Außerdem war mir aufgefallen, dass er stets nur über Toni sprach, niemals jedoch direkt mit ihr, sowie auch Toni auf Matthias anders reagierte, als dies anderen Bewohnern gegenüber der Fall war.

Gleich, sagte ich und lachte, gleich würde Toni ja auch mich in die Mangel nehmen. Falls er es heute nicht mehr in den Gemeinschaftssaal schaffen sollte, würde ich ihm nicht böse sein. Mit dem Wagen habe er ja genug zu tun.

»In die Mangel nehmen? Wie meinst du das?«

»Ich bin vielleicht einfach ein bisschen nervös. Es gibt doch bestimmt einen Grund, warum du an den Sitzungen nicht mehr aktiv teilnimmst, oder?«

Matthias reagierte überrascht. Er wisse ja nicht, wer mir da was erzählt habe, denn erstens sei sein Verhältnis zu Toni bestens, und zweitens solle ich mich wegen der Sitzung nicht verunsichern lassen, ich müsse hier niemanden überzeugen. Am Ende, sagte Matthias, gehe es darum, mir zu helfen und nicht die anderen zu unterhalten. »Außerdem, das darfst du nicht vergessen, haben wir auch als Zuhörer eine wichtige Rolle, geht es letztlich doch um ein Gespräch, das wir alle miteinander führen. Ich würde mir jederzeit wieder einen Termin bei ihr geben lassen, ich habe es wohl einfach nicht gebraucht. Du kennst es ja, mal ist es besser, mal ist es schlechter, aber im Großen und Ganzen komme ich zurecht.«

Nun schien es mir, als wollte er um jeden Preis verhindern, dass eine Gesprächspause zwischen uns aufkam. Er redete und redete und wirkte zunehmend bemüht, und als der Fahrstuhl sich öffnete, stieg Matthias mit ein, um sicherzustellen, dass ich mit der Lampe auch gut in meinem Zimmer ankommen würde.

»Danke, Matthias, aber das brauchst du nicht. Du wolltest doch noch in die Werkstatt.«

»Stimmt«, sagte er und kratzte sich an der Stirn; wo die Mücke ihn gestochen hatte, war eine Schwellung zu sehen, »in die Werkstatt, das hatte ich wirklich kurz vergessen, und du willst dich ja bestimmt noch mal ausruhen, entschuldige bitte. Wirklich eine schöne Lampe, ein bisschen eingestaubt vielleicht. Du könntest den Lampenschirm Abdouli und Katharina zeigen, ich bin sicher, sie bekommen ihn wieder hin. Und was die Sitzung angeht: Ich würde es locker angehen, nichts erzwingen, du bekommst das bestimmt hin.«

Als er sich verabschiedete, versprach er, pünktlich zum Beginn der Sitzung wieder da zu sein.

Für einen Mittagsschlaf, wie ich es mir vorgenommen hatte, reichte mir die Zeit nun tatsächlich nicht mehr. Ich musste mich noch frisch machen, etwas anderes anziehen, außerdem hatte ich seit dem Frühstück nichts mehr gegessen und wollte mich etwas stärken. Die Lampe stellte ich erst mal neben mein Bett. Wie es aussah, reichte das Kabel bis zur nächsten Steckdose.

Die meisten Vorräte waren mittlerweile aufgebraucht, aber ich hatte noch die tradierten Eier. Eigentlich mochte ich Eierspeisen, pochierte Eier, gekochte Eier, Omelett und Rührei, ich hätte mir gerne ein Spiegelei gebraten, doch tradierte Eier waren nicht jedermanns Sache, allein die Farbe: dunkelgrau, blauschwarz gesprenkelt. Ich wusste, dass Natalia diese Eier liebte, ja fast süchtig danach war, weshalb Tezeta sich öfter darüber lustig machte. Durch den Fermentationsprozess wurden sie haltbar gemacht, trotzdem wunderte mich, dass ich nirgendwo ein Datum finden konnte, wie alt mochten diese Eier sein? Vorsichtig riss ich die Verpackung auf, ein kleiner Riss, schon strömte mir ein Geruch entgegen, ein Geruch, nein, ein Gestank, die Eier waren verdorben, es war kaum auszuhalten, ein Geruch, der mich würgen ließ. Ich wollte sie in den Müllschlucker werfen, doch die Entriegelung ließ sich nicht lösen, ich drückte und drückte, doch die Klappe öffnete sich nicht. Ich sah mich nach einer Mülltüte um, eigentlich wusste ich schon, dass ich keine hatte, trotzdem zog ich sämtliche Schubladen auf, warf alles durcheinander – nichts zu finden. Mangels anderer Behältnisse warf ich die Eierverpackung in einen Topf und suchte nach einem passenden Deckel. Hatte nicht gestern hier auf dieser Ablage ein Topfdeckel gelegen? Wo immer ich nachsah, er war nirgendwo zu sehen, und der Gestank – bestialisch. Mit dem Topf in der

Hand, durch den Mund atmend, eilte ich ins Bad. Dort gab es einen Mülleimer. Wo ein Mülleimer war, müsste es auch eine Tüte geben, hatte ich gehofft, kein Beutel, kein Müllsack, und da mir nichts anderes einfiel, der Toilettendeckel hochgeklappt war, warf ich die Eier mitsamt ihrer Packung in die Toilette, kippte den Topf kurzerhand darüber aus. Ein widerliches Platschen, ich warf den Klodeckel zu und drückte die Spülung, spülte zur Sicherheit noch einmal nach, bevor ich mich dazu durchringen konnte, den Deckel wieder aufzuklappen. Aus dem Wasser ragten sechs runde, schwarze Eier, die auf der Wasseroberfläche schaukelten. Nur die Folie war verschwunden, wobei der Wasserspiegel in der Toilettenschüssel gestiegen zu sein schien, wahrscheinlich hing sie irgendwo fest. Noch nicht mal einen Monat war ich hier, schon dachte ich darüber nach, das Zimmer zu wechseln, weil ich den Abfluss verstopft hatte.

## *Die Sitzung*

»Du wirkst gestresst«, sagte Toni, als sie mich kommen sah. »Ist alles okay?«

Die meisten saßen schon, doch ich war nicht die Letzte, das KIND, Kunolo und Sulaika fehlten. Auch Matthias war noch nicht da. Ich sagte, dass alles in Ordnung sei, und nahm mir einen Stuhl.

Wir warteten, bis wir vollständig waren. Nach einigen einleitenden Worten, in denen Toni erklärte, dass heute ein besonderer Tag sei, weil ich mich nun zum ersten Mal *öffnen* würde – beim Wort *öffnen* verkrampfte sich mir der Magen –, nach der an alle gerichteten Bitte, heute mehr Geduld aufzubringen, drehte Toni sich zu mir um. Ich sah Edgar, Mona, Assja, Chen-Lu, Claudio und das KIND, Matthias, Abdouli und die anderen – Gesichter, die Mitgefühl zeigten, warum sahen sie mich so an?

»Was ist denn jetzt?«, fragte ich. Kurz dachte ich, die Sitzung sei schon wieder vorbei.

»Wir machen jetzt erst mal den Rotabgleich.«

Ich blickte unter die Galerie, wo der Protokollant stand.

»Keine Sorge«, sagte Toni, »der kommt später zum Einsatz, zuerst machen wir den Rotabgleich.«

Der Stuhlkreis, der sich eben erst gebildet hatte,

wurde wieder aufgelöst. Jeder nahm seinen Stuhl und ging zu den Vorhängen. Toni bedeutete mir, ihr zu folgen, »mach uns einfach alles nach.«

Die Stühle wurden nebeneinander etwa zwei Meter von den Vorhängen entfernt zu einer langen Reihe zusammengeschoben, Stuhl an Stuhl an Stuhl, etwa so, wie in der ersten Reihe eines Kino- oder Theatersaals. In der Mitte, neben Toni, wurde eine Lücke gelassen, die Lücke war für mich. Alle setzten sich, und auch ich ließ mich nieder, Toni stand wieder auf.

»Soll ich auch aufstehen?«

»Nein, bleib sitzen. Konzentriere dich auf die Farbe. Dieser Vorhang, er hat doch eine schöne Farbe. Konzentriere dich auf das Gefühl.«

Kurz war da ein Widerstand, ein Widerwillen, ihren Anweisungen Folge zu leisten, andererseits war ich gerne bereit, auf einen Vorhang zu starren, wenn mir dadurch erspart bliebe, eine volle Stunde unter den Blicken der anderen stotternde Bekenntnisse abzulegen.

»Alle, nur das Rot. Auch du Heather, vor allem du, nur das Rot. Wir sehen jetzt alle das Rot.«

Ich konzentrierte mich, holte Luft. Mein Atem wurde ruhiger. Ich dachte an Mitsu, wie wir im Speisesaal saßen und uns über die anderen lustig machten, die diese Lieder sangen, *Kolchis du Schöne,* mit dem Gesicht alberne Gesangsfratzen ziehend, der Moment, als mir auffiel, wie schön Mitsus Stimme klang, Mitsu, der singt, auch ich steige ein.

»Was ist das für ein Rot?«

Alle blickten geradeaus.

»Heather, schau auf den Vorhang.«

Das Rot war satt und schwer. Kein Zinnoberrot, kein Purpur-, Scharlach-, kein Rubinrot, kein Kirsch und kein Bordeaux, ein Überrot, die Mutter aller Rottöne, das röteste Rot, das ich je gesehen hatte, ein Rot, für das ich keinen Namen hatte, und doch kam mir die Farbe vertraut vor. Woher kenne ich sie? Nicht das Rot einer Blume, einer Aster oder Dahlie in einem Beet, das meine Großmutter mit einer Gießkanne bewässert. Nicht das Rot des Mohns auf einem Junifeld zwischen blauen Kornblumen und dem Pastellgrün jungen Weizens. Nicht das Rot eines Pullovers, der mir übergestreift wird, auf den ich hinabblicke, das Kinn an die Brust gelegt. Nicht das Rot eines Umhangs, des Königs in einem Puppenspiel. Nicht das Rot eines Teppichs, der mit Schnee eingerieben wird, ein rotes Rechteck im weißen Schnee. Nicht das Rot eines Halstuchs, das die älteren Kinder tragen, ich aber nicht tragen soll. Nicht das Rot einer Medaille, die jemand, nicht ich, auf einem Sportfest überreicht bekommt. Nicht das Rot gefärbter Ostereier, die mit Speckschwarten abgerieben werden, nicht das Rot des Weihnachtsmanns, der immer dann erscheint, wenn mein Vater aus dem Zimmer geht. Nicht das Rot zerhackter Lebern, die nach Metall schmecken und ich nicht essen will. Nicht das Rot dieses Blechdöschens mit der Tigersalbe, die mein Großvater mir unter die Nase streicht. Nicht das Rot einer Reißlasche, dieses roten dünnen Plastikbändchens an einer Süßigkeitenverpackung, die ich im Schulbus gierig aufreiße. Nicht das geschminkte Rot der strengen

Lippen meiner Lehrerin, die ein Diktat vorliest und in mir Schwindelgefühle auslöst. Nicht das Rot dieses Fahrrads, neben dem ich herlaufe, als meine Schwester, die Jüngste, zum ersten Mal ohne Stützräder in die Pedale tritt. Ein rotes Gaumenzäpfchen, meine Schwester ist krank, nicht dieses Rot. Nicht das Rot des Standby-Lichts an der Kompaktanlage in meinem dänischen Internat, nicht das Rot einer Notbremse an den Türen des Eurocitys, der mich an den Wochenenden nach Hause bringt. Meine Mutter, die wartet, hat meine Mutter etwas Rotes an? Auch der Ford Scorpio unseres Nachbarn ist rot gewesen, nicht dieses Rot. Meine Mutter am Steuer, während wir die Serpentinen hinaufgefahren sind und es draußen schon dunkel geworden ist. Nicht das Rot dieser Linien, die durch eine Qualle hindurchgeschienen und mich erwischt haben, als ich schon fast wieder das Ufer erreicht hatte. Nicht das Rot eines alternden, sterbenden Sterns auf einer Overheadprojektion, nicht das Rot dieser Trainingsjacke, die nicht ich getragen habe, wer hatte sie an? Waren die Sitzpolster im Shuttle damals rot? Später waren sie es nicht. Für das Rot gab es keine passende Entsprechung. Von jedem Rotton, den ich kannte, unterschied es sich, aber nicht weil ihm etwas fehlte. Ein roter Fluchtpunkt, nicht zu erreichen, satter als jedes andere Rot. Oder es war ganz einfach – ganz naheliegend wie so oft – das Rot eines anderen Vorhangs, in einer anderen Zeit, einer Zeit, die ich nicht mehr erlebt hatte.

»Heather, beschreib uns doch bitte, was du siehst.«

Der Stoff, aus dem der vor mir an einer Gardinenschiene befestigte Vorhang genäht war, schien so schwer wie die Farbe selbst. Er fiel in Wellen, fiel nicht wie Wasser, war eher Sand, die Riffelungen von Sediment, Wellen in einem Flussbett. Kein Sonnenlicht drang durch den Stoff, nur an den Rändern, dort wo die Stoffbahnen einen Spalt freiließen, um den Raum nicht vollständig zu verdunkeln, schließlich würde dann auch das Rot nicht erkennbar sein, leuchteten senkrechte Streifen gleißenden Lichts. In diesem Licht, dachte ich, leben Spatzen, dort ist ein Platz, eine weite, sandhelle Fläche, Kastanienbäume, die in Blüte stehen, aber nicht hier, nicht draußen. Das ist ein anderer Ort.

»Nicht dieses Rot hier sehe ich, ich sehe ein anderes.«

»Welches andere?«

»Ich meine das Rot, an das mich dieses Rot hier erinnert.« Aus irgendeinem Grund fühlte ich mich beschämt, ein Gefühl, als wären meine Gedanken gelesen und für untauglich erklärt worden. »Ein anderes.«

»Welches andere? Es ist wichtig. Darum geht es«, sagte Toni.

Ich sah einen roten, vor meinem inneren Auge wehenden Vorhang, der eine Fensterreihe verdunkelte. Dort saß ich aber nicht, ich lag, und diese veränderte Position von einem Hier-Sitzen zu einem In-der-Vorstellung-Liegen löste ein Schwindelgefühl aus, das dem Gefühl von Schwerelosigkeit, wie ich es von Shuttle-Flügen her kannte, nicht unähnlich war. Das sagte ich den anderen.

»Ich sehe das Rot eines anderen Vorhangs. Ich sitze und liege zugleich.«

»Das ist doch gut«, sagte Toni, »das ist doch wirklich sehr sehr gut.«

Nun sollten wir die Augen wieder öffnen und das Rot des Vorhangs vor uns betrachten. Dann die Augen wieder schließen.

»Die Augen auf.« – Wieder wartete sie einen Moment. »Die Augen zu.«

Ich wollte es albern finden, doch gelang es mir nicht. Mit jedem Augenschließen verfestigte sich das innere Bild, mit jedem Mal wurde es realer, bis es sich in seinem Wirklichkeitsgrad und seiner Unmittelbarkeit kaum von dem Vorhang im Gemeinschaftssaal unterschied. Das war es wohl, was sie erreichen wollte. Toni nickte mir zu.

Als der Rotabgleich abgeschlossen war, trugen alle ihre Stühle wieder zurück. Chen-Lu aktivierte den Protokollanten.

»Heather, auch wenn wir dich mittlerweile schon kennen, stell dich doch trotzdem bitte noch mal vor. Wir machen das hier immer so.«

Die Nadel bewegte sich, als Toni sprach. Ich hörte das Kratzen und fragte mich, welche Einstellung Chen-Lu wohl gewählt hatte, ob sie den Apparat jedes Geräusch aufzeichnen ließ oder der Paraphrasierungsmodus eingestellt war.

»Du musst zu Toni sehen«, sagte Miss Bishop.

Toni hatte sich nach vorn gebeugt und sah mich freundlich an.

## *It is together*

Am Anfang, in der Ankunftsphase nach meiner Evakuierung, als ich im *Kinderpalast* eingezogen war, hatte ich lange fast nichts anderes getan, als zu essen und zu schlafen, und weil ich tagsüber nur selten einen Fuß vor die Tür setzte, verspürte ich nachts oft diesen Bewegungsdrang und wanderte durch das Gebäude, treppauf, treppab durch Hallen und Korridore. Es war wichtig, sich Wegmarkierungen einzuprägen, um sich in dem weitläufigen Komplex nicht zu verirren, sich die Farbe eines Pflanzenkübels zu merken, das Muster eines Teppichs, den Lauf eines Geländers. Ich habe viel geweint, doch wenn man mich fragte, ob ich Heimweh hätte, schüttelte ich den Kopf. Ich kann mich nicht in das fünfzehnjährige Mädchen zurückversetzen, das ich gewesen bin, als ich hierherkam, weil ich zu diesem Mädchen keine Distanz habe, da ich gewissermaßen immer noch drinstecke. *We can't put it together. It is together,* habe ich einmal auf dem Umschlag eines Magazins gelesen, und so ist es, kein Abstand, kein irgendwie geklärtes Verhältnis. Ich kann auch nicht über mein früheres Ich lachen, bin ganz und gar unironisch, was meine Kindheit betrifft. Wenn, dann schäme ich mich, tue mir im Nachhinein leid oder freue mich, wenn etwas schön war.

Trotzdem hatte ich damals zu den Evakuierten gehört, denen der Einzug in den *Kinderpalast* vergleichsweise leichtgefallen war, andere hatten mit sehr viel größeren Eingewöhnungsschwierigkeiten zu kämpfen, hatten so sehr unter ihrem Heimweh gelitten, dass sie medizinisch versorgt werden mussten, was bei mir niemals nötig gewesen war und vermutlich damit zusammenhing, dass ich schon vor der Evakuierung in einem Internat zur Schule gegangen war, ein Internat in Dänemark, am Öresund gelegen. Ich hatte schon die Erfahrung gemacht, von meinen Eltern getrennt in einer Umgebung zu leben, in der andere für mich verantwortlich waren, auch wenn damals natürlich immer die Möglichkeit bestanden hatte, an den *Hjemtur-Weekender* nach Hause zu fahren und sie wiederzusehen, meine Mutter, meine Schwestern, meinen Vater mit seiner neuen Freundin.

Zu jenen Erinnerungsbildern, von denen ich sicher wusste, dass ich sie damals auch wirklich erlebt hatte, gehörte eine Erinnerung an Mitsu, wie er auf einem der Flure vor mir her geht, um mir den Weg zum Speisesaal zu zeigen, wie Mitsu sich am Hintern kratzt, weil ihm die Unterhose verrutscht ist, daran erinnere ich mich. Oder Anika, ein Mädchen aus meiner Laborgruppe, Anika im Speisesaal: Wie sie mit einer Kuchengabel über meinen Unterarm streicht und mich fragt, ob ich nicht auch fände, dass dies ein voll schönes Gefühl sei. Ich hatte Erinnerungen an bestimmte Lichtverhältnisse, etwa an das Licht am Morgen im Winter, wie es durch die Deckenfenster der Turnhalle fiel und die runden Messingbeschläge der Wandschränke, in denen die Bälle aufbewahrt wurden, zum Glänzen brachte. Nicht ganz sicher war ich, ob mir dort in dieser Turnhalle – falls ja, dann wohl beim Öffnen dieser Wandschränke – tatsächlich einmal ein Schwall von Bällen entgegengefallen war, orangefarbene Bälle mit kleinen Noppen, so wie ich mich manchmal zu erinnern glaube.

Als ich nach der Sitzung mit dem Strom der anderen vor die Tür trat, tippte mir Matthias auf die Schulter.

»Du kommst aus der DeuDemRep.«

»Bitte was?« Ich blieb stehen.

»Die DeuDemRep. Sagt man das nicht so?«

Ich überlegte, was Matthias meinen könnte, DeuDemRep. In den vergangenen Wochen hatte er sich mehrfach in einer Sprache an mich gewandt, die wohl eine frühe Entwicklungsstufe des Deutschen darstellte und für mich kaum zu verstehen war. *Wir mugen ouch teutsch zsamen reden.* Matthias hatte geglaubt, mir einen Gefallen zu tun, weil es mir doch sicher fehlen würde, mich in meiner Herkunftssprache zu unterhalten, stattdessen hatte es mich eher verwirrt.

»Sprichst du etwa von der DDR?« Es war merkwürdig, diesen Namen, dieses uralte Wort wieder auszusprechen.

»Die DDR, die DeuDemRep.«

»Ich kannte dieses Kürzel bislang nicht. Doch du hast recht, da komme ich her.«

Ich erklärte Matthias, dass ich alles in allem eigentlich kaum Erinnerungen an dieses Land hatte. Ich war ein Kind, ich wurde eingeschult, und dann hörte dieser Staat auch schon wieder auf zu existieren.

»Dein Land«, sagte Matthias und räusperte sich, »hat eine Sache wirklich gut gemacht.«

»Hat es das?« Ich verstand nicht, worauf er hinauswollte. Lieber wäre ich zu den anderen gegangen, die in ausgelassener Stimmung unter den Apfelbäumen standen, ich hörte sie lachen, Toni zwischen den anderen, Edgar, Chen-Lu.

»Moment.« Ein Gesichtsausdruck, als hätte er sich schon lange darauf vorbereitet, mir nun etwas zu zeigen.

Aus einem Stoffbeutel zog Matthias eine Klarsichtfolie, die in der Mitte gefaltet war und etwas schützte, einen schmalen Streifen Papier.

»Das ist Geld, vermute ich. Uraltes Geld.«

Matthias bat mich, genauer hinzusehen. Es waren fünf Mark, Ostmark, ein winziger Schein, der mich an Spielgeld erinnerte – erstaunlich, dass er noch existierte, sich noch nicht aufgelöst hatte. Nur eine Ecke war beschädigt, und auch das Papier schien etwas nachgedunkelt.

»So klein«, sagte ich.

»Es war ein kleines Land.«

Er tippte auf das Porträt des Manns am rechten Rand. »Wer ist das?«

»Keine Ahnung, das fragst du mich?«

»Ihr habt den Müntzer auf euer Geld gedruckt. Kein Staat davor, kein Staat danach hat das jemals wieder gemacht.«

Ich hielt den Geldschein gegen das Licht: *Thomas Müntzer*, las ich in einer kleinen Schrift, Thomas Müntzer, der Bauernführer, der Namenszug ließ sich gerade so entziffern, daneben eine Nummer.

»Der Müntzer sah natürlich nicht so aus«, sagte Matthias, der sich sichtlich darüber freute, dass ich den Geldschein so genau betrachtete. »Wobei die Augen, der Blick, da ist etwas. Das ist aber Zufall.«

»Ich weiß gar nicht, wie er ausgesehen hat, aber wahrscheinlich gab es Forschungsmissionen, wahrscheinlich gibt es Aufnahmen. Hast du Thomas Müntzer gekannt?« Ich verstand nicht, warum Matthias mir das Geld zeigte. Vielleicht hoffte er, mir nostalgische Gefühle zu entlocken – falls er das annahm, täuschte er sich.

»Die Vorlage dieses Porträts ist ein Stich von Christoffel van Sichem, entstanden, als Müntzer schon nicht mehr gelebt hat, über achtzig Jahre nach seiner Ermordung. Interessanterweise ist diese Vorlage, das Kupferstichporträt von Christoffel van Sichem, dem Thomas Müntzer, wie er tatsächlich aussah, aber noch weniger ähnlich, dabei müsste man ja das Gegenteil annehmen: das zeitnähere Porträt müsste das treffendere sein. Das gestalterische Kollektiv, das die Banknote entworfen hat, wollte Müntzer wahrscheinlich klüger und weicher erscheinen lassen, als es van Sichem gelungen ist, sie haben die Vorlage verändert, sie interpretiert – eine Verfälschung, durch die sie sich der Wirklichkeit über Umwege wieder angenähert haben.«

»Die Guillochen sind schön.«

Auf der Rückseite waren in einem realistischen Stil Mähdrescher bei der Ernte abgebildet.

»Das gefällt mir auch so an dem Geldschein«, sagte Matthias. »Vorn wird dem Müntzer gedacht, der ja ein geistiger Anführer der Bauernkriege war, während man hinten wieder in der Gegenwart ist. Die Bauern müssen sich nicht mehr so abmühen, durch technische Neuerungen ist die Produktion auf einem Niveau, auf dem niemand mehr hungern muss. *Omnia sunt communia*, das hätten sie noch draufschreiben sollen, das haben wir damals gesagt. Das ist das Einzige, was ich verändern würde.«

Möglicherweise war mir ein solcher Geldschein zur Einschulung geschenkt worden, von meinen Großeltern oder den Nachbarn im Dorf, fünf Ostmark. Ich musste sieben oder acht Jahre alt gewesen sein, als diese Währung durch eine andere ersetzt worden war, und auch von den wenigen Missionsreisen, die ich in dieses Land unternommen hatte, waren mir keine Situationen in Erinnerung geblieben, in denen es notwendig geworden wäre, Geld in die Hand zu nehmen.

»Ich habe«, sagte Matthias, »eine Theorie zur Bedeutung der Bauernkriege für die DeuDemRep und würde mich über einen Kommentar deinerseits freuen.«

»Ich kann es versuchen«, sagte ich, räumte jedoch ein, dass meine Kenntnisse diese Themen betreffend eher bescheiden ausfielen. Wenn, dann sei ich Expertin für die späten neunziger Jahre des zwanzigsten Jahrhunderts, das Jahrzehnt, aus dem ich als Jugendliche evakuiert worden war.

»Eins – neun – neun – null. Über dieses Jahrzehnt weiß ich wiederum nichts. War das eine schöne Zeit?«

»Für manche ja, für andere nicht. Aber wie lautet deine Theorie?« Eine Ungeduld stieg in mir auf. Warum sagte er nicht einfach, worauf er hinauswollte?

»Es ist eine Gegenthese zu einer These, auf die ich in einer alten Müntzer-Biografie gestoßen bin. Es ging da um die Rivalität zwischen Müntzer und Luther. Du kennst Luther? Luther hatte gewonnen, Müntzer verloren, deswegen hieß es in der Biografie, dass es das Land Luthers gewesen sei, aus dem später dann Kant und Goethe hervorgegangen seien, nicht das Deutschland Thomas Müntzers.«

»Klar, kenne ich Luther und Goethe und Kant und all diese großen Männer der Weltgeschichte.« Beim Wort *große* versuchte ich, ironisch zu klingen, doch musste es im Ergebnis eher zornig gewirkt haben; nach der Anspannung, die hinter mir lag, hatte ich nur wenig Lust, mich auf jemand anderen einzulassen. Matthias sah mich an.

»Was ich nicht gut finde, ist dieses Nachtreten. Müntzer wurde eben nicht nur gefoltert und jung ermordet, während Luther sich in Ruhe einen Wanst anfressen konnte« – er zuckte zurück, als löste dieser Gedanke eine Abscheu in ihm aus –, »sie haben Müntzer auch keinerlei Einfluss gelassen, haben ihn einfach herausgelöscht, verödet wie eine Krampfader der Geschichte.«

»Und was ist jetzt dein Gedanke?«

»Die DeuDemRep hat diesen Strang aufgegriffen

und sich bemüht, ihn zu integrieren, Thomas Müntzer ein Vermächtnis zu geben und dem Biografen zu widersprechen. Sie haben gesagt: Nein, das hängt alles zusammen. Den Müntzer auf den einen Schein, den Goethe auf den anderen, ich glaube, es war der 10-Mark-Schein, aber das wirst du bestimmt besser wissen. Als Mensch der DeuDemRep.«

Ich schüttelte den Kopf. Ich wusste ja noch nicht einmal, dass es Leute gab, die diesen Namen verwendeten, und würde mich erst recht nicht als Mensch der DeuDemRep bezeichnen.

»Es tut mir sehr leid, aber ich fürchte, ich kann dir nicht helfen.«

»Aber du warst fünfzehn, als du evakuiert worden bist. Dann hast du fast die Hälfte deines früheren Lebens dort verbracht.«

»Man lebte, wo man lebte«, sagte ich, »das war ja meistens keine freiwillige Entscheidung. Ich jedenfalls war nicht gefragt worden, zu welchem Staat ich gehören wollte. Nationalstaaten, was für ein Albtraum, als würden die Menschen den Staaten gehören und nicht umgekehrt. Schön, dass es diesen Quatsch heute in dieser Form nicht mehr gibt. Fürs Vaterland sterben, was für eine dumme Idee. Du hast doch auch in einem Krieg gekämpft«, sagte ich und bedauerte es sogleich, als ich sah, wie Matthias zurückwich. Er sah betroffen aus, und auch die Folie mit dem Geldschein fiel herunter, sie segelte auf den Boden.

»Entschuldige, falls ich dich gekränkt habe. Es steht mir nicht zu, über andere zu urteilen.«

»Nein, mir tut es leid«, sagte Matthias, nachdem er den Geldschein wieder in seinen Stoffbeutel geschoben hatte, »ich halte dich auf. Und außerdem habe ich vergessen, den Brennofen auszuschalten. Ich muss leider weg.«

Später ging ich mit Toni, Miss Bishop und Chen-Lu noch mal an die Bucht. Wir waren gleichzeitig aufgebrochen, ohne eine Verabredung getroffen zu haben. Toni war erstaunlich gut gelaunt, sie schien zufrieden mit dem Verlauf meiner Sitzung, ging an der Spitze unseres kleinen Trupps und drehte sich, die Sprechweise einer Gelehrten imitierend, mit erhobenem Zeigefinger von Zeit zu Zeit zu uns um. Auch wenn ich nicht wusste, auf wen oder was sie sich bezog, wen oder was sie da nachahmte, war es sehr komisch, ihr dabei zuzuschauen. Sie sagte: »Das Wasser ist das feuchteste Element«, und alle prusteten los.

Ich war froh, mich mit niemand weiterem unterhalten zu müssen, nachdem ich die Sitzung endlich hinter mich gebracht hatte. Nach ein paar Einstiegsfragen, die sich um meine Anfangszeit in Kolchis gedreht hatten, über die Schwierigkeiten des Ankommens im *Kinderpalast* und meine Freundschaft zu Mitsu, hatten wir kurz auch meine Herkunftszeit gestreift und waren schließlich bei einer Reise angelangt, einer Evakuierungsmission, der letzten, an der ich teilgenommen hatte, einer Reise in das Jahr, das ich selbst als Fünfzehnjährige verlassen hatte. Auf einer Etappe dieser Mission war ich meinem Kindheitsort, dem Dorf, in dem ich aufgewachsen bin, so nahe gekommen, dass es möglich gewesen wäre, ihm einen Besuch abzustatten. Das Gespräch war ohne Zwang auf dieses Thema gekommen, es war das erste Mal, dass ich mich in allen Einzelheiten an diese Reise erinnert hatte, eine Mission, die mich, wie mir jetzt klarwurde, doch sehr viel stärker mitgenommen hatte, als ich es mir bisher hatte eingestehen wollen. Ich hatte von der Trennung meiner Eltern erzählt und wie ich danach auf ein dänisches Internat geschickt worden war, in Helsingør, eine Schule unweit des Hamlet-Schlosses, am Öresund mit Blick auf Schweden, was ich begrüßt hatte, weil es einen Ausweg dargestellt hatte oder darzustellen schien, einen Ausweg aus der elterlichen Beklemmung und einem Leben, in dem ich eine provinzsächsische Schulversagerin war, die von ihren Nazi-Mitschülern verprügelt wurde. Mein Vater, der mit seiner neuen Freundin in wechselnden Wohnungen gelebt hatte und von Spielstätte zu Spielstätte gependelt war, meine Mutter, die mit meinen jüngeren Schwestern in einem großen, alten Haus auf ausbleibende Unterhaltszahlungen gewartet hatte. Durch das Internat hatte ich mich diesem Leben zumindest zeitweise entziehen können, bis wieder ein Monat verstrichen war, alle Kinder wieder nach Hause fuhren und auch ich in den Zug stieg, um von der zurückgelassenen Niedergeschlagenheit ein Wochenende lang wieder eingeholt zu werden. Meine Mutter an diesem Grenzbahnhof an der Elbe, meine Mutter, die auf mich wartete, mit mir über den Parkplatz zu unserem Auto ging, mit mir hinauf in unser Dorf fuhr. Ich hatte auch von unserem Haus erzählt, einem Haus aus Lehm, Holz und Stroh mit winzigen Fenstern unter einem spitzen Schieferdach, das zunächst weder an eine Telefonleitung noch an die Kanalisation angeschlossen war, in dem wir lange ohne warmes Wasser gelebt hatten, so dass wir, wenn wir badeten, in eine Zinkwanne stiegen, die meine Mutter mit Wasser aufgefüllt hatte, das in Töpfen auf einem mit Holz befeuerten Küchenherd erhitzt worden war, alle Kinder zusammen, meine Schwestern und ich. Die Toilette befand sich in einem angebauten Bretterverschlag und war ein Plumpsklo. Der Jauchefahrer, der die Grube abpumpte, alle drei bis vier Monate, und sich das Abpumpen gut bezahlen ließ, wenngleich er die Gülle am Ortsrand in den Wald kippte. Wer dort vorbeifuhr, kurbelte besser die Fensterscheiben hoch. Im Flur hing der Geruch von Kohlenstaub und Mottenkugeln, in der Küche roch es nach verbranntem Brot, gegorener Milch und dem Drüsensekret des Katers. Der Duft von Penatencreme gehörte zu den Kinderzimmern, so wie es im Schlafzimmer der Eltern, das weiterhin Schlafzimmer der Eltern genannt wurde, als mein Vater schon lange ausgezogen war, immer nach frischer Bettwäsche gerochen hatte. Lack, der etwas ausdünstete und in die Wohnstube drang – diesen Geruch hatte ich den anderen beschrieben. Die Decken und die Türen waren dunkelgrün gestrichen, die Türrahmen mit Blumenornamenten verziert und so niedrig, dass meine Mutter sich immer den Kopf daran stieß. Auch von meiner Mutter hatte ich erzählt.

Ich hätte durch den Garten streifen, durch die Fenster schauen, die im Gras liegenden Fahrräder aufheben und mir von unserem großen, schwarzen Hund die Hand ablecken lassen können – ein Gedanke, den ich damals, als Teilnehmerin einer Evakuierungsmission, nicht zugelassen hatte. Die Vorstellung, wie sie dort auf mich warteten, meine Schwestern vor dem Fernseher, meine Mutter am Bahnhof, diese Möglichkeit, der ich nicht nachgegangen war, sie musste etwas in mir ausgelöst haben. Kein schlechtes Gewissen, wie Toni mir nahegelegt hatte, eher handelte es sich um eine Trauer – ohne dass ich mir dessen bewusst gewesen wäre, betrauerte ich noch immer ihren Verlust.

Hinterher war das KIND noch einmal zu mir gekommen, um mir zu danken, wie es gesagt hatte. Vor allem die Zugfahrt sei ihm sehr nahegegangen, *Carl Maria von Weber*, zurückzukehren und doch nicht zurückzukehren, wenn ich wollte, könnte es mich jederzeit einmal ins Betriebswerk mitnehmen und eine Führerstandsmitfahrt organisieren. Und die *Republik der Kinder*, das sei ein großes Missverständnis, sei grundsätzlich für alle offen, die Anschluss suchen würden. Falls da ein Interesse bestünde, könne ich jederzeit mit ihm sprechen. Ich hatte abgelehnt, mich für den Vorschlag zwar bedankt, ihm jedoch auch zu verstehen gegeben, dass ich mit den *Republikkindern* noch nie etwas anfangen konnte, was nicht gelogen war, und doch bedauerte ich, das KIND so schroff zurückgewiesen zu haben, ich würde mich später bei ihm entschuldigen.

An der Badestelle trafen wir auf Edgar, der Liegestütze auf dem Betonsteg machte.

»Wärmt euch besser auf«, sagte er und blickte zu uns hoch, »das Meer hat sich abgekühlt.«

»Eine kalte Strömung? Das muss überprüft werden.« Toni ging zur Leiter und beugte sich hinab. Das Meer war aufgewühlt, Seegras trieb umher. Toni tauchte den Finger ins Wasser, fischte einen Halm heraus und klebte ihn wie eine Art Schnurrbart über die Oberlippe.

»21,551 Grad würde ich Pi mal Daumen sagen, 21,5514 um genau zu sein. Aufwärmen nicht nötig.«

Wieder mussten alle lachen.

So albern ging es auch im Wasser weiter, eine ironische Bemerkung folgte der nächsten. Der Wellengang war hoch, der Wind ablandig. Während Toni ihre Witze riss, schwammen wir immer weiter aufs Meer hinaus. An Kraulen war nicht zu denken, es war schwer, einen Rhythmus zu finden. Obwohl die Weisheiten, die Toni verkündete, für sich genommen gar nicht so komisch waren, konnten wir, im kühlen Wasser treibend, bald nicht mehr aufhören zu lachen. Wir froren und lachten und lachten und froren, bis Miss Bishop plötzlich zu husten begann. Sie musste Wasser geschluckt haben, bäumte sich auf und streckte die Zunge heraus, hustete, keuchte und konnte sich gar nicht mehr beruhigen. Wir waren weit draußen, der Seegang hoch, nicht ungefährlich, dachte ich, doch das Kichern und Herumalbern hörten nicht auf. Ich schien die Einzige zu sein, die sich Sorgen machte.

»Kann ich helfen?«, fragte ich, als ich sah, wie Miss

Bishop versuchte, sich auf den Rücken zu klopfen, ohne dabei unterzugehen.

»Ich bin nur – «, sagte Miss Bishop hustend und keuchend, »ich habe nur etwas Meerwasser in die Luftröhre bekommen. Nicht schlimm.«

»Sollen wir nicht zurückschwimmen?«, rief ich und wurde dabei selbst fast von einer Welle erwischt, während Miss Bishop immer noch hustete. Einen halben Kilometer vom Ufer entfernt nicht richtig Luft zu bekommen, das war nicht komisch, trotzdem schienen die anderen weder Miss Bishop noch mir Beachtung zu schenken, niemand reagierte auf meine Frage.

»Ich würde jetzt doch lieber zurückschwimmen.«

Die Wellen hoben sich, die Wellen sanken. Eine Strömung hatte uns so weit von den anderen abgetrieben, dass sie mich nicht mehr hörten. Die Strömung war eisig, deutlich kälter als das Wasser an der Oberfläche.

Wenn wir jetzt einen Krampf bekämen, würden wir einfach absaufen, ich und Miss Bishop, dachte ich und drehte mich um, doch Miss Bishop war verschwunden, ich konnte sie nicht mehr sehen. Ich rief nach ihr, keine Antwort, suchte die Wasseroberfläche ab. Ich sah die anderen, Edgar schien etwas zu erzählen, Chen-Lu schwamm neben ihm, Toni auf dem Rücken treibend, sie schienen immer noch zu lachen, nur Miss Bishop konnte ich nirgendwo ausmachen. Im Tal zwischen den Wellenkämmen, ein Wasser wie aus Stein. Ich rief und verschluckte mich, sah mich nach allen Seiten um. Mit dem Blick suchte ich das Ufer ab, den Betonsteg. Ich rief um Hilfe: *Hilfe, Miss Bishop ist verschwunden,*

*Hilfe, hört ihr mich nicht?* – als vorne, zwischen den anderen, plötzlich ein Punkt auftauchte, ein rosafarbener Badeanzug. Es war Miss Bishop, sie war zu den anderen geschwommen, niemand drehte sich zu mir um.

Eine Welle hob mich, ich sah die Pinien hinter dem Ufer und hatte keine Lust mehr zu schwimmen.

*-- 15:03 --*

*Claudio*: Heute kein Protokoll.
*Toni*: Du möchtest nicht, dass eine Mitschrift von deiner Sitzung angefertigt wird?
*Claudio*: Nein, das möchte ich nicht. Wir sind doch nicht bei einem Verhör.
*Toni*: Ich wusste nicht, dass du den Aufzeichnungen so negativ gegenüberstehst. Wenn das so ist, schalten wir den Protokollanten natürlich ab. Die Mitschriften werden ja in erster Linie für die Gesprächsteilnehmer angefertigt, damit nicht alles so verhallt und du es nachlesen kannst, wenn du möchtest.
*Claudio*: Ich verzichte.
*Toni*: Sehen das andere auch so?
*KIND*: Also ich mag den Protokollanten, er gibt dem Sprechen einen Sinn. Wie eine Fotografie, ein Bild von einem Gespräch, etwas wird festgehalten, gibt Orientierung. Wenn es keinen Protokollanten gibt, wozu dann alles? Ich möchte, dass der Protokollant bleibt. Auch Sprechen ist eine Handlung, das hat Edgar gesagt, und die Protokolle sind ihr Produkt.
*Toni*: Edgar?
*Edgar*: Habe ich das gesagt? Ist ja schön, dass mir jemand zuhört. Vielleicht habe ich sagen wollen, dass mir die Trennung zwischen Theorie und Praxis nicht

einleuchtet. Dass auch das Denken und Sprechen eine Tat darstellen. Falls du das meinst.
*KIND*: Genau das meinte ich.
*Claudio*: Das ist eure Entscheidung, ich möchte heute einmal ohne dieses Kratzgeräusch im Hintergrund sprechen. Ist doch nicht auszuhalten. Kratz, kratz, kratz. Jetzt wieder. Kratz, kratz.
*Toni*: Dann machen wir ihn aus.
*KIND*: Dann sage ich heute nichts mehr.
*Toni*: Das ist dein gutes Recht. Außerdem bist du heute auch gar nicht dran.
*Claudio*: Ich höre ihn immer noch. Soll ich ihn selber ausmachen?
*Chen-Lu*: Bleib sitzen, ich mach schon.
*Claudio*: Kratz, kratz.

*– – 15:08 – –*

*Toni*: Warum weinst du denn? Katharina, warum weinst du? Hast du dich an etwas erinnert? Katharina, was ist los? Abdouli, weißt du, was mit Katharina los ist? Ist etwas vorgefallen?
*Abdouli*: Nein, ich weiß es nicht. Wir haben gerade noch die Wäsche abgehängt, alles war wie immer.
*Toni*: Katharina, wie können wir dir helfen? Katharina?
*Abdouli*: Meine Liebste, was hast du?
*Toni*: Möchtest du die Sitzung abbrechen? Katharina?
*Abdouli*: Ja, ich denke, das möchte sie.

## *Mon amie la rose*

In einem hellblauen Zimmer mit einem sechseckigen Grundriss steht ein Tisch. Das Gestell ist aus Metall, die Platte ist mit einer weißen Kunststoffbeschichtung überzogen und hat eine umlaufende Kante aus Leimholz. An diesem Tisch wird gearbeitet, er ist überladen mit Mappen, Blättern, Zeichnungen von Figurinen. Ich sehe Buntstifte, Holzspäne vom Anspitzen, Wachskreide, Tassen mit Kaffeeresten, ein hohes Einmachglas mit Scheren: Bastelscheren, Stoffscheren, Nagelscheren; Garn, eine Einfädelhilfe, in die eine Nähnadel verkeilt ist, Münzen. Ich fahre mit der Hand über den Tisch. Zwischen der Kante aus Leimholz und der Platte aus Kunststoff zieht sich ein Spalt entlang, ein Spalt, über den es angenehm ist zu streichen. Das Holz ist etwas rauer, die Platte hingegen schön glatt. Ein Bett, ein Kuhfell auf dem Parkettboden, ein bemalter Melkschemel, eine Nähmaschine. Durch eine Flügeltür gelange ich in das angrenzende Zimmer. Dieses Zimmer ist ein Durchgangszimmer. Hier sind die Wände in einem tiefen Moosgrün gestrichen. Es ist etwas kleiner. Drei Fenster hatte das Zimmer, aus dem ich gekommen bin, dieses hier besitzt zwei, der Blick geht auf die Häuser der gegenüberliegenden Straßenseite, während man vom größeren Zimmer, dem Zimmer, aus dem ich gekommen bin, einen Sportplatz und den Fernsehturm sehen kann. Das weiß ich, ohne aus den Fenstern geschaut zu haben, so wie ich weiß, dass es sich um den Berliner Fernsehturm handelt.

Auf einer Truhe ein großer Fernseher. Ein langes Kabel führt von dem Gerät (zum Teil ist es hinter die Heizungsrohre gestopft) in eine andere Ecke des Zimmers, dorthin, wo eine Zimmerpflanze steht, der Pflanzenkübel verdeckt die Buchse. Ich nehme die Fernbedienung, die oben auf dem Fernseher liegt, ein Gehäuse aus Funierholz. Die Fernbedienung ist schwer wie ein Taschenbuch, sie ist klebrig, der Deckel des Batteriefachs ist mit Klebeband verschlossen, und dieses Klebeband scheint im Begriff zu sein sich aufzulösen, ich kann das Material mit dem Finger wegrubbeln. Ich drücke eine Taste, drücke kräftiger und länger, fahre mit dem Daumen über die knubbeligen Gummitasten, bis ein Signal losgeschickt wird. Auf dem Bildschirm Werbung für Telefonsex, ich schalte weiter, die Wiederholung einer Talkshow, ich schalte weiter, ein italienischer Schwarz-Weiß-Film, ich schalte weiter. Ich lande bei einem Musiksender und will weiterschalten, doch das Signal erreicht das Gerät nicht. Ich massiere über den Knopf, drücke ihn kräftiger, drücke die Taste voll durch, der Sender aber bleibt derselbe. Ein neues Video beginnt. Ein Mann steht vor einer Bar, es ist Nacht, die Hand am Kinn; er schaut sich um, er scheint auf jemanden zu warten, während ein Synthesizer erklingt. Das nächste Bild zeigt das Innere des Lokals, eine Nachtclubbeleuchtung, violettstichiges schummriges Licht.

Eine Frau betritt eine Bühne, aber die Musik ist schon da, sie stellt sich hinter ein Mikrofon und beginnt zu singen.

*On est bien peu de chose*
*et mon amie la rose me l'a dit ce matin.*

Ein Schnitt ins Publikum. Eine Kamerafahrt vorbei an Tischen, auf denen rote Lampen stehen. Jetzt wird der Titel eingeblendet: *Natacha Atlas, Mon amie la rose*. Ein Percussion-Rhythmus setzt ein. Ein Klavierspieler, ein Percussionist an den Congas, ein Mann, der die Saiten einer Oud zupft, doch ich bezweifle, dass die Musiker auch wirklich spielen, eine elektronische Instrumentierung mit akustischen Versatzstücken. Der Gesang, der darüberliegt, ist versiert, die Stimme gleitet zwischen den Tönen, arabisch, französisch, die Frau auf der Bühne untermalt ihren Gesang, indem sie die Hand hebt und kreisende Bewegungen mit ihrem Zeigefinger vollführt. Trotzdem wirkt sie abwesend, wirkt wie in Trauer, als wäre sie sehr erschöpft. Es scheint, als müsste sie für jede Geste, für jedes Heben des Arms, jedes Heben des Fingers, für jedes Kopfnicken mehr Kraft aufwenden, als es normalerweise der Fall war, als würde eine größere, minimal größere Gravitationskraft auf sie einwirken. Auch auf das Paar, das sich vor der Bühne und zwischen den Stühlen und Tischen in Tanzschritten zu der Musik dreht, scheint diese Kraft zu wirken, auch sie: gravitätisch und schwer, als wären auch sie mit dem Kopf woanders, gefangen in einer anderen Welt. Dieses Nachschleppen, fällt mir ein, diese Schwere, ich weiß, wie man das macht. Es ist ein filmischer Effekt. Man lässt die Musik während der Dreharbeiten in einem höheren Tempo laufen, damit die Menschen vor der Kamera sich schneller bewegen. Diese künstliche Raffung wird im Schnitt wieder herausgenommen. Das Bild wird verlangsamt, während das Lied zu seiner ursprünglichen Geschwindigkeit zurückfindet. Ein Zeitlupeneffekt, das ist der Trick. Damit er funktioniert, müssen die Bilder mit einer höheren Rate aufgenommen worden sein, andernfalls kommt es zu Fehlern, das Bild wirkt abgehackt. So aber bewegen sich alle wie in Trance, die Augenaufschläge, die Schritte, das Heben und Senken des Brustkorbs.

»Ist alles okay?«, fragte Edgar und riss mich aus den Gedanken, Edgar, der neben mir in der Kantine saß. »Du isst ja gar nichts.«

Auch das KIND sah mich mit Bestürzung an. Vor mir auf dem Tablett wartete mein Nachtisch, ein Maronencremetörtchen, das mir vorhin von jemandem mitgebracht worden war.

»Es geht mir gut«, sagte ich, »habe ich gerade irgendwie komisch ausgesehen?«

»Als hättest du mit offenen Augen geschlafen.«

»Ich habe nachgedacht.«

»Über was?«

»Ein Lied. Ein Musikvideo.«

»Eine falsche Erinnerung?«

Ich nickte.

»Das kann von der Sitzung kommen. Das geht am Anfang vielen so.«

»Ich hatte diese Bilder, seit ich hier bin, fast gar nicht mehr und jetzt plötzlich so intensiv. Ich konnte richtig durch die Zimmer gehen, alles betrachten, ganz in Ruhe.«

»Das ist erstaunlich«, sagte das KIND und nickte grüblerisch, »ich hänge immer an einem Bild fest, kann nicht mal den Blickwinkel ändern. Alles ist fixiert.«

Als ich später am Abend die Tür zu meinem Zimmer öffnete, stellte ich mit Erleichterung fest, dass es keinen Grund mehr gab, die Luft anzuhalten. Nur ein Hauch vielleicht, eine Spur jenes Gestanks, der inzwischen wieder verflogen war. Ich hatte mich gedanklich schon darauf vorbereitet, in ein anderes Zimmer umziehen zu müssen, das Zimmer links von meinem war ja auch noch frei, was nun glücklicherweise nicht mehr nötig war. Jetzt musste ich mich nur noch um die Toilette kümmern.

Edgar hatte mir Mülltüten, Putzhandschuhe und eine Schaumkelle überlassen, dankenswerterweise, ohne nach einer Erklärung zu verlangen. Die Mülltüten verfügten über Verschlussschienen und konnten luftdicht entsorgt werden. Beim Hochklappen des Toilettendeckels erneut dieser Gestank, natürlich waren die Eier nicht verschwunden, wie sollten sie auch, doch hatte ich gehofft, sie würden wenigstens nicht mehr an der Oberfläche treiben. Kurz wurde mir übel, mein

Magen verkrampfte, ich atmete durch den Mund. Noch immer stand das Wasser hoch.

Ich hatte mir vorgenommen, die Eier aus der Toilette zu fischen, nicht schlafen zu gehen, bevor die Dummheit, die ich angerichtet hatte, wieder halbwegs behoben war, doch konnte mich niemand zwingen, dabei auch hinzusehen. Der erste Versuch scheiterte an der Technik, doch schon das zweite und dritte Eintauchen der Kelle beförderte alle Eier in den Beutel. Um die Öffnung nicht zu verfehlen, hatte ich am Ende doch noch einen Blick riskiert: Da waren sie, sechs tradierte Eier in einem Müllbeutel mit Druckverschluss. Jetzt musste ich bloß noch die Folie herausfischen, die das Abflussrohr blockierte, doch auch die Folie ließ sich ohne Probleme an einer Ecke aus dem Abfluss ziehen; auch die Folie verschloss ich in einem Beutel. Das Beste wäre wohl, sie gleich zu den Mülltonnen zu bringen, nun, da ich bewiesen hatte, dass ich imstande war, mein Leben wieder in den Griff zu bekommen und Probleme nicht einfach zu ignorieren, sie auszusitzen, als würde sich die Lösung schon von selbst irgendwann einstellen. Ich schlüpfte in ein Paar Schuhe und griff nach einer Jacke, als ich hörte, wie sich jemand von draußen an meiner Tür zu schaffen machte. Es war die obere Tür, die weiße, ich ging die Stufen zur Galerie hinauf und hörte deutlich, dass sich dort jemand befand – ein Mensch, der sich entfernte. Ich öffnete die Tür und horchte in den Korridor: niemand zu sehen, niemand zu hören. Was ich stattdessen hörte, waren Schritte an der unteren Tür, der schwarzen, jetzt hörte ich ein Kratzen. Ich stieg die Treppe hinab und sah einen Zettel, auf dem mein Name stand, ein Zettel, den jemand unter der Tür hindurchgeschoben haben musste. *Für Heather von Matthias.*

Ich öffnete die Tür, doch Matthias war schon fort. Stattdessen wartete dort ein etwa kniehoher Karton, der bis zum Rand mit Papierrollen gefüllt war.

*– – 17:04 – –*

*Toni*: Ich schlage vor, wir machen da weiter, wo wir gestern aufgehört haben.
*Matthias*: Wie ich Söldner wurde, möchtest du, dass ich davon erzähle? Erzähle, wie ich angeworben wurde? Wie viel man mir geboten hat?
*Toni*: Darüber haben wir schon gesprochen.
*Matthias*: Wie ich zur Artillerie kam und lernte, Kanonen zu beladen?
*Toni*: Das wissen wir schon.
*Matthias*: An dieser Stelle hatten wir gestern aber aufgehört.
*Toni*: Nein, wir waren schon weitergekommen. Du warst auf dieser Festung stationiert. Königstein. Dann wurdest du nach Leipzig gerufen und dann, da waren wir stehen geblieben, dann kam ein neuer Befehl.
*Matthias*: Der Marsch nach Frankenhausen, ist es das, worauf du hinauswillst?
*Toni*: Ja, das möchte ich.
*Matthias*: Das wird mir nicht leichtfallen, ich weiß nicht, ob ich diese Tür schon öffnen möchte.
*Toni*: Versuche es bitte trotzdem, öffne die Tür.
*Matthias*: Eine Grube, das würde besser passen. Mir ist nicht danach.
*Toni*: Du willst nicht über die Schlacht sprechen.

*Matthias*: Lieber nicht.
*Toni*: Dann erzähl, wie du dorthin gekommen bist. Das ist recht weit, oder?
*Matthias*: Moment.
*Toni*: Lass dir Zeit.
*Matthias*: Und wie man Kanonen belädt, habe ich vorher schon gewusst, ich habe das Kanonengießen ja gelernt. Meistens Geschütze, selten eine Glocke.
*Toni*: Das wissen wir, du warst Experte im Kanonengießen, hast technische Zeichnungen angefertigt, Gussformen hergestellt. Das hast du uns schon erzählt.
*Matthias*: Habe ich das? Ich habe auch die Inschriften angebracht.
*Toni*: Das war in Meißen, spreche ich das richtig aus? Dort hast du eine Ausbildung absolviert, das hast du uns bereits erzählt.
*Matthias*: Ich wär da ja geblieben, wäre mein Meister nicht so ein Schwein gewesen, und wie er mit seiner Frau umgegangen ist, mit seinen Töchtern.
*Toni*: Doch du bist weggegangen, wurdest Söldner im Heer eines Fürsten, der gegen die Bauern ins Feld gezogen war, wurdest abgerufen zu einer Schlacht.
*Matthias*: Georg von Sachsen hieß der Fürst. Erst Königstein, dann Leipzig.
*Toni*: Dann?
*Matthias*: Frankenhausen.
*Toni*: Also, wie bist du dorthin gekommen?
*Matthias*: Es waren zwei Tagesmärsche: Weißenfels, Naumburg, Heldrungen.
*Toni*: Wie müssen wir uns das vorstellen, wie bewegt

sich so ein riesiges Heer von Ort zu Ort?
*Matthias*: So ein Heer ist wie eine Stadt.
*Toni*: Wie eine Stadt?
*Matthias*: Eine rollende, marschierende, den Staub der Straßen aufwirbelnde, die Teiche leer saufende, die Kleeweiden leer fressende, die Gräben zuscheißende, sich überallhin ausbreitende, heimatlose Stadt.
*Toni*: Verstehe.
*Matthias*: Eine Stadt, die keine Mauern hat, aber sehr wehrhaft ist. Eine Stadt, die nicht mit einer Kathedrale prahlen kann, aber Gott auf ihrer Seite weiß. Eine Stadt von nur bescheidender Architektur – ein paar Häuser aus Planwagen, Zelten, ein paar windschiefe Laubhütten, das war's – mit einem umso größeren Anspruch auf das Umland. Jeder Bauer der Welt hat ihr Abgaben zu entrichten. Alles Knüppelholz, alles Obst, alles Stroh gehören ihr. Das Vieh, die Wintervorräte, alles steht ihr zu. Und sie nimmt es sich mit dem Recht der Gewalt.
*Toni*: Wie viele wart ihr?
*Matthias*: Die Heere unserer Verbündeten waren größer. Wir, wenn du es genau wissen willst, nach Rängen marschierend, wir, wenn ich mal alle aufzähle, das waren der Offiziersstab, die Reiter, die Trabanten, die Feldschere, die Schreiber, die Trommler, die Pfeifer. Der Pfennigmeister und seine Leute, der Quartiermeister und seine Leute, der Fourier und seine Leute. Der Schultheiß, der Marketender, die Feuerwehr. Der Profoss und der Trosswebel, die Bäcker und die Schneider, die Schuster und die Wagenbauer samt ihrer Frauen

und Kinder und dann natürlich alle Soldaten. Wir, wenn man uns alle zusammenzählt, waren mindestens zweitausend Menschen, aber die Braunschweiger und Hessen waren mehr.
*Toni*: Du warst doch in der Artillerie. Warum kommt sie in deiner Aufzählung nicht vor?
*Matthias*: Stimmt, uns habe ich vergessen. Wir bildeten ein eigenes Volk.
*Toni*: Wie meinst du das? Ihr wart doch auch Bewohner dieser Stadt.
*Matthias*: Das schon. Aber wir hatten ein eigenes Viertel, mit eigener Verpflegung, eigenen Gesetzen, eigenen Hierarchien. Da gab es die Kanonengießer, die Pulvermacher, den Geschirrmeister, der sich mit seinen Gesellen um den Transport der Geschütze zu kümmern hatte, den Büchsenmacher und seine Gesellen, den Schanzmeister und seine Arbeiter. Eine eigene Welt. Außerdem bekamen wir mehr Sold und machten bei den Plünderungen nicht mit. Wir mussten bei den Geschützen bleiben. Die Geschütze waren das Kostbarste, das ein Heer besaß. Unter keinen Umständen durften sie in die Hände des Feindes gelangen. Unsere Stellungen lagen oft abseits des Schlachtgetümmels.
*Toni*: Ihr wart also eine Art Elite?
*Matthias*: Ja, zumindest hielten wir uns dafür. Die anderen fanden uns wahrscheinlich arrogant, die Reiter und Lanzenträger, die losstürmten, wenn ein Befehl gegeben wurde. Wir schossen aus der Ferne.
*Toni*: Aber du kommst aus Frankenhausen, kanntest die Stadt, in die du dann als Teil eines feindlichen Hee-

res wieder einfielst. Wie war das, wieder nach Hause zu kommen, nach all den Jahren?

*Matthias*: Ich erinnere mich an keine sentimentalen Eindrücke. Als ich in der Ferne die Hügelkette sah, fragte ich mich nur, wo wir uns mit den Kanonen wohl am besten verschanzen könnten und wie mühsam es sein würde, sie da hochzubekommen.

*Toni*: Hattest du nicht auch Angst vor der Schlacht?

*Matthias*: Ich hätte das Gefühl damals nicht so bezeichnet. Aber ja, ich hatte auch Angst. Im Lager sprach sich schnell herum, dass der Haufen um Müntzer größer war als gedacht und dass ihre Position nicht schlecht gewählt war. Sie konnten über die Stadt auf alles schießen, was von Süden kam – und wir kamen aus dieser Richtung. Das Gebirge hieß der Kyffhäuser, das habe ich lange nicht mehr gesagt: der Kyffhäuser.

*Toni*: Empfandest du ihnen gegenüber Hass?

*Matthias*: Hass trifft es nicht. Verachtung und Bewunderung. In dieser Reihenfolge.

*Toni*: Das klingt widersprüchlich.

*Matthias*: Ein Beispiel: Als wir vor Heldrungen lagen, machte das Gerücht die Runde, die Leute um Müntzer hätten das Kloster niedergebrannt, alle Nonnen geschändet und sie hinterher noch aufgespießt, warum auch immer, geschändet und aufgespießt, das wurde uns erzählt. Nun hasste ich die Zisterzienser, so hieß dieser Orden, und doch stieß mich die rohe, stumpfe, brutale Gewalt natürlich ab.

*Toni*: Aber ihr wart doch auch gewalttätig.

*Matthias*: Ja, aber für unsere Gewalt gab es immer eine

Berechtigung. Unsere Gewalt hatte eine Vorgeschichte, eine Notwendigkeit, und sie erfolgte auf einen Befehl. Der Befehl ging ihr voraus, der Befehl gab ihr das Recht. Unsere Gewalt diente dem Zweck, die Ordnung, also den Frieden, wiederherzustellen. Die Gewalt der anderen aber war ungezügelt, animalisch, irre. Unsere Gewalt beendete das Chaos, ihre führte bloß zu noch mehr Gewalt.

*Toni*: Ihre Gewalt das Chaos, eure Gewalt die Ordnung.

*Matthias*: Ich sehe ja auch, dass das widersprüchlich klingt, diese vermeintliche Unterscheidung, aber so dachte ich damals. Es kam vor, dass man sich mit Bestürzung über das Verbrechen eines Bauern empörte und im nächsten Moment mit den eigenen Verbrechen prahlte, ohne dass einem das überhaupt auffiel. Für die eigene Seite galten andere Maßstäbe, die eigenen Schweinereien hatten immer eine konkrete Rechtfertigung, mussten sein, waren ein verzeihliches, ja sogar unvermeidbares Über-die-Stränge-Schlagen, man hielt sich weiter für einen guten Christenmenschen.

*Toni*: Wie war dein Verhältnis zu den politischen Forderungen dieser Bauern? Darüber haben wir noch gar nicht gesprochen. Du hättest dich ja auch mit ihnen identifizieren können, hast du aber nicht.

*Matthias*: Nein, das habe ich nicht, es war nicht so einfach.

*Toni*: Kann ich mir vorstellen. Du hast das Leid der Bauern nicht geteilt?

*Matthias*: Natürlich hielt auch ich den Adel für gierig und verachtete die Pfaffen. Auch wir Landsknechte waren im Grunde ein Bauernhaufen. Unter uns Söldnern waren Söhne von Leibeigenen, Bettlern, Waisen. Der entscheidende Unterschied aber war: Wir wurden von den Fürsten bezahlt. Die eigentlichen Bauernhaufen wiederum bestanden ja gar nicht nur aus Leibeigenen, das waren freie Bürger, Handwerker, ja selbst Pfaffen und Mönche waren unter ihnen, auch Frauen und gelegentlich auch Edelleute, die sich verschuldet hatten, irgendein Hungerfürst, der einem Cousin dritten Grades in einer Fehde unterlegen war und nun Rache nehmen wollte, der dachte, dass es schlauer sei, schon mal die Seiten zu wechseln. Das war schon alles sehr kompliziert. Von ihren Forderungen, ihren Artikeln, wusste ich nichts. Manchen Punkten hätte ich wohl zugestimmt, aber die Art und Weise, wie diese Forderungen an die Herrschenden herangetragen wurden, die Frechheit und Überheblichkeit gefielen mir damals nicht. Sie machten den Zorn der Mächtigen nur noch größer und zwangen dann uns, entsprechend hart gegen sie vorzugehen. Sie erzwangen die Brutalität. Ein unnötiges Blutvergießen provoziert von einigen Dickschädeln und Hetzern. Es tut mir leid, dass ich so dachte, aber so dachte ich, so dachten viele von uns, das war nichts Besonderes, nichts Individuelles. Als die Leute um Müntzer das Rathaus besetzten, haben sie alle Schuldbriefe ins Feuer geworfen.

*Toni*: Hattest du keine Schulden?

*Matthias*: Doch, viele von uns waren verschuldet.

*Toni:* Fandet ihr das nicht gut?

*Matthias*: Wir träumten davon, dass eines Tages andere

bei uns verschuldet wären und für uns arbeiten müssten. Der Müntzer und seine Leute nahmen uns diesen Traum. Wir wollten aufsteigen, selber die Herrscher sein.

*Toni*: Aber diese Möglichkeit gab es für euch doch gar nicht.

*Matthias*: Nein, die gab es nicht, weder das eine noch das andere.

*Toni*: Das andere?

*Matthias*: Eine Welt ohne Herrschende, die Idee ist ja schön, wer möchte das nicht. Wahrscheinlich habe ich ihnen einfach nicht zugetraut, ihre Ziele zu verwirklichen, und die älteren Träume sind nun mal die zäheren. Sie prägen dich.

*Toni*: Haben dich geprägt.

*Matthias*: Man will erst die alten Träume abhaken, bevor man sich für neue öffnen kann.

*Toni*: Und hast du die alten schon abgehakt?

*Matthias*: Ich habe neue alte Träume. Manchmal denke ich, es wäre das Beste gewesen, wieder zurückzukehren.

*Toni*: In deine Herkunftszeit?

*Matthias*: Dass die Evakuierungen eingestellt werden könnten, davon war niemals die Rede gewesen. Ich möchte jetzt aufhören.

*Toni*: Jetzt schon?

*Matthias*: Ja, es reicht.

*Toni*: Dann hören wir auf.

*– – 17:08 – –*

*Toni*: Ich finde es gut, dass du heute von der Schlacht erzählen willst.
*Matthias*: Es wird sich noch herausstellen, ob es gut ist.
*Toni*: Du wirst es nicht bereuen.
*Matthias*: Ich weiß nicht.
*Toni*: Wir versuchen es.
*Matthias*: Versuchen können wir es.
*Toni*: Kannst du die Augen schließen?
*Matthias*: Ja.
*Toni*: Was siehst du?
*Matthias*: Ich sehe die Stadt von oben. Ich sehe Frankenhausen, Dach für Dach, Gasse für Gasse, Schornsteine, Giebelfenster, das sehe ich.
*Toni*: Von oben? Fliegst du? Schwebst du in der Luft?
*Matthias*: Nein, ich stehe auf einem Berg, dem Roten Berg. Dort ist unsere Schanze. Am Rand der Stadt stehen die Häuser nicht so dicht, sie verteilen sich, Obstbäume und Misthaufen. Ein unheimlicher Anblick.
*Toni*: Du fühlst dich fremd.
*Matthias*: Ich erkenne nichts wieder. Ich kenne die Gegend östlich der Stadt nicht. Ich bin nie die Berge hochgegangen, und außerdem fehlen die Menschen. Kein einziger Mensch. Niemand, der einen Karren schiebt, einen Zuber ausschüttet, einen Besen schwingt. Alles

Vieh ist versteckt, kein einziges Huhn. Die Fensterläden sind geschlossen. Die Sonne scheint, es ist Frühling. Mitten am Tag.
*Toni*: Die Stille vor der Schlacht.
*Matthias*: Die Rohre sind ausgerichtet. Wir warten nur noch auf den Befehl.
*Toni*: Ihr sollt die Stadt beschießen?
*Matthias*: Nein. Wir zielen auf den Weißen Berg.
*Toni*: Du meinst den Schlachtberg, die Anhöhe, von der du uns bereits erzählt hast?
*Matthias*: Ja, den Weißen Berg, den Namen Schlachtberg wird er erst später tragen. Nach der Schlacht.
*Toni*: Natürlich.
*Matthias*: Auf dem Weißen Berg haben die Frankenhausener ihr Lager, Zelte und Wagen, ein fernes Gewimmel. Dort sind sie alle. Sie scheinen Lanzen zu tragen, ziehen hin und her.
*Toni*: Auch sie halten sich bereit.
*Matthias*: Nein. Sie denken, es herrscht Waffenruhe. Sie denken, sie haben noch etwas Zeit. Doch die Waffenruhe war eine Finte.
*Toni*: Ihr werdet sie angreifen, trotz der Waffenruhe.
*Matthias*: Selbstverständlich.
*Toni*: Du sagst, es sei selbstverständlich. Aber ist das so?
*Matthias*: Im Krieg kommt es schon mal vor, dass Abkommen gebrochen werden. Eine Waffenruhe dient der Vorbereitung oder dem Rückzug. Wenn eine Seite denkt, sie sei fertig, endet die Waffenruhe. Sie endet auch, wenn eine Seite denkt, die andere würde sich zu gut vorbereiten. Ich möchte aufhören.

*Toni*: Noch nicht. Lass deine Augen geschlossen.
*Matthias*: Sie sind geschlossen. Am Himmel erscheint ein Halo. Ich kann nicht so genau hinsehen, das Licht blendet zu stark, doch ich erkenne einen weiten Kreis, einen Ring aus Licht, der sich um die Sonne herum gebildet hat, schimmernd in den Farben des Regenbogens. Die Erscheinung erinnert an ein Auge. Ein riesiges Auge, das alles sieht. Die Sonne ist die Pupille. Man kann diesem Auge nur einen Moment lang den Blick zuwenden, andernfalls würde man erblinden, das Auge aber sieht alles.
*Toni*: Das Auge Gottes.
*Matthias*: Der Gedanke drängt sich auf.
*Toni*: Ein Zeichen.
*Matthias*: Ganz sicher ist es ein Zeichen. Die Frage ist nur, wofür. Die Fahne der Müntzer-Bauern zeigte einen Regenbogen, hatte ich mir sagen lassen. Stand Gott auf ihrer Seite? Hieß es das?
*Toni*: Du hattest Zweifel.
*Matthias*: Kurz. Ich wusste, wie die Welt beschaffen war. Gott stand niemals auf der Seite der Armen. So war Gott damals nicht.
*Toni*: Damals?
*Matthias*: Keine Sorge, ich bin noch drin.
*Toni*: Doch für einen kurzen Moment hältst du es für möglich, dass es auch anders sein könnte, dass du im Irrtum bist und einen Fehler begehst.
*Matthias*: Für den Bruchteil einer Sekunde. Nun ist Kanonendonner zu hören, Donnern in der Ferne. Poltern und Echo.

*Toni:* Es beginnt.

*Matthias:* Jetzt bekommen auch wir den Befehl. Die Ohren verpfropfen, laden, zünden, zurückschnellen vor dem Rückstoß. Ganz kurz der Gedanke an die, die man vielleicht gerade getroffen hat, ganz kurz. So ist es immer beim ersten Schuss. Da muss man gleich weitermachen. Weiterladen, weiterschießen. Bumm bumm bumm. Totmachen, totmachen. Man hat ein Pfeifen auf den Ohren. Laden. Schuss. Laden. Schuss.

*Toni:* Wird auch auf euch geschossen?

*Matthias:* Daran soll man ja nicht denken. Der Gaumen ist ausgetrocknet, in der Kehle beißt der Qualm, je schneller man schießt, desto sicherer ist man. Weiterladen, weiterschießen. Bumm bumm bumm. Totmachen. Dieses Zurückgeworfensein auf den Vorgang des Tötens in verzahnter Eingespieltheit mit dem Kameraden, der die Kugel bringt, stopfen, zünden, die Position korrigieren. Bumm bumm bumm. Nur das sein, nichts anderes: Kanonier, Artillerist, Bombardierer. Spucke sammeln, rotzen, der Kiefer schmerzt, die Kehle brennt, aber das Rotzen funktioniert noch, das Rotzen ist ein Automatismus, der Rotz muss raus. Totmachen, totmachen, so gehört sich das, schön rotzen, dann wieder totmachen, bumm bumm bumm. Rotzen, schießen, rotzen. Jetzt kommt der Befehl, das Feuer einzustellen. Wir schießen noch ein bisschen weiter. Aufhören. Das ist immer schwierig. Man kommt sich dann immer so dumm vor. So dumm ist das alles.

*Toni:* Du findest es jetzt in diesem Moment dumm?

*Matthias:* Es ist dumm. Sobald man aufhört, fällt es

einem auf. Dann sieht man, was man angerichtet hat. Aber hört man zu früh auf, hat der Gegner die Möglichkeit zu reagieren. Das will man nicht, das fürchtet man, da braucht man sich über die Rache nicht zu wundern. Natürlich wird der andere, falls er noch dazu fähig ist, sich rächen wollen. Je unbarmherziger man war, desto unbarmherziger muss ja die Rache ausfallen, es sei denn, man war gründlich. Aber um gründlich zu sein, darf man nicht zu früh aufhören. So ist das. Jetzt müssen wir aber wirklich aufhören, weil wir sonst unsere eigenen Leute treffen. Unsere Reiter. Sie jagen über den Hügel, wo die Wagen der Bauern schon brennen, wo schon alles auseinanderstürmt, Rauchsäulen und Qualm. Die Reiter hetzen und hacken, metzeln alles nieder.

*Toni*: Das alles siehst du?

*Matthias*: Eigentlich bin ich zu weit entfernt. Doch ich kann es mir vorstellen. Hunderte ferne Gestalten mit Sensen, Hellebarden, ein bunt geschecktes Gewimmel. Sie fliehen in die Stadt, runter vom Berg, Menschlein für Menschlein fällt. Jetzt gibt es kein Zurück. Jetzt kann man nur hoffen, dass man gründlich war. Dass man Ausfälle nach Osten verhindert hat, dass da keiner durchkommt und mit einem das anstellt, was man anderen gerade angetan hat.

*Toni*: Was geschieht nun?

*Matthias*: Es ist vorbei. Wir haben gewonnen.

*Toni*: Jubelt ihr?

*Matthias*: Nein.

*Toni*: Bereut ihr?

*Matthias*: Man hat etwas Unumkehrbares getan, Menschen wurden getötet, sie kehren nie wieder zurück.
*Toni*: Also bereust du.
*Matthias*: Daran ist nicht zu denken. Jetzt beginnt der Abzug. Die Kanonen müssen wieder den Berg hinunter.
*Toni*: Es ist vorbei.
*Matthias*: Ja.
*Toni*: Ihr habt den Frieden wiederhergestellt. Frieden und Ordnung.
*Matthias*: Du machst dich lustig über mich.
*Toni*: Ich greife nur auf, was du gesagt hast. Ich will dir helfen.
*Matthias*: Ich werde die Augen jetzt öffnen.
*Toni*: Okay.

# EIN MONAT GEHT ZU ENDE

# *Paradies aus eigener Kraft*

Am nächsten Morgen erwachte ich spät, Decke und Laken ein wüstes Knäuel, ich musste mich in der Nacht viel herumgewälzt haben, nachdem ich noch lange die Protokolle durchgegangen war, die Matthias mir anvertraut und vor die Tür gelegt hatte. Die Lampe brannte noch; auf dem Stoffbezug waren Schimmelflecken, sie befanden sich auf der Innenseite des Lampenschirms und wurden erst sichtbar, wenn das Lämpchen brannte. Ich war eingeschlafen, ohne sie auszuknipsen. Der Schalter befand sich oben an der Lampenfassung; als ich sie ausschaltete, erwischte mich, stechend wie eine Nadel, ein schwacher elektrischer Schlag.

Am Fußende: der Karton, dreißig, vierzig Rollen, ich hatte längst nicht alles gelesen. Manche Protokolle endeten so abrupt, dass ich mich fragte, ob Matthias den Schlussteil womöglich abgeschnitten hatte (wobei er die Papierstreifen sehr sauber abgetrennt haben müsste, da die Schnittkanten keinerlei Unregelmäßigkeiten aufwiesen), andere waren so erschöpfend lang, dass es sich unmöglich um eine einstündige Sitzung gehandelt haben konnte. Am Anfang sprach er meist zögerlich, doch sobald ein gewisser Punkt überschritten war, setzte ein Erzählfluss ein, der so verblüffend detailreich klang, als würde er die Szenen, die er schilderte, in der Erinnerung erneut durchleben, ein Sprechen, das aber auch so unbeteiligt wirkte, als legte da ein Außenstehender seine Beobachtungen dar. Etwa die Stelle, an der er begann, bestimmte Kanonentypen aufzuzählen, *Kartaunen* und *Viertelbüchsen*, Kanonen, die wegen ihrer kleineren Kaliber, ihres geringeren Gewichts für bestimmte Manöver besser geeignet seien – ich erkannte ihn nicht wieder. Matthias, der sanfte Melancholiker, den ich bei unserer ersten Begegnung für einen Mönch gehalten hatte, derselbe Matthias war ein Waffenexperte, gelernter Büchsenmacher, Spezialist im Töten von Menschen, und obwohl ich wusste, dass es unfair war, ihm etwas vorzuwerfen, das vor Jahrhunderten in einem ja doch anderen, von anderen Gesetzmäßigkeiten diktierten Leben stattgefunden hatte, stießen mich diese Schilderungen ab, Zeile für Zeile, es war teilweise wirklich quälend, seinen Beschreibungen zu folgen. Ich konnte nicht glauben, dass da derselbe Mensch sprach, der sich für Regenschirme begeisterte und sich immerzu entschuldigte, der schüchtern verstummte, wenn jemand einen Witz auf seine Kosten riss, zumal er noch nicht einmal durch Zwang in das Gemetzel hineingezogen worden war, er war als Söldner in den Kriegsdienst eingetreten. An der Stelle, an der ich gestern eingeschlafen sein musste, beschrieb er eine Feldschlange – es war das Letzte, was mir in Erinnerung geblieben war, das Bild einer glänzenden, über den Boden kriechenden Schlange –, Feldschlangen, Nachtigallen, Falconets. Je kleinteiliger er wurde, desto mehr nahm seine Sprache etwas Verschleierndes an, und nicht immer war mir sofort begreiflich, dass es sich um eine Waffe handelte. An einer Stelle sprach er von den Verheerungen, die ein bestimmter Munitionstyp nach sich zöge, verwendete das Wort allerdings so, als wären es Waffen, die entschieden, ob sie das Feuer eröffneten, nicht die Menschen, die sie bedienten. Er beschrieb, wie Stoffbeutel mit Eisennägeln befüllt wurden, mit Metallkugeln und gehacktem Blei, wie man die Beutel verschloss, damit die Geschosse, gegen Weichziele eingesetzt, eine breite Streuwirkung erreichen könnten, als wären Weichziele keine Menschen, niemand der Schmerzen litt oder an seinem Leben hing. Er erzählte und erzählte, wog theoretische Vorteile gegen praktische Nachteile ab, zählte Taktiken der Kriegslist auf, bis die Protokolle plötzlich abbrachen, manchmal durch Toni, die das Gespräch zu einem Ende führte, manchmal durch Matthias, der angab, dass er jetzt aufhören wolle, aus Erschöpfung oder Beschämung – es wunderte mich nicht, dass er die Aufzeichnungen versteckt hatte. So verschlossen, wie er sich vor den anderen gab, wäre ich nicht überrascht, sollte es sich um Privatsitzungen gehandelt haben, Gespräche ohne Zuhörende.

Nur wenn Matthias über Müntzer sprach, erkannte ich ihn wieder, er bekam dann etwas Schwärmerisches, wirkte fast kindlich schüchtern in seiner Hinwendung, seiner fast mythischen Verehrung, was mich zunächst sehr irritiert hatte, da er als Landsknecht, für die Fürstenmacht kämpfend, ja gegen Müntzer und seine Bauern ins Feld gezogen war. Diesen Widerspruch schien er manchmal zu vergessen. Es kam vor, dass er über die Bauern schimpfte und nur einen Absatz später wieder auf Müntzer zu sprechen kam, als wären es seine Ideale, denen er sich verpflichtet fühlte. Müntzer, der Furchtlose, in vollem Wissen, was ihn erwarten musste, der seinen Gottglauben als eine Metapher aufgefasst habe, um den Menschen etwas verständlich zu machen, das sie sich anders nicht hätten vorstellen können, Müntzer, der Verratene, der selbst geschlagen und schmutzig noch so viel Lebendigkeit ausgestrahlt habe, da sei er sich sicher, ein Paradies aus eigener Kraft, nicht im Jenseits, sondern im Leben. Einmal habe er ihn fast gesehen, vor der Festung, in der Müntzer gefoltert worden sei, als sie ihn wegbrachten, um ihm den Kopf abzuschlagen, er habe ihn nur um Minuten verpasst. Dass Matthias unter den Erlebnissen seiner Vergangenheit litt, war deutlich zu spüren, nur wusste ich nicht, was er sich von mir erhoffte. Vielleicht ahnte er, dass ich bald die Sitzungen übernehmen sollte, und wollte mich nun darauf vorbereiten, was mich in seinem Fall zu erwarten hatte. Vielleicht hoffte er aber auch nur, in mir eine Freundin zu finden, der er sich anvertrauen konnte; ich strampelte die Decke weg und stand auf.

Im Postamt fanden Renovierungsarbeiten statt, eine Arbeitsbrigade der Republik tauschte die Glastüren aus, so dass ich die Halle durch einen Nebeneingang betrat. Auch dort sah ich Kinder, manche mit Farbeimern und Rollern, andere mit Zollstöcken und Klebeband. Überall raschelte es, der ganze Boden war mit Folie bedeckt, ich sah Kinder auf Leitern und Kinder, die Eimer trugen. Da war das Mädchen, das ich an meinem Ankunftstag an der Bahnstation mit einer Signalkelle gesehen hatte, eine Tragstange über der Schulter, an deren Enden je eine Metalldose baumelte. Bestimmt war auch das KIND zu einem Arbeitseinsatz eingeteilt. Vliesmatten beschrieben einen Trittpfad zu den Schaltern, die heute überraschenderweise alle besetzt waren, Schalter A bis Schalter F, sechs Kinder, die mich anlächelten, freundlich und offen, niemand blätterte in einer Bildergeschichte, alle Blicke waren auf mich gerichtet, für welchen Schalter würde ich mich entscheiden? – Ich blieb bei Schalter F.

In der Telefonkabine roch es nach Klebstoff, frischer, auf die Kabinenwände aufgetragener Kleber. Auch der Bildschirm wirkte sehr sauber, von allen Fingerabdrücken befreit, der Schwenkarm glänzte, die Gelenke geölt.

»Du hast Glück«, sagte Tezeta, »ich war eigentlich schon auf dem Sprung. Sie haben den Antrag natürlich abgelehnt. Heute früh wollte ich hin, das Forschungszentrum schließt in einer Stunde, aber der Vogel«, sie blickte zur Seite, »der Doktor hat mir einen Strich durch die Rechnung gemacht. Ich werde es morgen wieder versuchen, so leicht lasse ich mich nicht abwimmeln.«

Der Vogel hockte ruhig auf ihrer Schulter, bewegte sich jedoch nicht. Es sah aus, als würde er schlafen, das Köpfchen unter dem Flügel, das Gefieder weiß, deswegen hatte sie ihn so genannt.

»Was hat er denn?«

»Schwindelanfälle. Er hat sich mehrmals übergeben. Die Kinder sind in der Schule, und Natalia ist für die Kooperative im Einsatz, also bleibt mal wieder alles an mir hängen.«

»Ist es etwas Ernstes?«

»Eine Stoffwechselstörung. Kann man regulieren, aber wir müssen ein Auge auf ihn haben. Er ist ja schon so alt.«

»Der arme Doktor.«

»Aber erzähl, wie lief die Sitzung? Ich habe gestern den ganzen Tag an dich gedacht und auch mit Wendy über dich gesprochen, ich soll dich grüßen, Wendy fährt bald wieder auf Mission.«

»Es lief gut, glaube ich, aber heute bin ich doch ziemlich erschöpft.«

Ich erzählte von dem Vorhang und der Sitzung, diesem Farbeindruck, der tatsächlich irgendetwas mit mir gemacht hatte, kein Kontrollverlust oder etwas in der Richtung, es hatte sich eher wie eine Konzentrationsübung angefühlt, und auch das Erzählen war mir nicht so schwergefallen, wie ich anfangs noch befürchtet hatte, nur dass mich unmittelbar darauf beim Abendessen in der Kantine dieser Erinnerungseindruck überrascht hatte. Ich erzählte ihr, wie unangenehm es mir gewesen wäre, dass die anderen es bemerkt hatten. Dann das Kindersanatorium und mein altes Zimmer, das Tezeta ja gar nicht kennen würde, das sei am Morgen gewesen, die Tauben in der Zypresse, der herabgestürzte Leuchter. Der Heimweg mit der Lampe, der Muskelkater, mit dem ich heute aufgewacht war. Der

Kurpark: wie Matthias es geschafft hatte, ein Golfmobil mit zurechtgeschnittenen Bambusstäben anzuheben, danach dann dieser Geldschein und später die Protokolle, die mich ein wenig überfordern würden. Ach ja, die Eier, fast hätte ich sie vergessen. Je mehr ich ihr erzählte, desto mehr musste ich ausholen, kaum zu glauben, dass das alles an einem einzigen Tag stattgefunden hatte.

»Ein Tag wie ein Jahr«, sagte Tezeta.

»Ja, so fühlt es sich an.«

»Schick mir doch dein Protokoll, würde mich sehr interessieren, falls dir das nicht peinlich ist. Ich würde Ruth gerne einen Protokollanten zum Geburtstag schenken, sie erfindet jetzt immer diese Geschichten und kann sie nicht aufschreiben. Leider werden sie nicht mehr produziert.«

»Ich frage Chen-Lu, vielleicht kann sie dir weiterhelfen.«

»Ja, das wäre nett.«

»Kennst du das Lied, *Mon amie la rose*?«

Tezeta kannte es nicht, fragte jedoch auch nicht noch mal nach. Stattdessen erkundigte sie sich nach Matthias, der sie offenbar sehr interessierte. Warum Matthias im Sanatorium sei, was er beruflich mache, ob ich wisse, warum er ausgerechnet mir diese Aufzeichnungen überlassen habe. Auf keine ihrer Fragen konnte ich Tezeta eine Antwort geben, die sie zufriedenstellte. Ich sagte, er würde Maschinen bauen, hätte in Kolchis eine Werkstatt, in der er Golfmobile repariere, stamme aus dem Spätmittelalter, jedoch seien wir im selben Jahr evakuiert worden, »was uns beide im Grunde zu Zeitgenossen macht.«

Tezeta lachte, der Vogel flatterte auf.

»Ja, so könnte man es sehen. Und er interessiert sich für Thomas Müntzer? Was haben sie nur alle mit Thomas Müntzer. Zu Thomas Müntzer startet bald wieder eine Forschungsmission, schreib irgendwo Thomas Müntzer drauf, schon kriegst du den Antrag durch.«

»Mit welcher Begründung ist dein Forschungsvorhaben abgelehnt worden?«

»Fadenscheiniges Zeug, irgendwelche Phrasen, ich glaube ihnen kein Wort. Sie wollen einfach nicht, dass ich mit Anna Göldi spreche.«

»Sie wollen keinen Ärger.«

»Es ist mir völlig egal, was die wollen. Ich werde mir etwas überlegen müssen, so wie damals mit dem Doktor.« Sie streichelte dem Vogel über den Kopf, seine Augen waren geschlossen. Ich wusste, dass Tezeta, um den Kakadu mitnehmen zu dürfen, einen langen, detaillierten Bericht verfasst hatte: wie sehr der Vogel sie beeindruckt, wie er sie selbst um seine Evakuierung gebeten habe. Er würde rechnen können und viele Sprachen beherrschen, *Kaurna Warra, Ngarrindjeri.* Nicht nachplappernd, sondern tatsächlich sprechend wie ein Mensch, eigene Gedanken formulierend in der Sprache seiner Besitzer. Natürlich waren alle sehr enttäuscht, als er dann nicht einmal die einfachsten Rechenaufgaben lösen konnte.

»Aber Doktor kannst du sagen, stimmt's?« Der Vogel drehte sich weg. »Sag, wer ist hier der Doktor? Hat hier jemand nach einem Doktor gefragt? Ich muss dringend eine neue Partnerin für ihn auftreiben, die anderen Vögel ignorieren ihn, weil er keine Flugfedern mehr hat. Frei lebende Kakadus können sehr grausam sein. Und Matthias, sagtest du, Matthias will zurück?«

»Du erkundigst dich immer bloß nach Matthias. Interessiert es dich denn gar nicht, was ich in der Sitzung erzählt habe?«

»Doch natürlich interessiert es mich, erzähl doch bitte, worüber hast du gesprochen und was haben die anderen dazu gesagt?«

»Die anderen sagen nichts, wie du wissen müsstest, wenn du aufmerksam gewesen wärst, die anderen hören nur zu. Toni führt durch die Sitzungen, nur ich und die Gesprächsleitung.«

»Meine Güte, du hast heute aber eine schlechte Laune. Und das Lied kenne ich nicht. Du hast mich wegen meines verpatzten Forschungsantrags übrigens auch nicht gerade mit Bedauern überschüttet.«

»Ich mache mir wohl einfach Sorgen, weil das Epochenfest bald ansteht und ich dann ja eventuell auch zur neuen Gesprächsleiterin gewählt werde, ich glaube nicht, dass ich dafür geeignet bin. Allein Matthias – was er erlebt hat, wenn ich mir das durchlese –, ich weiß nicht, wie ich ihm helfen kann. Ich traue mir diese Aufgabe nicht zu.«

»Du kannst doch auch nein sagen, oder wird man dort heutzutage zwangsverpflichtet? Hast du denn wirklich vor, noch den ganzen Herbst dort zu verbringen?«

»Keine Ahnung. Und natürlich kann ich nein sagen, aber Toni und Miss Bishop und, wie es aussieht, selbst Matthias – sie alle rechnen fest damit. Ich will sie nicht enttäuschen.«

»Dann mach es doch wie Lynn. Wenn sie etwas nicht tun will, demonstriert sie einfach, wie schlecht sie darin wäre, lässt Gläser fallen, verwechselt Salz mit Zucker, stellt den größten Unsinn an, und schon wird sie nicht mehr gefragt.«

»Und was wäre das in meinem Fall? Soll ich Matthias sagen, dass ich es abstoßend finde, wie er über den Krieg spricht?«

»Wäre nicht die schlechteste Idee.«

Als Tezeta sich Tee einschenkte, kippte der Kakadu nach vorne. Er kippte einfach um, als wäre er in Ohnmacht gefallen, fiel von der Schulter und landete mit den Schwanzfedern in der Tasse.

»Um Himmels willen, der arme Doktor.«

Er sah elend aus.

»War der Tee noch heiß?«

»Nein, zum Glück nicht mehr, aber er wird sich gleich wieder erbrechen. Wir sollten Schluss machen, lass uns ein andermal weitersprechen, ich habe nicht vergessen, wo wir stehen geblieben sind. Über Anna Göldi hast du nichts mehr rausbekommen können, oder? Was ist mit diesem Personenregister, warst du noch mal im Archiv?«

Ich verneinte. »Leider habe ich es nicht geschafft. Außerdem glaube ich, dass mich die Kinder im Postamt angelogen haben. Sie hatten wahrscheinlich einfach keine Lust, wegen mir alte Unterlagen hervorkramen zu müssen.«

»Dieser Fetisch des Bürokratischen«, sagte Tezeta und trocknete den Vogel mit einer Serviette ab, »als wäre es schön, mit einem Stempelkissen auf dem Schreibtisch in einem Büro zu hocken. Als Nächstes führen sie die Rohrpost wieder ein.« Ihre Stimme klang enttäuscht. »Es ist wahrscheinlich sinnlos, aber ich habe eine Dokumentation gesehen, die sich mit dem Genre der Evakuiertenkunst beschäftigt, darin war auch Anna Göldi zu sehen. Sie spricht mit einer Kollegin, der sie erklärt, dass sie sich von der Aufklärung ästhetisch immer schon ausgeschlossen gefühlt, den Naturalismus in den Darstellungen immer als unaufrichtig empfunden habe, dieses vermeintlich Objektive, die Vernunftbetonung. Zu den Leuten ihres Standes seien diese Privilegien nicht durchgesickert, was mir auch nachvollziehbar erscheint, wenn man bedenkt, welches Schicksal sie in ihrer Herkunftszeit erwartet hätte.«

»Man hat sie der Hexerei beschuldigt.«

»Im Prinzip ja, wobei sie das Wort Hexerei durch andere Absurditäten ersetzt haben, um sie als Vergifterin vor Gericht zu stellen, eine Vergifterin mit übernatürlichen Kräften, die Kinder Stecknadeln in die Milch zaubert, und das noch 1782 in der verhältnismäßig aufgeklärten Schweiz. Jedenfalls kam mir der Gedanke, dass sie sich damals in Kolchis vielleicht entschieden hatte, bei den Mittelalterlichen zu leben, du weißt schon, auf der Burg, obwohl sie in dieser Epochengemeinschaft zeitlich eigentlich nichts mehr verloren hatte. Könntest du nicht deinen Matthias fragen, ob er sich an eine Mitbewohnerin erinnern kann, die Anna Göldi hieß?«

»Er ist nicht *mein* Matthias.«

»Schon gut, nicht dein Matthias. Du bist schon so lange mit niemandem mehr zusammen, es hätte mich einfach gefreut.«

»Ich soll ihn fragen, ob er sich an eine Anna erinnert, die irgendwann in Kolchis war?«

»Eine Mitbewohnerin und nicht irgendwann. Wenn du und Matthias im selben Jahr evakuiert worden seid, ist die Wahrscheinlichkeit gar nicht so gering. Sprich mit ihm, am besten nur mit ihm, ich scheine hier schon einige Leute nervös gemacht zu haben. Ich habe mich mit Anna Göldis ehemaliger Galeristin unterhalten, mit ihr und einer Atelierkollegin, beide sagen, dass sie sich immer nur positiv auf ihre Evakuierung bezogen hat. Wenn ich noch ein paar Aussagen zusammenbekomme, hat die Kommission keine andere Wahl, als anzuerkennen, dass es berechtigte Zweifel an ihrer Darstellung gibt. Entweder räumen sie ein, dass ihre Behauptung nicht der Wahrheit entspricht und Anna Göldi nicht aus Enttäuschung und Bedauern in ihre Vergangenheit zurückgekehrt ist, oder sie lassen mich selbst mit ihr sprechen. Eine andere Wahl haben sie dann nicht.« Der Kakadu begann zu würgen, die Kopffedern plusterten sich auf. »Nicht schon wieder. Heather, ich mache jetzt Schluss. Sprich mit Matthias, okay? Und ich mache unseren Doktor wieder gesund.«

## *Gewitter*

Auf dem Rückweg war es schwül, die Luft so drückend schwer, als könnte jederzeit ein Gewitter losbrechen, doch es regnete nicht, nicht um eins und nicht um zwei, und als es aufklarte, die Sonne wieder durchkam, waren die ersten schon ans Meer gegangen – die einzig vernünftige Entscheidung an einem solchen Tag, der jede Handlung zu einer Qual machte. Im Gemeinschaftssaal saßen wir zu elft, und obwohl wir die Türen geöffnet ließen, kam kein Durchzug zustande. Es wäre das Beste gewesen, die Sitzung ausfallen zu lassen, stattdessen hörten wir einem Mann zu, der nicht aufhören konnte, von *seinem Seelenmenschen* zu sprechen, seinem *Fels in der Brandung*. Er komme einfach nicht über den Trennungsschmerz hinweg, wenngleich Evita, die Frau, die er so schmerzlich vermisste, ihn schon Jahre vor seiner Evakuierung auf äußerst grausame Weise verlassen hatte und ihn auch zuvor nicht viel besser behandelt zu haben schien. Wir alle folgten seinen Schilderungen mit Ratlosigkeit, es war warm und stickig, ich konnte nicht nachvollziehen, warum er sich so quälte. Er habe ihr oft, ja sogar ständig Vorwürfe gemacht, habe geklammert und sich herabgewürdigt (was seine Schuld sei, seine *würdelose Bettelei*) und sehe darin auch den eigentlichen Trennungsgrund: »Ich habe ihr ja keine Wahl gelassen, sie musste mich verachten, mein Lebensglück.«

Ich wusste nicht, ob es nur am Wetter lag, doch etwas verhinderte, dass ich mich in diesen Mann einfühlte, der einem im Grunde ja leidtun müsste, ich konnte ihm kaum zuhören; dazu Kopfschmerzen, die sich von Zeit zu Zeit mit einem Stechen hinter den Augenbrauen bemerkbar machten.

Auch Toni fiel nichts anderes ein, als ihn hin und wieder zu fragen, warum genau er diese Frau eigentlich vermisse, während der Mann, er hieß Vincent, sich in Liebesbekundungen verlor, die zwar die Absicht verfolgten, *seinen Seelenpartner* als den gütigsten, warmherzigsten und überragendsten Menschen darzustellen, *diesen Menschen, bei dem einfach alles gepasst habe,* tatsächlich aber das Gegenteil erkennen ließen: eine Frau, die sich, Jahrhunderte entfernt, nicht einmal sonderlich für ihn interessiert zu haben schien.

»Hätte ich sie nur nicht so unter Druck gesetzt.«

»Aber hattest du nicht auch Anlass dazu?«

»Sie war mein Fels in der Brandung.«

Ich musste gähnen und blickte in abwesende Gesichter, Abdouli und Katharina, Claudio hielt sich die Hände vor die Stirn, das KIND bohrte in der Nase, zog einen Popel hervor und strich ihn unter der Sitzfläche seines Stuhls ab. Daneben Matthias. Bis jetzt hatte sich noch keine Gelegenheit ergeben, mich mit ihm über die Protokolle zu unterhalten. Ab und zu spürte ich seinen Blick auf mir, doch sobald ich mich zu ihm umdrehte, schaute er wieder weg.

»Es tut mir leid, aber für mich klingt das alles ein wenig widersprüchlich. Ich verstehe dich ja, eine Trennung kann sehr schmerzhaft sein, aber der Fels in deiner Brandung? War sie nicht eher die Klippe, an der du hinabgestürzt bist? Wie kann denn alles gepasst haben, wenn sie nicht mehr mit dir zusammen sein wollte?«

»Sie fehlt mir so.«

Am Ende war es Chen-Lu, die plötzlich aufstand und hineinrief, dass sie es nicht mehr ertrage. Niemand könne sie zwingen, dieser Unlogik noch eine Sekunde länger zu folgen: »Deine Evita widert mich an.« Sie würde nun entweder etwas kaputt schlagen oder zu den anderen ans Meer gehen.

Natürlich wurde Chen-Lu von Toni für diesen Wutausbruch zurechtgewiesen, es sei nicht Sinn und Zweck dieser Gespräche, andere zu unterhalten, und doch war ihr anzumerken, dass auch sie nach einem Anlass suchte, die Sitzung zu beenden.

»Ich schlage vor, du entschuldigst dich bei Vincent, und dann lassen wir es für heute gut sein.«

Als ich nach der Sitzung in meinen Bademantel gekleidet zum vereinbarten Treffpunkt zurückkehrte, war Chen-Lu nicht mehr zu sehen, sie musste sich allein auf den Weg gemacht haben, stattdessen traf ich auf Toni, Miss Bishop, Matthias, Edgar und das KIND, das verärgert war, weil es seine Badeschuhe nicht hatte finden können, jemand habe sie gestohlen. Nun baumelten an seinem Rucksack zwei gelbe Flossen, mit denen ihm später jemand helfen müsse.

»Warum so motzig?«, fragte Edgar.

»Ich finde es einfach nicht fair, dass sich andere ständig an meinen Sachen bedienen. Ich weiß, dass ich die Badeschuhe vor meinem Zimmer abgestellt habe, die untere Tür, das weiß ich ganz genau. Das nächste Mal werde ich Reißzwecken hineinstreuen, und dann sehen wir mal, wer sich die Füße aufschrammt.«

»Streitet euch nicht«, sagte ich, »lasst uns lieber schnell ans Wasser.«

Der Himmel hatte sich wieder zugezogen. Kein Windhauch und ein Licht, das einen die Augen zukneifen ließ. Vorne gingen Toni und Miss Bishop, darüber diskutierend, wann und ob wir mit einem Unwetter zu rechnen hätten, hinter mir unterhielten sich Matthias und Edgar über Gemüseanbau: welche Erfahrungen Edgar mit dem Anbau von Auberginen gesammelt habe, wie die Pflänzchen auf Frostnächte reagierten. Obwohl Edgar die meisten Fragen mit einem Achselzucken beantwortete, da er kein Gärtner gewesen sei und ihm da wirklich nicht weiterhelfen könne, ließ Matthias ihn nicht in Ruhe.

»Wie hoch lag euer Dorf? Hattet ihr alte Sorten? Waren die robuster? Ein Kälteeinbruch im Mai, denkst du, eure Pflänzchen hätten das ausgehalten?«

Ich fragte mich, ob ihm meine Anwesenheit unangenehm war, schließlich hatten wir immer noch nicht miteinander gesprochen. Die Kopfschmerzen waren stärker geworden, das Stechen war zu den Schläfen gewandert und hatte sich in ein Pochen verwandelt, ein Pochen, das sich anfühlte, als wäre mein Kopf in eine Art Kappe gezwängt, Enge und Druck, und auch das KIND machte einen ausgesprochen schlecht gelaunten Eindruck.

Als wir den Hang erreichten, blieb Miss Bishop stehen. »Es geht los«, sagte sie, auf die Wolken zeigend, die sich im Südwesten gebildet hatten, Gewitterwolken, die sich über das Himmelviolett auf uns zu schoben.

»Nein«, sagte Toni, »das zieht weiter.«

»Ich schätze, wir haben noch eine halbe Stunde.«

»Es gibt kein Gewitter.«

»Ich habe in meinem Leben an die tausend Gewitter erlebt, glaub mir, es wird gewittern.«

»Und warum wissen das die Möwen nicht?« Toni zeigte auf einen Vogelschwarm, der weit draußen über dem Meer kreiste. Die Horizontlinie war verschwunden. Meer und Himmel gingen ineinander über. »Würde es gewittern, hätten die Seevögel sich längst in Sicherheit gebracht. Ich vertraue den Vögeln.«

»Wirklich kein Gewitter?«, fragte das KIND.

Toni hielt sich eine Hand hinter das Ohr und formte eine Schale: »Ich höre nichts.«

»Aber die Wolken.«

»Die werden sich verteilen. Wenn die Sonne etwas tiefer steht, werden sie verschwunden sein. Am Abend wird es Wind geben, vielleicht auch Wellengang, das wars.«

Ich glaubte, kleine Tropfen zu spüren, sie sogar sehen zu können, ein feiner Griesel, der vor meinen Augen schwebte, und auch das KIND schien noch nicht überzeugt. Es hatte nach dem Seil gegriffen, das oben an einer Pinie festgeknotet war, um den Abstieg zu erleichtern, und war nun unschlüssig darüber, ob es sich lohnte, den Waldpfad bis zum Ufer hinabzusteigen, wieder stehen geblieben. Durch die Bäume hindurch leuchtete das Meer.

»Toni hat recht«, sagte Miss Bishop, »solange die Möwen über dem Meer kreisen, haben wir nichts zu befürchten. Nur allzu weit rausschwimmen, würde ich heute nicht.«

Am Ufer war niemand zu sehen. Die anderen waren entweder schon gegangen oder hatten sich einen anderen Badeplatz gesucht. Auf dem Steg: Strandfliegen, die träge dahockten und sich kaum verscheuchen ließen, und auch das Meer wirkte unbewegt.

»Wie Quecksilber«, sagte Miss Bishop, »ideal zum Kraulen.«

Ich breitete meinen Bademantel aus und wollte dem KIND gerade beim Anziehen der Flossen helfen, als Edgar fragte, wo Matthias sei. Er habe sich gerade noch mit ihm unterhalten, »keine zwei Minuten her.« Auch mir war nicht aufgefallen, dass Matthias sich von der Gruppe entfernt hatte.

»Vielleicht ist er umgekehrt.«

»Er hat sich davongemacht.«

»Vernünftig«, sagte das KIND.

»Unsinn«, sagte Toni. Sie hob die Hand hinter das Ohr und formte eine Schale.

»Also ich höre nichts.«

Ich suchte den Hang ab, konnte Matthias jedoch nirgendwo ausmachen.

»Seltsam«, sagte ich, »weit kann er nicht sein. Oder gibt es noch einen anderen Weg?«

Edgar und ich riefen nach Matthias, während das KIND, Zeigefinger und Daumen zwischen die Lippen geklemmt, einen Pfiff ausstieß, der unser Rufen in seiner Lautstärke um ein Vielfaches übertönte und die Möwen aufschreckte. Eine Möwe segelte über den Baumkronen davon.

»Matthias, wo steckst du?«

Wir warteten, doch es kam keine Antwort. Was uns stattdessen erreichte, war das blechern durch die Bäume hindurchhallende Echo eines Donners.

»Es zieht zu uns«, sagte das KIND, »ich hab's gewusst.«

Wieder das Donnern, nun von der Wasserseite her. Die schwarzvioletten Wolken, die eben im Südwesten aufgezogen waren, befanden sich nun über uns. Es war dunkel geworden, als wäre von einer Sekunde auf die andere die Dämmerung hereingebrochen.

»Nur keine Panik«, sagte Toni und streifte ihre Schuhe ab, »für ein kurzes Bad wird ja wohl noch Zeit sein.«

Nachdem wir alle nacheinander ins Wasser gestiegen waren, nur das KIND hatte sich geweigert, fielen dicke, schwere Tropfen auf uns herab. Innerhalb weniger Sekunden brach ein Platzregen aus.

»Es geht los.«

»Es regnet, wir sind im Wasser, nasser wird's nicht.« Toni strampelte mit den Beinen und drehte sich auf den Rücken.

Die Kühle war eine Wohltat. Obwohl auch mir das Schwimmen bei drohendem Gewitter nicht geheuer war, tauchte ich unter, tauchte mit offenen Augen unter einem Gestöber perlender Luftbläschen hindurch. Ich sah Tropfen, die von der Wasseroberfläche abprallten, senkrecht in die Höhe spritzten, senkrecht wieder fielen. Tezetas Kindern hätte das gefallen, dachte ich, schwimmen im Regen, der von oben hinabstürzte und von unten hinauf. Das Donnern unter Wasser: als wäre irgendwo weit draußen eine Bombe detoniert. Als ich mich umdrehte, schwammen alle mit Ausnahme von Toni wieder zum Steg zurück. Miss Bishop an der Leiter, Edgar hinter ihr.

»Raus aus dem Wasser!«, rief das KIND, völlig außer sich, »das ist viel zu gefährlich. Kommt aus dem Wasser. Jetzt!«

In diesem Moment begann es zu hageln, große, spitze Eisgeschosse, die hart auf die Haut prallten. Auf dem Wasser: Krater, weiße Schaumbläschen und ein Zackenrand; millionenfach auf die Wasseroberfläche einhämmernde Hagelkörner trübten den Luftraum über dem Meer in einem milchigen Weiß.

Edgar stieg über die Leiter aus dem Wasser – *weg von der Leiter, Eisen zieht Blitze an!* –, ich tauchte zum Ufer, wo das KIND mit meinem inzwischen längst durchnässten Bademantel auf mich wartete.

Auch Toni hatte das Wasser inzwischen verlassen, ließ sich jedoch demonstrativ viel Zeit, um ihre Sachen einzupacken.

»Komm, das ist jetzt langsam nicht mehr lustig.« Miss Bishop hatte sich ihre Strandtasche über den Kopf gestülpt. »Wie lahm kann man denn sein.«

Wir eilten zum Pfad, den wir eben erst hinabgestiegen waren, Wasser schoss uns entgegen. Auf dem Wasser trieben Piniennadeln, Zapfen, Äste, die sich mit den sich auflösenden Hagelkörnern in einen Sturzbach aus Eiswasser verwandelt hatten, einen Sturzbach, gegen den wir uns, die Schuhe unter die Arme geklemmt, bei tosendem Lärm den Hang hinaufkämpften. Der Hagel hatte das Wasser so weit abgekühlt, dass meine Füße schmerzten, eine Kälte, die in die Knochen zog, während sich spitze, unter dem braun gefärbten Wasser nicht zu erkennende Steine in meine Sohlen drückten. Oben angekommen schlugen die ersten Blitze ein. Ungläubig blickten wir auf das Wasser und das flackernd über ihm aufleuchtende Geäst.

»Was für ein unfreundlicher Himmel.«

»Wir müssen uns hinlegen.«

»Nicht liegen, hocken, die Füße zusammendrücken.«

»Doch hinlegen, klein machen. Der Blitz schlägt immer in den höchsten Punkt ein.«

»Nein, wir müssen raus aus dem Wald.«

»Wir hätten am Wasser bleiben sollen.«

»Weg von den hohen Bäumen.«

»Die Füße zusammendrücken, damit der Strom nicht durchfließen kann.«

Im selben Moment schlug ein Blitz in unserer Nähe ein, es knallte wie auf einem Schießplatz, ein scharfer, seltsam nach Pfeffer riechender Knall, so laut, als hätte jemand unmittelbar hinter uns eine Pistole abgefeuert, peitschendes Licht und ein Krachen in einer Pinie, der

Klang von zerberstendem Holz, nicht weit von uns entfernt. Das KIND begann zu weinen.

»Wir sind bald zu Hause«, sagte ich und versuchte, das KIND zu beruhigen, es zu trösten, indem ich mit ihm redete. »Es ist nicht mehr weit, gleich sind wir wieder …« – Nun krachte rechts von uns ein Blitz nieder, Knallen und Lichtfeuer: grellweiß/schwarz, es blitzte und donnerte fast im selben Moment. Das KIND begann, noch lauter zu weinen.

»Mein Gott, wir werden hier alle verrecken.«

Ich hatte irgendwo einen Schuh verloren, sah nicht, wo ich hintrat, da sich der Waldboden in eine einzige, zusammenhängende Schlammpfütze verwandelt hatte. Außerdem konnte ich nicht aufhören zu zittern, ein Zitterkrampf, der meine Zähne klappern ließ.

Edgar hatte sich neben einen Felsen gestellt, der einen kleinen Vorsprung formte, die Reste einer weggespülten Feuerstelle.

»Willst du hier stehen bleiben?«

»Was schlägst du denn vor? Hier sind die Bäume wenigstens nicht so hoch.«

»Wir sollten zurück.«

»Willst du erschlagen werden?«

Während Miss Bishop und Toni sich stritten und Edgar, das KIND im Arm, unter dem Felsen kauerte, versuchte ich, meinen Bademantel auszuwringen, der ohnehin keinen Nutzen mehr hatte. Ich hörte, wie Edgar dem KIND ein Lied vorsang, etwas Italienisches, und Miss Bishop Toni eine Ignorantin nannte, einen Clown.

»Wem machst du etwas vor?«

Nur wenn ein Blitz einschlug, verstummten alle für einen Moment und zählten die Sekunden, die vergingen, bis das Donnergrollen einsetzte, wobei die Zeitspannen oft so kurz waren, dass wir meistens schon bei einer Sekunde stoppten, eine Sekunde und ein paar Zerquetschte. Ich versuchte mich zu erinnern, was das bedeutet, wie groß die Entfernung zum Blitzeinschlag ist. Manchmal folgten die Lichtpeitschen so nah aufeinander, dass sich die Bäume, die uns umgaben, der Felsen, an dem wir standen, unsere Gesichter und Silhouetten in stroposkopartigem Lichtflackern erhellten, während das Donnern, das erste, zweite und dritte, einen deutlichen Zeitunterschied aufwies. Ganz sicher war es nicht nur ein einziges Entladungsgebiet, es waren mehrere, die an der Küste entlangzogen, die Küste entlangjagten, sich entfernten und wieder näherten.

»Kommt es wieder?«

»Es war nie weg.«

Bei diesem Innehalten zwischen Einschlägen und Donnern trafen sich unsere Blicke. Edgar: gefasst, ich hatte ihn noch nie so ruhig erlebt, das KIND: schon nicht mehr weinend, rührend tapfer mit seinem Rucksack vor dem Bauch, Toni: konzentriert, sich wiegend in einem Singsang unverständlicher Worte, Miss Bishop: mit geschlossenen Augen. Es war in einer solchen Stille, als ich bemerkte, dass sich jemand näherte. Erst war es nur ein Gefühl, als würde im Dickicht zwischen den Bäumen, in der Dunkelheit zwischen den Stämmen, ein Tier umherstreifen, doch bald hörte ich Rufe, sah ein Licht, hörte Matthias' Stimme aus dem Wald.

»Das ist Matthias, Leute, da kommt Matthias!«

»Wir sind hier! An der Feuerstelle! Gleich bei dem Felsen!«

Das Licht näherte sich, wurde größer, eine leuchtende Kuppel wanderte schwebend zwischen den Bäumen. Aus den dämmerschwarzen Umrissen hervor trat Matthias, in der Hand einen Regenschirm.

»Matthias ist zurück!«

»Matthias rettet uns.«

Unter seinem Arm klemmten zwei weitere Schirme. Einen warf er mir zu, den anderen gab er Toni. Ich löste die Halterung. Im nächsten Augenblick entfaltete sich ein leuchtendes, wärmendes Zelt.

»Luxor, wie die Stadt in Ägypten!«

»Der Schirm leitet Blitze ab, aber vor herabstürzenden Ästen schützt er euch nicht. Das Gestell ist ziemlich filigran. Also passt auf.«

Toni teilte sich ihren Schirm mit Miss Bishop, Edgar stellte sich bei Matthias unter, so dass das KIND zu mir kam.

»Schnell in die Werkstatt, die ist näher«, sagte Matthias und ging mit Edgar voran.

Matthias' Werkstatt war ein flacher Ziegelbau und lag gut verborgen unter den hohen Baumkronen. Der Wind rüttelte an den Bäumen, Äste fielen auf das Dach.

»Sind wir da überhaupt geschützt?«, fragte das KIND.

»Aber ja doch«, sagte Matthias, »ich habe eine Blitzschutzanlage, hier kann uns nicht passieren.« Er öffnete die Tür. »Kommt rein, hier ist es warm. Die Regenschirme bitte in die Ladekübel stellen.« Neben dem Eingang standen hohe, offene Gefäße, die mich an Blumenvasen erinnerten, die äußere Verschalung bestand aus Keramik, innen sah ich Metall.

In der Werkstatt war es erstaunlich warm, doch es herrschte auch ein ziemliches Durcheinander, um nicht zu sagen, ein Chaos. Ich brauchte einen Moment, um zu verstehen, wo sich Durchgänge befanden, wo man Schritte setzen konnte und wo nicht. Die Fenster waren mit Fabrikregalen verstellt, die Fächer vollgestopft mit Skizzen, technischen Zeichnungen, Modellen, Transistoren. Es gab hier allen möglichen Kram, Ersatzteile und Werkzeuge, die Matthias von wer weiß woher angeschleppt hatte, keine Arbeit von wenigen Wochen, das mussten die Such- und Sammelergebnisse von Jahren sein. Kartons mit Platinen, Lötzeug, Kanülen, Tüten mit Schrauben, Muttern und Kabelbindern, ein Terrarium voller Korken, unzählige Karteikästen und Teekannen mit abgebrochenen Henkeln, Reagenzgläser und Schläuche, aber auch Spielsachen: Kegel, Bälle, Puppen, elektrisches Gerät. In einem Fach stand ein Rechenschieber mit bunten Perlen, daneben eine Miniaturwindmühle, ein kleines Katapult, mit einem Kieselstein beladen, zum Abfeuern bereit.

Vor manchen der Regale waren Haufen aufgeschichtet, dort warteten Dinge noch auf ihren neuen Platz: Gummimuffen, Sprungfedern, Stabmixer, Solarzellen, Batterien, aber auch Zettel, Notizbücher, Lumpen, eine Schubkarre voller Blechdosen. Überall lag etwas, überall konnte man etwas zertreten, sich den Fuß stoßen, wenn man nicht aufpasste. Eine Freifläche öffnete sich unter der Hebebühne, die eine Art Zentrum des Raumes bildete. Dort war ein Wagen angehoben, das Golfmobil, alle Räder abmontiert. Es war mir ein Rätsel, wie er den Wagen in die Werkstatt geschoben hatte, hätte er dafür doch zunächst einen Weg freiräumen müssen. Vor der Hebebühne breitete Matthias eine große, mit Ölflecken verschmierte Filzdecke aus.

»Setzt euch doch«, sagte Matthias und verschwand hinter einem der Regale.

Miss Bishop ließ sich als Erste auf der Decke nieder, seufzte und streifte ihre Schuhe ab, dann Edgar und das KIND, während ich mir einen Eimer griff, den ich umgedreht zu einem Hocker neben der Decke aufstellte. Nur Toni blieb noch einen Moment stehen und betrachtete den Wagen.

»Ich hatte gedacht, ich hätte den Brennofen angelassen«, sagte Matthias, etwas durchwühlend, das scheppernd gegeneinanderstieß, »ich experimentiere gerade mit verschiedenen Schamotten und bin deshalb noch mal umgedreht. Kaum dass ich hier ankam, brach das Gewitter aus. Der Ofen war nicht mehr an, aber mir war gleich klar, dass ihr Hilfe braucht. Da habe ich mir die Schirme gegriffen und bin sofort wieder zurückgerannt.«

»Ich sehe, du schraubst wieder an einem Golfmobil herum«, sagte Toni, »hatten wir das nicht besprochen?«

»Ist nicht das, wonach es aussieht, ich repariere den Wagen bloß. Es gab einen Achsenbruch. Unverschuldet. Heather kann das bezeugen. Zum Glück ist niemand verletzt worden.«

»So so, wenn Heather das bezeugen kann.« Toni sah mich an.

»Der Bambus ist schuld, es ist das alte Problem: Wenn wir den Bambus nicht loswerden … « – ich hörte Geschirrgeklapper –, »können wir die Fahrzeuge sowieso bald vergessen. Es wird immer schlimmer, der Bambus hat sich jetzt schon so weit ausgebreitet, dass die Wege eigentlich kaum mehr befahrbar sind. Ein Wunder, dass bis jetzt noch niemand ernsthaft verunglückt ist.«

»Ich hasse den Bambus«, sagte Edgar, der verfroren wirkte, seine Lippen waren blau, »ich verachte ihn, ich möchte ihn abfackeln, ausräuchern, niederbrennen und die schwarz verkohlten Stangen wieder in die Erde rammen, damit die anderen Bambusstangen es als Warnung auffassen.«

Während Edgar seine Vergeltungspläne vor uns ausbreitete, blickte ich mich weiter um. Ich sah Stäbe, die mich doch sehr an auseinandergeschraubte Handtuchhalter erinnerten, wobei einige zersägt waren und, auf Korkensäulen platziert, eine Art Wasserleitung bildeten, ein Miniaturaquädukt, das von einer Miniaturmühle zu einer Miniaturburg führte, die ein Festungsgraben umschloss. Matthias musste Monate gebraucht haben, um das alles fertigzustellen. Metallteile, Keramik, Korken und Holz, und da war auch eine Zugbrücke, die die Burg mit dem Festland verband. Daneben der Brennofen: ein sechseckiger Kessel, der eine Wärme abstrahlte.

»Lässt sich die Zugbrücke anheben?«, fragte ich Matthias, als er mit Tassen und einem Topf in der Hand zurückkam.

»Selbstverständlich. Es gibt einen Kurbelmechanismus. Wenn du magst, kann ich es dir später einmal zeigen. Pass aber auf«, sagte er und deutete auf den Ofen. »Könnte sein, dass die Klappe noch heiß ist. Das ist die Restwärme, es dauert, bis er sich wieder heruntergekühlt hat. Ihr könnt eure Sachen dort trocknen. Da fällt mir ein: Wer braucht etwas zum Anziehen? Schaut mal hier drüben.«

Miss Bishop zog Kleidungsstücke aus einem Karton, Matthias zündete einen Bunsenbrenner an, eine fauchende, züngelnde Flamme, die er unter einem Roständer platzierte. Auf das Rostgitter stellte er einen Topf, den Topf befüllte er mit Milch, in die Milch gab er Kakao, Schokoladenstücke und, was die meisten vergäßen, eine ordentliche Prise Salz. »Viele Leute wissen nicht, dass der Organismus auf Kakao ähnlich reagiert wie auf Kaffee und Koffein. Der Unterschied ist, dass die Wirkung länger anhält und nicht so plötzlich wieder nachlässt.« Sobald die Milch dampfte, schwenkte er die Kasserolle an ihrem langen Griff über dem Bunsenbrenner hin und her.

Auch hier drinnen war das Gewitter noch zu hören, herabstürzende Zweige, Regen, der auf die Dachfläche trommelte. Miss Bishop erzählte von den Stürmen auf Grenada. Dafür, dass die Insel in den Tropen liege, seien die Wolkenbrüche eher harmlos gewesen, sanfte Gewitter, die sich mit einem Wind ankündigten, blumenduftender, warmer Wind, der in die Wedel der Kokospalmen fuhr, *nicht so heimtückisch wie hier*. Miss Bishop und Toni schienen sich wieder vertragen zu haben, Miss Bishop, auf der Decke sitzend, hatte sich an Toni angelehnt und ließ sich den Nacken kraulen. Toni erzählte von einem Jungen, einem Jungen aus der Siedlung, in der sie einmal gelebt hatte, vor der Evakuierung, der alle Warnungen ignorierend bei einem Gewitter draußen an den Zäunen gespielt hatte und von einem Blitz getroffen worden war.

»Dieser Junge«, erzählte Toni, »ist danach nicht mehr gewachsen.«

»Wie nicht mehr gewachsen?«

Toni blickte zum KIND und machte ein nachdenkliches Gesicht. »Entschuldige, ich wollte dich nicht verletzen. Das war keine Anspielung.«

»Anspielung auf was?«

»Auf deine Entscheidung.«

»Was meinst du?«, fragte das KIND.

»Das war vor der Zeit der Metabolika, der Anti-Metabolika, der Anti-Anti-Metabolika und was es nicht alles gibt.«

Matthias drehte die Flamme des Bunsenbrenners kleiner, setzte die Kasserolle ab und schlug den Kakao mit einem Holzlöffel schaumig.

»Schon gut«, sagte das KIND, »also warum ist der Junge nicht mehr gewachsen?«

»Das wusste keiner. Es musste mit dem Blitz zusammenhängen, der Blitz hatte das gemacht. Das heißt, sein Kopf, das Gesicht, alterte schon. Ein erwachsener

Kopf, ein großer, kahler Männerschädel mit Segelohren, Falten auf der Stirn und einer Nase, ihr wisst schon, so ein richtiger Zinken. Auf einem erwachsenen Körper wäre es ein ganz normaler Kopf, doch nicht auf diesem dünnen Hals, dem Körper eines Siebenjährigen. Ich habe ihn selbst gesehen. Er lebte bei seinem alten Mütterchen. All seine Geschwister waren fortgegangen, der Vater tot. Geistig war er etwas zurück. Aber freundlich. Er lachte fiel.«

»Schrecklich«, sagte das KIND.

Toni zuckte mit den Achseln. »So war das eben. Es ging ihm gut.«

Matthias streckte die Milch in der Kasserolle mit etwas Wasser, damit es für alle reiche und der Kakao, der die ganze Werkstatt mit einem Schokoladenduft erfüllte, am Ende nicht zu zähflüssig sei. Dabei erzählte er von der großen Bedeutung, die Gewittern seinerzeit beigemessen worden war, in der Gegend, aus der er komme, »ursprünglich, meine ich.« Gewitter seien dort eher selten gewesen, so selten, dass man sich noch lange an sie erinnert habe. Jedes Gewitter musste unbedingt im Kalender festgehalten werden, weil diese Ereignisse auch eine Voraussage auf das kommende Wetter nach sich gezogen hatten.

»Die vielen Regeln, die es gab. Im Mai war es ein gutes Omen, im März ein schlechtes. Wenn's viel donnert, stürmt und blitzt, wenig Korn am Weizen sitzt. Später Donner hat die Kraft, dass er viel Getreide schafft.«

Während Matthias weiter Bauernregeln aufsagte, ganze Verse rezitierte, die zwischen Frühlingsgewittern und Sommergewittern unterschieden, Blitze ohne Donner, Donner ohne Blitz, versuchte ich mich zu erinnern, ob mir Gewitter früher Angst bereitet hatten. Es gefiel mir, wenn Blitze etwas beleuchteten: einen Baum, der allein auf einem Feld stand, den Giebel eines Nachbarhauses, das ich immer für selbstverständlich gehalten hatte und das nun etwas Geheimnisvolles bekam. Mir fiel nur ein einziges negatives Erlebnis ein, das ich mit einem Gewitter in Verbindung brachte, aber da war es nicht das Gewitter an sich, das ich als bedrohlich empfunden hatte, sondern das, was unmittelbar danach geschehen war, und davon erzählte ich den anderen nun. Eine Ferienwoche bei meinen Großeltern, wir kehrten gerade von ihrem Bungalow an diesem See zurück, an dem ich als Kind jeden Sommer verbracht hatte, braun gebrannt und nackt wie all die anderen Kinder dieser Siedlung im Wald, als es zu blitzen begann. Schon am See und während der Autofahrt hatte es geregnet, als wir ankamen, ging das Gewitter los. Ich erinnere mich, wie wir im Wagen auf dem Parkplatz vor diesem Wohnblock standen und meine Großeltern sich stritten. Der Motor lief, der Scheibenwischer schnellte hin und her, das Wasser rann die Scheiben herunter, schloss uns ein, während beide, Oma Bärbel und Opa Heiner, sich gegenseitig Vorwürfe machten. Ich verstand nicht, worum es ging, dann sollte ich unbedingt mit ihnen aussteigen, mir meine Jacke über den Kopf ziehen und, so schnell ich konnte, zum Eingang rennen, schnell machen, unbedingt schnell machen, dabei war es ein kleines, ganz harmloses Gewitter. In der Wohnung richtete sich ihre Wut plötzlich gegen mich. Sie packten mich und zerrten mich ins Bad. Hektisch und grob, fluchend und schimpfend, rissen sie mir meine Kleider vom Leib. Ich wurde in die Wanne gehoben, ich versuchte mich zu wehren, kam aber nicht gegen sie an. Erst war das Wasser so eisig, dass ich keine Luft bekam, dann wurde es heiß, plötzlich viel zu heiß. Eine Shampooflasche wurde über mir ausgeschüttet, und mein Großvater, wütend, wie ich ihn noch nie erlebt hatte, begann, mir den Kopf zu schrubben. Er kratzte und zerrte, das Shampoo brannte in meinen Augen, ich bettelte ihn an, mich in Ruhe zu lassen, er zog an meinen Haaren. Als er mit mir fertig war, schubste meine Oma mich aus der Wanne, zog sich aus, stellte sich selber unter die Dusche und begann, sich nun ebenso hektisch und panisch einzuseifen. Nach diesem Erlebnis hatte ich keine Angst vor Gewittern entwickelt, warum auch, das Gewitter hatte mir nichts getan, es war das gewaltvoll unter die Dusche Gestelltwerden, das Haarewaschen, das mich in der Erinnerung noch jahrelang verfolgt hatte. Um meine Großeltern nicht als völlige Monster darzustellen, erklärte ich ihnen, wie ich mir später, im Nachdenken über diese eigenartige Episode, das Verhalten meiner Großeltern erklärt hatte: dass sich die Sache mit dem Gewitter wahrscheinlich nach dieser Reaktorkatastrophe ereignet hatte, eine Reaktorkatastrophe, die sich als radioaktive Wolke an diesem Abend auch über ihrem Wohnblock abgeregnet haben musste, das hatten sie zumindest befürchtet.

»So ist es manchmal«, sagte Toni, »erst später stellt

sich etwas als gut oder richtig oder zumindest besser heraus. Besser als die anderen Möglichkeiten.«

Das KIND sagte, dass es sich auch nicht gern die Haare wasche, und griff nach meiner Hand, eine Geste, die mir in ihrer Unmittelbarkeit kurz sogar Tränen in die Augen schießen ließ, so dass ich mich wegdrehte, es blinzelnd überspielte.

Jetzt war der Kakao fertig, *der heiße Schokoladentrunk;* Matthias schmeckte ihn mit einer Extraprise Salz ab und gab noch etwas Kardamom und gemahlene Vanille hinzu, aus Döschen, die er aus seinem Kittel hervorzauberte, weshalb Miss Bishop scherzte, Matthias trage in seinen Taschen immer Gewürze bei sich, sei ein wandelndes Gewürzregal. Die Tassen, Schalen und Becher, die Matthias uns gebracht hatte, waren unterschiedlich groß, so dass Matthias darauf achtete, uns allen dieselbe Menge einzuschenken. Jeder bekam der Reihe nach sein Getränk gereicht. Es schmeckte erstaunlich gut. Nachdem ich den ersten Schluck genommen hatte, hörten wir etwas auf dem Dach. Ein Krachen. Ein Ast war herabgestürzt, es donnerte.

»Ist da gerade etwa ein Blitz über uns eingeschlagen?«

»Könnte sein, ist aber kein Problem. Es gibt Blitzableiter, und die Erdung funktioniert auch. Wir befinden uns hier in einem faradayschen Käfig. Faradayscher Käfig, ich sage das so gern.«

»Wann hört das Gewitter denn endlich auf?«, fragte das KIND.

»Es wird gleich vorbei sein«, sagte Toni.

»Du Expertin«, sagte Miss Bishop. »Für heute hältst du dich besser mal zurück mit deinen Prognosen.«

»Doch, es ist weitergezogen«, sagte Toni. »Hört doch mal.«

Das Donnern hatte wirklich aufgehört, nur der Regen klopfte noch trommelnd gegen das Dach. Jetzt fiel mir auf, dass meine Kopfschmerzen verschwunden waren.

»Es wird Zeit, zurückzukehren, im Sanatorium machen sie sich bestimmt schon Sorgen.«

Toni richtete sich auf, und auch die anderen erhoben sich. Nur Matthias blieb sitzen, er müsse noch aufräumen, sagte er, habe noch dieses und jenes zu erledigen. Dabei trafen sich unsere Blicke, und er lächelte mich sehr freundlich an.

»Jetzt haben wir gar nicht mehr gesprochen, und ich bin schon so müde«, sagte ich.

Er nickte. »Wenn du Lust hast, kannst du mich morgen ja im Garten besuchen. Das Wetter soll schön werden. Nach der Sitzung, falls es dir passt. Findet morgen nicht eine Probesitzung statt?«

»Lieber wäre mir am Vormittag. Ich überlege, vor der Sitzung noch mal in die Stadt zu fahren, um etwas für eine Freundin zu recherchieren. Also davor?«

»Einverstanden«, sagte Matthias und schüttelte mir die Hand, als hätten wir gerade einen Vertrag miteinander abgeschlossen. »Dann sehe ich dich morgen, ich bereite alles vor.«

»Ja«, sagte ich und verließ die Werkstatt mit einem mulmigen Gefühl.

## *Trübe Gewässer*

Beim Einschlafen ein Erinnerungsbild, eine Erinnerungsszene, eine Phantomerinnerungssequenz, getarnt als Traum, getarnt als –

Ich bin im Wasser, aber ich schwimme nicht, ich sinke, weil etwas Schweres mich nach unten zieht. Ich weiß nicht, ob es mein Körper ist, der so schwer ist, oder der Mantel, den ich trage, etwas, das in meinen Taschen steckt. Ich möchte den Mantel abstreifen, habe jedoch keine Gewalt mehr über meine Arme, meine Hände, meine Schultern, meine Finger, alles ist steif und schwer, ich treibe nach unten. Das Wasser ist trüb, ich denke *tief*, ich denke *lichtarm*, der Ort, dem ich mich nähere, ist schwarz. Darüber bin ich nicht überrascht, schließlich habe ich es so geplant, ich wollte auf diese Weise auf den Grund hinabsinken, und dann später, wenn ich schon nicht mehr in diesem Körper stecke, wieder auftreiben, damit mich jemand findet und beschließen kann, dieser Mensch ist nicht mehr am Leben. Womit ich nicht gerechnet habe, was ich mir nicht hatte vorstellen können und mich nun völlig überrascht – dass ich meine Meinung ändern könnte. Ich bin mir nicht mehr sicher, ob ich das noch will. Nein, ich weiß sogar, dass ich vor allem eines möchte: an die Oberfläche, atmen, meine Lungen verlangen danach, sie bestehen darauf, deswegen senden sie mir diese Schmerzsignale, meine Lungen schlagen Alarm. Sie wollen mir sagen, dass ich gefälligst an die Oberfläche schwimmen soll, und es kommt mir grausam vor, ihrem Wunsch nicht zu entsprechen, einfach so über ihren Willen hinwegzugehen. Meine schönen Lungen, sie haben es nicht verdient, mein Herz, es hat es nicht verdient, meine Nieren, sie haben es nicht verdient, meine Leber – nicht verdient. Alle gemeinsam, jetzt schreiend, sie alle wollen, dass ich wieder aufsteige, hier habe ich nichts zu suchen, zurück an die Oberfläche, wo ich hingehöre, und ich gebe ihnen recht.

Einmal war ich auf einen Fall gestoßen, es war einer der letzten, in den ich mich eingearbeitet hatte, damals noch in Vorbereitung auf eine Rettungsmission, den Bericht eines Brückenspringers, später Berater geworden, doch zeitlebens depressiv, nicht evakuiert, weil die Missionen da schon pausiert worden waren, angeblich wegen technischer Bedenken, nur um bald darauf und für mich völlig überraschend auch ihre endgültige Einstellung zu verkünden – ein Mann, der von der Golden Gate Bridge gesprungen war und es schon im Moment des Absprungs bereut hatte. Der Sprung galt als sichere Methode, er hätte sterben müssen, durch einen Zufall, einen unwahrscheinlichen Aufprallwinkel – er wendete sich im vier Sekunden dauernden Fall zu einer Sitzhaltung –, führte der Brückensprung jedoch nicht zu seinem Tod. Der Mann, ehemals Wrestler, brach sich Wirbel und Rippen, erlitt schwerwiegende Verletzungen, und doch lebte er noch, als er im Wasser trieb und ein Seelöwe ihn nach oben stupste, ihn über Wasser hielt, bis die Küstenwache eintraf. Dieses Detail, die Rettung durch einen Seelöwen, den er als etwas Großes und sehr Glitschiges beschrieb, hatte ich zunächst für einen Hinweis auf eine Gehirnerschütterung gehalten, bis ich den Brief las, den eine Zeugin des Sprungs an dem im Krankenhaus wegen der erlittenen Verletzungen behandelten Springer geschickt hatte, einen Brief, in dem tatsächlich von einem Seelöwen die Rede war. Alle Menschen auf der Brücke hätten das Tier im Wasser gesehen, den Seelöwen und seine unnachgiebigen Bemühungen, diesen im Wasser treibenden Menschenkörper an die Oberfläche zu stoßen, was mich damals sehr erstaunt hatte, als wäre der Seelöwe über alles im Bilde gewesen, als hätte er die Tragik dieses Todessprungs erkannt. Ich erinnere mich noch, wie ich Tezeta davon erzählt hatte und auch Tezeta es nicht hatte glauben können, ein echtes Wunder, hatte sie gesagt, doch etwas an der Art und Weise, wie sie mit mir gesprochen hatte, war mir merkwürdig erschienen. Sie hatte so betroffen geklungen, dabei waren wir bei unserer Arbeit für die Missionen ja schon mit weitaus drastischeren Fällen konfrontiert worden. All diese unglücklichen Menschen und die Grausamkeiten, die ihnen widerfahren waren, Menschen, in den Tod geschickt, Verlorene, verloren Geglaubte – ich hatte nicht verstanden, warum sie ausgerechnet dieser Fall so aufgewühlt hatte, ein Wrestler, der sich später als Motivationsredner durchschlug und einem Seelöwen sein Leben verdankte, das war doch fast schon komisch.

Ich wusste, dass Tezeta nierenkrank auf eine Organspende wartend in der Uniklinik von Addis Abeba an einem Dialysegerät gehangen hatte, als sie gerettet wurde, buchstäblich in letzter Minute. Sie war das Gegenteil einer Selbstmörderin, und nun fragte ich mich, ob Tezeta damals wegen mir so merkwürdig reagiert hatte. Mir hatte man gesagt, ich wäre im Öresund ertrunken, weil ich beim Schwimmen einen diabetischen Schwächeanfall erlitten und die Strömung mich so weit rausgetrieben hätte, dass es mir aus eigener Kraft nicht mehr gelungen wäre, das Ufer zu erreichen. Dies wäre die Ursache meines Todes gewesen, der mich als Internatsschülerin ereilt hätte, wäre ich nicht evakuiert worden, so hatte man es mir gesagt. Ich wusste nicht, an welchem Tag es sich ereignet hätte, ob ich allein gewesen wäre oder in einer Gruppe von Mitschülern, da ich meine Fallakte nicht angefordert hatte, um mich nicht mit den Einzelheiten dieses ja doch nicht eingetroffenen Ertrinkungstods zu belasten. Viele der Kinder hatten das so gehandhabt, es hatte gereicht zu wissen, dass man nicht überlebt hätte.

Das Standardverfahren bei der Rettung von Selbstmördern hatte vorgesehen, einen Zeitpunkt zu wählen, in dem sich die seelische Verfassung der Evakuierungskandidaten verhältnismäßig gut darstellte, um ihnen Leid zu ersparen, nicht erst zu warten, bis sich der Wunsch, aus dem Leben zu scheiden, bereits derart gefestigt hätte, dass die Geretteten nach ihrer Evakuierung eine langwierige Behandlung erwarten würde. Wenn es zutraf, dass ich für mich dieses Ende gewählt hätte, so hätte ich diesen Entschluss wahrscheinlich nicht in Dänemark gefasst, es wäre später passiert. In Dänemark hatte ich mich zwischen den anderen, ebenso wie ich weit weg von zu Hause an diesem Küstenort an der Ostsee zur Schule gehenden Kindern nicht bloß wohlgefühlt – ich war um einen Kopf gewachsen und hatte im Laufe eines Schuljahres Dänisch gelernt, wodurch ich plötzlich als sprachbegabt gegolten hatte, als sprachbegabt und redegewandt. Ich war zu einem Essaywettbewerb eingeladen worden und hatte Gedichte geschrieben, die in einer Anthologie abgedruckt worden waren, und auch angefangen, Saxophon zu lernen. Beim Essen in der Schulkantine hatte ich zwischen Freundinnen gesessen, die über meine Witze gelacht hatten, mir das Rauchen angewöhnt und mich nachts heimlich zusammen mit anderen aus dem Internat geschlichen, um mich in der Innenstadt in die Schlange einer Diskothek zu stellen, Alkohol kaufen an einer Statoil-Tankstelle mit einem Ausweis, der irgendeiner großen Schwester gehörte. Außerdem hatte ich mich auf dem Internat auch zum ersten Mal verliebt, erst in einen Jungen, dann in ein Mädchen, was an meiner sächsischen Schule undenkbar gewesen wäre, in Helsingør aber durchaus vorgekommen war. Es hatte drei Jungen gegeben, die von sich gesagt hatten, dass sie *bøsse* seien, was das dänische Wort für schwul war, und zwei Mädchen, die sich als lesbisch bezeichnet hatten. Auch einer der Lehrer hatte mit einem Mann zusammengelebt, ein beliebter Lehrer, wir hatten ihn Sune genannt, weil es in Dänemark üblich gewesen war, die Lehrer mit dem Vornamen anzusprechen. Ich hatte gelernt, dass die Behauptung, man könne vor seinen Problemen nicht davonlaufen, keinesfalls immer zutraf und dass es manchmal tatsächlich das Beste war, an einem anderen Ort neu anzufangen, so dass es eher die Rückkehr in mein altes Leben gewesen war, der ich mit Sorge entgegengesehen hatte. Meine Eltern hatten mich damals schon darauf vorbereitet, dass sie wahrscheinlich nicht noch ein weiteres Jahr für das Schulgeld aufkommen könnten, und es war unklar gewesen, bei wem ich nach meiner Rückkehr gelebt, wo ich die Schule beendet hätte.

Wäre ich damals zu meiner Mutter zurückgegangen, hätte dies sehr wahrscheinlich auch bedeutet, dass ich wieder auf meiner alten Mittelschule im Nachbardorf gelandet wäre, bei Lehrern, die mir geraten hatten, doch früher abzugehen, da ich die Mittlere Reife ohnehin nicht bestehen würde, bei Mitschülern, die mich als Zecke beschimpft und mir an der Bushaltestelle aufgelauert hatten. Eine andere Schule wäre bei einer Rückkehr zu meiner Mutter ausgeschlossen gewesen, da ich keine Gymnasialempfehlung erhalten hatte und von dem Dorf aus nur eine weiterführende Schule erreichbar gewesen war. Mit dem Schulbus, der morgens um sechs Uhr dreißig am Ortseingang gehalten hatte, war man nach einer einstündigen Fahrt, Dorf für Dorf abfahrend, nur zur Mittelschule gelangt, auf die auch meine Schwestern geschickt worden waren, sowie die anderen Kinder im Dorf. Zum Gymnasium hätte ich umsteigen und mich in einen Bus setzen müssen, so dass die Fahrtzeit sogar zwei Stunden betragen hätte, wäre mir gelungen, was ich sehr bezweifelte: die Rolle abzustreifen, die mich zu Hause wieder erwartet hätte, nicht mehr die Schulversagerin zu sein. In diesem Leben war ich das lahmarschige, begriffsstutzige Mädchen, das keine Bälle fangen konnte, keine Bruchrechnung beherrschte und in Panik geriet, wenn sie vor anderen einen Text vorlesen musste, niemand, der auf eine höhere Schule gehörte, keine zwei Stunden Fahrt.

Ein Umzug zu meinem Vater erschien mir noch weniger realistisch, er hatte damals ja nirgendwo fest gelebt, hatte von Monat zu Monat seinen Wohnort gewechselt, mal bei seiner Freundin in Hamburg geschlafen, mal irgendwo in Berlin oder eben in der Stadt, in die ihn ein Theaterengagement verschlagen hatte. Wenn ich zu Besuch gekommen war, hatte sich die Matratze, auf der ich schlafen sollte, immer in einer anderen Wohnung befunden, in einer anderen Gegend, bei anderen Freunden, die sich bereit erklärt hatten, seine Tochter vorübergehend bei sich aufzunehmen. Die meisten dieser Freunde waren sehr nett gewesen, und doch hatte ich kein Zimmer, keinen Ort, an dem ich mir ein Leben hätte vorstellen können.

Als ich einschlief, schien der Mond durch das obere Viertel meines Sprossenfensters, so hell, dass er mich blendete, er war fast voll. Darunter die Venus, die in ihrem unregelmäßigen Funkeln so aussah wie ein zerknülltes Stück Metall.

*– – 15:06 – –*

*Toni*: Wollen wir dort weitermachen, wo wir stehen geblieben sind? Bei der Schlacht von Frankenberg?
*Matthias*: Es ist die Schlacht von Frankenhausen, und ich möchte lieber nicht.
*Toni*: Du möchtest über etwas anderes sprechen?
*Matthias*: Nicht so jedenfalls. Tut mir leid.
*Toni*: Es tut dir leid, weil du dich schuldig fühlst?
*Matthias*: Nein, das habe ich nicht gesagt, ich fühle mich nicht schuldig, du bist diejenige, die diesen Begriff immer wieder ins Spiel bringt. Ich verwende dieses Wort nicht.
*Toni*: Dir gefällt nicht, wie wir uns unterhalten.
*Matthias*: Es sind andere Fragen, die mich beschäftigen.
*Toni*: Dann sprechen wir über die Fragen, die dich beschäftigen. Einverstanden?
*Matthias*: Einverstanden.
*Toni*: Was sind das für Fragen, die dich beschäftigen?
*Matthias*: Zum Beispiel frage ich mich oft, was die Aufständischen hätten anders machen können, um ihre Ziele durchzusetzen, ob es nicht eine Möglichkeit gegeben hätte.
*Toni*: Du wünschst dir, es wäre anders gekommen, willst dem Verlauf der Geschichte eine andere Wendung geben.

*Matthias*: Was ich mir wünsche oder nicht, spielt keine Rolle. Schuldzuweisungen und Mitgefühl dienen nur dem Zweck, die einen zu entlasten und die anderen zu versöhnen. Es geht mir aber nicht um die Bewertung. Mich beschäftigt das Ereignis an sich, die Frage, ob es zwangsläufig so eintreten musste oder verhinderbar gewesen ist. Die Aufständischen waren den Fürstenheeren zahlenmäßig überlegen, sie hätten nicht verlieren müssen, sie waren die vielen, das ist ein Fakt, so dass es falsch ist zu sagen, die Forderungen der Bauern seien nicht realisierbar gewesen. Sie wären es, wenn sie gewonnen hätten, darauf möchte ich hinaus.
*Toni*: Historische Abläufe lassen sich nicht verändern, das weißt du, wir alle wissen das, Geschichte ist Geschichte.
*Matthias*: Meinetwegen, ich widerspreche dir ja gar nicht, von mir aus lässt sie sich nicht mehr ändern, diese Geschichte, aber die Frage, ob und durch welche Entscheidung etwas so eingetreten ist, was man hätte anders machen können, ist damit doch noch nicht beantwortet.
*Toni*: Du sagst man, meinst aber dich. Für gewöhnlich machen das Menschen, um sich emotional zu distanzieren, um mit dem, was sie erlebt haben, besser umgehen zu können. Weil du gerettet worden bist, macht dich das nicht verantwortlich, die Verantwortung tragen alle, niemals ein Einzelner.
*Matthias*: Jetzt fängst du wieder damit an, ich meine es so, wie ich es sage: Was hätte man anders machen müssen, nicht ich, sondern die Allgemeinheit, aus-

tauschbare Akteure. Ich hätte überhaupt nichts anders machen können, ich hatte eine Rolle, ich war ein Landsknecht, der sich von Georg von Sachsen zu einem bestimmten Sold, für einen bestimmten Dienst hat anwerben lassen, dafür hatte ich Gründe, ich hätte mich anders entscheiden können, hätte mich von den Forderungen der Bauern überzeugen lassen und ihren Kämpfen anschließen können, und doch würde sich nichts dadurch ändern. Die Bauernrevolution würde in der Schlacht von Frankenhausen ihr Ende finden, ganz egal auf welcher Seite ich gestanden hätte, für meine Überlegung ist das vollkommen irrelevant, es ist keine Gewissensfrage. Und doch gibt es Entscheidungen, hätte es Entscheidungen geben können, die der Schlacht von Frankenhausen zu einem anderen Ausgang verholfen hätten. Das Scheitern der Bauernrevolution war zunächst einmal ein militärisches Scheitern, mit einem anderen Vorgehen – wären die Bauern entschiedener gegen die zu ihrer Niederschlagung aufmarschierten Truppen angetreten –, hätte es nicht in diese Katastrophe münden müssen, ganz unabhängig davon, was ich getan habe oder nicht, darüber würde ich gerne sprechen.

*Toni*: Wir hören zu.

*Matthias*: Zuerst treffen die Hessen ein, die Hessen und Braunschweiger, das ist am Morgen des 14. Mai 1525, es wird noch dunkel gewesen sein, zwei Söldnerheere, etwa viertausendachthundert nicht aus Überzeugung, sondern aufgrund eines Vertrags, aufgrund eines Arbeitsentgelds in den Krieg ziehende Männer, denen an diesem Morgen die Füße geschmerzt haben, die Fersen, die Knöchel, die die ganze Nacht marschiert sind. Von Sondershausen sind es gut zwanzig Kilometer, und sie waren ja auch vorher schon eine Strecke marschiert, sind also ausgelaugt, erschöpft, sie wissen nicht, was sie erwartet, ein klarer Nachteil gegenüber den Bauern, die ihre Stellung schon vor Tagen eingenommen haben, Bauern, die teilweise auch in Frankenhausen gelebt haben, sich also auskennen, an ihrer Stadt womöglich hängen und gerade die berauschende Erfahrung gemacht haben, das Rathaus zu besetzen, das Kloster zu stürmen, Schuldbriefe zu verbrennen – keine Schuldenlast mehr, das muss man sich mal vorstellen. Und es waren ja nicht nur Bauern, alle möglichen Leute, Arbeiter der Saline, dort kommt das Salzwasser aus der Erde geschossen, Salz, das entweder niemandem gehört oder allen. Sie dampfen es ein, Salzsieder und Pfänner, Handwerksleute und Händlerinnen, die hören, dass der Müntzer in ihre Stadt kommt, da ist man stolz, da schöpft man Mut, Übermut, aber es heißt ja auch, dass der Müntzer mit einem Heer von zehntausend kommt, was hat man da schon zu verlieren, das Leben natürlich, aber hat man eine Wahl, Menschen, die dort Familie haben und Freunde, insgesamt achttausend an der Zahl, vor der Stadt sammeln sich die Bauernhaufen. Natürlich sind die Bauern waffentechnisch nicht so gut ausgerüstet wie die von den Fürsten ausgestatteten Heere, die über bessere und modernere Kanonengeschütze verfügen. Wozu nehmen sie den Bauern denn das Geld weg: um sich Geschütze

gießen zu lassen, ist doch klar. Und trotzdem haben wir es mit einer deutlichen Überlegenheit der Bauernseite zu tun, achttausend ausgeruhte Überzeugungskämpfer versus viertausendachthundert Angeheuerte, das sind die Kräfteverhältnisse am 14. Mai 1525. Hinzu kommt, dass der Verteidigerposten der angreifenden Seite gegenüber grundsätzlich immer im Vorteil ist, es braucht zwei bis drei Angreifer, um einen Verteidiger auszuschalten, wodurch sich der ohnehin schon gegebene, allein quantitative Vorteil der Bauern noch einmal deutlich verstärkt. Ich frage mich also, warum die Bauern diesen erheblichen Vorteil nicht für sich nutzen konnten, war die Geschichte, die dir als Argument dient, doch ursprünglich auf ihrer Seite. Warum, liebe Toni, haben die Bauern mit diesem klaren militärischen Vorteil ihre Forderungen nicht durchsetzen können?
*Toni*: Das fragst du mich? Ich kann dir sagen, was mir durch den Kopf geht, wenn ich dich sprechen höre, aber ich bezweifle, dass es das ist, was dich im Moment interessiert, nachdem du mir gerade alles so schön beschrieben hast. Also, Matthias, ich höre zu, was ist schiefgelaufen, warum haben die Bauern in Frankenhausen verloren?
*Matthias*: Zu den ersten Kämpfen kommt es gegen zehn, die Heere Philipps von Hessen und Heinrichs von Braunschweig-Lüneburg vereinigt zum hessisch-braunschweigischen Heer, sie befehlen den Angriff, attackieren die vor der Stadt lagernden Aufständischen, greifen die Bauern noch aus dem Anmarsch heraus an. Drei An-

griffswellen brechen von Westen her über sie herein, da ist eine Ebene, Felder, flaches Land, da fließt die kleine Wipper, die Straße nach Sondershausen, drei Angriffe wehren sie ab, und die Ersten rufen schon, man habe gesiegt, die Fürstenheere in ihre Schranken gewiesen. Ein Großteil der Bauern verlässt die Stadt und bringt sich auf dem Hausberg neu in Stellung, die Geschütze nun nicht mehr auf der Stadtmauer, sondern den Berg hoch und um die Wagenburg herum. Plötzlich ist von einer Waffenruhe die Rede, man habe eine Waffenruhe verhandelt, heißt es in Frankenhausen, als wären die Fürsten damals schon in der Position gewesen, eine Waffenruhe zu verhandeln, waren ihre Attacken doch erfolgreich abgewehrt worden. Die Fürsten erleiden eine Niederlage, und zur Belohnung erhalten sie noch eine Waffenruhe, welche Verdrehung, was für ein Geschenk. Als ob die Fürsten an einer Waffenruhe interessiert sind, als ob die Fürsten sich daran halten würden. Was sie brauchen, ist Zeit, um die Artillerie wieder in Stellung zu bringen, bis die zu ihrer Verstärkung anrückenden Heere eintreffen. Die Bauern haben ihnen noch nicht einmal die Waffen abgenommen, sie, die zum Teil nur mit Sensen, Sicheln und Mistgabeln ausgerüstet sind, sie hätten dem Philipp seine hessischen Geschütze abnehmen und ihre Kampfstärke erhöhen können, und doch haben sie es nicht getan. Warum haben sie es nicht getan? Sie verzichten auf ihre Beute, greifen nach der ersten Möglichkeit, die Schlacht zu beenden, und ruhen sich auf ihrem Sieg aus. Sie versäumen es, die unterlegenen Truppen zu vernichten, was einem

Söldnerheer niemals unterlaufen wäre, aber die Bauern sind eben Bauern, sie verabscheuen das Kämpfen, schließlich ist es ihnen ja um etwas anderes gegangen, sie haben ein Ideal, das der Notwendigkeit zu kämpfen im Weg steht. Der Söldner aber weiß, dass er den Gegner zu töten hat, um nicht selber getötet zu werden. Da gibt es kein Ideal, kein höheres Ziel als das Töten, um das eigene Getötetwerden zu verhindern. Als am 15. Mai auch die Heere Georgs von Sachsen, Johanns von Sachsen und Wilhelms von Hennebergs eintrafen, hatte sich das Kräfteverhältnis bereits derart verschoben, dass der Vorteil der Bauern verspielt worden war. Als ich eintraf, stand die große Schlacht zwar noch bevor, doch war für meine Seite schon absehbar, dass wir die Bauern besiegen würden, die Bauern hatten da schon verloren, und natürlich war mein Heer dabei gründlich vorgegangen, kaum ein Bauer hatte überlebt.

*Toni*: Du kommst aus Frankenhausen, hattest du keine Angst um deine Leute?

*Matthias*: Keine Angst. Ich hatte zu meinen Geschwistern damals keinen Kontakt mehr, wir waren zerstritten, auch sie untereinander. Nachdem ich weg war, hatten sie niemanden mehr, auf dessen Ablehnung sie eine Gemeinsamkeit gründen konnten, und meine Eltern waren schon tot.

*Toni*: Aber sie werden dir doch trotzdem leidgetan haben?

*Matthias*: Das haben sie, mir taten alle leid, all diese Leute, die sich gegenseitig töten mussten, darum geht es aber nicht.

*Toni*: Ich weiß. Du suchst nach einer Strategie, mit der die Bauern ihre Ziele hätten verwirklichen können, aber glaubst du denn, dass es gereicht hätte, die Fürstenheere in Frankenhausen zu besiegen? Hätte der Bauernaufstand sich nicht einfach fortgesetzt und wäre in einer anderen Schlacht niedergeschlagen worden?
*Matthias*: Du hast natürlich recht, es wäre mit Sicherheit zu weiteren Gefechten gekommen, Schlachten, die aller Wahrscheinlichkeit nach wieder mit dem Sieg der Fürstenheere geendet hätten. Andererseits ist es ein Fehler zu unterschätzen, welche Strahlkraft die Forderungen der Bauern besessen haben, wie verheißungsvoll ihre Ziele gewesen sind. Aufhebung der Leibeigenschaft, Ende der Zehntpflicht, freie Jagd und freie Nutzung des Waldes sowie die Beseitigung der Frondienste. Freie Wahl der Pfarrer, freie Wahl der Richter, eine eigene Gerichtsbarkeit, das Recht, das Wasser zu nutzen, das in den Flüssen fließt, und das eigene Vieh auf die Weide zu führen. Manche Grafen, Kleinadel zumeist, waren bereits umgefallen und hatten das Lager gewechselt, teils um ihre Haut zu retten, wenn sie sich einer Übermacht an Bauern gegenübersahen, teils weil sie hofften, sich so Kirchenbesitz unter den Nagel zu reißen, oder aber fürchteten, ihre Ländereien an die zu Hilfe gerufenen Kurfürsten zu verlieren, sobald der Bauernaufstand niedergeschlagen worden war. Du darfst auch den Wohlstand in den Städten nicht vergessen, denkbar, dass auch die Bauernrevolutionäre ab einem gewissen Zeitpunkt ein eigenes Söldnerheer hätten aufstellen können, finanziert durch die Städte, wo-

durch eine freie Bauernrepublik theoretisch auch hätte verteidigt werden können. Eine solche Republik hätte dazu beitragen können, neue Formen der Willensbildung zu etablieren und auch die Verteilung der Güter gerechter zu organisieren. Und was die Glaubensverwerfungen angeht, hätte es eine Bauernrepublik gegeben, hätte sie diese Konfliktlinie zwischen den Fürstenreichen durch eine geschickte Schaukelpolitik für sich nutzen können, indem sie mal mit der einen, mal mit der anderen Seite paktierte. Es ist denkbar, theoretisch zumindest nicht ausgeschlossen, dass sich letztlich auch eine neue Kirche herausgebildet hätte, eine Kirche, die ihre Anhänger nicht mehr dazu erzogen hätte, alle Glückserwartungen und Sehnsüchte aus dem Leben zu verbannen, als wären sie nicht in der Lage, das Schöne und Gerechte, die besten Bedingungen für sich und alle anderen auch im Diesseits zu verwirklichen.
*Toni*: Aber glaubst du denn, dass militärisches Kalkül genügt hätte, um diese Ziele zu verwirklichen? Ist das nicht etwas zu einfach gedacht, schließlich geht es ja letztlich darum, Menschen zu überzeugen, Menschen wie dich. Dich hat die Strahlkraft, von der du sprichst, ja offensichtlich nicht erreicht. Du wirst doch nicht nur aufgrund der Gewinnaussichten auf der Seite der Fürsten gekämpft haben, du musst doch auch gedacht haben, dass das alles seine Richtigkeit hat und die Ordnung wiederhergestellt werden muss.
*Matthias*: Ich glaube ja gar nicht, dass es gereicht hätte, die Gegner auf dem Schlachtfeld zu schlagen, ich hasse das Schlachtfeld, hasse das Militär, hasse diese ganze

verblödete Taktiererei, hasse die Lügen von Ehre und Ruhm, und was das Überzeugen angeht: Ich will ja wegkommen von den Überzeugungen, das Überzeugtwerden und Überzeugenmüssen, als könnten die Menschen nicht selber denken, und an Überzeugungen hat es nicht gemangelt. Selbst Müntzer argumentierte ja die ganze Zeit mit einem Gott: was er nicht dulden könne, was ihm zuwiderspreche. Elend und Armut würden die Menschen von ihrem Gott entfremden, das sei das Problem, während die andere Seite, darin waren sich Luther und die Katholiken einig, Armut zu einer Notwendigkeit erhoben, einem Bestandteil der göttlichen Ordnung. Alle sozialen Fragen wurden auf einen Gott zurückgeführt, als fände sich nicht für jedes Interesse auch ein passender Gott. Ich glaube übrigens nicht, dass Thomas Müntzer gottgläubig war. Er hatte sich dieser Sprache bedient, um etwas anderes auszudrücken, das unter den gegebenen Verhältnissen noch keinen Ort hatte, deswegen der Rückgriff auf Gott, diese außerhalb des Vorfindbaren liegende Instanz, weil er es anders nicht geschafft hat, die Menschen zu überzeugen, ein Fehler, wie ich glaube, eine Faulheit, die ihm letztlich zum Verhängnis geworden ist. Er ist in eine Falle getappt, die er sich selbst gestellt hat. Schon muss er nach Bibelversen suchen, die seine Wahrheit bestätigen, schon können die Gegner ihm andere Verse um die Ohren hauen. Dass eine Welt, die Armut als Notwendigkeit braucht, um zu bestehen, nicht erhaltenswert ist und dass ein Gott, der so etwas erschaffen oder zumindest geduldet hat, gar keine Instanz ist, die in dieser Frage überhaupt zu Rate gezogen werden sollte, darauf kommt keine Seite, ist keine Seite gekommen. Das endgültige, unumstößliche, keine Fürsprecher benötigende Argument sind nicht irgendwelche Regenbögen am Himmel, keine Verse in der Bibel, kein rhetorisches Geschick – als ob der beste Redner automatisch auch im Recht ist. Was ist denn, wenn ich stottere, sind dann meine Anliegen weniger wichtig als andere? Es ist ja keine Frage der Überzeugung, dass es sinnvoller ist, wenn das, was allen gehört, auch allen zugutekommt, die Wälder, die Wiesen, die Flüsse, das muss man niemandem erklären, da muss man nicht erst Überzeugungsarbeit leisten. Das andere ist das Komplizierte: zu erklären, warum nur wenigen dieses Recht zufallen soll. All dieser Aufwand, um das Einleuchtende zu verschleiern: Gesetze, Gerichte, Kirche, Söldner, Polizei und dann der hohe Preis, den auch die Fürsten dafür zahlen. Im Jahr 6000 würden sie noch schwindsüchtig in ihren feuchten Raubritterburgen hocken, Treibjagden veranstalten und ihre Leibeigenen zum Schneckensammeln schicken, statt ihnen das Lesen beizubringen. Diese Verschwendung menschlichen Potenzials, menschlicher Intelligenz, diese Verschwendung von Leben und Glück. Die besten Argumente, für die niemand ein Rednerpult betreten muss, das sind die besseren Leben, die nicht krank machende Arbeit, die nicht von Herrschaft verdorbene Liebe, der zärtlichere Umgang mit sich und allen anderen Geschöpfen, die diesem Glück nicht im Weg stehen, im Gegenteil. Wie viel schöner ist es, ein Glück zu teilen, anstatt es immer gegen andere verteidigen zu müssen. Durch das Vorbild eines guten Lebens für alle hätte der Aufstand in tausend kleine Flammen überall in Europa entfacht werden können, in Cádiz und im Burgund, in den Midlands und auf Irland, am Peipussee und in Dalarna, am Hellespont und am Kuban. Es hätte eben nicht gereicht, die Gegner auf dem Schlachtfeld zu schlagen, es hätte nicht genügt, Gott näher an seiner Seite zu wissen oder die wahre Christenheit in sich zu tragen, es hätte nicht genügt, den Mangel zu verwalten, den Hunger gerechter zu machen, geschickt mit den Gegnern zu paktieren, selbst Staat zu spielen, nein, die Kirchen und Rathäuser, die Klöster und Landsitze hätten zu technischen Schulen, zu Werkstätten und Schmieden umgebaut werden müssen, um den Menschen zu befreien von der eisernen Notwendigkeit, endlos und qualvoll zu schuften. Man hätte beginnen müssen, Maschinen zu bauen.

## *Der Vorführeffekt*

Matthias drehte den Hahn auf und hielt den *Maulwurf* unter den Wasserstrahl, Wasser, das sich schäumend vor unseren Füßen sammelte. Ein Quietschen ertönte, unter dem Druck des Wassers begann die Walze sich zu drehen, eine Walze, die mit Zinken gespickt war, Zinken, die gebogen waren und an Hände erinnerten, die Schaufelhände eines Maulwurfs. Bei jeder Umdrehung überkreuzten sich die Zinkenräder, so dass es aussah, als würden die Hände einander zuarbeiten, sich auf eine geschickte, minutiös aufeinander abgestimmte Weise miteinander verschränken, Schaufel für Schaufel, ohne dass ein Zinken den anderen blockierte.

Den ganzen Vormittag hatte ich Matthias dabei zugesehen, wie er, Begeisterungsrufe ausstoßend, in Schlangenlinien mit dieser neuesten seiner Erfindungen über abgeerntete Gemüseäcker geschritten war. Die Beete der Starkzehrer, die Beete der Schwachzehrer, schließlich ein Kartoffelacker am Hang, wobei das Erstaunliche sei, dass der *Maulwurf* in dieser Ausfertigung selbst auf abschüssigen Feldern keine Erdwälle mehr auftürme. Durch die Formgebung der Walze würde die ausgehobene Krume noch im selben Schritt wieder unter die Erde geschoben, darauf sei er besonders stolz. Mit dem *Maulwurf* könne man Wurzeln zerhäckseln und Erdschollen zertrümmern, selbst Lehmböden ließen sich damit umgraben. Er hatte mir auch andere Geräte vorgeführt, die den Gemüseanbau erleichtern sollten, im Moment aber noch ihre Macken hätten. Bei einem Einzelkornsägerät, das er entwickelt habe, um Samen Korn für Korn mit einem bestimmten Abstand auf die Erde zu streuen, was das spätere Vereinzeln der Pflanzen überflüssig machen und den Bedarf an Saatgut um bis zu sechzig Prozent verringern würde, dem *Eichhörnchen*, wie er es genannt hatte, war erst die Ausgabe verstopft, dann war der Griff abgefallen. Der *Ziegenbock*, ein Schneidegerät für die Kohlernte, das aussah wie eine lange Schere, deren Klingen zu einem rechten Winkel umgebogen waren, habe ihm bei einem Testlauf beinahe den Stiefel zerfetzt, so dass er auch dort noch einmal Hand anlegen müsse. Im Moment funktioniere im Garten nur der *Maulwurf* optimal, sagte Matthias und drehte den Wasserhahn wieder ab.

»Ausnahmsweise einmal ein positiver Vorführeffekt. Den gibt es also auch.«

Er zog ein Tuch aus seiner Hosentasche und begann, die Rädchen nach und nach trocken zu polieren. Dabei musste er vorsichtig sein. Jeder Zinken besaß eine Schneide.

»Eigentlich schweiße ich nicht gern, versuche generell, Metall zu vermeiden. Schwer zu sagen, ob es etwas bringt.«

Ich wunderte mich, für jemanden, der nicht gerne mit diesem Material arbeitete, beschäftigte er sich viel mit Geräten, die verschraubt, geschmiedet, geschmolzen, gebogen, eingefettet und von Rost befreit werden mussten.

»Ich weiß, was du denkst. Was mache ich hier dann die ganze Zeit.«

»Ja«, sagte ich, »ungefähr so etwas in der Art ist mir gerade durch den Kopf gegangen.«

»Trotzdem interessieren mich eher Konstruktionen aus Holz. Konstruktionen, die von Wasser oder Wind angetrieben werden.«

Ich stellte mir Matthias vor, wie er, vielleicht war das eine ganz und gar unrealistische Vorstellung, im Wasser tauchend die Blockade eines Mühlrads löste, Matthias als Lehrling in einer rußgeschwärzten Kanonengießerei.

Den Gemüseanbau, sagte Matthias, während er die Schneide trocken wischte, das Anbauen im Garten habe er zunächst eher stiefmütterlich behandelt und anderen Einsatzbereichen gegenüber vernachlässigt. Später habe er sich mit Maschinen beschäftigt, die in der Landwirtschaft eingesetzt werden könnten, alles in größerem Maßstab, Mühlen, Pflüge, Fuhrwerke, so was in der Art, Düngemittel und Bewässerungssysteme. Dabei habe er auch die Möglichkeit einer früheren Einführung der Kartoffel in Europa durchgespielt, denn lange hätte man ja nicht mehr durchhalten müssen, dann wäre die Kartoffel auch in Europa bekannt geworden, zunächst allerdings bloß als kuriose Delikatesse für Hofgesellschaften. Das hätte man ändern, ihr Potenzial schon viel früher ausschöpfen können, wenn ein Interesse daran bestanden hätte, dem Hunger, wie er ihn gekannt habe, dieser Hörigkeit dem Wetter gegenüber, der Angst vor der schlechten Ernte, ein Ende zu setzen. Erst später, als ihm die Gartenarbeit zugeteilt worden war, habe er erkannt, wie viele Möglichkeiten auch der subsistenzwirtschaftliche Anbau bereithielt, wie mühevoll und rückständig es da auch heute noch zuging.

»Das liegt wahrscheinlich daran, dass es Spaß macht, sich im Garten zu verausgaben, manchmal ist die Anstrengung ja auch erwünscht«, sagte ich.

»Sicher«, sagte Matthias, »eine Anstrengung wie beim Sport, man vergeudet absichtlich Energie und Zeit, weil daran kein Mangel herrscht. Das war damals aber nicht so. In der Zeit, aus der ich komme, war das Bestellen des eigenen Gartens, wenn man einen hatte, weder freiwillig noch unterhaltsam und immer auch eine Entscheidung gegen etwas anderes. Würde man dort ansetzen, mit einer größeren Vielfalt an Gemüsearten, mit robusteren Sorten, man hätte die Ernährungssituation auch damals schon erheblich verbessern können. Weißkohl, Schwarzkohl, Grünkohl, Mangold, Spinat, Zwiebeln und Möhren, Sellerie und Pastinaken hätten ohne weiteres ertragreich in den Gemeinschaftsgärten der zurückeroberten Allmende angebaut werden können. Ohne große politische Maßnahmen.«

»Wenn die Bauern mit ihrer Revolution erfolgreich gewesen wären.«

»Genau, wenn sie gesiegt hätten.« Matthias sah mich an.

Bislang hatten wir vor allem über seine Gartenerfindungen gesprochen, und ich hatte immer noch nicht ganz verstanden, welche Art von Hilfe sich Matthias von mir erhoffte. Ich verurteilte ihn nicht für die Lebensentscheidungen, die er vor seiner Evakuierung getroffen hatte, und hätte dies wohl auch ohne die Lektüre der Protokolle nicht getan, schließlich wusste ich wie jede Evakuierte, wie sehr die Umstände, in die man hineingeboren wurde, auch die Entscheidungen beeinflussten, die man zu fällen in der Lage war, die Vorstellung dessen, was möglich war und was nicht. Ich wusste, dass er mit dem Gedanken gespielt hatte, in seine Herkunftszeit zurückzukehren, Matthias, der Landsknecht, der Vater ein Müller, der keine Mühle besaß, sondern nur Pächter war, durch Auflagen und Abgaben gedemütigt und ausgepresst und zugleich selbst ein Schinder seiner Kinder und Knechte, die Mutter aus einer Familie wohlhabender Händler, die nach unten geheiratet hatte, unter falschen Versprechungen in die Ehe mit einem armen Schlucker geraten. Matthias, der davon geträumt hatte, Pfarrer oder wenigstens Mönch zu werden, der sich zugleich aber auch für alles Technische interessierte, von zu Hause fortgelaufen war, in Meißen bei einem Büchsenmacher gelernt hatte, Waffenschmied wurde, Kanonen goss, sich mit seinem Meister überwarf, als dieser ihm den Meisterbrief verwehrte. Natürlich war er kein Leibeigener gewesen, anderen war es schlechter gegangen, und doch musste die Fremdbestimmung, die auch auf seinem Leben gelastet hatte, erdrückend gewesen sein. Falls er das Urteil einer Außenstehenden benötigte, um sich mit seinem Vorleben zu versöhnen, wollte ich ihm diesen Gefallen tun, allerdings bezweifelte ich, dass ihm mein Wort ausreichte, schließlich war er in seinen Überlegungen schon so weit in die ja doch unsinnigen Versuche verstrickt, die Vergangenheit aus der Zukunft heraus zu ändern. Und zurückzukehren, was für ein irrsinniges Vorhaben; wären die Evakuierungsmissionen nicht eingestellt worden, ich hätte ihm zugetraut, diesen Plan auch zu verwirklichen, tatsächlich in diese Zeit zurückzukehren, in der ihn Krieg und Elend erwarteten. In einem der Protokolle, die ich gelesen hatte, sprach er davon, wie sich alte Träume manchmal den neuen in den Weg stellen würden, und ich konnte nicht umhin, seine Erfindungen als ebensolche zu bewerten, hier arbeitete sich jemand an Problemen ab, die längst überwunden waren, mühsam, bis zur Erschöpfung, er tat mir furchtbar leid.

»Übrigens soll ich dich etwas fragen, von einer Freundin, die auch bei den Missionen arbeitet. Sie recherchiert da für eine Sache.«

»Den Missionen helfe ich immer gerne«, sagte Matthias nicht frei von Ironie, »worum geht es denn?«

Ich erzählte ihm von Tezetas Theorie und was sie damit beabsichtigte und wie wichtig es für sie sei, mit Menschen zu sprechen, die die Evakuierte Anna Göldi gekannt haben. Es könnte sein, dass sie eine Zeitlang seine Mitbewohnerin gewesen sei, Anna Göldi, schon mal gehört?

Matthias lachte auf: »Du meinst die Anna, natürlich kenne ich sie, kannte sie jedenfalls, wir waren befreundet, die Gold-Anna, so habe ich sie genannt, ich habe ihr viel zu verdanken. Wenn deine Freundin Fragen hat, helfe ich ihr natürlich gerne.«

Nachdem er den Wasseranschluss wieder abgedreht hatte, gingen wir den Wiesenhang hinab. Das Sanatorium lag im Licht der Mittagssonne, Schatten zwischen den Pfeilern, dahinter das Steilufer, die Pinien, nach dem Gewitter war die Sicht so klar, wie ich sie hier in den vergangenen Wochen noch nicht erlebt hatte, ich konnte selbst die Aussichtsplattform in allen Einzelheiten erkennen, die Zeichnung des Felsens, die Burg mit ihrer Zinnenreihe, nun ganz wirklich, eine echte, existierende Burg, unten das Meer, das mit seinen weißen Gischtkronen immer noch aufgewühlt zu sein schien. Ich sah Abdouli und Katharina an den Apfelbäumen, sie hängten Geschirrtücher auf. Manchmal fiel ihnen eine Wäscheklammer herunter, dann bückten sie sich hastig, sie beeilten sich wohl, um rechtzeitig vor dem Mittagessen damit fertig zu werden.

»Wie stehst du eigentlich zu Maulwürfen?«, fragte Matthias, als wir an einem Erdhügel vorbeigingen. »Ich habe anfangs noch über Namen nachgedacht, die technischer klingen, jetzt bin ich wieder zum *Maulwurf* zurückgekehrt. Ist das zu albern? *Maulwurf, Eichhörnchen, Ziegenbock.* Manche Menschen ekeln sich ja vor Maulwürfen, hat Chen-Lu mir neulich gesagt.«

»Vor Maulwürfen? Nein, wieso denn, man kann sich gleich etwas darunter vorstellen, und ich mochte Maulwürfe schon immer, man bekommt sie nur so selten zu Gesicht. Als ich noch klein war, gab es eine überaus beliebte Zeichentrickfigur, die einen Maulwurf zeigte, einen Maulwurf, der mit seinen Freunden, dem Hasen, dem Igel und der Maus, kleine Abenteuer erlebte. Ich wüsste nicht, warum sich irgendjemand vor Maulwürfen ekeln sollte, die rosigen Schaufeln und das graue Fell. Als Kind habe ich einmal sogar einen Maulwurf gefunden, das war vor meiner Evakuierung in einem ungewöhnlich heißen und trockenen Sommer, ein völlig entkräftetes, kleines, graues Ding, ich habe ihn damals mit etwas Erde und Laub in eine Kiste gelegt und versucht, ihn mit Eiern wieder aufzupäppeln.«

»Und hat es funktioniert?«

»Leider nein. Er hat auch nichts getrunken und ist bald darauf gestorben.«

»Das tut mir leid.«

»Wahrscheinlich hatten die Katzen etwas mit ihm angestellt. Ich finde den Namen *Maulwurf* jedenfalls sehr schön, diese Umbewertung, den Maulwurf zu einem Helfer zu machen anstelle eines Feindes. Auch das *Eichhörnchen* leuchtet mir ein. Nur beim *Ziegenbock* bin ich mir nicht sicher. Wurden Ziegen denn zur Kohlernte eingesetzt?«

Matthias lachte, als hätte ich etwas vollkommen Absurdes gefragt. »Nein, das wäre keine gute Idee, da würde von der Ernte nicht viel übrig bleiben. Eigentlich hatte ich etwas anderes im Kopf, es gibt da dieses Rätsel, du kennst es vielleicht, von dem Ziegenbock, dem Kohlkopf, dem Mann und dem Wolf.«

»Wie sie den Fluss überqueren können?«

»Ja, genau, wie sie es schaffen können. Die Ziege darf nicht mit dem Kohl zurückgelassen werden und der Wolf nicht mit der Ziege. Dem Mann steht nur dieses eine Boot zur Verfügung, das ist die eine Bedingung, die andere, dass er nicht gleichzeitig rudern kann und den Wolf davon abhalten, sich über die Ziege herzumachen, die Ziege über den Kohl. Wie kommen alle unbeschadet auf das andere Flussufer?«

»Oh je, ich fürchte, ich kriege es nicht mehr zusammen, Ziege, Wolf und Kohl. Mit der Ziege geht es los, oder? Ich war in diesen Denksportaufgaben nie besonders gut. Allein das Wort macht mich schon nervös: Denksport.«

»Ja, mit der Ziege geht es los, du kannst es dir aufzeichnen und einfach alle Möglichkeiten durchprobieren, dann ist es ganz einfach.«

»Wenn du das sagst.« Ich lachte, doch Matthias schien dieses Rätsel deutlich ernster zu nehmen, als ich angenommen hatte.

»Sobald die Ziege am anderen Flussufer angebunden ist, wird der Wolf geholt, der Wolf wird angebunden und die Ziege wieder zurückgebracht. Dann wird der Kohlkopf transportiert und beim Wolf wieder ausgeladen, der mit Kohlköpfen nichts anfangen kann. Zu guter Letzt ist wieder die Ziege dran, die überquert insgesamt dreimal den Fluss. Hin und her und hin und her. Das klingt vielleicht blöd«, sagte Matthias und schwieg einen Moment, »aber mir macht dieses Rätsel Mut. Etwas erscheint unentwirrbar, mit ein paar Umwegen aber geht es auf. Die Lösung tritt manchmal so sprunghaft ein, so wie du plötzlich hier in Kolchis eingetroffen bist.«

»Ich? Wie kommst du denn auf mich?«

»Darf ich dich etwas fragen? Du hast vor einer Weile gesagt, dass du mit den Missionen abgeschlossen hättest und dir auch vorstellen könntest, länger zu bleiben. Vielleicht erinnerst du dich, das war draußen, bei den Apfelbäumen. Bald steht ja das Epochenfest an. Ich hoffe, ich überrumpele dich damit nicht, aber ich nehme an, dass Toni dich als ihre Nachfolgerin vorschlagen wird, deswegen auch die Probesitzung. Hast du dich schon entschieden?«

Augenblicklich spürte ich ein Bohren in mir und das Gefühl, Erwartungen zu enttäuschen. »Ja«, sagte ich. »Toni und Miss Bishop würden sich das tatsächlich wünschen.«

»Verstehe, und was möchtest du? Du hast gesagt, dass dich zu Hause nichts hält. Vielen geht es ähnlich, deswegen sind wir hier, viele schon seit Jahren. Sie reden und reden, aber geht es ihnen gut? Schau sie dir an, das hier ist Treibsand. Entschuldige, ich möchte mich nicht in deine Angelegenheiten einmischen, und du weißt bestimmt auch besser als jeder andere Mensch, was für dich das Richtige ist. Ich möchte dir nur einen Vorschlag machen, du kannst natürlich Nein sagen, es geht um die Rettungsmissionen.« Matthias blieb stehen. »Wie du weißt, will ich zurück, nicht für immer, aber für eine bestimmte Dauer, so lange, wie es brauchen wird, ein paar Angelegenheiten zu klären. Nicht dass du mich falsch verstehst, ich möchte dort nicht leben, ich möchte nur …« Matthias senkte den Kopf, sein Blick war auf den Boden gerichtet, »ich würde dir einfach nur gerne noch eine Sache zeigen. Lass uns heute nach der Sitzung einen Ausflug machen, das wird auch für deine Freundin interessant sein, danach kannst du dich immer noch entscheiden.«

– – *20:31* – –

*Tezeta*: Hallo, ich bin Tezeta, schön, euch kennenzulernen.
*Viele*: HALLO, TEZETA.
*Assja*: Ich freue mich auch, dich kennenzulernen.
*KIND*: Ich auch.
*Mona*: Ich auch.
*Abdouli*: Ich auch.
*Claudio*: Ich auch.
*Walter*: Wollt ihr das jetzt alle der Reihe nach sagen?
*Chen-Lu*: Sieht ganz danach aus.
*Jérôme*: Ich auch.
*Katharina*: Wir hatten schon lange keinen Besuch von außerhalb.
*Abdouli*: Das stimmt.
*Katharina*: Mir gefällt dein Kleid, ist das Leder?
*Tezeta*: Nein, Kaktusfaser, und danke, dein Kleid steht dir auch sehr gut.
*Edgar*: Katharina ist immer sehr gut angezogen. Was man von anderen nicht gerade sagen kann.
*Claudio*: Vielen Dank.
*Chen-Lu*: Gibt es noch Wein?
*Edgar*: Ja, einen ganzen Karton. Oben in der Küche. Fährst du hoch?
*Kunolo*: Ich komme mit.

*Chen-Lu*: Schaffe ich auch allein.
*Kunolo*: Okay. War ja nur ein Vorschlag.
*KIND*: Ich finde dein Kleid auch schön.
*Tezeta*: Danke.
*Assja*: Wie du siehst, sind wir alle ein bisschen aufgeregt.
*Tezeta*: Das bin ich auch. Schön, wieder in Kolchis zu sein. Kolchis, du Schöne.
*KIND*: Wollen wir singen?
*Abdouli*: Ich habe keine Lust.
*Katharina*: Ich auch nicht.
*Claudio*: Ich auch nicht.
*Assja*: Ich habe auch eine Zeitlang in einer Kooperative gelebt. Ist viel Arbeit, oder nicht?
*Tezeta*: Kommt drauf an, für welche Aufgabe du dich verpflichtest. Bei uns kannst du auch als Bibliothekarin arbeiten.
*Assja*: Cool.
*Tezeta*: Was hast du gemacht?
*Assja*: Salatanbau. Lollo Rosso, Romanesco und Endiviensalat und die Zuchtpilze.
*Tezeta*: Wo war das?
*Assja*: Auf den Kerguelen. Subantarktis.
*Tezeta*: Klingt ziemlich einsam.
*Assja*: Habe es nicht lange ausgehalten, war mir außerdem auch zu viel Regen. Kalt war es nicht, aber viel Regen.
*Tezeta*: Ich mag den Regen.
*Assja*: Ich nicht.
*KIND*: Ich auch nicht.

*Jérôme*: Ich auch nicht.
*Chen-Lu*: Also ich gehe dann. Scheine ja nichts zu verpassen.
*KIND*: Also singen wir nicht?

*– – 22:46 – –*

*Tezeta*: Jetzt?
*Assja*: Läuft.
*Tezeta*: Es war am Tag vor meiner Abreise, und mir hatte die Vorstellung gefallen, im großen Teich bei der Plantage mit den Kindern schwimmen zu gehen. Die Karpfen würden aufsteigen und nach den Luftbläschen schnappen, während vom Ufer her die Melisse duftet. Am Ufer wächst Melisse.
*Assja*: Klingt gut. Hast du nicht auch einen Pool erwähnt?
*Tezeta*: Am Haus haben wir einen Pool, der aus einem artesischen Brunnen gespeist wird, aber zum Schwimmen ist das Becken zu klein. Das Wasser ist kalt und geruchlos und nahezu ohne Leben, perfekt, um sich am Morgen zu erfrischen, gut in der Nachmittagshitze, doch zum Schwimmen nicht geeignet. Die Kinder waren mit ihren Luftmatratzen auf der Terrasse, da habe ich ihnen diesen Vorschlag unterbreitet. Einen Ausflug machen. Ich hatte ein schlechtes Gewissen.
*Assja*: Warum hattest du ein schlechtes Gewissen?
*Tezeta*: Weil ich bald wieder verreisen würde, viele hundert Jahre zurück. Für sie sind es ja nur ein paar Tage, aber für mich. Eine Missionsreise kann Monate dauern, das streifst du nicht einfach so wieder ab, das

sind Erfahrungen, die alles von Grund auf durcheinanderwirbeln, dich und wie du die Welt siehst. Ein völlig anderes Gefüge, und dann die Rückkehr. Dieselbe Tischdecke in der Küche, dasselbe Seifenstück im Bad. Das ist nicht leicht, wie du dir bestimmt vorstellen kannst.

*Assja*: Nein, ehrlich gesagt kann ich das nicht. Ich weiß zwar, wie es ist, wenn man lange Zeit an einem weit entfernten Ort gewesen ist und dann wieder zurückkommt und alles älter wirkt, die Häuser ein bisschen schmutziger, die Menschen mit neuen Falten, während ich mich noch jung fühle, keine Veränderung an mir feststellen kann. Kinder, die in der Wiege gelegen haben, dieselben Kinder können jetzt sprechen und krabbeln einem hinterher. Das ist beglückend, aber auch irritierend, auf eine beglückende Weise irritierend, als hätte ich durch meine Abwesenheit Zeit gewonnen, damit kenne ich mich aus. Wenn du aber in die Vergangenheit reist, dort Monate verbringst und Erfahrungen sammelst, die einen so großen Einfluss auf dich nehmen, dass du dich nicht mehr wie dieselbe fühlst. Und dann fliegst du zurück, fliegst in die Zukunft, aus der du gekommen bist, fliegst aber eigentlich auch in die Vergangenheit, die nahe zumindest, weil die Gegenwart, in der du dich jetzt wieder zurechtfinden sollst, seit deiner Abreise nur ein paar Tage gealtert ist. Nichts hat sich verändert, nur du, du bist die Fremde. Ich glaube, ich würde verrückt werden.

*Tezeta*: Das Merkwürdige ist ja, dass mir die Kinder auf meinen Reisen nicht fehlen. Auch der Anblick fremder

Kinder löst nichts in mir aus. Ich sehe sie nicht und denke, ich vermisse meine Kinder, ich bin dann einfach allein, sie existieren nicht. Die Entfernung ist zu groß, die Fremdheit der anderen Zeit, das Eintauchen in eine Epoche, die ich nicht kenne und erst neu erfahren muss – dieses Erlebnis ist jedes Mal so überwältigend, dass es alles andere verdrängt, das Leben, das ich zurückgelassen habe, die Menschen, die auf mich warten, ich denke nicht an sie. Erst wenn ich zurückkomme, wenn mir die Kinder entgegenlaufen, kehrt die Erinnerung an sie zurück, die Gefühle, die ich diesen Menschen gegenüber empfinde und eine Zeitlang vergessen habe. Dann bin ich jedes Mal entsetzt. Ich habe sie verraten, meine eigene Familie. Wenn ich fort bin, gibt es keinen Platz für sie, und manchmal denke ich darüber nach, wie es wäre, nicht zurückzukehren, mir ein Haus zu suchen, eine Familie zu gründen, Kinder auf die Welt zu bringen, dabei habe ich ja bereits Kinder. Ich habe eine Frau und drei Kinder.
*Assja*: Weiß sie davon, deine Frau, meine ich?
*Tezeta*: Ich denke, sie ahnt es. Manchmal macht sie eine Bemerkung. Wenn ich gerade frisch von einer Reise zurückgekehrt bin und sie der Meinung ist, ich würde mich seltsam verhalten, die Namen der Kinder anders betonen, auf eine merkwürdige, künstliche Art lachen. Ich sage dann, dass es die Anstrengung ist, Missionsreisen sind ja sehr kräftezehrend, doch in Wirklichkeit ist es etwas anderes. Schwer zu sagen, was es ist.
*Assja*: Kannst du versuchen, es zu erklären? Falls es dir nicht unangenehm ist.

*Tezeta*: Ich glaube, ich setze sie in Konkurrenz, deswegen fühle ich mich schuldig. Die Reisen wirken ja immer noch lange nach, sie verschwinden nicht einfach aus meiner Vorstellung, manchmal empfinde ich sogar eine Art Heimweh. Ich sehne mich zurück.
*Assja*: In die andere Zeit?
*Tezeta*: In die andere Zeit und in das Leben, das ich geführt hätte, wäre ich nicht wieder zurückgekehrt. Ein alternatives Leben. Wobei ich mir da auch nicht sicher bin.
*Assja*: Nicht sicher?
*Tezeta*: Ob das nicht nur eine Ausrede ist, eine vorgeschobene Erklärung, die mir hilft, mit meiner Enttäuschung umzugehen.
*Assja*: Ich glaube, ich kann dir nicht mehr folgen.
*Tezeta*: Früher, als die Missionen noch Evakuierungen gedient haben, stellte sich diese Frage gar nicht – ob es vertretbar ist, mich von meiner Familie zu trennen, sie aus einem wichtigen Teil meines Lebens zu verdrängen –, schließlich hatten wir ja einen Auftrag zu erfüllen, einen Auftrag von großer Dringlichkeit: Wir waren gekommen, um jemanden zu retten, so habe ich mich gesehen, mich und die Zeit, in der ich lebe: Wir schauen nicht einfach zu, wir tun etwas dagegen. Auch wenn es nur wenige sind, die wir holen können, wir sehen ihre Not, und wir retten sie, wir lassen sie nicht im Stich. Das ist es, was mir fehlt. Dieses Gefühl ist durch nichts zu ersetzen.
*Assja*: Dir fehlen die Evakuierungen?
*Tezeta*: Seit wir nicht mehr evakuieren, fühle ich mich

in diesem Leben nicht mehr wohl, etwas Wichtiges ist mir genommen worden. Vielleicht wäre es besser, ich würde ganz damit aufhören, den Missionen den Rücken kehren und auch keine Forschungsreisen mehr unternehmen, dann würde ich zumindest nicht immer daran erinnert werden, was mir genommen worden ist. In der Kooperative gibt es Arbeit genug und dann die Kinder, Ruth und Lynn, das ist meine älteste Tochter, Barbara ist die mittlere.
*Assja*: Barbara, die Barbarin, ein schöner Name.
*Tezeta*: Das finde ich auch.
*Assja*: Und deine Kinder, ahnen sie etwas?
*Tezeta*: Als wir vor einer Weile zusammen schwimmen gegangen sind –
*Assja*: Du meinst den Schwimmausflug? Wovon du am Anfang erzählt hast?
*Tezeta*: Genau, was ich erzählen wollte. Entschuldige bitte, ich bin wohl abgeschweift, das war am Tag vor einer Abreise – ein Schwimmausflug mit den Kindern, von denen ich mich bald wieder trennen würde. Ich wollte mit dem Schwimmengehen etwas gutmachen, quasi vorausschauend, um mich später nicht so schuldig zu fühlen. Stattdessen ist es ganz anders gekommen: Ich habe mich noch viel schlechter gefühlt. Das Haus verlassen, wenn die Kinder noch schlafen, auf dem Küchentisch liegen Zettel, kleine Briefe, die ich einstecke, diese ganzen traurigen Rituale. Ich vermisse sie ja, nur eben vor meiner Reise und nicht währenddessen.
*Assja*: Also seid ihr vorher noch schwimmen gegangen, du und deine Kinder? War deine Frau auch dabei?

*Tezeta*: Ja, Natalia war auch dabei. Es war noch auf dem Weg, wir hatten das Wasser noch nicht erreicht. Wir gehen im weichen Licht unter den Eukalyptusbäumen, in der Luft liegt der schwere Duft der Glockenheide, die dort überall wächst, auch eine Spur von Dünger, aber daran habe ich mich gewöhnt. Da ist Barbara, ihr angestrengtes Keuchen, während sie versucht, Schritt zu halten. Ruth habe ich auf dem Arm, wir haben ihr Schwimmflügel übergestreift. Lynn und Natalia gehen voraus, sie unterhalten sich, das Zischeln der Versorgungsleitungen aus den Gräben. Ich gehe also neben Barbara, ihre aufgeregte, sich überschlagende Stimme, Barbara, die die Namen der Pflanzen aufzählt, die am Feldweg wachsen. Großartige Parodia, Erhabene Gasterie, Euphorbien, Elegien. Sie hat die Namen selber gerade erst gelernt und will sie schon ihrer Schwester beibringen, dem kleinen Baby, wie sie sagt. Sie tut gerne so, als wäre Ruth noch ganz hilflos, während sie schon zu den Älteren gehört, die sich um die Kleinen zu kümmern haben. Ruth, die so lieb ist, immer aufs neue zu fragen: Und die? Wie heißt die? Gebogene Agonie. Und die? Trauerweiden-Myrte. Und die hier? Geschlitzter Baumfreund. Büschelblütige Zylindermimose. Schweigen, wenn Barbara einen Namen nicht kennt. Sie tut dann so, als hätte sie die Frage nicht gehört, es ist ihr peinlich, dieses stolze, altkluge Kind. Wir gehen also weiter, bis das Feld endet, dann führt der Weg einen Hügel hinauf, eine Aufschichtung ausgebaggerter Erde. Dort muss man rauf, um zum Teich zu gelangen, und wir sind schon eine Weile unterwegs. Für Barbara wird es anstrengend, ich höre sie seufzen und frage sie, ob sie nicht jetzt, solange es bergauf geht, vielleicht doch kurz auf Natalias Arm möchte. Ich kann sie nicht auch noch halten, weil ich schon Ruth auf dem Arm habe. Natalia streckt die Arme aus, Lynn ist schon vorgerannt, aber Barbara schüttelt den Kopf. Sie schüttelt den Kopf, und doch ist ihr anzusehen, dass ihr der Weg zu steil ist. Sie schaut ganz jammervoll, das arme Kind, sie hasst es zu laufen, mag weite Strecken nicht. Ich will ihr helfen, also frage ich sie wieder, sage: Barbara, nimm wenigstens meine Hand, doch Barbara weigert sich, bleibt stur und sieht dabei so unglücklich aus. Ich bitte Natalia, mir Ruth abzunehmen, damit ich Barbara auf den Arm nehmen kann, was Barbara aber noch unglücklicher macht. Sie regt sich auf, fängt an zu wüten, aus dem Wüten wird ein Klagen, sie wird weinerlich und hört schließlich nicht mehr auf.

*Assja*: Hast du eine Erklärung dafür, warum das Kind sich so verhält?

*Tezeta*: Ich kann es mir denken. Ich glaube, sie will deswegen nicht auf den Arm genommen werden, weil sie beweisen möchte, dass sie für mich keine Last darstellt, für mich, ihre Mutter, deren Kind sie ist, und dabei hat sie doch jedes Recht, auf mich angewiesen zu sein. Das arme Kind. Es soll sich nicht beweisen müssen. Es tut mir leid, dass sie denkt, sie müsste sich meine Liebe verdienen.

*Assja*: Hast du schon einmal versucht, mit ihnen darüber zu sprechen?

*Tezeta*: Einmal habe ich es versucht, da haben wir uns

gestritten, Natalia und ich, leider kommt das öfter vor, auch nach dem Schwimmen haben wir uns gestritten, uns vor meiner Abreise nicht mehr versöhnt.

*Assja*: Ihr habt es also doch noch bis ans Wasser geschafft?

*Tezeta*: Ja, wir haben es geschafft, wir haben ein Spiel daraus gemacht: wer am langsamsten gehen kann.

*Assja*: Dann habt ihr ja ewig gebraucht.

*Tezeta*: Ja, das haben wir, machte aber nichts, der Weg ist sehr schön. Man geht unter Palmettopalmen, an einem Zimtbaumhain vorbei, an Mangobäumen und Macadamianüssen, die den Weg hinabrollen, auch Macadamianussbäume wachsen dort, der Baumbestand ist sehr vielfältig, es ist, als würde man durch einen botanischen Garten streifen. Araukarien von der Norfolk-Insel, mit Stämmen wie geschuppte Pilzstiele, Bäume, die denselben gondwanischen Zeiten entstammen wie die Wollemien am Rande des Hügels. Irgendwann kommen wir oben an und blicken nach unten auf den Teich, braunes, sonnenbeschienenes Wasser. Nichts regt sich. Ich sehe, wie ein Schwarm kleiner Fische aus der Schilfzone herausschießt und unter den Blättern der Seerosen wieder verschwindet. Barbara rennt los, rennt auf den Teich zu, wir anderen hinterher, alle in einer Reihe wie eine Entenfamilie, ich bin ihre Entenmama. Ich hole Barbara ein, will an der Spitze laufen, so wie es sich gehört, Ruth auf meinem Arm, alle dem Alter nach geordnet, hinter uns Barbara und Lynn, am Ende Natalia, damit niemand verlorengeht.

»Wie ihr wisst, werden wir heute eine Probesitzung abhalten. Da ich die Gespräche schon so lange führe und wir ja eigentlich nach dem Rotationsprinzip vorgehen, werde ich die Leitung heute an jemand anderen übergeben. Dafür habe ich Heather ausgewählt.«

»Warum Heather?«, fragte Chen-Lu nicht unbedingt unfreundlich, und doch glaubte ich, eine Verärgerung heraushören zu können, vielleicht fühlte sie sich übergangen.

»Heather ist unsere neueste Bewohnerin, wir alle kennen uns schon so gut. Das ist einerseits schön, birgt andererseits aber auch die Gefahr, dass sich bestimmte Rollen festsetzen, und wir wollen ja schließlich auf Augenhöhe miteinander sprechen. Für die tatsächliche Vergabe hat dieser Testlauf jedoch keine Bedeutung, die Abstimmung findet wie immer beim Epochenfest statt, ich möchte aber jetzt schon mal ankündigen, dass ich von der Leitung zurücktrete.«

»Heißt das, du wirst diese Aufgabe auch dann nicht übernehmen, wenn wir dich wählen?«, fragte das KIND, das neben mir saß. Es klang ein wenig beleidigt.

»Genau, das heißt es, ich war lange genug in dieser Position. Sollte sich jemand anderes für diese Rolle interessieren, ist heute eine Möglichkeit, sich Gedanken zu machen, am besten lernt man ja, wenn man anderen zuschaut. Und Heather haben wir inzwischen ja alle kennen, und ich würde sagen, auch schätzen gelernt, sie ist ein wichtiges Mitglied unserer Hausgemeinschaft. So weit alle einverstanden?«

Ich sah, wie das KIND am Nagel seines Daumens nagte, erst am rechten, dann am linken, für einen Moment sah es so aus, als würde es daran nuckeln. Niemand widersprach.

»Schön, dann stellt sich noch die Frage, wer bereit ist, sich als Gesprächsteilnehmer zur Verfügung zu stellen. Heather wird es bestimmt sehr gut machen, da bin ich sicher. Also, wer möchte reden?«

Toni wanderte die Gesichter ab, niemand hob die Hand. Ich bemühte mich um ein Lächeln, das Zuversicht ausstrahlte, befürchtete aber, dass es missglückte.

»Na kommt schon, Freiwillige vor, wer hat schon lange nichts gesagt? Chen-Lu, vielleicht du?«

»Auf keinen Fall«, sagte Chen-Lu und wich zurück, »sucht euch ein anderes Versuchskaninchen. Nichts gegen dich, Heather, aber ich schaue heute lieber zu.«

»Okay, dann jemand anderes. Wie gesagt, ich bin ja auch noch da, und Heather wird es bestimmt gut machen, daran habe ich nicht den geringsten Zweifel.« Toni blickte zu Claudio, Claudio schüttelte den Kopf.

»Vielleicht einige von denen, die sonst nur zuhören, Deniz, Michelle?« – das Kratzen des Protokollanten –, »Vincent ist nicht da? Was ist mir dir Suleika, ein Doppel mit Assja und Heather moderiert?«

Ausweichende Blicke, ich fühlte mich zunehmend unwohl.

»Oder du, Jérôme? Von dir haben wir lange nichts mehr gehört, das wäre heute doch eine wunderbare Gelegenheit, findest du nicht?«

Jérôme schaute zu Boden. Die einzige Konversation, die ich mit Jérôme bislang geführt hatte, bestand in der Frage, in welchen Stock er fahren wollte, das war im Aufzug gewesen und schon Wochen her. Wenn ich mich richtig erinnere, hatte er mir damals keine Antwort gegeben, sondern bloß etwas vor sich hin gemurmelt und die Taste gedrückt, so dass es sich eigentlich auch nicht um eine Konversation gehandelt hatte, ich wusste nicht einmal, wie seine Stimme klang. Zum Glück schüttelte auch Jérôme den Kopf.

»Was ist denn heute mit euch los? Es gibt kein Richtig oder Falsch. Du?«

Sie zeigte auf Miss Bishop, die sich räusperte und sagte, dass sie das nicht für eine gute Idee hielt und lieber anderen den Vorzug lassen wollte. Schließlich sei sie durch ihre Beziehung ja auch irgendwie vorbelastet. »Findest du nicht?«

Toni stimmte ihr zu. »Dann eben Kunolo. Kunolo, du bist dran.«

»Warum ich?« Auch Kunolo wollte nicht und merkte an, dass niemand gezwungen werden könne. Ich sah, wie sich Katharina zu Abdouli beugte, um ihm etwas ins Ohr zu flüstern.

»Leute, so geht das nicht. Es war doch klar, dass es

einen Wechsel geben wird. Ich werde die Leitung abgeben, ob ihr wollt oder nicht. Also, wer möchte?«

Plötzlich stand Matthias auf: »Ich mache es. Ist doch kein Problem. Es wäre mir eine Ehre.«

Ich hörte, wie jemand lachte, ein Lachen unterdrückte, und sah mich in der Runde um.

»Hervorragend«, sagte Toni, »ihr habt ja auch einen Draht zueinander, ganz toll, Matthias. Dann haben nun wir die Ehre, dir zuzuhören.«

Matthias nickte und zwinkerte mir aufmunternd zu, und ich sah, dass auch die anderen sich entspannten, Claudio, Chen-Lu. Toni schlug zufrieden die Beine übereinander, während Matthias auf seinem Stuhl so weit vorrückte, dass er auf der Kante der Sitzfläche saß, die Arme auf die Knie gestützt, als würde er nun nichts lieber tun, als sich von mir befragen zu lassen. Ich überlegte, womit ich anfangen könnte, eine Frage zu den Maschinen, die er baute, was ihm die Gartenarbeit bedeutete, doch noch bevor ich eine Frage an ihn richten konnte, fing er von sich aus an zu erzählen.

»Das Erlebnis, das ich heute mit euch teilen möchte«, sagte Matthias und sah mich an, »ist eine Erinnerung, die weit zurückreicht, ich würde sagen, es ist die älteste, die älteste Erinnerung, die ich im Gedächtnis behalten habe.«

Räuspern und Husten, das Knacksen von Knien, Claudio machte seltsame Bewegungen mit seinen Füßen, als hätte er Schwierigkeiten still zu sitzen, was mir zunehmend auf die Nerven ging.

»Bist du denn sicher, dass es sich um eine Erinnerung handelt?«, fragte das KIND und zog den Daumen aus dem Mund, »keine falsche Erinnerung, PTPE?«

»Ich weiß es, so wie ich weiß, dass ich Matthias heiße, Matthias Gröning, geboren in Frankenhausen, evakuiert im Jahr 26 an einem Ostersonntag des sechzehnten Jahrhunderts, Bewohner des Sanatoriums Nr. 9.« Wie um sicherzustellen, dass wirklich alle zuhörten, machte Matthias nun eine Pause. Er schloss die Augen und öffnete sie. Kein Tuscheln, kein Räuspern, Stille breitete sich aus, mit einem Mal war es ruhig im Saal. Alle Blicke waren auf Matthias gerichtet.

»Ein Erlebnis aus deiner Kindheit«, fügte ich hinzu, in die Stille hinein, und rückte ebenfalls auf meinem Stuhl vor. Die Stimmung war so gespannt, dass dem KIND vor Aufregung der Mund offen stand, und auch Claudio hatte aufgehört, mit den Socken über den Teppichboden zu wischen, Kreise und Linien im Flor hinterlassend. »Was ist das für ein Erlebnis, wo bist du?«

»Ich stehe in der Stube meines Elternhauses und blicke durch die offene Tür zum Hof hinaus, wo alles in einem grellen Licht liegt, ich aber stehe in der Dunkelheit, über der Türschwelle flirrt der Staub.«

»In der Erinnerung bist du ein Kind?«

»Ja, als Kind, meine Beine sind nackt, eine Kühle unter den Füßen, ich trage ein Nachthemd und bin eine Weile krank gewesen. Ich hatte Fieber, das Fieber ist gesunken, ich warte im Dunkeln, vor mir die gleißende Helle. Das Licht steht im Raum wie ein Spiegel.«

»Du sagst, du seist krank gewesen, fühlst du dich in dieser Erinnerung wieder gesund?«

»Gesund und ausgeschlafen. Stellt euch die Rückenansicht eines Knaben vor. Was ich außerdem wahrnehme, ist eine Spannung, eine Ergriffenheit.«

»Ist da auch Angst?«, fragte ich und sah zu Toni, die meinen Blick mit einem Lächeln erwiderte, als wollte sie sagen: Weiter so, du machst das gut.

»Nicht unbedingt«, sagte Matthias, »eher Neugier. Ich denke nach, und zugleich weiß ich, dass mich die Fragen überfordern.«

»Worüber denkst du nach?«

»Ich frage mich, warum es hier so dunkel ist und dort so hell, warum ist die Helligkeit nicht überall und warum reicht die Dunkelheit von drinnen nicht bis nach draußen? Dringt das Licht in den Schatten oder quillt der Schatten ins Licht? Was ist schwerer? Öl oder Wasser. Ist das Licht Öl und der Schatten Wasser? Am merkwürdigsten aber kommt mir die Schwelle vor. Was ist dieser Übergang? Ist der Übergang noch dunkel oder schon hell? Diese Fragen gehen mir durch den Kopf.«

»Und wie geht es dir dabei, während du dir diese Fragen stellst?«

»Es ist anstrengend. Es kostet viel Kraft, über so etwas nachzudenken. Ich will zu dieser Schwelle, will nicht im Dunkeln bleiben, aber ich will auch nicht ins Licht. Ich gehe zur Schwelle. Es ist mühselig. Das Gehen fällt mir schwer, ich habe lange im Bett gelegen, meine Beine sind noch ungeübt.«

»Was hattest du denn?«, fragte ich und bereute es sofort. Vielleicht war es etwas, worüber er nicht sprechen wollte, also fügte ich hinzu, dass ich als Kind auch immer krank gewesen sei, Schwindelanfälle und Übelkeit, ein Kind, das ständig krank sei, das habe man immer über mich gesagt.

»Es waren die Pocken«, sagte Matthias.

»Dagegen wurde man zu meiner Zeit geimpft, ich habe eine Narbe am Oberarm, die von der Impfung stammt. Als ich aufwuchs, galt diese Krankheit als ausgerottet. Aber du hast keine Narben. Von den Pocken, meine ich?«

»Die habe ich nach meiner Evakuierung entfernen lassen. Alles auf einmal: neue Zähne, ein neues Knie und die Narben weg.«

»Ich hatte Diabetes, Typ 1. In Kolchis war das Problem mit einem kleinen Eingriff behoben worden, während es in meiner Herkunftszeit noch nicht einmal erkannt worden war, ich wäre daran sogar gestorben. Wahrscheinlich.«

Ich hörte, wie Toni sich räusperte, und auch ihr Blick hatte sich verändert.

»Entschuldigt«, sagte ich, »wir waren woanders, du hattest angedeutet, dass dir das Gehen noch schwerfiel. Konzentriere dich auf das Gehen, konzentriere dich auf das Gefühl. Wenn du möchtest, kannst du auch die Augen schließen.« Toni nickte zufrieden. »Was machst du in dieser Erinnerung?«

»Ich mache einen Schritt und stehe auf der Schwelle. Ich stelle mich genau dorthin, wo die Trennlinie verläuft, die Fersen im Schatten, die Zehen im Licht. Ich tauche mit den Füßen ein und versuche herauszufinden, was sich leichter anfühlt, das Draußenlicht oder das Drinnenschwarz. Eine Fuhre ist gekommen, Männer und Frauen verladen Säcke, das Mühlrad klappert. Mein Vater ruft Befehle aus. Hierhin soll dies, dorthin soll das. Niemand ist böse, alle sind heiter, ihre Heiterkeit reicht bis zu mir. Trotzdem bin ich froh, noch nicht draußen zu stehen, sondern auf der Schwelle.«

»Ist da noch etwas?«, fragte ich.

»Das frage ich mich auch.«

»Wie meinst du das?«

»Ich kann keinen Unterschied erkennen, hell und dunkel, das sind die Antworten, das weiß ich mit Sicherheit, nur kenne ich die Frage nicht, die damit beantwortet wird.«

»Es ist eines dieser Rätsel, das dadurch gelöst wird, dass man die richtige Frage stellt?«

»Genau, ich suche das Rätsel zu dieser Lösung«, sagte Matthias, wieder Tonis Räuspern, kurz stampfte sie mit den Füßen auf, doch Matthias beachtete es nicht. »Vielleicht kennt ihr das Gefühl, Chen-Lu, Edgar, vielleicht habt ihr vor eurer Evakuierung ja auch einmal etwas Ähnliches erlebt, wie würdet ihr das deuten? Edgar, als du im Camp warst, wartend wie ein Gefangener, der doch eigentlich bereits befreit worden ist. Oder Claudio in der Fabrik, am Tag nach dieser Wahl, als es so aussah, als würdet ihr bald an euren eigenen Maschinen, für euer eigenes Glück Papier herstellen. Das sich Ankündigen einer Veränderung, einer Möglichkeit, die aufscheint: Ihr merkt, wie sich ein Gedanke formt, den ihr noch nicht vollständig begriffen habt, wisst aber schon, dass der Gedanke oder die Schlussfolgerung, die ihr daraus ziehen werdet, für euch eine große Bedeutung haben wird. Der Gedanke wird euch verändern, und es geht nicht nur um euch, dieses Neue ist universell, es könnte sich auch in jedem anderen Kopf gebildet haben, es gehört euch nicht, es bezieht euch ebenso mit ein wie alle anderen Menschen. So würde ich das Gefühl beschreiben. Eine Vorahnung, eine Tür, die sich öffnet, ihr blickt in einen Raum, der die ganze Zeit schon da war«, sagte Matthias und schaute zu Toni, die seine Ausführungen mit Skepsis verfolgte. Ich hatte nicht den Eindruck, dass sie einverstanden war mit der Entwicklung, die die Sitzung genommen hatte, vielmehr schien es, als wollte sie das Gespräch am liebsten unterbrechen, so unruhig, wie sie auf ihrem Stuhl saß.

»Von welchem Rätsel sprichst du denn?«, sagte sie schließlich, »wir sitzen hier doch nicht zum Rätselraten zusammen, ich fürchte, wir können dir nicht folgen.«

»Doch«, sagte Edgar, »ich verstehe, was er meint.«

»Ich auch«, sagte Assja, »ich kenne das Gefühl.«

Toni schüttelte den Kopf, doch bevor sie etwas erwidern konnte, meldete Claudio sich zu Wort.

»Von Schwellen«, sagte er, »geht eine subversive Kraft aus. Schwellen stellen Kontaktzonen dar, die weder das eine noch das andere sind. Darin liegt eine Freiheit. Das Gefühl, das du empfunden hast, ist die Lust an der Nichtzugehörigkeit. Gerade für ein Kleinkind, das ja erst am Entdecken des eigenen Ich-Zustands ist und sich in völliger Abhängigkeit befindet, muss das etwas ungemein Beglückendes haben.«

»Richtig«, sagte Matthias, »da dies meine früheste Erinnerung ist, zeigt sie, wie bedeutsam dieser Moment für mich gewesen sein muss: die Entdeckung meiner eigenen Autonomie.«

»Ich weiß nicht«, sagte Abdouli, nun an Claudio gerichtet, »ich denke, es geht weniger um den Moment einer Befreiung, schließlich geht das Kind ja nicht über die Schwelle, Matthias verweilt auf ihr. Ein ruhendes Pendel, er steht still wie eine Uhr, die nicht mehr schlägt. Matthias sagt ja, wenn ich ihn richtig verstanden habe, dass er seinen Vater sieht oder hört. Der Vater, er arbeitet, und da sind auch andere, der Junge kommt aus der Dunkelheit einer Stube. So war es doch?«

Matthias nickte.

»Ich kann mir nicht richtig vorstellen, wie das bei euch ausgesehen hat«, sagte Katharina, »gab es Möbel, Fenster?«

»Ja, Fenster mit Butzenscheiben. Möbel hatten wir auch, Tische, Stühle, Bänke, Truhen. Wir waren nicht arm.«

»Okay«, sagte Claudio und kratzte sich an der Stirn, die Ränder des Pflasters umfahrend, das heute ein wenig weiter oben klebte, »aber du bist in diesem häuslichen Raum allein, nehme ich an?«

»Ja, in meiner Erinnerung bin ich allein.«

»Du bist allein im Dunkeln in einer Umgebung, die dir vertraut ist. Die Umgebung draußen ist dir auch vertraut, aber vielleicht schon etwas weniger. Da ist dein Vater, da sind aber auch Fremde, da wird gearbeitet.«

»Ja.«

»Was du aber vor allem beschreibst, ist die Scheide zwischen Dunkelheit und Licht. Ich bleibe dabei, ich glaube nicht an eine Befreiung. Was für eine Autonomie? Er ist in dieser Erinnerung noch ein Kind, was kann ein Kind denn schon allein entscheiden, nichts«, sagte Claudio und blickte sich über die Schulter, wo das KIND saß. »Ich meine damals, du weißt, ich spreche von Matthias und seiner Kindheit. Kinder als Zwangsarbeiter, Kinder zum Prügeln, du wirst das doch auch so sehen, ich wollte dich nicht kränken.«

»Keine Sorge, das hast du nicht, ich habe das nicht auf mich bezogen, ihr braucht mit mir nicht immer so zu reden, als müsstet ihr mich schonen, ich verstehe euch nicht schlechter als ihr mich. Soweit ich mich an meine eigene frühe Kindheit erinnern kann«, sagte das KIND und richtete sich auf, »in meiner Kindheit vor der Evakuierung war das Helle nicht automatisch gut. Sicher, die Dunkelheit machte mir in bestimmten Situationen Angst, aber sie hatte auch etwas Geborgenheit Spendendes, und die Sonne war mir oft zu grell. Die Helligkeit hat nie Geborgenheit vermittelt. Worüber Matthias gesprochen hat, die Schwelle dazwischen, weder das eine noch das andere, ein Ort zwischen der Grellheit der Sonne und der Beklemmung der Dunkelheit, ich sehe darin eine Schutzzone. Nur dort ist es erträglich. Es geht um die Schwelle als Existenzort. Das ist meine Meinung. Und die Kindheit ist nicht heilig, weder heilig noch ein Albtraum. Sie ist das, was niemals abgeschlossen ist und trotzdem bereits vergangen. In der Kindheit kreuzen sich die Vergangenheit und die Zukunft, sie ist die Koordinate, von der alles fortstrebt, und der Punkt, auf den alles wieder zurückführt.«

»Und was denkst du?«, fragte ich Chen-Lu, die diese Ausführungen sehr aufmerksam verfolgt hatte, »du bist doch immer so rational. Worum geht es in diesem Erinnerungsbild?«

Chen-Lu kratzte sich am Kinn.

»Für mich ist die Schwelle ein Todeszeichen. Krankheit und Vergänglichkeit, der Junge war an den Pocken erkrankt, dann das gleißende Licht, wie eine Nahtoderfahrung. Die erste Bewusstwerdung des Endes, das ihn erwartet, ist doch völlig klar.«

»Interessant«, sagte Miss Bishop und rückte ein Stück von Toni weg, Toni, die mit verschränkten Armen dasaß. »Es könnte sich also auch um eine frühkindliche Ahnung des eigenen Todes handeln. Möglicherweise hast du zu diesem Zeitpunkt noch keinen Todesfall in deiner näheren Umgebung erfahren. Möglicherweise hat man dir noch nicht davon erzählt, oder du bist noch zu klein, um es zu begreifen. Jetzt aber, in dieser Erinnerung, nach einer Krankheit, an der du hättest sterben können, jetzt aber ahnst du, dass es so etwas gibt. Dein Leben wird ein Ende nehmen, und davor hast du Angst.«

»Aber ich habe keine Angst«, sagte Matthias.

»Warum sollte man auch Angst haben. Der Tod ist nichts, wovor man sich fürchten muss«, sagte Chen-Lu.

»Das sehen andere, glaube ich, anders», sagte Mona, die sich aufrichtete, kurz aufstand und wieder Platz nahm, »deine Mutter hatte bestimmt große Angst um dich. Als mein Sohn erkrankte, konnte ich an nichts anderes denken: die Vorstellung, ihn beerdigen zu müssen, mein kleines Kind. Etwas Furchteinflößenderes gibt es nicht.«

Unruhe kam auf. Abdouli äußerte sich zu dem Spiegel, den Matthias erwähnt hatte: »Du hast das Licht mit den Reflexionen eines Spiegels verglichen. Das Kind muss erst lernen, sich im Spiegel zu erkennen, du aber blickst durch den Spiegel hindurch. Dahinter steht dein Vater, das wird doch kein Zufall sein. Du vergleichst dich mit ihm.«

»Immer der Vater, immer die Mutter«, seufzte Edgar und erwiderte Abdoulis Spiegelinterpretation mit einem Kommentar, den ich nicht verstehen konnte, weil auch Jérôme, der Schweigsame, für mich völlig überraschend das Wort ergriffen hatte und nun davon sprach, mir davon erzählte, wie bedauerlich es sei, dass von ihm als Kleinkind keine Farbfotografien existierten, nur einige an Daguerreotypien erinnernde Schwarz-Weiß-Bilder. Auf ihnen sei er kostümiert, verkleidet als orientalischer Prinz, als Schäfer, als Räuber. Im Hintergrund sei zwar der Garten zu erkennen, umwuchert von Brombeerhecken, Ringelblumen und gewaltigen Rhabarberstauden, doch Strommasten, Windräder und Kondensstreifen fehlten, nichts, das darauf hinwies, dass er aus einem Zeitalter hoher Technologisierung evakuiert worden war, diese Bilder lieferten ihm keine Erklärungen, seien austauschbar in Ort und Zeit. Er erkenne seine Fellweste, die er sowohl übergestreift als auch im Bettchen eines Puppenwagens spazieren gefahren habe. Er erkenne seinen Filzhut, wisse noch immer, wie es sich angefühlt habe, über den Stoff zu fahren, erkenne die silberne Brosche mit der Perle in der Mitte und die lange Bernsteinkette, über die er einmal beim Gehen gestolpert sei, die Kette war gerissen. »Ich erkenne auch meinen Blick und kann trotzdem nicht glauben, dass ich es bin.«

»Du kannst es nicht glauben, oder du erkennst dich nicht? Erkennst du dich im Spiegel?«, fragte das KIND, das seine Hand auf mein Bein gelegt hatte, wahrscheinlich ohne es zu merken.

»Manchmal ja, manchmal nein.«

Ich fragte mich, aus welcher Zeit er kam, in keinem der Protokolle, die ich bisher gelesen hatte, war sein Name aufgetaucht. Da er seine Herkunftszeit selbst nicht genannt hatte, wäre es wohl besser, ihn über Umwege dazu zu bringen, eine Zeitmarkierung zu erwähnen. Ich könnte ihn fragen, ob seine Eltern einem Beruf nachgegangen waren, oder ihn sein Kinderzimmer beschreiben lassen. Ich wollte gerade ausholen, da unterbrach mich das KIND, mir mit der Handfläche auf das Hosenbein klopfend, und bot an, Jérôme zu porträtieren. Ob es ein Bild von ihm machen dürfe, »vielleicht später nach der Sitzung, gleich hier, mit dem Vorhang im Hintergrund? Ich müsste vorher nur meine Ausrüstung holen. Mir helfen diese Bilder, meine Erinnerungen in der Wirklichkeit zu verankern. Wenn ich einmal nicht sicher bin, schaue ich sie mir an. Das beruhigt mich.«

Ich blickte zu Matthias – wahrscheinlich wäre es gut, die vielen Unterhaltungen wieder zu einer gemeinsamen zusammenzuführen –, doch auch Matthias war in ein Gespräch vertieft, ich sah, wie er mit Händen gestikulierend Katharina etwas erklärte, hörte ihn *Schemel* sagen und *Kissen aus Stroh*. Rechts von mir entspann sich eine Diskussion über die Rolle der Eltern, des Vaters, der Mutter, das KIND im Streit mit Abdouli, links von mir ein Gespräch über die Psychologie des bürgerlichen Individuums und ihr Nachwirken bis in unsere Zeit, wie psychologische Theorien die Wirklichkeit zum Ausdruck innerer Zerrissenheit umdichten und den Herrschenden so die Generalabsolution erteilen würden. Mittendrin Toni mit verschränkten Armen und verfinstertem Blick.

»Also gut«, sagte Toni und klopfte auf den Stuhl, »also gut, jetzt haben sich alle gemeldet.« Allmählich wurde es leiser, Gespräche verebbten, ich hörte noch, wie jemand das Wort *Engel* sagte, *Engel* oder *Mängel*, dann war die Ruhe wiederhergestellt, Toni hatte die Autorität zurückerlangt. »Danke, Matthias für dieses anregende Bild, mit dem so viele etwas anfangen konnten. Was mich nun wirklich interessieren würde, was wir noch gar nicht wissen: Was sagt denn unsere Leiterin zu alldem?« Ihr Blick fiel auf mich, sie wirkte verärgert, und ich merkte, wie ein fast körperlicher Widerstand in mir aufstieg: »Liebe Heather, als Leiterin unserer heutigen Sitzung, wie ist deine Meinung, wie würdest du Matthias' Erinnerungsbild interpretieren?«

Ich spürte, wie das KIND sich mit dem Kopf an meine Schulter lehnte.

»Die Leiterin, also ich, kann allen Wortmeldungen zustimmen.« Toni lachte auf, ein Lachen, das nicht mehr freundlich gemeint war, das eine Feindseligkeit aufblitzen ließ. »Toni, ich weiß, dass hier gerade einiges durcheinandergeraten ist, du hättest das Gespräch anders geführt, aber heute leite nun mal ich die Sitzung, deswegen bitte ich dich, uns nicht vorzuschreiben, wie wir mit diesem Erinnerungsbild umzugehen haben. Unser Ziel ist es, auf Augenhöhe miteinander zu sprechen, daran hast du uns vorhin selber noch erinnert.« Ich hörte, dass Edgar zu einem spontanen Applaus ansetzte, und auch Miss Bishop schlug nun die Hände zusammen, woraufhin Kunolo lachte und Mona leise, doch für alle hörbar, das Wort *Meuterei* zuflüsterte. Dann wurde es wieder still.

»Und jetzt zu Matthias.« Matthias sah mich erwartungsvoll an. »Dass du diese Erinnerung heute als deine älteste Erinnerung bezeichnest, heißt nicht, dass sie das schon immer war. Es ist sogar sehr wahrscheinlich, dass du dir früher andere Dinge ins Gedächtnis gerufen hast, auch das Kind auf der Türschwelle hatte Erinnerungen. Warum also hat dein Gehirn ausgerechnet diese Erinnerung zu deiner frühesten bestimmt? Wir alle haben die Erfahrung gemacht, aus einem Leben herausgeholt worden zu sein, das ein schlechtes Ende genommen hätte, und wir alle wissen, dass es auch anders sein kann. Todgeweihte, doch dem Tode entrissen. Manche Probleme kehren zurück, andere Probleme kommen hinzu, aber in dieser Erfahrung steckt ein Potenzial. Ich denke, darum geht es bei diesem Erinnerungsbild – um einen Möglichkeitsraum. Die Schwelle: eine Markierung, von der andere Abzweigungen möglich gewesen wären. Kannst du damit etwas anfangen?«

Matthias nickte, sein Blick hellte sich auf.

»Natürlich ist dir das als Kind noch nicht bewusst gewesen, du hast dich damals wahrscheinlich einfach nur gefragt, was vor der Tür für solche Heiterkeit sorgt, eine berechtigte Frage, nachdem du so lange krank im Bett gelegen hast. Erst in der Erinnerung wurde die Schwelle für dich zu einem Symbol. Da ist ein unsichtbarer Bruch, nur du nimmst ihn wahr, dein aus der Zukunft zurückblickendes Ich. In deiner Erinnerung setzt du hier eine Zäsur, deswegen erinnerst du dich. Was hätte sein können, wie es stattdessen war.«

## *Die Burg*

Unter wehenden Fahnen zieht eine Armee gegen den Wall einer Stadt, ein Mauerstreifen zwischen Feldern, in der Mitte ein Kirchturm, die Spitze ragt empor. Die Angreifer führen Kanonen mit sich, Reiter, Männer auf Pferden, manche in Rüstungen, Arme und Beine, zu einer Masse verschmelzend, vorne ein Hauptmann, der sich über die Schulter blickt und Befehle schreit, in der erhobenen Hand ein Dolch, der mit Edelsteinen besetzt ist und dem Menschenhaufen die Richtung weist: auf die Stadt, auf den Wall – doch auch die Stadt verteidigt sich. Gestalten, halb verborgen hinter den Zinnen, Frauen und Männer, die sich auf dem Wehrgang verschanzt haben, sie schießen, weiße Rauchwolken ausstoßend, auf das sich nähernde feindliche Heer. Die Perspektive stimmt nicht; obwohl sich die Mauer im Hintergrund befindet, erscheinen die Menschensilhouetten hinter dem Zinnensaum fast genauso groß wie die Reiter, die im Vordergrund platziert sind und auf die Mauer zustürmen, der Hauptmann müsste ein Riese sein, und auch die Leitern, die gegen die Außenseite des Stadtwalls lehnen, stimmen nicht mit den Größenverhältnissen überein. Sie sind zu schmal, dünne sich biegende Gestelle, so dass die Menschen, die ihre Sprossen hinaufklettern, als Winzlinge erscheinen müssen.

Die Winzlinge tragen Helme, während von oben, aus vielen Gießrinnen im Mauerwerk, eine schwarze Flüssigkeit auf sie hinabtropft. Eine Menschengestalt ist mit Pech überschüttet und stürzt von einer zu einem Wehrturm hinaufführenden Leiter senkrecht in die Tiefe. Als hätte sich ihr Sturz bereits vollzogen, befindet sich unten, unter der fallenden Gestalt, ihr auf dem Boden liegender Körper, Sturz und Aufprall sind gleichzeitig festgehalten, in einer gemeinsamen Abbildung vereint. Dasselbe gilt für die Geschosse, Kanonenrohre, die hinter den Zinnen hervorschauen: In dem Moment, in dem sie abgefeuert werden, schlagen sie auch schon ein, und man sieht sogar noch ihre Flugbahn, angedeutet durch einen grau umwölkten Streifen über dem Himmelweiß. Wo sie niedergehen, werden Krater in die Erde gerissen, Krater, die die Menschenmasse spalten, Feuerbälle, dargestellt durch rote Farbe, die zerfließt. Rings herum Schwärze, Strahlen, die sich abspreizen, das zersprengte Material, Ruß und Splitter, ein Helm fliegt durch die Luft.

Ich war mit Matthias durch den Kurpark gegangen, um den um siebzehn Uhr fünfzehn abfahrenden *Kolchis-Express* zu erwischen. Die Fahrt hatte etwas länger als eine halbe Stunde gedauert und uns über die Stationen *Seebrücke, Goldberg, Blaue Höhe* und ein paar andere schließlich zum *Hochauge* geführt, wo wir ausgestiegen waren. Von dort waren es noch etwa fünf Minuten, eine Passstraße hinauf und dem Festungsbau entgegen, über eine Zugbrücke, die, wie Matthias gesagt hatte, dauerhaft heruntergelassen sei und nur dekorativen Zwecken diene. Die Malerei, die wir betrachteten, schmückte die Innenseite der Burgmauer, ein Bildfries ohne Anfang und Ende, Szenen gingen ineinander über und wurden an anderer Stelle wieder aufgegriffen.

Manche Menschendarstellungen waren nur schemenhaft zu erkennen, Zeichnungen wie von Kindern oder Laien, der Kopf ein Kreis mit Punkten, die die Augen andeuteten, während andere, wie der Hauptmann mit dem Dolch, in ihrer malerischen Genauigkeit, der Kunstfertigkeit ihrer Darstellung, fast fotorealistisch anmuteten, Reflexionspunkte entlang der Edelsteinfacettierungen, der Widerschein des Feuers in den aufgerissenen Augen, eine breite Nase mit grobporiger Haut. Diese Gleichzeitigkeit der Stile, die Unterschiede in der Art, wie etwas zur Darstellung gebracht wurde, anatomische Unmöglichkeiten, Verrenkungen der Schultern und Knie neben der exakten Darstellung eines Pferdes im Maßstab 1:1 ließen deutlich erkennen, dass an der Herstellung dieses Wandbilds weit mehr als nur eine Künstlerin beteiligt gewesen war. In einem anderen Bildausschnitt erkannte ich Menschen, die von Pfeilen getroffen werden, aus der Brust ragen die befiederten Pfeilenden, Körper, die zusammengesunken sind und auf einem Karren liegen, der von drei gebeugten, trauernden Gestalten gezogen wird. Dieselben Gestalten, sie tragen Kutten, waren weiter rechts noch mal zu sehen, die Karren sind beladen, auf der Ladefläche Verwundete, die bereits gestorben sein mochten oder noch um ihr Leben bangen, sie ruhen gestapelt aufeinander.

Die Straße, auf der der Karren gezogen wird, führt an Ruinen vorbei. Am Wegrand die Reste von Bauernkaten, die niedergebrannt worden sind, Gärten, in denen statt Kohl menschliche Schädel aus der Erde blecken, Hügel aus abgeschlagenen Gliedern, Armen, Beinen und Füßen, vorbei an einer Schmiede, in der gefoltert wird, eine Landschaft der Qualen und Bestialitäten. Einem Menschen wurden bei lebendigem Leib Schnüre aus dem Magen gezogen, Gedärme, auf eine Winde gespannt, die ein grinsender Folterknecht dreht und dreht. Einem Unglücklichen ist die Zunge herausgerissen worden, blutig violett klemmt sie in einer Zange, hervorquellende Augäpfel, ein zu einem Schmerzensschrei geöffneter Mund. Gefesselt an einen Baumstamm wartet eine Frau auf ihre Verbrennung, die Hölzer für den Scheiterhaufen werden noch zusammengetragen. Und wieder waren da diese drei, drei Beobachter, drei Mönche, die in Anbetracht all der Grausamkeiten ihre Gesichter hinter den Händen verbergen.

»Furchtbar, wie brutal das alles ist, und das habt ihr euch jeden Tag angesehen?«

»Man gewöhnt sich daran, außerdem geht es hier nicht überall so grausam zu, ich zeige dir, woran ich gemalt habe.«

Matthias führte mich weiter vom Eingangstor weg, einem Rundweg folgend, zu einer anderen Darstellung des auf die Sanatoriumsummauerung aufgetragenen Wandgemäldes.

Ich hatte mich nie gefragt, was mich hinter der Burgmauer erwarten würde, zumindest erinnere ich mich nicht daran, dass der Anblick der steinernen Mauer mit ihren aufragenden Ecktürmen, die grau und abweisend auf der Anlage thronten, in mir jemals den Wunsch geweckt hätte, hinter das hölzerne Tor zu blicken. Die Burg lag auf einer Anhöhe auf der dem Meer abgewandten Seite der Hügelkette, hinter der Aussichtsplattform, weit weg von den Parks, dem Boulevard und der Seebrücke, in dem rauesten und, wie mir damals erschienen war, unglücklichsten Teil von Kolchis. Vielleicht hatte es mich zwei- oder dreimal in die Nähe des Sanatoriums verschlagen, vielleicht in der Anfangszeit nach meiner Evakuierung, als ich durch Kolchis gewandert war, meist in Begleitung von Mitsu, Wanderungen, die uns in die abgelegensten Winkel geführt hatten, immer weiter die bergige Landschaft hinauf, bis wir irgendwann wieder auf die Schienen stoßen würden, denen wir folgten bis zur nächsten Station, doch für die Burg hatten wir uns nicht interessiert. Mittelalterlich, dumpf-europäisch und sicherlich düster würde es dort aussehen, damit hatte es sich erledigt. Was uns angezogen hatte, waren die lichteren Orte gewesen, die Wasserballettshows in den Schwimmbecken unter freiem Himmel, die Boccia-Plätze, von Zuschauerinnen umstellt, von Spielerinnen und Spielern, die Rivalitäten austrugen, die Tanzabende und Straßenfeste, Wettbewerbe in Sportarten, von denen ich noch nie etwas gehört hatte, Duelle im Wasserpingpong – dort hatte ich sein wollen, nicht unbedingt als Teilnehmerin, eher als stille Beobachterin im Badeanzug auf einer Decke liegend und über Witze lachend, die ich nicht verstand.

»Vielleicht gefällt dir diese Darstellung besser, auf diesem Mauerabschnitt geht es friedlicher zu.« Wir betrachteten eine Dorfszene, Bäuerinnen tanzen unter einer Linde, ich sah Gruppen von Musikanten, die in einen Dudelsack blasen, mit einer Drehleier auf dem Schoß Musikstücke zum Besten gebend. Ein Mann mit einer Maultrommel, eine Frau beugt sich über ein Saiteninstrument in Form eines großen Bretts. Unweit der Linde ist eine Tafel aufgebaut, ein großer Tisch, gedeckt mit Speckschwarten und Käselaiben, ein Spanferkel mit einem Apfel im Maul, Trauben, Feigen und Birnen. Frauen und Männer, Kinder und Greise essen sich satt, ein Fettglanz auf den Wangen, ein Mädchen, das in einen Hühnerschenkel beißt, während sie lacht, eine Greisin legt den Kopf in den Nacken und schüttet sich Wein in den zahnlosen Mund. An der Schmalseite der Tafel: ein Mann, dessen Bauch sich so weit vorwölbt, dass es ihm das Hemd zerfetzt, sein nackter Bauch kommt zum Vorschein, rote Adern, ein Nabel, der wie ein Stöpsel hervorragt, und ich sah, dass der Stuhl, auf dem er sitzt, etwas abseits der anderen, im Begriff ist zusammenzubrechen, eine Seitenverstrebung ist bereits gebrochen, ein Stuhlbein neigt sich zur Seite.

»Der hat es wohl etwas übertrieben«, sagte ich und zeigte auf den kippenden Stuhl und den Mann mit seinem roten Wanst, »soll das eine Warnung sein, ein Appell an die Menschheit, Maß zu halten?«

Matthias zuckte mit den Achseln.

»Das glaube ich nicht. Da hat sich jemand einen

Scherz erlaubt, so würde ich das interpretieren. Ich könnte mir vorstellen, dass es Andrea gewesen ist, einer unserer Meister, von ihm stammen viele dieser aufwendigeren Malereien, da musste alles in Schichten aufgebaut werden, aber Annas Arbeiten sind auch sehr schön, ihr Stil war illustrativer, freier, wie ich finde, sie hat diese Baumgruppe gemalt. Siehst du diese Pinien?« Er zeigte auf eine Gruppe rotstämmiger Bäume, die Äste geschwungen, die Nadeln: feine Striche, jede einzelne zu erkennen. »Weil sie unter Höhenangst litt, habe ich ihr die Leiter gehalten. Es ist ja nicht sehr hoch, und trotzdem konnte sie nicht runterschauen.«

»Da ist auch ein Hund, oder ein Wolf? Mit der heraushängenden Zunge?«

Hockend zwischen den Stämmen, das Maul geöffnet, doch alles andere als furchterregend, ein grauer, bemitleidenswert magerer Wolf, die Rippen treten hervor, die Schulterblätter, die Hüftknochen, ein mageres Gerippe mit zerrupftem Fell, und ich sah, dass er angebunden war.

»Anna wollte ihn so darstellen. Ihr hat nicht gefallen, dass der Wolf immer für das Böse stehen soll, schließlich müsse er doch ebenso wie alle anderen Tiere seinen Hunger stillen, um zu überleben.«

Er erzählte von dem Tag, an dem Anna Göldi in die Burg einzog. Es hatte Diskussionen darüber gegeben, ob und unter welchen Bedingungen man sie, die aus der Zeit der Aufklärung kam, in ihre Gemeinschaft aufzunehmen bereit war. Anna habe lange im *Haus Veritas* gelebt, wo sie jedoch immer öfter mit den dortigen Bewohnern aneinandergeraten war. »Manche haben befürchtet, dass es auch bei uns zu Streit kommen würde, andere hatten Angst, von Anna vorgeführt zu werden. Die Burg war für viele ja ein Zufluchtsort, von dem aus sie sich langsam an die neue Zeit gewöhnen wollten, ein großer Schritt, wie du dir vorstellen kannst. Als die Anna aber einzog, haben sich alle Zweifel auf einen Schlag als völlig unberechtigt erwiesen. Ich glaube, es gab damals niemanden, der sie nicht auf Anhieb gemocht hat. Sie war sehr charismatisch, witzig auch, und wenn sie beim Frühstück davon erzählte, was ihr im Traum erschienen war, haben sich immer zehn oder zwanzig Zuhörende um sie versammelt. Am Ende blieb sie nur ein paar Monate, und als sie ging, war es für viele ein großer Verlust. Von ihr stammte auch die Idee für dieses Gemeinschaftswerk. Für mich war es das erste Mal, dass ich Pinsel und Farbe in die Hand genommen habe. Zeichnen konnte ich, mit Linien etwas konstruieren, doch der Umgang mit Farbe ist etwas vollkommen anderes.«

Wir gingen weiter an der Mauer entlang und blieben vor der Darstellung einer Weide stehen, eine Herde im grünen Gras, Schafe vermutlich, weiße Wolkenformen mit dünnen Strichbeinchen, im Vordergrund zwei Männer, die nackt sind und sich in den Armen liegen. Wie bei den Szenen zuvor herrschten wieder diese verschiedenen Stile vor, bei der Darstellung der Schafe waren die Umrisse verwischt, weiße Farbkleckse, die ineinanderliefen, bei der Darstellung der Nackten waren die Linien klar, eine Darstellungsweise, die an Illustrationen erinnerte, an Comics oder Bildergeschichten.

Matthias führte mich weiter. An die Wiese grenzt ein Gebäude, das einen Innenhof einschließt, eine Architektur, die auf ein Kloster hindeuten könnte, ein Stift oder ein Schloss, doch die Menschen, die zu den Toren hineinströmen, sehen nicht aus wie Geistliche, dort stehen keine Wachen, sie sind ausgelassen, tragen Bücherstapel in den Händen, während im Innenhof ein Spiel im Gange ist, zwei Knaben in scharlachroten Strumpfhosen, zwischen ihnen ein Netz, sie beschäftigen sich mit einem Ballsport, der an Tennis erinnert und Jeu de Paume genannt werde, wie Matthias mir erklärte, ein Spiel, das ihm nie besonders gefallen habe. Stattdessen zeigte er auf eine Ackerfläche, ein Mann und eine Frau, Eheleute, wie er sagte, die sich selbst vor einen Pflug gespannt hätten, ein Anblick, der ihm das Herz zerreiße, die abgekämpften Gesichter, die Mühsal ihrer Arbeit. Wir gingen an der Darstellung eines Gottesdienstes vorbei, an einem Karnevalszug, Menschen mit Teufelsmasken, Männer, die sich, einen Strohballen unter das Hemd gestopft, als Schwangere verkleidet haben. Zwischen Holzbuden wird Markt gehalten, die Buden sind mit Stoffbahnen überspannt, an einem Spinnrad sitzt eine Frau, eine Bildfolge zeigt die Herstellung von Wein: Trauben werden geerntet, die Ernte in einem Holztrog zerstampft, der Saft aus der Maische gepresst und schließlich in ein Fass gefüllt. Schiffe stechen in See, ein Meer, auf dem Wellen wogen, aus den Wellen erhebt sich eine Flosse, ein Walfisch, der etwas weiter rechts an Land gezogen daliegt, auf ihm Männer, die ihn mit Äxten bearbeiten. An der Küste ein Waldstück, Rehe fliehen vor einer Jagdgesellschaft, ein Reiter bläst in ein Horn. So unterschiedlich diese Szenen waren, sie alle ereignen sich unter demselben hellen, fast weißen Himmel – dort schien der Lehmputz der Burgummauerung hindurch –, ein Himmel, der nicht zwischen Schrecken und Freude unterscheidet, dachte ich, ein Himmel der Gleichgültigkeit, keine Wolken, keine Sonne. Manche Figuren wechselten von einer Szene in die andere, als stünden ihnen alle Türen offen, wie die Knaben in ihren Strumpfhosen: Sie schlagen sich nicht nur Bälle zu, sie bereisen auch das Meer, gehen zur Jagd, während andere in ihren Szenen wie gefangen dahocken, entweder weil sie tatsächlich gefesselt sind, die Füße in Ketten, während die Hände auf einer Folterbank niedergedrückt werden, oder weil es ihre Lebensumstände nicht erlauben, auch in einer anderen Rolle in Erscheinung zu treten. Am auffälligsten aber waren die drei Kuttenträger, die immer etwas abseits standen, mehr den Betrachtenden als dem Geschehen zugewandt, ob in der Schäferszene, beim Gelage oder bei der Feldarbeit, selbst in der Folterkammer, bei der hochnotpeinlichen Befragung, diese Mönche waren überall, nichts entging ihrem Blick. Nur in einer Darstellung – Matthias deutete auf einen Fluss – waren sie nicht mehr zusammen abgebildet. Am oberen Lauf war der Erste der drei auf einem Floß zu erkennen, eine Gestalt, die sich mit einer langen Holzstange vom Flussgrund abstößt. Zu ihren Füßen liegt ein runder

Gegenstand, den ich zunächst für einen Ball gehalten hatte, bis Matthias mir erklärte, dass es sich um einen Kohlkopf handelte. Mit dem Kohlkopf überquerte sie den Fluss, nur um festzustellen, dass der Wolf die Ziege bereits gerissen hatte: Er lag dort ausgeruht auf einem Tiergerippe. Eine Flussschleife weiter war es der zweite Mönch, der, den Wolf an einer Leine mit sich führend, auf seinem Floß auf das gegenüberliegende Ufer zusteuert, während die unbeaufsichtigt zurückgelassene Ziege einen Kohlkopf zerrupft. Nur der dritten Gestalt, dem dritten Mönch, gelingt es, das Problem zu lösen: Da ist der Fluss und eine Zickzacklinie, die von Ufer zu Ufer pendelt, insgesamt siebenmal. In sieben Szenen ist die Figur zu sehen, so wie es die Lösung des Rätsels vorsieht.

»Hast du das gezeichnet?«, fragte ich Matthias.

»Ich war daran beteiligt.«

Neben dem letzten Bild war ein Kind dargestellt, etwas zu groß für die Szene, das Kind eines Riesen, es hockte im Schilf, die Augen weit geöffnet, Augen, in denen sich, wenn man genau hinsah, das Floß und eine Kutte spiegelten. Ich fragte Matthias, was es mit den Kuttenträgern auf sich habe, »warum immer diese drei? Sind das Mönche?«

»Das sind deine Leute«, sagte er, »manche haben sie als Engel bezeichnet. Es sind die, die uns geholt haben.«

»Und das Kind im Schilf?«

»Das ist eine gute Frage, warte, ich zeige es dir.«

Szene für Szene schritten wir an den Mauerbildern vorbei und überall waren die drei zu sehen, mal verborgen in einer Scheune, so dass man sie wie bei einem Suchbild erst verzögert entdeckte, drei Gesichter zwischen Strohballen und Vieh, dann wieder im Vordergrund auf dem Kutschbock eines Wagens. Wir kamen an der Abbildung eines Gerbers vorbei, ein Mann, der ein Tierfell über einen Holzbock gelegt hat und die Fleischreste mit einem Messer abschabt; die Abbildung einer Saline: zwei Frauen, die mit einem Händler sprechen, eine Schubkarre gefüllt mit Salz; die Silhouette eines Gebäudes, dessen Darstellung nicht zu Ende gebracht worden ist: eine gestufte Giebelseite, eine Menora und zwei Gläubige, die sich verneigen. Ich blickte so lange auf die Szenen, bis ich die drei darin entdeckte. – Da waren sie zwischen den Ästen eines Baums.

Vor einer Walddarstellung blieben wir erneut stehen, ein kleiner Hain mit Eichen und Buchen.

»Siehst du das?«, fragte er mich.

Ich wusste nicht, was er meinte. Schweine wurden in den Wald getrieben, wahrscheinlich zur Eichelmast. Obwohl sie fressen, mit den Rüsseln die Erde durchwühlen, wirken sie abgemagert, die Rippen schauen hervor.

»Meinst du die Tiere?«, fragte ich, »ziemlich mager sehen sie aus, fast so mager wie der Wolf. Eine Hungersnot?«

»Nein«, sagte Matthias, »sieh genauer hin.« Er machte einen Schritt auf das Bild zu und zeigte auf das Gebüsch hinter der fressenden Rotte.

Dann sah ich es. Zwischen den Zweigen, fast vollständig verdeckt von den Bäumen, waren die Umrisse einer Flugkapsel zu erkennen, eines der kleineren Shuttle-Modelle, die Spitze gerundet, die Verschalung weiß.

»Ihr habt die Evakuierungsmissionen in euer Wandbild integriert«, sagte ich, doch Matthias schüttelte den Kopf.

Was er mir zeigen wolle, sei etwas anderes. »Schau doch mal, wer hinter dem Fenster sitzt? Wer steuert das Raumschiff?«

Hinter dem Cockpit-Fenster war ein Gesicht, das lächelt, es kam mir bekannt vor, und doch wusste ich nicht, welcher Szene es entstammte, irgendwo hatte ich es schon gesehen. Erst als Matthias wieder auf das Kind zeigte, dieses Kind, das im Schilf hockt, erkannte ich die Ähnlichkeit, die Augen, die Nase, es war dasselbe Kind, sollte dasselbe Kind darstellen. In der Flugkapsel hält es einen Steuerknüppel, so sieht es aus. In den Shuttles, die ich kannte, hatte niemand ein solches Steuerungsinstrument in der Hand gehalten, ein irritierendes Detail, das wohl verdeutlichen sollte, dass es das Kind war, das dieses Raumshuttle flog. Matthias sah mich erwartungsvoll an.

»Ich fürchte, ich verstehe immer noch nicht ganz. Was hat das Flussrätsel mit den Missionen zu tun? Bist du dieses Kind?«

»Nein, das bin ich nicht, jedenfalls spielt das keine Rolle. Diese Kinderfigur steht symbolisch für uns alle, die wir evakuiert worden sind. Ein Evakuierter, der zurückkehrt.«

»Und das Flussrätsel?«, fragte ich.

»Das hat Anna eingeführt, sie hat es wieder und wieder erzählt in immer anderen Varianten. Mal faulte der Kohlkopf von innen, mal litt die Ziege unter einem Magenkrampf. Ein gescheiterter Versuch folgte auf den nächsten. Auch das Floß konnte einen Felsen rammen, und alle trieben davon. Erst am Ende tauchte die Lösung auf, manchen standen die Münder offen, so einfach konnte es sein. Auf den ersten Blick scheint es ausweglos, sie alle heil hinüberzubringen, doch durch Nachdenken, durch die richtige Methode, einen kleinen Kniff, geht es plötzlich auf.«

»Es steht für die Möglichkeit, alle drei zu retten?«

»Ja«, sagte Matthias. »Alle drei. Der Kohlkopf: in Schichten sich rundend, das Produkt schöpferischer Arbeit. Der Wolf: die Neigung, in einer Vielfalt von Möglichkeiten, wider besseres Wissen, die zerstörerische zu wählen. Die Ziege: der Mensch oder die Menschheit, jedes lebende Geschöpf, das Prinzip des Lebendigen, so hat Anna Göldi es ausgedrückt, Bewegung und Wachstum. Und Sterben natürlich. Dass der Tod bei uns keine Notwendigkeit mehr darstellt, hat sie sehr aufgewühlt.«

»Aufgewühlt?«

»Ja, sie hatte Probleme mit dieser Vorstellung. Ihr ist ja ein Kind gestorben – ich weiß nicht, ob deine Freundin dir davon erzählt hat –, es war das erste, gleich nach der Geburt. Sie hatte es beerdigen müssen, davon hatte sie oft gesprochen, wenn sie mit uns zusammensaß, und auch, dass sie ihm irgendwann wiederbegegnen würde. Diese Vorstellung hat ihr geholfen, Himmelreich und Jenseits, die Wiederauferstehung nach dem Tod. Vielen ist es damals nicht gelungen, sich davon zu lösen.«

Wir gingen zum letzten Bild der Mauer, hatten den Rundweg abgeschritten, waren nun wieder am Anfang angelangt. Das letzte Bild rechts neben dem Tor zeigte eine Landschaft aus hoher Höhe: Felder und Wälder, durch die sich ein Fluss schlängelt, an diesem Fluss liegt eine Stadt in Miniatur: Häuserdächer und Domtürme, Ställe und verwinkelte Gassen, ein Teil ist abgetrennt, mit einer Mauer abgeriegelt, ein Marktplatz und hier und da eine Windmühle. An den Rändern löst sich die Landschaft auf, Weißflächen, die einen Himmel andeuten, diesen ewigen gleichgültigen Himmel, doch hier sind plötzlich Wolken zu erkennen, zwischen den Wolken fliegt ein Shuttle, diesmal ist es in einer Innenansicht dargestellt, in der Pilotenkanzel sitzt der Junge aus der Uferszene, hinter ihm die vielen Passagiere, die Kapsel ist voll besetzt, ein Evakuierungsflug verlässt die Erde. Es muss die Erde sein, denn dahinter, in den gerundeten Fensterscheiben, ist die Siedlung wieder zu sehen, die Stadt, die Landschaft, zu einer winzigen Darstellung geschrumpft, die Miniatur einer Miniatur, immer kleiner werdend, während das Raumschiff sich entfernt.

»Das Shuttle ist voller Menschen«, sagte ich.

Matthias nickte. »Das zu zeigen war uns wichtig. Wir alle waren davon überzeugt, dass es keine andere Lösung gibt, als alle zu evakuieren. Eine verrückte Vorstellung, ich weiß, die Lektoren haben uns immer wieder erklärt, dass das nicht möglich sei. Würden wir alle holen, wäre die Erde leer, niemand würde Nachkommen zeugen, niemand, der in der Zukunft das Zeitreisen ermöglichen und Evakuierungsmissionen durchführen würde.«

»Ein Paradox, keine Selbstübereinstimmung, keine Zeitreise. Und ein Shuttle kann in der Realität kaum mehr als zwanzig Menschen aufnehmen. Sie sind nicht für Massen konzipiert.«

»Das war uns bewusst, dennoch hätte man es versuchen sollen, Millionen Flüge hin, Millionen Flüge zurück. An Zeit mangelt es ja nicht, nicht mehr, meine ich. Jede Generation hätte die ihr nächststehende geholt, und so weiter und so fort.«

»Und jedes Mal hätte sich die Geschichte wieder korrigiert, nichts hätte verändert werden können.«

»Richtig, es kann nicht sein, bricht mit den Gesetzmäßigkeiten unserer Welt. Es war ja auch nicht so, dass wir das damals nicht verstanden hätten. Es war eher, wie man als Gläubiger an das Himmelreich denkt.«

»Eine Wunschvorstellung. Religion.«

»Du musst bedenken, dass wir aus einer Zeit kamen, in der sich alles Abstrakte, die Vorstellung von Gesellschaft, alles, was man nicht sehen konnte, aus diesen religiösen Erzählungen heraus entwickelt hat. Das war die Sprache, die wir gesprochen haben.«

Ich dachte daran, wie schwierig es für Matthias gewesen sein muss, als das Evakuierungsprogramm eingestellt worden war. Es musste ihn erschüttert haben.

»Für mich«, sagte ich, »kam das Ende der Evakuierungen auch sehr überraschend. Trotzdem dachte ich immer, ich hätte es überwunden, mich damit abgefunden, dass wir die Letzten waren, die diese Chance erhalten hatten.«

»Aber das hast du nicht?«

»Als ich zu den Missionen gegangen bin, habe ich mich wahrscheinlich gar nicht so sehr von den Leuten in deiner Burg unterschieden. Ich wollte evakuieren, unbedingt.«

»Das ist ja auch nur konsequent. Wenn man allein das Zeitreisen nimmt: Die Technologie und das Wissen, um etwas Derartiges durchführen zu können, wächst ja nicht einfach aus dem Boden – es ist erarbeitet worden von vielen Menschengenerationen, Menschen, auf deren Mühen und Streben diese Errungenschaft begründet ist. Natürlich gibt es eine Verantwortlichkeit, natürlich muss man etwas zurückgeben. Und dann plötzlich das Ende, keine Evakuierungen mehr.«

»Ich glaube, du solltest dich wirklich mit meiner Freundin unterhalten, ihr würdet euch gut verstehen.«

*Rettung*

Bevor wir den Rückweg antraten, die Dämmerung setzte ein, wollte Matthias mir noch die Anlage zeigen, um mir ein Bild davon zu geben, wie er und die anderen hier zusammengelebt hätten, wir könnten von außen einen Blick hineinwerfen.

Von der Mauer umstellt waren Gebäude und Plätze, Häuser mit Spitzdächern, eine Scheune, in der sie Tiere gehalten hätten, ein Turm mit einer Glocke, die er gegossen habe, er und seine Gesellin, seine Zimmernachbarin, der er das Glockengießen beigebracht hatte.

»Wäre es nicht schon so spät, könnten wir versuchen, sie zum Läuten zu bringen.«

An Fachwerkhäusern vorbei führte Matthias mich zu einem flachen Bau aus Holz und Glas, ein Gebäudekomplex mit einer Wabenstruktur, die sich aus zahlreichen miteinander verbundenen Einheiten zusammensetzte, wie Matthias mir erklärte, eine Architektur, die eher zu einem Ferienclub als zu einer Burganlage gepasst hätte, ganz anders, als ich es mir vorgestellt hatte.

»Hier ist das Dormitorium«, sagte er, »hier haben wir geschlafen«.

Wir schritten an den Fenstern vorbei und blieben schließlich vor seiner Cella stehen, wie er sein Zimmer nannte. Die Cella war winzig, es fand gerade so ein Bett darin Platz. Links und rechts schlossen sich die nächsten Schlafzellen an, sie lagen Wand an Wand, Wände, die sehr dünn zu sein schienen, als würden sie nur aus einer Holzplatte bestehen.

»Die meisten von uns waren es nicht gewohnt, alleine zu schlafen. Die Nähe zu den anderen hat es leichter gemacht.«

»Wo habt ihr euch gewaschen?«

»Im Badehaus«, sagte Matthias und zeigte auf ein kleineres Gebäude, zu dem ein Steinplattenweg führte und das ebenso wie das Dormitorium aus Holz errichtet war, »aber das Badehaus ist nichts Besonderes, das Haupthaus ist interessanter. Dort sind die Bibliothek untergebracht, der Speisesaal, die Küche, die Seminarräume, die Werkstätten und das Hospital.«

Als er Hospital sagte, war ich überrascht. So eine Einrichtung besaß nicht einmal der Kinderpalast. »Ihr hattet sogar ein Krankenhaus?«

Matthias schüttelte den Kopf. »Na ja, es war eher eine Krankenstation, aber wir hatten eigene Ärzte und sogar eine Art Operationssaal, wenn ein Zahn erneuert werden musste oder die Sehkraft nachließ. Komm«, sagte Matthias, »ich zeige es dir.«

Um das Gebäude herum wucherten Brennnesseln, wir drückten sie mit unseren Schuhen nieder und blickten durch die Glastüren. Leider war es schon so dunkel, dass ich kaum etwas erkennen konnte. Eine Hängeleuchte, Umrisse von Möbeln, ein kleiner Schatten huschte vorbei.

»Hier habe ich immer gesessen«, sagte er und zeigte ins Dunkel hinter den Glasscheiben, die Risse aufwiesen, aber noch nicht herausgebrochen waren. »Von hier aus habe ich immer nach draußen gesehen.«

Hinter uns wuchs eine Zeder, sofern sie noch wuchs und nicht schon tot war, ein dunkler Umriss, der sich zur Seite neigte, viele Äste waren schon herabgestürzt, bald würde sie zusammenbrechen, eine Baumruine vor der mit Wandbildern bemalten Mauer.

»Das war dein Ausblick?«

»Genau, wobei die Mauer am Anfang noch keine Bilder zeigte, nur eine nackte, lehmverputzte Wand.«

»Das stelle ich mir nicht so schön vor. Hast du auf der Station gearbeitet?«

»Nein, ich war krank.«

»Die meiste Zeit?«

Matthias nickte. »Ich war sehr melancholisch damals, ich konnte nichts essen, nicht gehen, nicht schlafen, konnte nur sitzen und hinausschauen, sitzen und aus dem Fenster starren. Ich habe den Baum gesehen und die Mauer, darüber sind die Wolken gezogen. Das war alles.«

Ich sagte, dass ich diesen Zustand kennen würde, und erzählte von meiner Anfangszeit.

»Das tut mir leid«, sagte Matthias, »aber mir ging es vorher schon elend, ein altes Leiden, das ich nach Kolchis mitgebracht habe und nicht so schnell wieder losgeworden bin.«

Matthias erzählte, wie er einige Monate nach der Schlacht um Frankenhausen mit der vollkommenen

Niederschlagung der Bauernaufstände in Mitteldeutschland und der darauf einsetzenden Bestrafungswelle in eine sein gesamtes bisheriges Denken umfassende Lebens-, Sinn- und Glaubenskrise gestürzt war. »Von mir war nicht mehr sehr viel übrig, eine Aushöhlung von innen.« Betrat Matthias ein Haus, stellte er sich vor, wie der Dachstuhl in Flammen stand, erblickte er ein Kind, sah er es tot im Feld liegen, von Fliegen umschwirrt, von Maden zerfressen. »Wie ein Kadaver, so habe ich mich gefühlt, nur noch zum Teil am Leben, zu einem Viertel lebendig, so wie alles, was mich umgab. Korn sollte verrotten, Mühlen sollten verbrennen. Selbst wenn ich dachte, heute mache ich es gut, rannten die Kinder davon, und die Alten zeigten mit dem Finger auf mich, selbst die Bettler hatten Angst vor mir, als fürchteten sie eine Ansteckung.«

Während er sprach, blickte er immer wieder auf die Zeder vor der Mauer, eine Schwarzfläche mit spitzen Zacken, die in der sich ausbreitenden Dunkelheit etwas Unheimliches bekam, ein Ungeheuer, das sich aufbäumte.

Als sie ihn angesprochen hätten, sei Matthias nach Magdeburg unterwegs gewesen, er und diese drei auf einem Wagen, sein letztes Geld habe er dem Fuhrmann gegeben, den Rest habe er versoffen. Er habe sich eingeredet, in Magdeburg eine Anstellung suchen zu wollen, eine Ausrede, während er sich eigentlich danach gesehnt habe, endlich in Ruhe, ohne jemanden zu belästigen, als Fremder unter Fremden, an einem Ort, an dem ihn niemand kannte, auf der Erde liegend zu verrecken. Diese drei hätten ihn gerettet, er sei ihnen zuvor schon begegnet, drei in Kutten gehüllte, nie alternde, ihn immer in Unterhaltungen verwickelnde Fremde, zwei Männer und eine Frau, fremd und doch vertraut, »wie wenn du nicht genau weißt, an wen dich jemand, der dir bekannt erscheint, erinnert.« Das erste Gespräch, das sie geführt hatten, war auf dem Mühlenhof gewesen, er war damals noch ein Knabe, sie hätten sich ihm als Händler vorgestellt, als wandernde Hausierer, die irgendwas mit seinem Vater zu schaffen hätten. Ein anderes Mal sei er ihnen in Meißen begegnet, in einem Wirtshaus noch während der Lehre, nachdem sein Meister erst seine Frau, dann seine Töchter und schließlich auch ihn verdroschen habe. An diese früheren Unterhaltungen habe er kaum noch Erinnerungen, Gespräche fast wie im Traum, wenn alles zusammenpasste, alles verbunden war, auch wenn es sich um völlig unterschiedliche Zusammenhänge handelte. »Das Erstaunliche ist ja, dass man sich nicht wundert, dass alles selbstverständlich ist, als würde man an ein Gespräch anknüpfen, das nur eben kurz unterbrochen worden ist, aber du wirst das wahrscheinlich ähnlich erlebt haben.«

Nur das letzte Gespräch, das Gespräch auf dem Wagen, habe er immer noch klar in Erinnerung. Nun hätten sie sich ihm als Reisende vorgestellt, als Reisende von weit her, Reisende, die erstaunlich viel über ihn gewusst hätten, denen er nichts habe erklären müssen.

»So wie hier würde es nicht ewig sein – daran erinnere ich mich noch genau –, das haben sie gesagt, nachdem ich ihnen von meinen Absichten erzählt habe. Es gebe Türen in andere Zeiten, Korridore, die sich durch die Epochen schlängeln würden, es sei möglich, so weit zu reisen, dass alle Kriege und Hungersnöte überwunden seien, vor und wieder zurück, die Jahrhunderte überspringen. Am liebsten hätte ich mich ihnen sofort angeschlossen, ich hatte große Angst, sie nicht wiederzusehen, doch sollte ich noch bis Ostern warten, noch einen Herbst, noch einen Winter, um mich dann, wenn es so weit sei, in die Mühle zu begeben, die Mühle meines Vaters, dort wo ich ihnen das erste Mal begegnet bin, dort würde mich eine Himmelskutsche abholen, so haben sie mir das Shuttle beschrieben, das Wort Flugschiff haben sie mir wohl noch nicht zugetraut«, sagte Matthias und musste lachen, ein Lachen, das an der Mauer widerhallte, und ich hörte, wie eine Amsel dieses Lachen mit einem Keckern erwiderte, etwas raschelte im Laub.

Nach seiner Evakuierung sei es ihm zwar nicht mit einem Mal besser gegangen, ein Auf und Ab, immer wieder habe er Rückschläge erlitten, und doch habe es irgendwann nachgelassen, das Gefühl, dass alles verrotte, im Begriff sei zu verderben. Geholfen hätten ihm auch die Arbeit an der Mauer, die Gespräche mit Anna Göldi und den anderen im Sanatorium, denen es teilweise genauso gegangen sei. Andrea und Nata, den sie als Juden vertrieben hätten, erst aus der einen Stadt, dann aus der anderen. Was ihm Zuversicht gegeben habe, sei das an sich selbst gegebene Versprechen, eines Tages wieder zurückzukehren, so wie es Anna schließlich auch getan habe.

»Deswegen ist sie zurückgekehrt, weil sie mit ihrer Herkunftszeit noch nicht abgeschlossen hatte? Bereute sie ihre Evakuierung?«

»Nein«, sagte Matthias in einem Aufwallen von Wut, ein Aufwallen, für das er sich gleich darauf entschuldigte. »Diese Frage ist ja berechtigt, warum zurückkehren in eine Zeit, die nichts Gutes mit einem vorhat. Die Evakuierung hat uns gerettet, das stand für uns immer außer Frage. Für mich und die anderen war das Ankommen in Kolchis auf eine gute Weise überwältigend, ein Ankommen fast wie in einem Himmel, so hätte ich es damals beschrieben, ankommen in einem Himmel oder, sagen wir, in einem Vorhimmel, dem Gegenstück zur Vorhölle, so ist mir dieser Ort erschienen. Ich kenne Annas Beweggründe nicht, vielleicht wollte sie sich an ihrem Herrn rächen, vielleicht dachte sie, dass sie sich retten kann. Vielleicht war ihr Vertrauen in unsere Zeit auch so groß, dass sie annahm, man würde sie ohnehin wieder zurückholen, wenn ihr Plan nicht gelingen sollte, sie wusste ja nichts von der Einstellung des Programms.«

»Das wäre ja schrecklich, du meinst, sie hat gehofft, wir würden sie wieder evakuieren?«

»Aus der Zukunft heraus ist es ja nie zu spät, insofern ja, ich denke, sie wird gedacht haben, dass es nicht ihre letzte Chance gewesen ist, dass man ihr die Evakuierung zumindest wieder anbieten würde. Oder sie wollte – auch das könnte ich mir vorstellen, wenn ich mir unsere Gespräche vor Augen führe – schlicht und einfach dort begraben werden, wo auch ihr Kind begraben liegt. Nur eines weiß ich mit Bestimmtheit: Sie wird es nicht bereut haben – nicht Anna, da bin ich sicher –, eine Zukunft kennengelernt zu haben, die ihr ohne die Evakuierung verwehrt geblieben wäre. Das Wissen, dass es nicht zwingend so sein muss, dass es auch anders sein kann, dass Menschen nicht zwangsläufig nur unter der Bedingung von Konkurrenz und Verknappung zusammenleben können. Die Nötigung zum Krieg, die Abwertung von Menschengruppen, diese verdrehte Vorstellung, aus der Knechtschaft der einen einen Vorteil zu ziehen, anstatt den Reichtum aller zu nutzen. Die Chance, diese Erkenntnis gewonnen zu haben – ich bin sicher, dass sie das nicht bereut hat. Und vielleicht war es genau das, was sie mit ihrer Rückkehr erreichen wollte: dies Wissen weitergeben, ein Funke sein, der etwas entfacht.«

»Aber er kann doch nichts entfachen, der Funke, von dem du sprichst, wenn sich die Geschichte immer dahingehend korrigiert, dass dasselbe herauskommt.«

»Dasselbe im Verhältnis zu unserer Gegenwart, das meint dieses Gesetz ja. Ein Zeitpunkt, von dem aus eine Raumkapsel startet, wird sich durch die Zeitreise, durch das, was die in der Zeit Gereisten zu tun imstande sind, nicht verändern, so weit, so gut. Aber wer sagt denn, wann die Korrektur der Zeitlinie erfolgt und in welcher Form diese stattfindet. Wenn ich es richtig verstanden habe, macht das Nowikow-Gesetz lediglich deutlich, dass es nicht nur den einen Weg gibt, der zum selben Ausgangspunkt führt, dass immer auch andere Möglichkeiten eine Selbstübereinstimmung zur Folge haben. Unter diesen Möglichkeiten wird es doch aber auch bessere und schlechtere geben, und schließlich spricht doch nichts dagegen, es wieder und wieder zu probieren. Alles ist besser, als es nicht mehr zu versuchen. Dieses Prinzip, das Prinzip, sich dem Scheitern nicht zu unterwerfen, und, wenn es sein muss, von neuem anzusetzen, die Katastrophe nicht einfach so hinzunehmen – darum geht es mir, um die Verteidigung dieses Prinzips: die Verteidigung dieser Form der Existenz.«

Matthias lehnte sich gegen die Wand des Gebäudes und schabte mit der Sohle seines Schuhs an dem sich absplitternden Holz. Ein Stück brach ab. Er bückte sich und hob es auf.

»Baust du deswegen diese Maschinen«, fragte ich, »weil du hoffst, wieder zurückkehren zu können?«

»Als ich aus Kolchis fortging, in die Welt außerhalb, habe ich mich gleich als Erstes bei den Missionen beworben. Leider wurde ich abgelehnt. Ich sei, haben sie mir gesagt, emotional zu sehr mit der Sache verbunden, würde andere in Gefahr bringen. Natürlich war ich enttäuscht deswegen, auch wenn sie wahrscheinlich recht hatten. Damals war ich wirklich noch nicht bereit.« Er sah mich an, wurde ruhig. »Als ich dann hörte, dass sich jemand von den Missionen bei uns niederlässt, hatte ich plötzlich wieder diesen Wunsch, diesen verrückten Gedanken, und diesmal wusste ich, was ich zu tun hatte. Ich habe mich sehr gefreut, als du gekommen bist.«

Einen Moment lang schwieg er, während seine Augen weiter auf mir ruhten.

»Welcher Gedanke war das denn?«, fragte ich und sah, wie Matthias das Holzstück in den Händen drehte. Er senkte den Blick wie aus Verlegenheit.

»Ob du nicht eventuell, wenn es dir nichts ausmacht, ein gutes Wort für mich einlegen könntest. Vielleicht kann ich ja einmal an einer Forschungsmission teilnehmen, ins späte Mittelalter, zum Beginn der Neuzeit, als Experte, als Kenner der Epoche.«

»Du willst tatsächlich zurück«, sagte ich, meine Stimme klang erschrocken, und doch konnte ich eigentlich nicht überrascht sein.

»Ja«, sagte er, »genau das will ich.«

Im Dunkeln machten wir uns auf den Weg. Der Zug: zwei wandernde Lichtkegel, Scheinwerfer, die sich näherten, eine Anhöhe hinauffuhren, um eine Ecke bogen, in einer Biegung verloschen und ein Stück weiter oben wieder sichtbar wurden. Die Lautsprecher waren defekt, anstelle der Kolchis-Hymne erklang nun ein Surren. Schließlich sahen wir die Bahn. In der hell erleuchteten Kabine: zwei Kinder, die mit ernsten Gesichtern in die Dunkelheit blickten. Wir stiegen ein und waren die einzigen Passagiere, alle weinroten Sitzbänke leer.

# DAS EPOCHENFEST

## *Die Nachricht*

Für die Vorbereitung des Fests wurden Komitees gebildet, die verschiedene Aufgaben übernehmen sollten. Ein Komitee, das von Edgar geleitet wurde, war für die Zubereitung der Speisen zuständig, sie planten ein Essen für sechzig Gäste, ein anderes unter der Führung von Toni arbeitete die Liste von Dessertwünschen ab, während Miss Bishop sich um die Getränke kümmerte. Eine Gruppe um Abdouli und Katharina hatte sich bereit erklärt, die Dekoration zu übernehmen; im Gemeinschaftssaal lagen Papierbahnen und Scheren ausgebreitet, außerdem Luftballons, die mit Kleister und Papierstreifen beklebt waren, um daraus später, wenn der Kleister getrocknet wäre, kleine Lampions herzustellen. Für das Putzen des Hauses zeigte sich Vincent zuständig, wer sich nicht gemeldet hatte, war seinem Trupp zugeteilt worden, und dann gab es noch jene, die die Wahlen vorbereiten würden, wobei ich nicht verstanden hatte, was sie vorbereiten mussten, sollte die Entscheidungsfindung doch öffentlich stattfinden, damit hinterher niemand behaupten konnte, die Wahl wäre gefälscht. Ich war der Gruppe um Matthias zugeteilt und dafür zuständig, den Parkweg freizulegen, damit unsere Gäste von der *Republik der Kinder*, die wohl auch die Rolle von Wahlbeobachtern einnehmen sollten, keine Schwierigkeiten hätten, das Sanatorium zu erreichen.

Als wir die Arbeit begannen, regnete es, doch zum morgigen Fest sollte es wieder aufklaren. Die Tropfen perlten von Matthias' Regencape ab und bildeten ein durchsichtiges Netz. Unter seinem Überzug trug er einen Rucksack mit einer Notfallausrüstung, falls etwas schiefgehen sollte, wie er gesagt hatte, falls der Bambus wieder zuschlagen würde, was mich ein wenig beunruhigt hatte. *Nimm kein Pflaster mit, sonst wirst du es brauchen*, pflegte mein Großvater früher zu sagen, allerdings handelte eine andere von ihm ebenso oft vorgetragene Weisheit davon, dass angekündigte Katastrophen sich nicht ereignen würden, so dass sich beide Ratschläge im Grunde wohl gegenseitig aufhoben. Mit dem Rucksack unter dem Umhang sah er aus, als hätte er einen Buckel, ein Buckliger mit einem Messer, gelegentlich blitzte die Schneide seiner Machete unter dem Mantelsaum hervor. Auch ich war mit einer Machete ausgerüstet, ebenso Claudio; das KIND hielt eine Handsichel und Chen-Lu sogar ein Schwert, das sie aus ihrem Zimmer mitgebracht hatte, ein Geschenk, das ihr ein Bewunderer zugeschickt habe, ein Liebhaber eines ihrer erfolgreichsten Computerspiele, in dem abschnittsweise auch Schwertkämpfe ausgetragen werden mussten, um von einem Level in das nächste zu gelangen, auch wenn es darin eigentlich um das Verfassen okzitanischer Liebeslyrik gehe, wie sie betont hatte. Würde uns jetzt jemand sehen, würde er gewiss einen Schrecken bekommen – fünf bewaffnete, Kapuzen tragende Gestalten, die durch den Kurpark zogen und auf Bambusstangen eindroschen. Edgar hatte uns aufgetragen, ihm die abgeschlagenen Jungpflanzen mitzubringen, damit er später etwas damit zubereiten könne, und so schleiften wir auch noch Säcke hinter uns her, die inzwischen gut gefüllt waren.

Nach dem Frühstück hatte ich wieder mit Tezeta telefoniert, Tezeta, die noch immer völlig außer sich war, seit ich ihr von dem Gespräch mit Matthias erzählt hatte, das inzwischen fast drei Wochen zurücklag. Aus der Idee, Matthias zu einer Forschungsreise ins späte Mittelalter mitzunehmen, war ein Plan entstanden und aus dem Plan ein Antrag, der nun kurz vor der Bewilligung stand, wobei Tezetas Vorhaben in die Hände spielte, dass Matthias' Reiseziel im selben Zeitkorridor lag wie das Jahr, in das Anna Göldi zurückgekehrt war. *Alles auf einen Streich, es ist genial.* Der offizielle Gegenstand dieser Forschungsmission wäre die Studienzeit Thomas Müntzers an der Frankfurter Viadrina-Universität, dort würden wir uns einschreiben ins Wintersemester 1512. Da wir als Frauen dort nur verkleidet in Erscheinung treten könnten, wäre Matthias' Teilnahme zwingend erforderlich, unser Experte für die Epoche, was auch der Kommission sofort eingeleuchtet hatte. Seinen Mitstudenten würde er sich als Theologe vorstellen, der aus Leipzig nach Brandenburg gezogen wäre, um in Frankfurt sein Studium fortzusetzen, während Tezeta und ich uns als maurisch-kastilische Gelehrte ausgeben würden. Für Tezeta wäre es ein Katzensprung, hatte sie gesagt, ein

Katzen- oder Tigersprung, da sich die spätmittelalterliche Universität örtlich nicht weit von der Gegend befand, in der Tezetas Kooperative lag, ihrem Zuhause an der Oder, es wäre in erster Linie eine Reise in der Zeit. Sobald wir Matthias dort abgesetzt hätten, würden wir weiterfliegen zu Anna Göldi, Februar 1782, wobei Tezeta sich immer noch nicht sicher sei, ob es ihr wirklich gelingen könnte, unsere Weiterreise aus dem System zu löschen. *Zu 70 Prozent oder vielleicht auch nur 65 Prozent oder sagen wir, 55 Prozent. Tendenziell eher ein Erfolg als ein Misserfolg. Im schlimmsten Fall werde ich wieder mehr Zeit mit meiner Familie verbringen. Es bleibt ein Risiko, also überlege es dir gut.* Auch der Weiterflug war detailliert geplant, wie und wo wir Anna Göldi begegnen würden, ich müsste nur noch zustimmen, hatte sie gesagt, während ich Matthias, seit ich Tezetas Planung vor ihm ausgebreitet hatte, nur noch schnipsend und summend über die Flure streifen sah. Gerade hatte er mit seiner Machete einen Bambusspross so punktgenau getroffen, als wäre er ein Golfball, die Machete ein Schläger, den er in die Höhe schwang und wieder hinabschnellen ließ. Wir folgten ihm mit Abstand – Matthias jubelte – und sammelten die Sprösslinge ein, die in Bögen durch die Luft flogen, doch auch Chen-Lu war sehr geschickt mit ihrem Schwert. Sie machte einen Ausfallschritt, der Rücken gerade, und köpfte die Stangen knapp über dem Boden.

Bald war jeder von uns damit beschäftigt, auf den Bambus einzuschlagen, der uns schon so viele Male auf unseren Fahrten in die Stadt Probleme bereitet hatte, während der Regen auf uns niederprasselte. Hin und wieder drehte ich mich um und staunte über die Haufen gefällter, auf dem Rasen zurückgelassener Bambusstangen. Aus den größeren wollte Matthias etwas bauen, hatte er mir zugerufen, während ich noch immer nicht zu einer Technik gefunden hatte, mit der es mir gelingen würde, das harte Bambusrohr mit einem Machetenhieb zu durchtrennen, meistens blieb die Klinge darin stecken. Er könnte sich Schlitten vorstellen oder Stiele für einen Regenschirm, sie könnten versuchen, das Gärtnerhäuschen aus Bambushölzern wiederaufzubauen. Natürlich wäre er erst mal eine Weile fort, doch wenn er zurückkäme, sagte Matthias und schwang die Machete in die Höhe, »wenn ich zurückkomme, werde ich uns einen Pavillon daraus errichten, eine Bank zum Sitzen, eine Picknickstelle mit einem Tisch und einem Dach, falls es regnet. Ich werde die Bambusstangen trocknen.«

»Hat sich Heather denn schon entschieden?«, fragte das KIND, mit seiner Sichel vor einem Bambusschössling hockend.

Eigentlich hatten wir uns vorgenommen, mit niemandem über unsere Pläne zu sprechen, nicht über den offiziellen Teil und natürlich auch nicht über das, was Tezeta und mich unter Umständen im Anschluss daran erwarten würde, nicht solange der Antrag noch nicht bewilligt war und ich noch keine Entscheidung darüber getroffen hatte, ob ich mitkommen wollte oder nicht. Einzig Abdouli hatte ich eingeweiht, weil er sich Sorgen gemacht hatte, Matthias sei schon den vierten Tag in Folge nicht mehr schlafgewandelt und dann das ständige Gepfeife, etwas stimme ganz und gar nicht, Matthias wolle sich etwas antun: Wenn sie plötzlich gute Laune bekämen, das sei der Zeitpunkt, an dem sie den Entschluss gefasst hätten, eine Dummheit zu begehen. Toni und die anderen, wir alle im Sanatorium müssten dringend etwas unternehmen, um Matthias davon abzuhalten. Vor diesem Hintergrund war mir keine andere Wahl geblieben, als Abdouli von unseren Absichten zu erzählen, eine Zeitreise, die vielleicht gar nicht stattfinden würde und eine grobe Missachtung aller Missionsleitlinien darstellte. Natürlich hatte ich ihm eingeschärft, es für sich zu behalten, doch noch beim Abendessen sprachen alle von nichts anderem mehr.

»Du siehst doch, dass sie zögert«, sagte Chen-Lu und holte mit ihrem Schwert aus, »so ungeschickt, wie sie sich anstellt.«

»Es hat ja nicht jeder Stunden damit zugebracht, Schwertkämpfe auszutragen«, sagte Claudio und sah mich an, »außerdem glaube ich, dass sie gehen wird. Sie wird abreisen. Sie hat sich in Gedanken schon von uns entfernt.«

»Aber sie sollte doch unsere neue Sitzungsleiterin werden?« – Das KIND immer noch hockend: »Ganz schön hartes Holz.«

»Der Bambus ist ein Gras«, sagte Matthias, »verholztes Riesengras, die Rohre sind seine Halme, ein Zentrum gibt es nicht. Die Rhizome wachsen unterirdisch und bestehen wie die Halme und Halmäste aus Knoten und Internodien. Jedes Rhizom entwickelt sich aus der Knospe eines anderen Rhizoms oder, selten, auch aus der Knospe an der Basis eines Halms.«

»Dann eben ganz schön hartes Gras. Nicht dass der Bambus sich rächt und aus den abgeschlagenen Enden wieder neue Stangen hervorschießen. Wie die Köpfe der Hydra, die immer nachwachsen. Unheimlich«, sagte das KIND.

»Ganz bestimmt werden sie nachwachsen. Um seine Ausbreitung zu verhindern, müssten wir das Wurzelgeflecht ausgraben. Das allerdings würde den Kurpark verunstalten, außerdem würde es mir leidtun, Platz ist ja genug. Wir könnten unsere Wege ja auch anders anlegen.«

»Ach ja, wie denn?«, fragte Chen-Lu, »schlägst du vor, den Kurpark zu umfahren?«

»Warum nicht«, sagte Matthias, »oder wir richten eine Gondelbahn ein, ich wollte schon immer eine Gondel bauen, eine Schwebebahn, getragen von Stützen, die wir aus Bambusstangen errichten.«

»Oh ja«, sagte das KIND, »mit roten Kabinen.«

»In Valparaiso, wo meine Schwester gearbeitet hat, ein Kindermädchen für reiche Leute, dort gab es damals diese Aufzüge, nicht Aufzüge, sondern Seilbahnen, ich habe vergessen, wie man das nennt: eine Kabine, die von Seilen gezogen auf Schienen eine Schräge hinauffährt, eine hoch und eine runter, in der Mitte treffen sie sich«, sagte Claudio und beschrieb mit seiner Hand eine Linie, die diagonal in die Höhe stieg. Obwohl er eine Kapuze trug, konnte ich sehen, dass er das Pflaster gewechselt hatte. Der Streifen, der ihm nun über den Augenbrauen klebte, war etwas dunkler und an den Rändern noch intakt.

»Du meinst eine Standseilbahn. Das könnte ich mir für die Burg vorstellen, aus der Burg direkt ans Meer.«

Als wir uns zum Kino vorgearbeitet hatten, steckte Chen-Lu ihr Schwert in die Erde und schrie so laut, dass das KIND vor Schreck seine Sichel fallen ließ: *Excalibur, Excalibur, Excalibur.* Sie habe genug und brauche nun eine Pause, danach könnten wir unsere Runde ja gerne fortsetzen, Claudio und Matthias pflichteten ihr bei. Wir könnten uns ja auch ins Kino setzen, die oberen Ränge der in den Hang gebauten Sitze seien überdacht, dort seien wir vor dem Regen geschützt, und auch ich, unter meinem Regenmantel ganz verschwitzt, hatte nichts gegen eine Unterbrechung einzuwenden.

Neben dem Vorführhaus führte eine Treppe hinab, wir bogen ein und ließen uns auf den mit Holzplanken bedeckten Steinbänken nieder. Matthias hatte eine Thermoskanne mitgenommen, die mit Kakao gefüllt war, seinem *Schokoladentrunk*, mit Kardamom, etwas Ingwer und Vanille gewürzt, abgeschmeckt mit der obligatorischen Prise Salz. Dazu reichte er uns eine in Stücke gebrochene Tafel weiße Schokolade, die vorzüglichste Ergänzung zu einem Kakao, »und wenn ihr mir eine Verzehrempfehlung gestattet: Am besten kommt der Geschmack zur Geltung, wenn man die Schokolade im Mund zerschmelzen lässt. Bloß nicht kauen, die Wärme des Kakaos wird schon dafür sorgen, dass die Stücke sich auflösen.«

Ruhe breitete sich aus. Während das KIND die Becher herumreichte, erzählte Matthias, wie sehr er den Wegdienst eigentlich hasste, er hasse diese Tätigkeit aus tiefstem Herzen, vor allem den Wegdienst. Sein Vater, sagte er, sei von dem Kloster, das ihm die Mühle verpachtet habe, zu Wegdiensten verpflichtet worden, meistens im Sommer, wenn man durch die ganze Arbeit in der Mühle ohnehin schon fast am Ende war mit seinen Kräften, dann musste unbedingt noch die Straße verbreitert werden, die von der Mühle zum Kloster führte, dann sollten die Wege befestigt werden, immer dann, wenn alles staubte, in der größten Hitze. Sein Vater machte das natürlich nicht selbst, auch die Knechte wollte er schonen, da schickte er seine Söhne, manchmal auch ihn ganz allein. In einer Hitze, die einem die Beine anschwellen ließ, sei er beim Feststampfen des Bodens einmal sogar in Ohnmacht gefallen und erst beim Einsetzen des Regens wieder zu Bewusstsein gekommen, der Plättbalken neben ihm, und eine Ratte, die in seiner Schürze nach etwas Essbarem gesucht habe. Er erinnerte sich noch, wie er davon wach geworden war, dass ihm dicke, kalte Regentropfen ins Gesicht fielen und dass ihm als Erstes in den Kopf geschossen war, dass es nun an die vierzig Tage regnen würde, so wie es eine Regel besagte.

»Es war nicht eure Straße«, sagte Claudio.

»Nein, nicht unsere.«

»Das macht einen Unterschied.«

»Gewiss.«

Chen-Lu, auf einer Bank liegend, rieb sich die Augen und sprach davon, wie passend es wäre, wenn jetzt unten ein Film liefe, wenn wir jetzt einfach so sitzen bleiben, Schokolade essen und auf die Leinwand blicken könnten. »Wir haben das Freiluftkino in diesem Sommer viel zu selten genutzt«, sagte Chen-Lu, und alle stimmten ihr zu, »ein Film zum Sonnenuntergang.« Nur das KIND war der Meinung, man müsse mit den Filmen doch nicht immer so lange warten, bis allen die Augen zufielen, »warum immer so spät? Warum zur Abwechslung nicht mal eine Nachmittagsvorstellung?«

»Ein Kino braucht Dunkelheit, sonst ist die Projektion zu schwach«, sagte Matthias, »aber jetzt im Herbst bricht die Dämmerung ja wieder früher ein, da lässt sich sicher eine Uhrzeit finden, mit der ihr alle einverstanden seid.«

»Du sagst *ihr,* als hättet ihr uns schon verlassen.«

»Nicht traurig sein, wir kommen zurück. Das stimmt doch, Heather? Und du vergisst, dass wir durch die Zeit reisen. Vielleicht sind wir in einer Woche schon wieder da.«

»Aber inzwischen ist es draußen auch deutlich kälter geworden, von wegen Freiluftkino im Herbst. Man kann nicht alles haben«, sagte Chen-Lu und trank den Rest ihres Kakaos.

»Und wenn ihr Decken mitnehmt? Dicke Wolldecken, Daunenjacken und Skiunterwäsche, das klingt doch sehr gemütlich.«

»Sagt der, der bald nicht mehr da ist.«

»Man kann auch immer etwas zu meckern haben. Mal ist es zu heiß, dann wieder zu kalt, mal ist es zu früh, dann wieder zu spät, nie ist es richtig«, sagte Chen-Lu.

»Nein, nie ist es richtig«, sagte das KIND und räusperte sich, wodurch seine Stimme nun wieder deutlich tiefer klang. »Es ist erstaunlich, wie gering die Temperaturspanne ist, die es für Menschen erträglich macht, einen Planeten zu bewohnen. So viele Planeten, auf denen Leben existiert, doch außer der Erde, Peristera und Miranda sind sie alle nicht zu gebrauchen. Was für eine Enttäuschung. Wie mimosenhaft die Menschen sind, ihre Lebensvoraussetzungen sind so speziell. Erstaunlich, dass sie es trotzdem so weit gebracht haben.«

»Wir können uns anpassen«, sagte Matthias, »Fehler korrigieren und neue Möglichkeiten entwerfen. Wir können dazulernen, das ist wahrscheinlich unser größtes Talent.«

Als es aufhörte zu regnen, setzten wir unsere Runde fort. Mich fröstelte ein wenig; um mich wieder aufzuwärmen, rannte ich mit Schwung auf eine Gruppe kniehoch aus dem Boden gesprossener Bambushalme zu und brachte sie alle gemeinsam zu Fall. Jetzt hatten es auch die anderen eilig, ins Sanatorium zurückzukehren. Niemand sprach, während wir in einer Reihe nebeneinanderher schritten und den Weg wieder befahrbar machten. Vor uns tauchte das Gärtnerhäuschen auf oder das, was von ihm übrig war. Ein vom Blitz gespaltener Nadelbaum, eine Fichtenart, die sehr hoch wuchs und einen rötlichen Stamm aufwies. Obwohl der Stamm in der Mitte verkohlt war, eine schwarze Rußspur zeigte die Fließrichtung des Stroms an, waren die Nadeln noch nicht abgefallen, als hätten sie noch nicht verstanden, was ihnen zugestoßen war. Andererseits können sich manche Bäume auch wieder erholen, dachte ich, manche Bäume werfen alle Blätter ab, wirken zwei, drei Sommer lang wie tot, und dann bilden sich plötzlich neue Triebe aus, Blätter sprießen, sie berappeln sich, das Leben kehrt zurück, als wäre nichts gewesen.

Ein Klingeln näherte sich, eine Fahrradklingel am Eingangstor, ununterbrochen vor sich hin klingelnd – in die Pedale trat ein Kind, ein Kind der Republik, die Schirmmütze und das Jackett, es war das Mädchen vom Postamt, das Mädchen von Schalter F. Es saß auf einem gelben vierrädrigen Postfahrrad, das historisch anmutete und aussah, als wäre es frisch lackiert, die Reifen weiß, die Felgen glänzend. Über den Vorderrädern war ein Kasten montiert, eine Auslieferungsbox, der Sitz war mit einer Rückenlehne ausgestattet, und ich sah, dass hinter dem Kasten ein Lenkrad befestigt war. Mit dem Lenkrad steuerte das Postmädchen direkt auf uns zu und unterbrach sein Klingeln erst, als es unmittelbar vor uns zum Stehen kam.

»Ein Telegramm für Heather Hopeman. Ist gerade angekommen, ich bin gleich losgefahren.«

»Vielen Dank«, sagte ich, »aber das wäre doch nicht nötig gewesen.«

»Doch, darauf steht *dringend*, gleich zweimal, *dringend, bitte ausliefern«*, sagte das Mädchen, das nach Luft rang, und tippte auf den Umschlag. »Sonst hätte ich es dir erst zum Fest mitgebracht, aber es scheint sehr wichtig zu sein.«

Sie reichte mir den Umschlag, eine Nachricht von Tezeta.

»Lies vor«, sagte das KIND, »lies vor«, sagten nun auch die anderen, Matthias blickte mich erwartungsvoll an.

Ich faltete den Umschlag auf und überflog die wenigen Zeilen.

»Hier steht, dass die Reise bewilligt wurde. Wir können fahren, wenn wir wollen. Tezeta wartet auf uns.«

»Wir dürfen fahren?«, fragte Matthias.

»Ja, wir dürfen fahren. Tezeta bereitet gerade unsere Kostüme vor. Wir sollen sie abholen.«

Nach der Rückkehr nahm ich ein heißes Bad und legte mich ins Bett. Das Wasser in der Wanne floss langsam ab, ein einschläferndes Gurgeln. Wenn ich die Augen schloss, sah ich mich die Machete schwingend auf eine Bambusstange einschlagen, das Gefühl des zurückschwingenden Holzes wanderte meine Schulter hinauf.

Das letzte Mal, als ich Tezeta gesehen hatte, war ich insgesamt vierzehn Tage zu Besuch gewesen. Tezeta hatte mir das Oderland gezeigt und die Felder der Kooperative, das Forschungszentrum, in dem sie arbeitete, die Plantagen und den Teich. Immer wieder hatte Tezeta mir vorgeschlagen, einen Ausflug zu unternehmen. Von der Gegend, in der ich gelebt hatte, trennten uns nur zweihundert Kilometer, wir könnten am selben Tag wieder zurück sein, und wer weiß, vielleicht habe sich ja etwas erhalten, etwas, das ich erkennen würde, ein Weg oder eine Lichtung, ein Blick über die Felsen, und wir könnten ja auch jederzeit wieder umkehren. »Lass uns wandern gehen, nur einen Tag«, ich hatte dankend abgelehnt.

An einem Abend war ich von Lynn zu einem Auftritt eingeladen worden, und auch Natalia war so nett gewesen, mich in die Bibliothek mitzunehmen, an einem Nachmittag hatte dort eine Lesung stattgefunden. Alle hatten sich große Mühe gegeben, mir etwas Besonderes zu zeigen, dabei fühlte ich mich am wohlsten, wenn alle entspannt ihren gewöhnlichen Beschäftigungen nachgingen. Oft hatte ich die Tage auch einfach nur im Haus verbracht, hatte den Kakadu gefüttert, während die Kinder in der Schule waren und Tezeta sich auf ihre Forschungsreise vorbereitet hatte, wobei sie sich dieses Mal lediglich zur technischen Unterstützung gestrandeter Kollegen auf den Weg machen würde. Gegen Ende meines Besuchs waren Wendy und Ursula dazugestoßen, eine Astroingenieurin, die ebenso wie Tezeta und Wendy für die Missionen arbeitete, es war der Abend vor ihrer Abreise, am darauffolgenden Morgen würden Tezeta, Wendy und Ursula zur Basisstation aufbrechen, um von dort aus mit einem Transporter zum Großen Fährhafen zu gelangen. Auf dieser ersten Etappe würden Barbara und ich sie begleiten, Barbara, die sich gewünscht hatte, einmal zum Fährterminal mitfahren zu dürfen und schon seit Tagen von nichts anderem mehr sprach als von dieser Stichstraße hinauf und dem Hafen im schwarzen All. Ich war am Teich gewesen, hatte Nüsse gesammelt, als mir Barbara in Hüpfschritten entgegenkam, mit jedem Sprung den Staub aufwirbelnd: »Die Gäste sind da, die Gäste sind da!« Außerdem gebe es gleich Essen.

Wendy und Ursula saßen schon, Tezeta wollte Spaghetti kochen, jemand schlug vor, die Nüsse zu rösten und ein Pesto daraus zuzubereiten, draußen wurde gedeckt. Die kleine Ruth kletterte Wendy auf den Schoß, und auch Barbara erlaubte sich in der ausgelassenen Stimmung, den beiden ungehemmt Fragen zu stellen. Ob sie aus dem Weltraum kamen, wie ihr Lieblingsplanet hieß, ob sie in der Schwerelosigkeit schon mal etwas gegessen hätten und was passieren würde, wenn jemand spuckte. »Stimmt es, dass Spinnen ohne Schwerkraft zurechtkommen, Bienen aber nicht?«

Um den Gästen ein wenig Ruhe zu gönnen, entschied Natalia, die Kinder zu sich zu holen, auf die andere Seite des Tischs. Ruth sollte auf ihrem Schoß weiteressen und auch Barbara musste sich umsetzen, es sei unhöflich, Menschen, denen eine anstrengende Reise bevorstand, bei Tisch so viele Fragen zu stellen. Während Ruth mit ihrem neuen Platz zufrieden war, fühlte Barbara sich von diesem Eingreifen gekränkt. Sie dürfe ja wohl auch mal etwas sagen, und es sei Ruth gewesen, die die Gäste belästigt habe. Außerdem frage sie sich, ob die Gäste keine Geschenke dabeihätten, wer keine Geschenke dabeihätte, sei ja wohl selber nicht sehr höflich. Als die Stimmung zu kippen drohte, verkündete Wendy, dass sie sehr wohl etwas mitgebracht hätten, Ursula und sie, mit leeren Händen seien sie nicht gekommen. Tezeta habe ihnen doch sicher von dem Orakel erzählt, das sie in Delphi besucht hätten, das berühmteste Orakel aller Zeiten? – Barbara sah sich um, als suchte sie nach einem Geschenk, dass hier irgendwo versteckt wäre.

»Es ist nichts, was sich anfassen lässt, nichts, was man sehen kann«, sagte Wendy und warf Ursula einen Blick zu. »Du erinnerst dich doch noch daran, was uns die Priesterin gelehrt hat?« – Ursula nickte: »Ich habe es nicht vergessen.«

Was nur wenige wüssten, auch Ursula sei ein Orakel, ein Besteckorakel, das bestimmt bereit wäre, unsere Fragen zu beantworten, wenn alle aufgegessen hätten. Sobald die Teller leer waren, bat uns Wendy um das Besteck, das sie vorsichtig zu einem Haufen türmte. Als Erste wurde Barbara aufgefordert, sich eine Zahl zu überlegen und sie Wendy ins Ohr zu flüstern, eine Zahl zwischen eins und zehn, so leise, dass es die Ursel auf keinen Fall hören würde. Weil Barbara sich nicht entscheiden konnte, machte Natalia den Anfang, überlegte sich eine Zahl und beugte sich zu Wendy, die nun anfing, Löffel aus dem Besteckhaufen zu ziehen. Erst den einen, dann den anderen, dann änderte sie ihre Meinung und zog eine Gabel hervor. Die Gabel und den Löffel platzierte sie neben dem restlichen Haufen, wobei sie eine Weile damit beschäftigt war, sie in eine bestimmte, für uns Zuschauende nicht nachvollziehbare Ordnung zu bringen. Gabel und Löffel kreuzten sich, sie überlegte einen Moment und griff erneut zu einem Löffel. Die Löffel legte sie nebeneinander; bei einem Löffel zeigte die Wölbung nach oben, bei dem anderen nach unten. Nun würde Ursula erraten, um welche Zahl es sich handele.

»Ursel wird euch eine Antwort nennen, befragt das Orakel.«

Alle waren still, während Wendy sich auf das Besteck konzentrierte und Ursula in Überlegungen zu versinken schien. Sie schloss die Augen, drehte den Kopf. Als sie die Augen wieder öffnete, sagte sie geradeheraus: »Sieben.«

»Sieben«, wiederholte Wendy und bat Natalia zu verkünden, ob das Orakel damit richtiggelegen habe. Natalia nickte, alle applaudierten, nur Barbara schien noch immer nicht überzeugt. Jetzt wollte sie es probieren: Messer, die übereinanderplatziert wurden, auch Barbaras Zahl wurde erraten, *Wer will als Nächstes, wer weiß eine Zahl?* Der Besteckzauber begann von neuem, auch meine Fünf wurde erraten.

Zuerst dachte ich, es hätte mit den Besteckarten zu tun, dass sie den Gabeln, Löffeln und Messern feste Zahlenwerte zugeordnet hätten, doch gelang es mir nicht, passende Werte zu finden, die im Ergebnis die gesuchte Zahl hervorbrachten. Eine Acht aus Löffeln, zwei Gabeln für eine Drei. Lynn vermutete, dass es an der Anordnung lag, und versuchte, sich die Besteckkonstellationen einzuprägen. *Wo hatte welche Gabel gelegen?*, doch auch Lynns Theorie wurde widerlegt, als sich die Anordnung des Bestecks – zwei Gabeln, die sich an den Zackenspitzen berührten, darunter ein Löffel, mit der Wölbung nach unten weisend – bei derselben Zahl nicht wiederholte. Oder handelte es sich um eine Schrift? Aus wie vielen Säulen bestehen die Tempelruinen, wer kennt das griechische Alphabet? Ursula hatte eine sehr komische Art zu lachen, da ihre Stimme sehr tief klang, tief und rau, und auch ihr Lachen aus einer Tiefe zu uns heraufzuschallen schien. So ging es noch eine Weile weiter, jemand nannte eine Zahl, die Zahl wurde erraten.

Für Natalia war die Reihenfolge entscheidend, alles erkläre sich über die Wahl des ersten Bestecks: Nahm Wendy eine Gabel, wusste Ursula, dass es sich um eine ungerade Zahl handelte, während die anderen Besteckarten, Löffel und Messer, auf eine gerade Zahl hindeuteten, und dann würde auch die Anzahl eine Rolle spielen, wie viele Messer, Gabeln und Löffel am Ende insgesamt auf dem Tisch lagen, da jedes Besteckstück mit dem Wert zwei zu einer Summe addiert werden musste. Zwei Gabeln und ein Löffel, drei Besteckstücke, das mache sechs, aufgerundet zu einer Sieben durch die Zusatzinformation, dass es sich aufgrund der zuerst gezogenen Gabel um eine ungerade Zahl handeln müsse. Wer sich nun frage, wie sich die Zahl Eins ergebe – die Eins komme zustande, wenn auf dem Tisch nur eine Gabel liege. Wir alle folgten ihren Ausführungen mit Interesse, auch Barbara und Ruth, für die Natalias Regeln wie Zaubersprüche klingen mussten. »Was macht eine Zahl gerade und woran erkennt man, dass sie ungerade ist?«

Um ihre Theorie zu überprüfen, flüsterte Natalia Wendy einen Zahlenwert zu, dann befragten wir das Orakel: *Liebes Orakel, welche Zahl hat Natalia sich überlegt?*

Zunächst schienen sich ihre Überlegungen zu bestätigen; als Wendy nach einem Löffel griff, begann Natalia zu jubeln, zuerst einen Löffel, dann ein Messer, doch als danach nicht noch ein drittes Besteckstück auf der Tischdecke platziert wurde, schmiss Natalia vor Wut ihre Serviette auf den Boden. »Ich verstehe es nicht, ich gebe auf.«

Einmal griff Wendy nach einem Teelöffel, der einzige Teelöffel, der in dem Haufen zu finden war, nahm den Löffel und fing einen Lichtstrahl ein, aus dem das Besteckorakel Ursula eine Zahl herauslas. Barbara war außer sich, sie wollte den Löffel sehen, schauen, ob dort vielleicht etwas geschrieben stand, verlangte aufgeklärt zu werden, ob es ein Zauber sei oder nicht.

Es dauerte lange, bis wir endlich auf eine Lösung kamen. Tezeta bemerkte es als Erste, sie begann lauthals zu lachen, und doch wollte sie uns nicht einweihen, wir sollten es selber herausfinden, es sei nicht schwer. Erst als Barbara sie anflehte und auch Lynn auf sie einredete, gab Tezeta uns den Rat, beim Orakel nicht immer nur auf das Besteck zu achten. »Schaut doch stattdessen mal auf die Hände, was machen die Hände?«

Die Erklärung war ein Trick von geradezu kränkender Plumpheit, keine Zauberformel, sondern Betrug, denn immer dann, wenn wir angestrengt auf das Essbesteck blickten, zeigte Wendy die Zahl mit ihren Fingern an, wir sahen es bei der Drei. Sobald sie das Besteck auf der Tischplatte arrangiert hatte, legte sie die Hand ans Kinn, als würde sie nachdenken, eine grüblerische Geste, sie machte es noch nicht einmal heimlich. Bei der Zahl Acht war es noch auffälliger – die Ellenbogen auf den Tisch gestützt, die Hände vor dem Gesicht, als versuchte sie angestrengt, unseren Gedankengängen zu folgen, doch die Daumen waren weggeknickt, acht Finger, die Zahl Acht.

Nachdem das Rätsel gelöst war, begannen die Ersten das Geschirr abzuräumen, ich reichte Natalia unsere Teller, nur Barbara verlangte nach einer Fortsetzung. Jetzt wollte sie das Orakel sein, fand aber keine Freiwilligen, da ja nun alle die Lösung kannten. Selbst Lynn, die fast immer nachgab, wenn ihre kleine Schwester etwas verlangte, wollte sich nicht überzeugen lassen, noch länger auf schmutziges Besteck zu starren, außerdem hätten sie Tezeta noch gar nicht richtig verabschiedet.

»Und wenn wir saubere Gabeln nehmen?«

»Nein, wir nehmen keine sauberen Gabeln, du kannst nicht immer alles bestimmen.«

Als es schließlich zu einem Streit kam, brach Barbara in Tränen aus, ein Weinen aus Wut, das Lynn jedoch nicht zu beeindrucken schien, sie räumte weiter ruhig das Geschirr ab. Am Ende waren es Tezeta und ich, die sich bereit erklärten, noch einmal ihre Komplizinnen zu sein, Komplizinnen und Publikum, und auch Wendy war dem Kind zuliebe am Tisch sitzen geblieben. Wir spielten noch etwa drei Runden, bis auch Barbara die Lust verlor.

Als wir am nächsten Tag zur Basisstation aufbrachen, war der Streit wieder vergessen. Die anderen waren mit ihren Reisevorbereitungen beschäftigt, ich kümmerte mich um Barbara. Ich wusste, dass ich nicht nur dem Mädchen einen Gefallen tat, sondern auch Natalia, die unter Flugangst litt und das Zimmer verließ, wann immer jemand auf einen Weltraumflug zu sprechen kam. Der Verlust des Himmels, sich nicht mehr nach einer Richtung orientieren zu können, keinen Halt zu haben in diesem Außerhalb, das keine Grenzen kannte, sich sogar ausdehnte, die Auflösung aller grundsätzlichen Koordinaten war eine Vorstellung, die ihr Angst bereitete, weshalb sie auch Barbara am liebsten verboten hätte, Tezeta auf dieser Raumfahrt zu begleiten. Im Passagierraum hatte Barbara einen Platz am Fenster bekommen, festgeschnallt mit einem Spezialgurt für Kinder, und ich weiß noch, wie sie immer über den Gurt gestrichen hatte, ein Streifen in Bronze, ein Streifen in Silber und diese weiße, einer Seerose nachempfundene Schnalle, die sie bestaunte, während die Türen sich schlossen. Vor dem Fenster verschwand die Basis. Eukalyptusbäume und Palmen, das schieferblaue Flachdach einer Flugzeughalle, eine Bahnlinie zwischen Plantagen, violett blühende Felder, ein Flugplatz mit kleinen Erntelibellen, nun wirklich an Libellen erinnernd, winzig wie die Felder, Maisfelder womöglich, eine Landschaft, die sich verkleinerte, Kanäle und Seen und dann das große, geschwungene Band der mächtigen Oder, träge glänzend mit ihren Altarmen und Altwassern, den Auenwäldern, die sie umgab.

»Schau mal«, sagte Tezeta, sich an Barbara wendend, »schau mal, da ist die Oder, dort unten wohnen wir«, doch Barbara hatte nur Augen für den Gurt und seine Schnalle. Mit den Fingern fuhr sie die glänzenden Streifen entlang, als hätte sie eine Auszeichnung erhalten. Als sie endlich unseren Aufforderungen nachkam, doch auch mal aus dem Fenster zu schauen, war der

Aufzug schon so hoch gestiegen, dass sie nichts mehr erkennen konnte. Blausilberne Spiegel, Scherben, Pailletten, Silberketten, die sich durch die Landschaft schlängelten, Linien, leuchtende Striche und Kreise, die hinter einer Wolkenschicht allmählich verloschen. Die Wolken von oben: eine Bienenwaben-Superstruktur, sie schrumpfte zusammen, hier und dort ein seidiger Schleier, der von einem Leuchten durchzuckt wurde. Auch der Schleier schrumpfte zusammen, Wolkenweiß, das an Schneefelder erinnerte, alte, verkrustete Schneehaufen, angetaut und wieder festgefroren, Schollen über dem Meer. Zwischen den Schollen war der Atlantik zu sehen, sich wölbend in blauem Grau. Barbara zeigte auf eine Landmasse, über der gerade die Sonne aufging, ein orangefarbenes Leuchten. Sie fragte, was das für eine Insel sei – »was ist das für eine Insel?« –, und ich sagte ihr, dass dies ein Kontinent war, der Kontinent, auf dem wir lebten.

»Unser Kontinent«, wiederholte Barbara und umklammerte meine Hand.

Ich erinnere mich noch, wie aus der Brusttasche ihrer Latzhose ein Stift rutschte, den wir beim Einstieg versäumt hatten, ihr abzunehmen, ein roter Wachsmalstift in einer Hülle aus Papier – er schwebte einfach so davon, ein rotes Stäbchen mit feinen Fingernagelkerben, das sich langsam aus seiner Papierhülle schälte. Barbara griff nach dem Etikett, doch der Stift war schon zu weit entfernt, sie konnte ihn angeschnallt nicht mehr erreichen, der Stift wie ein kleiner, von den Leinen gelassener Zeppelin, der zu kreisen begann,

Barbara, die die Hand ausstreckte, die nach dem Stift griff, der von ihr fortflog, der Blick so konzentriert, als könnte sie ihn auf diese Weise dazu bringen, zu ihr zurückzukehren.

»Wir schweben?«, fragte das Kind.

»Nein, wir fallen, es entspricht eigentlich einem Fallen. Wir fallen die ganze Zeit.«

Der Aufzug machte einen Schwenk, vor dem Fenster nun die Fährstation, dort würden wir hineingeleitet werden, ein Tamburin, wie Barbara sagte, sie tippte gegen die Scheibe, ein Tamburin mit schönen, silbrig aufglänzenden Schellen.

Unter den Reisenden, die damals mit uns unterwegs gewesen waren, hatten sich auch andere Familien befunden, Barbara war nicht das einzige Kind gewesen; auch in der Ankunftshalle hatte ich ihre Anwesenheit als selbstverständlich empfunden, ein Kind, das seine Mutter zu einem Abflug begleitete – erst als wir uns in Richtung des Flugsteigs bewegten, kamen uns nur noch Erwachsene entgegen, Menschen, die hier arbeiteten, Menschen, die hier abflogen. Barbara hatte allein gehen, niemandes Hand halten wollen, Tezeta sollte sehen, wie mutig sie war, und doch hatte nichts darüber hinwegtäuschen können, dass sie für jeden Schritt, den wir Erwachsenen machten, die doppelte Anzahl an Schritten aufbringen musste, ein Blick zwischen Erstaunen und Überforderung.

Eigentlich wäre noch Zeit für die Mensa gewesen, wir hätten vor dem Panoramafenster sitzen, Torte essen und auf die Erde hinunterschauen können, doch

Tezeta wollte sich verabschieden. Besser wir würden jetzt schon umkehren, Barbara und ich, wir bräuchten nicht auf ihren Start zu warten. »Wenn ihr jetzt aufbrecht, erwischt ihr noch denselben Transporter. Glaubt mir, das ist besser, sonst sitzt ihr hier ewig fest.«

Getrennt hatten wir uns vor dem Eingang der Schleuse. In meiner Erinnerung war Barbara nicht traurig über den Abschied, im Gegenteil, es war ein Glänzen von ihr ausgegangen: Sie hatte bewiesen, dass es kein Problem für sie darstellte, ihre Mutter in den Orbit zu begleiten.

»Auf bald, ihr zwei. Für euch wird es nicht lange dauern.«

## *Das Fest*

Als ich den Fahrstuhl betrat, sah ich Girlanden an der Decke, rote Stoffblüten rahmten das Bedienfeld, der Spiegel war mit Kreppapier umwickelt, und in der Luft hing ein Parfüm, das ich nicht kannte, so intensiv duftend, als wären die Kabinenwände damit eingesprüht. Aus dem Aufzugschacht drang eine Musik zu mir herauf, ein sanfter, melodischer Gesang, der anschwoll, je näher ich dem Ausgang kam, und auch Lachen war zu hören; Stimmen, die ich nicht zuordnen konnte. Während der Fahrstuhl mich nach unten trug – auf dem Boden lagen Schleifenbänder –, verwandelte sich der Geruch von etwas Unbekanntem in eine Erinnerung. Ich nahm Muskatnuss wahr – die kleine Reibe, an der man sich die Finger wund rieb, ein schmales, perforiertes Blech –, umspielt von einer Süße, der etwas Pfefferiges anhaftete, wie Schwarze Johannisbeeren, vom Strauch gepflückt; auch Schafgarbe roch so: wenn man den Beutel eines Rasenmähers auskippt. Und dann, als ich schon ankam, eine Note, die etwas algig roch, fischig-mineralisch, aber auf eine angenehme Art, wie Seetang, der in der Sonne trocknet, auch daran erinnerte der Geruch.

Im abendlichen Blau waren Tische zu einer Tafel zusammengerückt, ich sah insgesamt fünf solcher Tafeln, mit weißen Laken bedeckt und überladen mit Geschirr, Speisen in Schüsseln, Speisen auf Platten, Töpfe, in denen etwas dampfte, und überall verstreut, zwischen den Tellern und auf der Wiese, leuchteten rote, von den Bäumen gepflückte Äpfel, verteilt, als wären sie gerade von den Ästen gefallen. Darüber, zwischen die Bäume gespannt, hingen Lampions, rötlich schimmernde Papierkugeln, in jedem Lampion flackerte eine Kerze. Bekannte und mir unbekannte Gesichter, ich sah, dass sie alle in etwas Rotes gekleidet waren. Wie Chen-Lu, die sonst eher farbarme Kleidung bevorzugte, Grautöne und Schwarz, zum Fest trug sie eine rote Hose und ein rotes Sweatshirt. Oder Miss Bishop in ihrem roten Kleid oder Edgar in seinem roten Hemd. Auch ich trug etwas Rotes, eine rote Blume an meinem Anzug, den mir Abdouli und Katharina gebügelt hatten, eine Häkelblume, die mit einer Sicherheitsnadel an meinem Reverskragen befestigt war, Katharina hatte sie mir geliehen, damit auch ich heute Abend festlich aussah. Nirgendwo Jogginghosen, nirgendwo Badeshorts, keine mottenzerfressenen Lieblingspullover, und selbst Claudio hatte sich etwas angezogen, dass weder löchrig noch bekleckert war.

Auf der Bühne, dem hölzernen Podest aus dem Speisesaal, das sie abgebaut und auf der Wiese wieder zusammengesetzt hatten, spielte eine Band, ein Schlagzeug, ein Synthesizer, zwei Gitarren, hinter ihnen eine Staffelei, die mit einem Tuch verhangen war, und eine blumengeschmückte Säule. Obwohl die Kinder auf der Bühne keine Uniformen trugen, mussten sie zur Republik gehören, denn unter den Sängerinnen erkannte ich das Mädchen aus dem Frühstückslokal auf der Seebrücke wieder, und auch das Mädchen am Schlagzeug hatte ich schon einmal an der Bahnstation gesehen.

Ich wusste nicht, wo ich Platz nehmen sollte; an einer Tafel saßen Edgar, Chen-Lu und Miss Bishop, an einer anderen Claudio und Abdouli, Katharina, die ihr Haar zu kleinen Röschen drapiert hatte, zwischen den Locken ein rotes Tuch. Auch den Republikkindern war ein Tisch zugeteilt worden, unter ihnen das KIND, nun ein wenig verloren wirkend mit seinem suchenden Blick, als wartete es nur auf eine Gelegenheit, von seinem Platz aufzustehen. Es erhob sich, als sich unsere Blicke trafen, und kam winkend auf mich zu.

»Hast du schon deinen Tisch gefunden?«

»Gibt es feste Plätze?«, fragte ich.

»Ja, leider, wegen der Gäste, einer Reisegruppe aus dem *Böhmisch-Locarno.* Ich zeige dir, wo du sitzt. Da findest du auch deinen Stimmzettel.«

An der Tafel, an die das KIND mich führte, war Miss Bishop gerade damit beschäftigt, Chen-Lu und Edgar aus zwei Karaffen und einem Fläschchen ein Getränk zu mischen. Ich nahm wieder ganz deutlich diesen Duft wahr.

»Ach, du bist das, dein Parfüm ist mir schon im Fahrstuhl aufgefallen.«

»Gefällt es dir?«

»Ja, sehr. Es hat mich daran erinnert, wie es in unserem Garten gerochen hat, wenn der Rasen gemäht und das abgeschnittene Gras auf den Kompost ausgeleert wurde. Die Wiesenblumen dazwischen, um die Wiesenblumen hat es mir immer leidgetan, Schafgarbe, Kleeblüten und Hahnenfuß. Daran hat es mich erinnert, daran und an ein paar andere Dinge, zum Beispiel das Muskatreiben.«

»Muskatnussblüte, das ist richtig. Die Muskatnuss war unser wichtigstes Exportgut. Eigentlich ist es ein grenadisches Parfüm, *Lance aux Epines*, jedenfalls habe ich es so genannt, ich trage es immer, wenn ich an diese Zeit zurückdenke und eine Wehmut in mir aufkommt, meine Vorvergangenheit. Wuchsen in deinem Garten Muskatnussbäume?«

»Obstbäume und Eschen, Hecken mit Flieder und auch Haselnusssträucher, aber keine Muskatnuss.«

»Seltsam, auf welchen Bahnen die Erinnerung kreist. Manchmal habe ich beim Aufwachen diesen Duft in der Nase, aber er passt auch gut zu diesem Abend, findest du nicht? Der Abschied von einer Epoche« – Miss Bishop streckte mir ihr Handgelenk entgegen, ein goldener Reif, die Nägel rot lackiert – »*Adieu au temps perdu.* So könnte man es auch nennen.«

Neben Miss Bishop war für Toni gedeckt worden, ich sah ihr Namensschild, daneben meines, und einen Teller, der für Matthias frei gehalten wurde.

»Ist Matthias noch nicht runtergekommen?«

»Ich habe ihn vorhin auf dem Flur getroffen«, sagte das KIND, das sich auf Tonis Stuhl niederließ, »Wahrscheinlich hilft er Toni mit der Torte. Sie soll so groß sein, dass sie nicht in den Fahrstuhl passt. Hat Kunolo erzählt.«

Chen-Lu beugte sich zu uns herüber: »Sprecht ihr gerade über die Abstimmung?«

»Ich habe sie noch nicht gefragt«, sagte das KIND.

»Mich was noch nicht gefragt?«

»Ob du die Leitung übernimmst, alle reden von nichts anderem.«

»Oder ob du mit Matthias weggehst, was ich sehr schade finden würde. Ich habe mich gerade erst an dich gewöhnt.«

»Jetzt bedrängt sie doch nicht so«, sagte Edgar, der neben Miss Bishop saß, »seht ihr denn nicht, dass sie noch nichts gegessen hat? Setz dich erst mal. Wir haben doch nicht umsonst so lange in der Küche gestanden. Eine besondere Empfehlung ist die *Soup du jour*, eine Cremesuppe. Ich bin gespannt, ob du herausschmeckst, um welches Gemüse es sich handelt.«

»Es ist Bambus«, sagte das KIND, Edgar rollte mit den Augen. – »Meine Güte, du kannst auch nichts für dich behalten.«

Ein Wind kam auf, die Lampions begannen zu schaukeln, rötliche Lichtschatten wanderten über die Gesichter. Ich sah Abdouli und Katharina, Arm in Arm, sie gingen eingehakt auf die Bühne zu, dann drehte sich Katharina und warf ihren Kopf in den Nacken, eine halbe Drehung vor, eine halbe Drehung zurück. Sie waren die Einzigen, die tanzten, viel langsamer als die Musik, Bewegungen wie in Zeitlupe, mal drehte sich Katharina, dann drehte sich Abdouli. Eine letzte Umdrehung, als die Musik abklang und Abdouli Katharina zu einer Umarmung an sich heranzog.

»Ich glaube, es geht los«, sagte das KIND, und ich sah, dass an der Tafel hinter der Bühne die Ersten von ihren Plätzen aufgestanden waren. Stimmengewirr, jemand applaudierte.

»Sie hat doch in den Fahrstuhl gepasst.«

Aus dem Fahrstuhllicht trat Toni, einen Servierwagen schiebend, auf dem Servierwagen eine Torte, die aus mehreren Etagen bestand und ohne Zweifel das Sanatorium nachbildete, die Fensterreihen, der Verbindungstrakt, unten die Pilotenpfeiler und eine Dachfläche, die mit Marzipanpflänzchen bespickt war, Aufbauten und Rohre. Wieder applaudierte jemand, Ohs und Ahs, das KIND stand auf und zog mich am Arm mit sich.

»Die Torte ist da!«

»Das Raumschiff, das Raumschiff!«

»Was für eine schöne Idee!«

Stäbchen ragten aus der Sahnecreme empor, Wunderkerzen, Toni mit einem Feuerzeug – ich sah, wie sich nach und nach alle Stäbchen entzündeten, ein Knistern und Zischen, funkensprühendes Magnesium. Der Funkenflug löste einen Knall aus, aus dem Röhrchen schoss ein Tischfeuerwerk, Konfettiregen, der hinabrieselte und fast zeitgleich – alle blickten in die Höhe – eine Feuerwerksrakete auszulösen schien, die oben auf dem Sanatoriumsdach gezündet worden sein musste, eine zweite und dritte Rakete, Lichtpunkte, die aufstiegen und wieder fielen.

»Das ist Matthias«, sagte Miss Bishop und jubelte, das KIND stieß einen Pfiff aus.

Während alle in den Himmel blickten, Lichter, die sich spiralförmig in die Höhe schraubten, betrat Toni die Bühne. Sie war die Einzige, die sich nicht an den Kleiderkodex gehalten hatte, sie trug ein blaues Gewand, das an den Armen weit ausgeschnitten war. Auf ihr Signal hin setzte die Band zu einem Lied an, ein Lied, das wir alle schon an den ersten Klängen erkannten und einen Applaus hervorrief. Es war die Kolchis-Hymne: *Kolchis, du Schöne, Kolchis, du Schöne.*

Miss Bishop nahm meinen Arm und hakte sich unter, und auch das KIND griff nach meiner Hand. Chen-Lu und Edgar, wogend in einer Umarmung, Abdouli und Katharina, alle sangen die alte Hymne, die Republikkinder ein Chor.

Schließlich erschien auch Matthias im Garten. Schon von weitem sah ich ihn lächeln. An der Bühne vorbei ging er direkt auf mich zu.

»Liebe Freunde, liebe Kinder, einen großen Dank an alle, die dieses Fest ermöglicht haben, und noch mal einen speziellen Applaus für *Cybele's Reverie*, ihr seid großartig.« Beifall, die Band verbeugte sich. »Danke, danke, und nun möchte ich nicht viele Worte verlieren, nun darf die Abstimmung beginnen.«

Toni trat an die Staffelei heran und zog das Tuch herunter, eine Liste kam zum Vorschein. *Abdouli, Agatha, Babette, Bernhard, Chen-Lu,* mein Name zwischen *Georgi* und *Inez,* Zeilen und Spalten, rechts waren unsere Namen notiert, unten die jeweiligen Aufgabenfelder.

Nun betrat auch eine Delegation der Republikkinder die Bühne, der Junge am Schlagzeug begleitete sie mit einem Trommelwirbel. Eines der Kinder trug ein großes, kugelförmiges Glas, ein Aquarium vielleicht. Es stellte es auf der Blumensäule ab.

»Wofür ist das Glas gedacht?«, fragte ich Miss Bishop.

»Dort werden die Stimmzettel aufbewahrt, nachdem sie eingesammelt worden sind. Früher wurden die Stimmen einfach zusammengezählt, aber das hat immer zu Reibereien geführt, am Ende wollte jeder die Zettel selber auswerten, und dann waren einige Zettel verschwunden, wir mussten die Abstimmung wiederholen. Inzwischen machen wir es öffentlich. So geht es schneller.«

»Was passiert jetzt?«

»Jetzt werden die Kandidaten notiert. Wenn du dich für eine der Aufgaben interessierst, meldest du dich, du kannst dich insgesamt für drei Aufgaben zur Wahl stellen. Danach erfolgt die Abstimmung.«

»Und wenn sich niemand meldet?«

»Das passiert eigentlich selten. In solchen Fällen greifen wir auf das Los zurück.«

»Klingt kompliziert, dann dauert es wahrscheinlich noch eine Weile, bis alle eine Aufgabe gefunden haben.«

»Dafür ist die Torte da. Die Torte wird nach der Abstimmung angeschnitten. Es geht schneller, als du denkst.«

»Dann muss ich mich jetzt wahrscheinlich entscheiden.«

»Genau, jetzt wird es ernst.«

Ich suchte nach Matthias, er stand ein paar Meter

von mir entfernt zwischen Claudio und Mona. Ich sah, wie Claudio ihm etwas zuflüsterte, Matthias lachte.

Auf der Bühne waren nun alle Vorbereitungen abgeschlossen. Toni trat vor das Mikrofon und räusperte sich, so dass ein Störgeräusch aus den Lautsprechern hallte.

»Entschuldigt bitte, das ist die Nervosität. Ich werde nun die erste Aufgabe ausrufen. Wie immer beginnen wir mit dem Frühstücksdienst, es werden Frühaufsteher gesucht.«

Hände gingen in die Höhe. Jérôme, das KIND und ein paar andere, auch Abdouli und Katharina meldeten sich. Ich ging auf Matthias zu und berührte seine Schulter. »Da bist du ja«, sagte ich.

»Hast du das Feuerwerk gesehen?«

»Ja, habe ich, schön, aber auch melancholisch.«

»Weil wir uns verabschieden werden?«, fragte Matthias und strich sich, eine Rußspur hinterlassend, mit seinen vom Abfeuern der Raketen noch schwarz gefärbten Fingern über den Kragen seines Jacketts. Auch Matthias hatte Katharina eine Häkelblume angesteckt. »Mist, jetzt habe ich mich eingesaut.« Er sah sich seine Hände an. »Eigentlich wollte ich die Jacke zu unserer Abreise anziehen, wenn wir uns von den anderen verabschieden. Ich habe auch die Werkstatt aufgeräumt. Was es nicht alles zu erledigen gibt. Hast du schon gepackt?« Viel würde er nicht mitnehmen können, ein paar Zeichnungen und Pläne, aber das Wichtigste trage er sowieso hier oben mit sich – er tippte sich an die Stirn. »Ich kann es kaum erwarten.«

»Darüber wollte ich mit dir sprechen. Ich habe nachgedacht, gestern und die Tage zuvor, aber so richtig klargeworden ist es mir erst heute Morgen.«

Auf der Bühne zeichneten die Kinder sehr konzentriert Kreuze auf, eine steigende Diagonale, eine sinkende Diagonale, zwei Kinder an der Staffelei, ein drittes Kind überwachte den Vorgang.

»Deniz, ist das eine Meldung? Habe ich jetzt alle?«

Matthias sah mich an.

»Du wirst diese Reise machen können«, sagte ich, »aber ich werde dich nicht begleiten. Ihr braucht mich nicht. Nicht du und nicht Tezeta.«

»Dann bleibst du hier?«

Ich schüttelte den Kopf.

»Du bleibst nicht hier?«

»Nein, ich gehe von hier fort.«

Auf der Bühne wurde die nächste Aufgabe ausgerufen: die Wartung des Fahrstuhls, eine Aufgabe, die an die Reinigung der Vogeltränke und der anderen Futterhäuser gekoppelt sei. »Bitte nur Anwärter, die schwindelfrei sind. Wer meldet sich?«

Ich sah, dass Vincent die Hand hob, erst hob er sie, dann ließ er sie wieder sinken. Er war der einzige Interessent. »War das ein Zeichen?«

»Ja. Das heißt nein. Ich habe es mir anders überlegt. Der Posten ist wieder frei.«

»Sonst jemand?«

Vincents Hand wanderte erneut nach oben, jedoch trat er dabei auch einen Schritt zurück, so dass einen Moment lang Verwirrung aufkam.

»Ich verstehe nicht. Will er oder nicht?«

Vincent zögerte. »Ich mache es.«

»Du gehst nicht mit mir, und du bleibst nicht hier?«, fragte Matthias.

»Das ist richtig«, sagte ich.

»Ich verstehe das nicht.«

»Als ich nach Kolchis kam, damals als Kind, hatte ich so große Angst davor, Heimweh zu bekommen, dass ich mir diesen Gedanken schon im Vorfeld verboten hatte. Ich hatte Angst, von diesem Heimweh erpresst zu werden, und dabei nicht bemerkt, dass ich mir damit die Chance nahm, mich richtig zu verabschieden. Das möchte ich jetzt tun.«

»Du willst dich verabschieden?«

»Ich habe diesen Ort immer gemieden. Auch wenn dort längst nichts mehr an unser Haus erinnert, ich glaube inzwischen, dass es ein Fehler war. Die Schwelle, von der du gesprochen hast, das Bild hat mir geholfen. Ich glaube, ich bin nie wirklich in der neuen Zeit angekommen, ich wollte es zu sehr. Manchmal muss man erst einen Schritt zurück wagen, bevor es weitergehen kann.«

Claudio hatte den Arm in die Höhe gestreckt, er hatte sich zum Wäschedienst gemeldet so wie Toni und Miss Bishop, doch schien er offensichtlich übersehen worden zu sein. Rufe wurden laut, man habe Claudio übergangen, *Claudio, Claudio, Betrug.* Auf der Bühne brach eine Unruhe aus. Ein Kind trat ans Mikrofon, passte die Halterung auf seine Höhe an und erklärte, man habe die Meldung registriert.

Als Nächstes folgte der Gartendienst, Assja bekam mit Jérôme einen Anwärter an die Seite gestellt; der Abwasch am Abend: Kreuze bei Serpil, Babette und Georgi und schließlich, worauf alle schon gespannt seien: die Leitung der Sitzungen.

»Wie ihr wisst, werde ich diese Aufgabe nicht weiterführen«, sagte Toni, »ich hoffe, sie in vertrauenswürdige Hände geben zu können.«

Im Garten wurde es still. Edgar schlug zwei Gläser gegeneinander, als würde er sich selbst zuprosten. »Was soll's, ich mache es.«

»Ich auch«, sagte Chen-Lu und trat vor die Bühne. »Wenn ihr mich wählt, verspreche ich, unnötige Abschweifungen rechtzeitig zu beenden, kein im Kreis Drehen, keine endlosen Monologe. Ich werde mich um Klarheit bemühen und euch zielführend durch das Gespräch lotsen, also stimmt für mich.«

Auch Katharina und Abdouli meldeten sich, erklärten jedoch, dass sie die Aufgabe gemeinsam übernehmen würden. »Wir teilen die Rollen auf: Ich bin für das Vergessen«, sagte Katharina. – »Und ich für das Erinnern.« Abdouli machte einen Tanzschritt. »Einen Schritt vor, einen zurück, ganz wie ihr wollt, und auch über die Uhrzeit sollten wir noch mal sprechen, muss es immer um 15 Uhr sein?«

»Dann habe ich jetzt Edgar, Chen-Lu, Katharina und Abdouli, sind das alle? Keine Meldung von Heather?«, Toni sah sich um, die Hand wie ein Visier an die Stirn gelegt. »Wo ist Heather, hat sie jemand gesehen?«

»Sie ist hier«, rief das KIND, »aber sie meldet sich nicht.«

»Sie meldet sich nicht?«

So wie das KIND waren nun auch Mona und Kunolo an mich herangetreten. Miss Bishop sah mich an.

»Sehe ich richtig, dass Heather nicht zur Wahl antritt?«

Ich stand auf. »Ja, du siehst richtig. Heather wird nicht antreten. Es stehen genug Freiwillige zur Wahl.«

Obwohl viele noch bis in die Morgenstunden gefeiert hatten, waren beim Frühstück alle in den Speisesaal gekommen. Miss Bishop und Toni, die ihre Morgenmäntel trugen und mir versicherten, dass ich jeder Zeit willkommen sei. Das KIND, das ein neues Porträt für mich gezeichnet hatte, diesmal nur aus der Erinnerung, ein Porträt, auf dem ich noch besser getroffen war als auf dem ersten, auf dem Bild saß ich vor einem Zugfenster und schaute in die Landschaft. Chen-Lu wollte den Abschied lieber kurz halten, steckte mir aber eine Durchwahl zu, über die ich sie beim Postamt direkt erreichen könne, zwischen fünf und sechs an allen Werktagen außer montags und mittwochs. Edgar mit einem Proviantkorb, Köstlichkeiten, die er aus den Resten des Festessens zusammengestellt hatte, und eine Flasche Wein. Claudio schien unsere Abreise am stärksten mitzunehmen, er verabschiedete sich lange von Matthias, und auch Katharina und Abdouli hatten Tränen in den Augen, als sie uns zu einer Gruppenumarmung an sich heranzogen. Katharina bestand darauf, dass wir die Häkelblumen behielten, damit wir an sie denken würden, wann immer wir sie trugen, während

Assja einen Strauß Astern für uns gepflückt hatte. »Damit könnt ihr auf eurer Reise zwar nicht viel anfangen, doch seht ihn als Abschiedsgruß, und richtet Tezeta aus, dass ich ihr viel Glück wünsche.«

Zur Bahnstation fuhren uns Toni und das KIND, das sehr aufgeregt war und mit uns wieder und wieder unsere Reisepläne durchging. »Also Matthias nach 1512, Tezeta nach 1782, aber davon darf niemand wissen, und du, Heather, bleibst in unserer Zeit.«

»Genau.«

»Ich werde es niemandem verraten.«

»Das ist wichtig.«

»Aber erst mal alle zu Tezeta?«

»So ist es.«

»Und wie kommen Matthias und Tezeta wieder zurück?«

»1529 ist ein guter Zeitpunkt, das liegt genau im Korridor. Da treffen wir uns«, sagte Matthias.

»Das macht 17 Jahre, du wirst 17 Jahre dort bleiben und kannst vorher nicht zurück?«

»Das ist richtig.«

»Und wenn ihr euch verpasst?«

»Das werden wir nicht.«

»Aber 17 Jahre, das könnte ich nicht.«

»Für euch wird es ja auch nicht so lange dauern. Vielleicht stehe ich schon übermorgen wieder in der Werkstatt. Mit grauem Haar und neuen Falten.«

»Das wäre schön. Aber du, Heather, du kommst doch zurück, wenn du zu Hause gewesen bist?«

Toni hielt den Wagen vor dem Zedernhain, doch zum Bahnsteig gingen wir allein. Ich sah das Häuschen der Fahrdienstleitung, ein Anbau mit großen Fenstern. Die Tür stand offen, Sonnenblumen, das grüne Telefon, ein Junge vor dem Stellpult, ein Kind der *Republik*. Das Mädchen, das den Bahnsteig an meinem Ankunftstag beaufsichtigt hatte, lag wahrscheinlich noch im Bett und holte seinen Schlaf nach.

Als der Zug einfuhr, begannen die Lautsprecher zu knarzen. Matthias sah mich an.

# DER 23. APRIL 1998

Es waren nicht die Wolken, langsam vorüberziehende, frühlingshafte Quellwolken, reinweiß am oberen Rand. Nicht die Gleise, die funkelten, zu Strängen verschmolzen, dem Horizont entgegensickerten, still und fern. Nicht die Oberleitungen und Prellböcke, Signalanlagen und Lockschuppen, nicht die abgekoppelten Waggons. Nicht die zitternden Umrisse der seltsam entstofflichten, wie auf eine flimmernde Ferne projizierten Stadt, nicht der Kirchturm, dessen Spitze wie ein Zeiger aufragte (ich wusste, dass sie den Namen *Erlöser-Kirche* trug), nicht die Schornsteine und Hausdächer, die in der Sonne aufflammten, nicht der Büroturm mit den Leuchtbuchstaben auf dem Dach. Man nannte ihn *Treptower,* das Hochhaus war gerade fertiggestellt worden. Um den Flugverkehr nicht zu behindern, würden die Buchstaben auf dem Dach bald durch neue ersetzt werden, die nur noch halb so groß waren und weniger Licht ausstrahlten, noch waren die alten Buchstaben zu sehen, das Wort *Allianz* und ein Zeichen, drei Balken, von einem Kreis umschlossen. Der Balken in der Mitte ist am höchsten und mit einer Auskragung versehen, die Form leitet sich von den Umrissen eines heraldischen Vogels ab, dem Kopf des Reichsadlers, der Schnabel ist zu einem Vordach stilisiert, das schützend über einen der kleineren Balken ragt. Die kleineren Balken sollen die Jungen des Reichsadlers darstellen, doch weil der Überstand nur in eine Richtung weist, erfährt bloß eines der beiden Balken-Jungen Schutz, das andere aber nicht. Eine Ungerechtigkeit, ein Bekenntnis, das verwunderlich erscheinen musste, wenn man bedachte, dass es sich um das Firmenzeichen eines Versicherungskonzerns handelte, was mir bekannt war, so wie ich wusste, dass einer der früheren Direktoren zum Wirtschaftsminister im Kabinett Adolf Hitlers ernannt worden war, ein Konzern, der vor nicht allzu langer Zeit noch Konzentrationslager und Munitionsfabriken versichert hatte, als dieses Gebiet, dieses Land, diese Gesellschaft sich eine nationalsozialistische Regierung gewählt hatte. Ich wusste, wie viele Menschen wo und unter welchen Umständen, mit welchen Methoden in dieser Zeitspanne ermordet worden waren, ich wusste von dem Krieg, der von hier ausgegangen war, wusste, mit welchen Zielen er begonnen worden war und welche Opferzahlen er hervorgebracht hatte. Das Ende dieser Zeitspanne war von dem Zeitpunkt, zu dem ich gereist war, etwa fünfzig Jahre entfernt, genau genommen zweiundfünfzig Jahre, elf Monate und acht Tage. Ich war über die Verbrechen geschult worden und wusste, wie sehr die Zeit, in der ich mich durch diese Reise nun aufhielt, von dieser gerade einmal zweiundfünfzig Jahre entfernt liegenden, nahen Vergangenheit durchdrungen war. Das wusste ich nicht nur, weil ich auf diesen Reisezeitpunkt vorbereitet worden war, sondern auch, weil ich in dieser Epoche gelebt hatte. Ich wusste es doppelt, aus der

Erfahrung und aus den Büchern. Ich war nie am Bahnhof Lichtenberg gewesen, kannte ihn nur aus den Simulationen, und doch wusste ich, wusste es von damals noch, welcher Ruf diesem Ort vorausging. Kein lichter Berg, die schönen Gegenden Berlins hießen Charlottenburg und Zehlendorf, während in Lichtenberg Armut herrschte, Leerstand, Arbeitslosigkeit und Gewalt, hier konnte es gefährlich werden, wenn man zu sehr auffiel. In dem Jahr meiner Reise war das Verschwinden eines anderen deutschen Staates, der nach dem Krieg als Gegenentwurf geplant worden war, keine zehn Jahre her, ich bin in diesem Staat geboren, seine Bevölkerung hatte ihn zum Sturz gebracht, und auch dieses Ereignis war für die Menschen dieser Gegenwart so nah, dass es erschien, als wäre die Geschichte an einem Endpunkt angelangt, als würde von nun an nichts mehr kommen. Manche begrüßten ihn, hatten ihn lang ersehnt und viele Hoffnungen an dieses Ende geknüpft, andere bedauerten ihn und wussten nicht, wie sie weitermachen sollten; der Wendepunkt lag noch zu nah, um absehen zu können, welchen Einfluss er auf das Leid und auf das Glück der Menschen haben würde. Der Bahnsteig, auf dem ich mich befand, entstammte ebenfalls noch diesem Staat, man erkannte es an den Bodenplatten, die Asphaltnähte waren aufgebrochen, in den Rillen wuchsen falsche Kamille und ein fahles Moos. Rechts und links des Bahnsteigs waren Markierungen auf die Bodenplatten aufgetragen, weiße Streifen, jeweils ein breiter und ein etwas schmalerer. Sie markierten eine Grenze, die man als Wartender nicht übertreten sollte, um nicht Gefahr zu laufen, von einem Zug erfasst zu werden, was zwar selten, aber immer noch regelmäßig geschah, wenngleich es sich meistens nicht um Unfälle handelte, wenn ein Mensch auf den Gleisen zu Tode kam. Ich sah ein Gebäude, das Stellwerk, schmal und hoch. Dreistöckig mit langen Fensterreihen auf der oberen Etage wäre es als Wohnhaus nicht ungeeignet, stünde es nicht auf einem Bahnsteig, es war der Bahnsteig rechts von mir. Ein Lichtblitz blendete mich, ein Fenster wurde aufgestoßen, ein Mann erschien. Auch der Mann war keine Überraschung, er arbeitete hier, war der Fahrdienstleiter oder der Weichenwärter. Er gähnte, machte eine Geste mit der Hand, als versuchte er, mich zu verscheuchen, ich sah ihn in dem Fensterausschnitt: wie Dornröschen in seinem Turm. Er trug ein ärmelloses Hemd, ein Leibchen oder Trikot, das an ihm, der sehr dünn war, wie ein Nachthemd fiel, und auch seine Bewegungen, träge und unentschlossen, ließen mich denken, er wäre gerade erst erwacht, hätte geschlafen und könnte sich nun, aus dem Fenster blickend, immer noch nicht so recht erklären, wie er in diesen Turm auf dem Bahnsteig geraten war. Ich sah, wie er hinunterschaute, als versicherte er sich der Tiefe, die sich unter ihm erstreckte. Fast schien es, als würde er sich verneigen, so weit beugte er sich vor und zeigte einen weiten Ausschnitt seiner flachen Brust. Im Hintergrund verlief eine Hochstraße, dort standen Reklamewände, eine Brückenüberführung, die über den Gleisen errichtet war und über einem der Bahnsteige einfach abzubrechen schien. Die steile, Fußgängern nicht zugängliche Metalltreppe war von hier aus nicht zu erkennen, da der Stellwerksturm sie verdeckte, und doch war ich diese Stufen – die Stufen einer Nachbildung dieser Treppe – während der Vorbereitungen auf diese Reise bereits etliche Male hinabgestiegen. All diese Eindrücke stimmten mit den Simulationen überein, sie überraschten mich nicht, waren vertraut, ich wusste, wie die Dinge, die mich umgaben, hießen, welche Bedeutung ihnen zukam, welche Funktion sie erfüllten. Auch die Wolken am Himmel: weiß vor sich hin quellend, allmählich ihre Gestalt verändernd und dabei an nichts erinnernd, keine Tiere, keine Figuren, Wolken, die eher Gedanken ähnelten, als würde immer das, was mir gerade durch den Kopf ging, an einer undichten Stelle, etwa oberhalb der Schläfe oder durch diesen Leberfleck, der sich unter meiner rechten Augenbraue befindet, aus meinem Kopf entweichen und in die Höhe wandern, als könnte ich dort, am Himmel, auf die zu Wasserdampf kondensierte Form meiner Gedanken blicken – all das hatte ich schon gesehen, all das hatte ich schon gedacht – wandernde Gebilde, denen man dabei zusehen konnte, wie sie sich formten. Der Gedanke, dass hier noch eine Gegenwärtigkeit existiert, die die Menschen zum Himmel blicken lässt und sagen: So sehen die Wolken jetzt gerade aus, am 23. April 1998 um 16 Uhr und 39 Minuten – auch dieser Gedanke zog an mir vorbei, er war gebauscht und von der Sonne beschienen.

Am Ende des Bahnsteigs führten Stufen auf das Gleisbett, es war nicht tief, ein Schild verbot mir weiterzugehen. Das Weiß der Warnmarkierung: verwaschen wie eine Kreidespur nach dem Regen. Eine Hummel flog in mein Sichtfeld, summend, in kreisenden Bahnen, sogar die Hummel hatte ich schon gesehen. Summend flog sie über den Schotter hinweg, Steine, die wie in Mehl gewendet dalagen. Die Hummel flog so dicht über dem Boden, als hätte sie eine Fährte aufgenommen, sie verlangsamte ihren Flug. Womit ich nicht gerechnet hatte, was mich nun völlig überraschte – zwischen dem Bahnschwellen lag eine Trinkverpackung, eine Fruchtsafttüte, Verpackungsmüll, der in der Sonne glänzte, ein Funkeln in den Farben Rot und Blau, beschichtetes Aluminium, mit Kirschen bedruckt. Dieser künstliche Geschmack, kühl und zuckrig, an jedem Kiosk hatte es diesen Saft gegeben, kein Saft, eher ein Saftersatz, ein Fruchtsaftgetränk in der Geschmacksrichtung Kirsche. An der Verpackung musste ein Strohhalm geklebt haben, der Unterdruck beim Saugen, ein Strohhalm in einer Zellophanhülle, die Hülle wurde aufgerissen und der Strohhalm mit seinem angeschrägten Ende wie ein Pflock durch die dafür vorgesehene Stelle gerammt, an diesem Punkt war die Folienverpackung dünner; der Strohhalm war orange und die Kanten so scharf, dass man sich damit in den Gaumen schnitt, wenn man zu gierig daran saugte. Dann auch der Geschmack von Blut – auch daran erinnere ich mich, eine winzige Verletzung, das gehörte dazu. Schade, dass der Strohhalm fehlt, dachte ich, er steckt nicht in dem dafür vorgesehenen Loch.

Würde ich nun in das Gleisbett hinabsteigen, ich könnte es mitnehmen, niemand würde Anspruch darauf erheben, niemand außer der Hummel, die auf dem Trinkpäckchen gelandet war. Der Duft musste sie angelockt haben, wippend, der Hinterleib bebend, begann sie mit ihren Erkundungen. Ich fragte mich, ob die Safttüte in der Sonne heiß geworden war und ob die Hummel diese Hitze spürte. Vielleicht brannte es unter dem Panzer, vielleicht fehlte der Hummel der Wind, nun da sie gelandet war, vielleicht brauchte sie ihn, um sich unter ihrem Pelz ein wenig abzukühlen – schon hob die Hummel wieder ab. Ich wusste nicht, ob die Hummel so langsam flog oder ob ich es war, die die Dinge verzögert wahrnahm, mir schien, als würden immer erst einige Sekunden vergehen, bis eine Information zu mir durchdrang. *Pass auf Heather, du bist nicht die Hummel. Du bist Heather, dies ist dein Körper, du bist ein Mensch.* Die Hummel krabbelte über die Safttüte und erreichte den Schlitz für den Strohhalm. Für einen Moment wirkte sie wie benommen, dann setzten sich ihre Flügel wieder in Bewegung, die Hummel taumelte in die Höhe. Im Flug einsackend, als würde sie von einem Gewicht nach unten gezogen, steuerte sie auf den Schatten zu, den das lange, flache Dach auf den Bahnsteig warf.

Tezeta und Wendy warteten dort. Ich erkannte sie an den Rucksäcken, an den großen, länglichen Trekkingrucksäcken, mit denen wir drei ausgerüstet worden waren, über und über mit Yin-und-Yang-Symbolen, Smileys und Peace-Zeichen geschmückt, übertrieben, wie ich fand, die Aufnäher sollten unsere Tarnung darstellen. Wir sollten Kanadierinnen sein, Backpacker auf einer Tour durch Europa, Germanistikstudentinnen aus Montreal, *études allemandes*. Diese Rollen würden uns Spielraum verschaffen und die Fremdheit erklären, die Menschen dieser Epoche uns gegenüber empfinden mochten, eine Fremdheit, die wir trotz sorgfältiger Vorbereitung, dem Erlernen der Sprache und der vorherrschenden Dialekte, natürlich immer noch ausstrahlten. Ich sah Tezeta, sie wandte sich wieder und wieder nach allen Richtungen um. Keine Züge fuhren ein, keine Züge fuhren ab.

Auch die Hummel war fort, der Weichenwärter hatte sein Fenster geschlossen. Ich ging in die Hocke, mein Rucksack kippte zur Seite, fast verlor ich die Balance. Nur etwa ein Meter trennte mich noch von dem Schotter, eine Armlänge vielleicht, wenn ich mich streckte und meinen Rucksack absetzte. 16 Uhr 38 und elf Sekunden, 16 Uhr 38 und zwölf Sekunden, noch war kein Zug zu sehen. Ich trat an das Treppchen heran, ein rostendes Geländer, die Stufen aus Riffelblech, ähnlich einer Treppe, die in ein Schwimmbecken führt. Man musste sie rückwärts hinabsteigen, ich sah Tezeta und Wendy, sie waren aus dem Schatten der Überdachung hinausgetreten und schauten in meine Richtung. Ich sah sie winken, sich umblicken, Tezeta schüttelte den Kopf, dabei wusste ich doch, dass mir noch Zeit blieb, bevor der Zug einfuhr. 16 Uhr und 40 Minuten. Die Schottersteine waren nicht befestigt und verschoben sich unter meinen Schritten, zwei Schritte, schon hatte ich die Safttüte erreicht. Mit der Safttüte in der Hand kletterte ich die Stufen wieder hinauf.

* * *

Wir stiegen nun in diesen Zug. Der Zug hieß *Carl Maria von Weber*, er hatte die Nummer 179 und trug die Kurzbezeichnung EC: *Eurocity 179 Carl Maria von Weber*, so lautete sein vollständiger Name. Er würde eine bestimmte Strecke in einer bestimmten Zeit zurücklegen. Ich befand mich in dieser Zeit. Die Zeit war die Vergangenheit, die allgemeine, historische Vergangenheit, aber sie war auch meine Vergangenheit, aus diesem Jahr war ich evakuiert worden, und auch der Zug war mir vertraut. Nach der Trennung meiner Eltern, als ich nach Helsingør auf ein dänisches Internat gekommen war, in den Jahren 1997 und 1998, war ich oft mit diesem Zug gereist, an jedem ersten Donnerstag des Monats. Zum Auftakt der *hjemtur weekender*, den für den Zweck der Heimreise verlängerten Wochenenden, war ich in aller Frühe in den Bus gestiegen, der mich zum Bahnhof gebracht hatte, war mit dem Vorortszug nach Kopenhagen gefahren und von Kopenhagen über die Vogelfluglinie nach Hamburg, war in der Wandelhalle des Hauptbahnhofs umhergeschlichen und hatte ihn dann oft schon vom Nordsteg aus an seinem blauen Speisewagen erkannt, einem tschechischen Speisewagen, das Dach zerbeult, wie mit Hammerschlägen bearbeitet. Ich weiß nicht mehr, wie ich die vielen Stunden auf meinen Reisen hinunter an die sächsisch-tschechische

Grenze zugebracht hatte. In meiner Erinnerung sehe ich mich durch die Waggons wanken, ich sehe mich gegen die Türgriffe stemmen und immer weiter und weiter vordringen in einen sich biegenden, schaukelnden Schacht. Ich durchquere den Speisewagen, mein Ziel ist das Kartentelefon. Die Stimme meiner Mutter ertönt in der knacksenden Zugfunkleitung, ich höre, wie sie sich im Namen der Zahnarztpraxis meldet, in der sie jetzt als Sprechstundenhilfe arbeitet – *Zahnarztpraxis Kreibig,* kein Hallo –, eine Unsicherheit in der Stimme, die nur ich heraushören kann, weil ich den Unterschied zu ihrer anderen Stimme kenne, wenn sie nicht auf der Arbeit ist, und ich höre mich selbst sagen, in einen knappen, informellen Ton umschlagend, um das Kartenguthaben nicht aufzubrauchen: *Alle Anschlüsse erreicht, ich komme pünktlich.* Aussteigen in Bad Schandau, dem Grenzbahnhof an der Elbe, dort hatte meine Mutter auf mich gewartet, als ich noch Hannah Hoffmann hieß und Teil dieser Vergangenheit war.

Das Schleifen und Scheppern großer, sperriger Gepäckstücke gegen Türen und Fenster, das Wetzen und Schaben, auch die Schlafmatten an unseren Rucksäcken schabten an den Fenstern entlang, waren fast zu breit für den Gang, als befänden wir uns im falschen Zug. Ich bemerkte, wie eine Unsicherheit aufkam, vor allem Wendy wirkte nervös. Alles hier war wie mit Speck abgerieben, alles war berührt worden, fettig, wachsig, Linoleum, das unter den Schuhsohlen klebte, das Glas von Schlieren überzogen, zerkratztes Plastik, schwitzendes Metall. Gerüche: Jemand musste ein Ei gepellt haben, jemand hatte eine Banane geschält. Abteiltüren, die offen standen, Abteiltüren, deren Vorhänge zugezogen waren, ein Mann, der eine Jacke über seinen Beinen ausgebreitet hatte, die Beine ausgestreckt wie auf einer Ottomane. Wir mussten die Nummern auf den Kärtchen, Kärtchen, die in dafür vorgesehenen Rahmen an den Abteiltüren befestigt waren, mit den Nummern auf unseren Tickets abgleichen. Die Plätze 45, 46, 47, wir gingen, bis wir die richtige Tür erreichten, ich zog an dem Griff, etwas blockierte – es handelte sich um eine Schiebetür, kurz hatte ich es vergessen.

Spiegel über den Sitzen, sechs Sessel mit Armlehnen, die sich verstellen ließen, zwei Gepäckgitter auf jeder Seite, ein schmales für das Handgepäck und ein großes darüber. Es gab einen Müllkübel, Klapptische am Fenster, die Fenster hatten Vorhänge, über der Tür befand sich eine Anlage zur Regelung des Lautsprechers, der Heizung, des Lichts. Die Notbremse, ein kleiner roter Griff, dessen missbräuchliche Benutzung in mehreren Sprachen untersagt wurde. Außerdem sah ich Kleiderhaken, an einem Haken hing ein Sakko aus braunem Kord, an einem anderen eine schwarze Jeansjacke, wir drei und zwei weitere Personen, die nicht zusammen reisten, ein Mann und eine Frau. Der Mann lächelte und klappte sein Buch zu, die Frau schrieb und blickte nicht zu uns auf. Die Frau hieß Agnes, wir hatten sie schon öfter besucht, unsere Gesichter konnten ihr nicht unbekannt sein.

Wendy zog ihre Schuhe aus, beugte sich hinunter und löste ihre Schnürsenkel. Ich hatte ihr gesagt, das manche es hier bei längeren Reisen so handhabten, um es sich bequemer zu machen, dass dies als Geste unter Umständen nützlich sein könnte, um die Stimmung aufzulockern und Nähe zu erzeugen, aber ich hatte ihr nicht gesagt, dass sie damit noch etwas warten müsste, wenigstens bis der Zug wieder losgefahren wäre – mein Fehler. Dass sie sich der Schuhe so unmittelbar nach dem Zusteigen entledigte, noch während des Verstauens der Gepäckstücke, hastig und übereilt, musste den Eindruck erwecken, sie hätte ein Fußproblem. Die Schuhe, Schnürschuhe aus Leinen, schob Wendy unter ihren Sitz. Als sie fertig war, lächelte sie mich an.

Tezeta bemerkte von alldem nichts, ihr Blick war grüblerisch, auf nichts fokussiert, ich hatte sie schon oft auf Missionen begleitet und wusste, wie methodisch ihr Vorgehen war. Sie wollte die Kandidatin nicht überrumpeln, auch wenn Agnes, wegen der wir in diesen Zug gestiegen waren, bereits erfahren hatte, dass es eine andere Möglichkeit für sie gab. Was sie noch nicht verstanden haben konnte: wie real diese Möglichkeit war, wie greifbar und bedeutend und eben nicht halluzinierend, wie ihr erst kürzlich, aus ihrer Gegenwart heraus nachvollziehbar und verständlich, nahegelegt worden war. Es ging also darum, ihr glaubhaft zu vermitteln, dass ihre Erinnerungen sie nicht täuschten und diese drei aus der Zukunft zu ihr aufgebrochenen, aus der Zukunft auf sie zukommenden Menschen, die ihr in verschiedenen Phasen ihres Lebens zur Seite gestanden hatten, keine Einbildungen darstellten, sondern tatsächlich existierten, ohne ihr dabei einen allzu großen Schrecken einzujagen. Tezeta würde zuerst den Mann ansprechen und sich dann Agnes zuwenden. Der Mann konnte als Anwesender, als dritte Partei im Raum, für uns von großem Nutzen sein. Tezeta könnte ihn in eine Interaktion einbinden, ihn etwas fragen, eine Antwort erhalten und mit seiner Hilfe unsere reale, physische Gegenwart unter Beweis stellen, wir wären nicht Agnes' Vorstellungskraft entsprungen. Über den Mann wussten wir nicht mehr, als für unsere Mission notwendig war, er hieß Miloš und fuhr nach Prag, doch Agnes kannten wir gut. Sie war 36 Jahre alt, kam aus Dresden, die Tochter einer Lehrerin, die kein Geheimnis daraus machte, dass sie ihr zweites Kind – Käthchen, Katja, Katjuschka, Agnes' kleine Schwester – ihrer älteren Tochter gegenüber bevorzugte, sie hatten schon lange keinen Kontakt mehr, und auch die Schwester sah sie nur gelegentlich. Ihr Vater war gestorben, als Agnes elf war. Als die Familie im Krankenhaus eintraf, hatte sein Herz schon nicht mehr geschlagen. Sie würde später sagen, es sei der Tag gewesen, an dem ihre Kindheit zu Ende gegangen war. Nach dem Abitur hatte sie eine Ausbildung zur Museumsfacharbeiterin begonnen, danach Kulturwissenschaften studiert. Nach ihrem Abschluss, der auf das Jahr 1989 fiel, nahm sie eine Stelle am Institut für Volkskunstforschung am Zentralhaus für Kulturarbeit in Leipzig an, verlor diese Stelle jedoch bald wieder, als die Kultureinrichtung geschlossen wurde. In dieser Zeit heiratete sie einen Tontechniker, den sie bei einem Treffen einer progressiven basisdemokratischen Bewegung kennengelernt hatte, der sich wie sie für die

Arbeiterselbstverwaltung interessierte und eine sozialistische Erneuerung anstrebte. Dem Ende der DDR, wie sie gewesen war, standen sie positiv gegenüber, doch den Weg zu einem *Deutschland einig Vaterland* lehnten sie ab. Arbeitslos in Dresden, versuchten es beide kurz als freie Journalisten, entschieden sich dann jedoch, nach vielen demütigenden Erfahrungen und mangels anderer Alternativen, durch die Empfehlung einer nach Nürnberg gegangenen Freundin zusammen im Außendienst einer Versicherung zu arbeiten, bis sich eine bessere Gelegenheit ergeben würde. Mit ihrem Abschluss war Agnes überqualifiziert, doch sie wollten es zusammen machen, sich ihren Humor bewahren, in eine Rolle schlüpfen, die sie jederzeit wieder abstreifen könnten, auch ein Umzug nach Bremen stand im Raum. *Wie stellen Sie sich Ihren Lebensabend vor? Was wünschen Sie sich von einer Versicherung?* Von Wohnungstür zu Wohnungstür ziehend, war es für Agnes sehr schwer, das Rollenspiel aufrechtzuerhalten. Immer derselbe Text, immer dieselbe, geheuchelte Sorge, als würde sie nicht von diesen Ängsten profitieren. Menschen, die ihr Vertrauen entgegenbrachten, weil sie zusammen zur Schule gegangen waren oder ihre Mutter noch kannten, Agnes kam sich wie eine Betrügerin vor. Während ihr Mann sich bei einem Radiosender bewarb und die Stelle tatsächlich bekam, tröstete Agnes sich mit einem neuen Auto, zwar einem Gebrauchtwagen, doch konnte sie ihn bar bezahlen, mit dem Wagen fuhren sie in den Urlaub. Sie verdrängte den Gedanken, dass sie die Provisionen erstatten musste, sobald die Versicherungsverträge storniert wurden, was immer öfter geschah, so wie die Verträge immer seltener geschlossen wurden, weil sie die Sätze nicht mehr über die Lippen bekam. *Wie stellen Sie sich Ihren Abend vor? Was wünschen Sie sich von Ihrem Leben?* Mit den Stornierungen kamen die Schulden, ihre Stimme versagte, sie wurde krank, bekam Halsschmerzen, eine Entzündung, die auf die Schilddrüse überging, als Erkältung abgetan wurde und zu spät zur richtigen Diagnose führte. Um die Hormone zu ersetzen, die ihr Körper nicht mehr ausreichend produzierte, bekam sie fortan Medikamente, doch dauerte es lange, bis die Dosis richtig eingestellt war und sie sich nicht mehr matt oder zittrig fühlte. Unerwartet eine Schwangerschaft, Freude und der Wunsch nach einem Neubeginn, bis im sechsten Monat plötzlich die Wehen einsetzten und alles wieder vorbei war. Es folgte der Zusammenbruch: eine acht Monate andauernde depressive Episode, während der Agnes nicht mehr arbeiten ging und sich angewöhnte zu trinken, sobald ihr Mann die Wohnung verlassen hatte. Hin und wieder eine vom Arbeitsamt vermittelte Beschäftigungsmaßnahme, die nie zu einer Anstellung führte. Als ihr Mann sich von ihr trennte, war es für Agnes nicht überraschend, sie wusste von seinem Verhältnis, doch hatte sie gehofft, es würde nicht halten, er würde das Interesse an der anderen Frau verlieren. Vor ein paar Monaten hatte sie eine Ausbildung zur Reiseverkehrskauffrau begonnen, arbeitete in einem Reisebüro, das sich auf Abenteuerreisen spezialisiert hatte, Wanderungen durch Patagonien, Katamaranfahrten durch die Gewässer Neuseelands, doch sie mochte ihre Chefin nicht und fühlte sich auch in ihrer neuen Wohnung nicht wohl, eine Wohnung, in die sie hin und wieder einen Mann einlud, der in Mecklenburg lebte, aber in Dresden zu tun hatte und ebenso wie Agnes unter einem Alkoholproblem litt, ein Bauunternehmer, mit dem sie eine Beziehung eingegangen war, auch wenn sie ihn nicht liebte, in seiner Gegenwart Gleichgültigkeit empfand, manchmal sogar Hass. Sie sah es als Strafe an, eine Strafe, die sie verdienen würde, weil sie nicht liebenswert sei, eine Verderberin, sie wertete sich ab. An diesem Morgen hatte er ihr gesagt, er finde es gut, wie es zwischen ihnen laufe, und dass er sich wünsche, sie würde ihre Sorgen mit ihm teilen, woraufhin sie gelacht hatte, ein hämisches Lachen, von Verachtung gespeist; Agnes würde ihn nicht wiedersehen. Obwohl sie auch nach ihrer Evakuierung noch Hilfe brauchen würde, um ihre Gedankenmuster zu durchbrechen, hatte sie eine gute Prognose, sich in der neuen Zeit zurechtzufinden. Wenn sie wollte, würden wir sie mitnehmen, alles hing von ihrer Entscheidung ab.

Durch einen Spalt im Fenster strömte Wind. Die Vorhänge begannen sich zu regen, der Zug hatte seine Fahrt beschleunigt, ein Stoff, der in die Höhe geweht wurde und Agnes' Schulter berührte, er flatterte sie an. Eigentlich müsste sie darauf reagieren, sie, die Zeilen auf einen Ringblock schrieb und so tat, als wären wir nicht da. Es war unwahrscheinlich, dass sie uns nicht erkannte, eng stehende Zeilen, ihr Mund formte ein Wort, Verfärbungen an den Schneidezähnen, nicht vom Kaffee, eher von schwarzem Tee. Der Wunsch, alles zu lesen, mich aufzurichten und ihr den Block wegzunehmen. Tezeta nickte mir zu. Draußen das neue Grün der Kastanien. Häuser, neben den Fenstern Satellitenschüsseln, auf den Dächern Antennen. Ich hatte keine Erinnerungen an diese Siedlung, musste aber oft daran vorbeigefahren sein.

»Darf ich das Fenster schließen?«, fragte Agnes, sich an Miloš wendend, als säßen sie allein in diesem Abteil. Ohne eine Antwort abzuwarten, stand Agnes auf und stieß das Schiebefenster zu. Mir fiel auf, dass der Bund ihrer Hose nicht geschlossen war, sie hatte die Knopfleiste geöffnet, um bequemer zu sitzen. Als sie meinen Blick bemerkte, schaute sie einen Moment lang zu mir auf, wandte sich dann jedoch gleich wieder von mir ab, nachdem sie die Bluse über den Hosenbund gezogen hatte.

»Danke«, sagte Miloš, während Agnes wieder Platz nahm, Agnes antwortete mit einem Nicken, rutschte auf dem Sitz nach vorn, nahm den Stift wieder zur Hand und fuhr augenblicklich damit fort, etwas aufzuschreiben. Eine Zeile, sie strich sie durch, setzte wieder an, fuhr im Zickzack über ein Wort, als wollte sie es vollständig zum Verschwinden bringen. Niemand sprach, das Kratzen einer Stiftmine, kein Graphit und auch kein Kugelschreiber, ein Filzstift mit dünner Spitze, mit dem auch ich früher geschrieben hatte. Der Schaft war orange und sollte mit seiner sechseckigen Grundfläche an einen Bleistift erinnern, diese Ausführung nannte sich *point 88*, daran erinnere ich mich noch so genau, weil die Kinder meiner sächsischen Mittelschulklasse aus dieser Zahl eine versteckte Botschaft herausgelesen hatten, zweimal der achte Buchstabe des Alphabets, eine Nazigrußformel auf jedem Stift. Zum Schreiben war er eher ungeeignet, die Finger verkrampften, und auch die Handschrift wirkte seltsam spröde. Die Vorstellung, damit ein Diktat schreiben zu müssen: nicht hinterherkommen, dann wieder warten, Satzfetzen für Satzfetzen aufschnappend, Wortfolgen, die keinen Sinn ergaben, das Stiftende im Mund, die Stiftkappe zwischen den Zähnen, Speichel und Angst und ein bitterer Geschmack, ein Geschmack, der mich selbst in der Vorstellung noch ekelte.

Agnes' Handschrift wies eine starke Neigung auf, schräg gestellte, fliehende Buchstaben, die immer mehr von dem Papier einnahmen, Zeile für Zeile. Auch den Block hielt sie schräg, den Kopf ein wenig zu tief über die Seiten gebeugt, beharrlich gegen unsere Anwesenheit anschreibend. Sie verhielt sich ungewöhnlich, sie tat mir leid, in der Stille des Abteils wirkte ihr Schreiben noch merkwürdiger als zuvor, und auch Miloš schien dies aufgefallen zu sein. Er blickte uns an, ließ seinen Blick von uns zu Agnes wandern, als wollte er sich stellvertretend für die unbekannte Sitznachbarin entschuldigen. Er sah verlegen aus, ein wenig hilflos und verunsichert, ein Mann Ende vierzig, das Haar frisiert, nach hinten gekämmt. Ein leichter Nikotingeruch ging von seiner Kleidung aus, ein schwarzes, faltenloses Hemd, und auch die Schuhe wirkten sehr sauber. Tezeta richtete sich auf.

»Was lesen Sie?«, fragte Tezeta auf Deutsch und zeigte auf das Buch, das aufgeschlagen auf dem freien Platz neben ihm lag. Sie war sehr sicher in dem Akzent, den sie sich angeeignet hatte, ein Deutsch, aus dem ein französischer, genau genommen frankokanadischer Tonfall herauszuhören war.

»Was ich lese?« Miloš lächelte, nannte einen Namen und wiederholte ihn, nachdem Tezeta den Kopf geschüttelt hatte. »Jiří Mahen«, sagte er und hielt ihr den Buchumschlag entgegen. »*Měsíc, Fantasie*. Ein tschechischer Autor, das Buch ist aus dem Jahr 1920. Es geht, wie der Titel schon sagt, um den Mond, *Měsíc* heißt Mond auf Tschechisch. Es ist nicht einfach zu erklären. Sprechen Sie Tschechisch?« Tezeta schüttelte den Kopf, Miloš blätterte auf die erste Seite. »Hier zum Beispiel, ein Brief, so fängt es an. *Jeho Excelenci panu markýzi DAfterglow,* an seine Exzellenz, den Marquis des Abendleuchtens.«

Agnes hatte aufgehört zu schreiben, hielt den Kopf aber gesenkt.

»Ist es ein Märchen?«, fragte Tezeta.

»Nein, das kann ich nicht sagen. Es sind Unterhaltungen, poetische Gespräche, ein Beobachter schaut von oben auf die Erde hinab und erzählt, was er gesehen hat.«

»Und was sieht er?«

»Oh, das ist schwer. Alles sieht er, Tragödien natürlich, oft ist es traurig, und es kommen auch Tiere vor, Vögel und andere. Mäuse unter der Erde.«

»Er kann auch unter die Erde sehen?«

»Wenn es Sie wirklich interessiert« – Tezeta nickte –, »es ist schwer, zu übersetzen: In einem Loch unter der Erde, in einer Höhle, sitzen Mäuse, oder, ich weiß nicht, wie man das auf Deutsch sagt, sie leben im Wasser« – er blätterte im Buch –, »Wasserratten, kleine Babys, sie warten in einer Höhle, die Mutter ist tot, und sie trinken noch Milch. Also versucht der Vater, ihnen Essen zu beschaffen, sammelt Blätter und Nadeln und kaut alles zu einem Brei. Diese Passage ist sehr traurig. Der Vater legt sich hin und zeigt den Kindern seinen Bauch, und doch wird er sie nicht füttern können. Ein Waldgeist sieht das Unglück und fragt nach einem Zauber, der aus einem Mann eine Frau macht. Ich finde das sehr schön.«

Agnes hatte den Stift abgelegt und strich sich mit den Händen ihren langen, herabhängenden Zopf entlang. Dabei erwischte sie einige Haare und schüttelte sie weg. In ihrem Gesicht immer noch Zweifel und auch ein wenig Angst. Der Reihe nach blickte sie uns an, erst Tezeta, dann Wendy, dann mich, nun waren wir ein Fakt, mit dem sie umzugehen hatte.

Ein Zug holte uns ein, er fuhr auf einer parallelen Spur, zwei Fensterreihen, ein roter Zug, ein doppelstöckiger Vorortszug, der sich dicht an uns heranschob. In den Spiegelungen erkannte ich unser Abteil. Die Rucksäcke auf den Ablagen: wie zusammengekauerte schlafende Menschen. Kurz kippte das Bild, der Abstand zwischen den Zügen verbreiterte sich, so dass in dem Ausschnitt, der durch die Spiegelung sichtbar wurde, nun auch der Himmel zu erkennen war.

Im Alter von vier war Agnes von einer plötzlichen Angst gepackt worden. Sie stand zwischen Fremden in einem Kaufhaus und griff nach der Hand ihrer Mutter. »Igitt, kalte Froschfinger«, hatte die Mutter ihr entgegnet und war vor Entsetzen zurückgewichen. Wir wussten davon, weil wir bei ihr gewesen waren, wir waren die Frauen an der Produktausgabe, die ihr eine Stoffpuppe geschenkt hatten, mit der Agnes am Abend schlafen gegangen war. Wir waren die tröstenden Frauen in der Straßenbahn auf dem Nachhauseweg, als ihr Tränen über die Wangen gelaufen waren und sie zu schluchzen begonnen hatte, was ihr peinlich gewesen war, weil hinter ihr Jungen aus ihrer Klasse gesessen hatten und es nach dem Tod ihres Vaters doch geheißen hatte, sie sei ein so tapferes Mädchen. Wir waren die drei rauchenden Krankenschwestern auf der Parkbank vor der Klinik, als sie, nun nicht mehr schwanger, darauf gewartet hatte, von ihrem Mann abgeholt zu werden. In den letzten sechs Wochen hatten wir sie insgesamt fünfmal besucht – für uns waren es sechs Wochen, nach ihrer Zeitrechnung waren Jahrzehnte vergangen. Am längsten hatten wir uns mit Agnes unterhalten, als wir uns im Wohnzimmer eines Rentnerpaars, dessen Wohnung wir uns hatten borgen können, weil sie den Sommer über in ihre Laube gezogen waren, auf einer Couchgarnitur niedergelassen hatten. An diesem Nachmittag hatten wir ihr zwar keine Versicherungspolicen abgenommen, ihr dafür aber verraten, dass es in der Zukunft möglich werden würde, durch die Zeit zu reisen, dass wir Zeitreisende waren und ihr Gefühl sie nicht täuschte: Wir würden sie tatsächlich schon seit einer Weile begleiten. Obwohl wir den Zeitpunkt und die genauen Umstände ihres Todes für uns behalten hatten und auch nicht auf die Entwicklungen zu sprechen gekommen waren, die der Kandidatin noch bevorstanden, hatte Agnes uns geglaubt, dass es ihr in unserer Zeit besser gehen würde. Wir würden wiederkommen, hatten wir gesagt.

* * *

Die Tür des Nachbarabteils wurde geöffnet, ein rollendes Geräusch, jemand trat in den Gang und ließ sich auf einem der klappbaren Behelfssitze nieder. Ein Junge mit halblangem Haar, er trug eine grüne Trainingsjacke mit weißen Streifen auf den Ärmeln und eine Hose, die am Fußende eine Handbreit aufgeschnitten war, damit sie einen Schlag bekam. Er musste in etwa in demselben Alter sein, in dem auch ich mit diesem Zug gefahren war. Ich hatte mich damals nicht so angezogen, hatte mich nicht getraut, ich war vor allem in Kapuzenpullovern und weiten Hosen herumgelaufen. Der Junge setzte sich so, dass nur sein Rücken zu sehen war, und er hörte Musik, so wie auch ich immer Musik gehört hatte, wenn ich diese Strecke gefahren war. Eine Erinnerung kehrte zurück: Ein Abspielgerät, dessen Klappe ich festhalten muss, weil sie nicht von selbst eingerastet ist, das Ärgernis, wenn die Wiedergabe springt oder, schlimmer noch, hängen bleibt, weil die Beschichtung des Tonträgers Kratzer aufweist, Kopfhörer, die herausfallen, weil es einen linken und einen rechten Ohrstecker gibt und diese Ohrstecker ständig verwechselt werden. Das Abspielgerät nennt man Discman, die Tonträger CDs.

Die Kopfhörer des Jungen waren an einem Bügel befestigt, sein Blick war nach draußen gerichtet, ab und zu wippte er mit dem Kopf. Vor den Fenstern zogen Kiefern vorbei. Der Zug verlangsamte die Fahrt, rollte so langsam, dass wir fast zum Stehen kamen. Schleichend fuhren wir an einer Siedlung vorbei, ein Bahnhof, an dem wir nicht hielten, der aussah, wie Bahnhöfe auch vor hundert Jahren schon ausgesehen hatten, ein Mauerwerk aus rotem Klinker. Dahinter ein Bagger, eine Lagerhalle. In einem Garten, auf einem Heizöltank, döste eine Katze in einem Lichtfleck der Sonne. Hinter dem einzigen Fenster eines grau verputzten Hauses stand eine Frau, die eine Kittelschürze trug und mit etwas Zerknäultem über die Glasfläche fuhr. Alles wirkte so umständlich, so mühevoll. Ein Kreischen unter den Rädern, als wollte der Zugführer unbedingt verhindern, dass wir den nächsten Haltebahnhof erreichten. Vor einem Trafohäuschen versuchte ein Mann, sein Moped zu starten. Das Stottern des Motors war nicht zu hören; was ich sah, war ein stoßweise aus dem Auspuff dringender violetter Qualm. Vor dem Bahndamm ein Schrebergarten, dort war ein Planschbecken aufgebaut, am Beckenrand stand ein Kind und hielt einen Gartenschlauch, aus dem nur ein schwaches Rinnsal tröpfelte.

»Wir wollen auch nach Prag«, sagte Tezeta. »Für meine Freundinnen ist es die erste Reise durch Europa. Es soll sehr schön sein, haben wir gehört.«

Miloš nickte. »Sie sprechen gut Deutsch«, sagte er.

»Sie aber auch«, sagte Tezeta.

Miloš machte eine wegwerfende Bewegung mit der Hand und blickte zu Agnes, als erwartete er, dass sie, die dem Gespräch zu folgen schien, ihr Urteil darüber abgab, wie er sich ihrer Meinung nach in dieser Sprache schlug, doch Agnes blieb stumm.

»Ich habe vor einiger Zeit in Deutschland gelebt, in Hamburg«, sagte Miloš, »deswegen spreche ich es. In Hamburg gibt es einen Hafen, der an die Tschechoslowakei verpachtet worden ist. Nur ein kleines Gebiet für hundert Jahre, das weiß niemand, dort arbeiten nur unsere Leute, so ist es zu meiner Zeit gewesen, unser Zugang zum Meer, damals noch die Tschechoslowakei, ein kleiner Fleck in einem deutschen Land. Dort habe ich sehr viel gesprochen und immer gelesen, sehr viel gelesen, meine Freundin war eine Buchhändlerin. Sie hat mir auch vorgelesen. Robert Walser, kennen Sie? Die Schule der Dienerjungen, *eine große, runde Null.* Schade, dass ich mich an den Namen nicht erinnere. Es bleibt so wenig hängen, wenn es nicht muss. Oder das andere. *Man sieht den Wegen am Abendlicht an, dass es Heimwege sind.* Das habe ich mir gemerkt.«

Wir fuhren wieder schneller, zu meiner rechten Seite befanden sich Felder, auf der linken zog sich ein Wald entlang, Kiefern, in Reihen gepflanzt, ein Forstwald in einem grellen Licht. So wie die Sonne stand, leuchtete sie schräg in das Waldstück hinein und erzeugte lange Schatten, wodurch sich auch im Zug eine Art Flackern ergab, hell und dunkel in einem schnellen Wechsel, fast wie bei einer Lichtorgel in einer Diskothek. Auch der Junge, der draußen im Gang auf dem Klappsitz saß, passte ins Bild, den Kopf zum Takt einer Musik wippend, vor und wieder zurück. Ich hätte gerne gewusst, welches Lied er hörte, es war nicht unwahrscheinlich, dass ich es kannte, vielleicht hatten wir denselben Musikgeschmack, vielleicht hörte der Junge einen Song von *Stereolab – C'est le plus beau et c'est le plus triste, c'est le plus beau paysage du monde* –, ein Lied auf einer CD, die eine Lehrerin damals für mich gebrannt hatte, eine Referendarin eigentlich, die ebenso wie wir Kinder im selben Wohntrakt untergebracht war. Das Album hieß *Refried Ectoplasm*; bei diesem Lied hatte ich immer die Wiederholungstaste gedrückt und an die Referendarin gedacht, eine Frau, in die ich damals vielleicht ein wenig verliebt gewesen war. Sie hatte Sport und Französisch unterrichtet, war in Belgien aufgewachsen und kam ursprünglich aus dem Senegal. Es hatte mir geschmeichelt, dass sie auch nach dem Unterricht Zeit mit mir hatte verbringen wollen, so oft, wie sie in mein Zimmer gekommen war, um sich mit mir zu unterhalten: was sie mochte und was sie nicht mochte – das Meer, Hip-Hop und auch Kartoffeln waren ihr verhasst gewesen, womit wir beide ein gemeinsames Thema gefunden hatten, da ich damals ständig in der Gruppe gelandet war, die im Kartoffelkeller die Schälmaschine hatte säubern müssen: ein

Zylinder, in den oben Kartoffeln hineingeworfen wurden, damit sich unten an einer rotierenden Scheibe die Schale ablöste, eine Schale, die schnell zu faulen begonnen hatte, schon an der Kellertreppe hatte es gestunken. Die Referendarin hieß Mariama, jetzt fiel mir ihr Name wieder ein. Von ihr hatte ich auch gelernt, wie man aus Batterien, die ihren Geist aufgaben, noch eine Restmenge Energie herausholen konnte; man musste sie schütteln und die Enden gegeneinanderschlagen. Sollten dem Jungen auf dem Klappsitz die Batterien ausgehen, ich könnte in den Gang treten und ihm zeigen, wie es funktioniert, dachte ich und wusste zugleich, dass ich das niemals tun würde, zum einen, weil wir unsere Begegnungen auf das Nötigste beschränken mussten, um kein Risiko einzugehen, doch abgesehen davon fehlte mir der Mut. Ich traute mich nicht, war nicht mehr Teil dieser Zeit, in der meine Mutter jetzt vielleicht im Garten stand und noch schnell die Wäsche abnahm. Vielleicht hatte sie aber auch noch Schicht und hielt, obwohl sie nur die Sprechstundenhilfe war, einen Speichelsauger in den weit geöffneten Mund eines starr auf dem Behandlungsstuhl liegenden Patienten. Meine Schwestern, die fernsahen, *Arabella, Unsere kleine Farm*, nein, dafür war es schon zu spät, im Fernseher würde *Marienhof* laufen, die *Cosby-Show* oder *Roseanne*. Vielleicht waren sie aber auch nicht in der Stimmung, hatten ihre Fernsehgewohnheiten geändert, nachdem sie erfahren hatten, was ihrer großen Schwester zugestoßen war. Meine Mutter in Trauer: wie sie im Garten stand, um die Wäsche abzunehmen. Ich hatte gehen müssen, hatte nicht bleiben können. In dieser Zeit war ich ein Geist.

Der Schaffner näherte sich, ich hörte, wie er eine Abteiltür aufschob, *die Fahrscheine bitte* – bald würden auch wir an der Reihe sein, nur der Junge im Gang hatte ihn noch nicht bemerkt, er hörte ihn wohl nicht, blickte noch immer aus dem Fenster. Draußen war die Landschaft hügliger geworden, Rehe sahen uns nach.

Wendy wirkte nervös, sie war es nicht gewohnt, dass man Verkehrsmittel nur benutzen durfte, wenn man einen Fahrschein besaß, andernfalls Strafen zu erwarten hatte, und ich wusste, dass ihr auch die Grenzkontrolle Sorgen bereitete, da es immer wieder vorkam, dass Leute aus dem Zug gezogen wurden und auch wir unsere Pässe zeigen müssten, Polizisten, die den Zug betreten würden, Grenzstation, *Borderstation.* Ich bedeutete ihr mit einem Nicken, dass alles in Ordnung war, sie sich entspannen sollte, dass ich uns sicher durch alle Kontrollen hindurchführen würde. Die Fahrscheine befanden sich in einem Brustbeutel, den ich um den Hals trug; ich nahm die Tasche ab, zog die Tickets jedoch noch nicht hervor – erst wenn der Schaffner mich fragen würde. Ich sah, dass der Junge draußen auf dem Gang von seinem Platz aufgestanden war, hörte den Klappsitz zurückschnellen und die Stimme einer Frau aus dem Nebenabteil – *Sie sind aber spät dran. Ich muss nur eben an meine Tasche.*

Auch Agnes machte einen unsicheren Eindruck, während Tezeta noch immer mit Miloš sprach. Gerade hatte er ihr eine Adresse aufgeschrieben, ein Restaurant, das wir in Prag besuchen sollten.

»Das Essen ist oft nicht gut, nur für Touristen. Wenn Sie da hingehen, wird es sehr gut.«

»Vielen Dank«, sagte Tezeta und wandte sich an Agnes: »Wir werden dort essen, und dann fliegen wir zurück.«

»Dann haben Sie in Prag nur wenig Zeit?«

»Nein, wir haben viel Zeit, das ist eine Redewendung bei uns in Kanada: Wir haben so viel Zeit, wie wir brauchen.«

Bald würden wir Dresden erreichen, die Garagen hinter dem Hauptbahnhof, Kirschbäume, die jetzt wahrscheinlich blühten, aber auch Keltenkreuze, aufgesprüht auf die Garagentore. Der Spruch *Zecke verrecke*, der mich immer hatte zusammenzucken lassen – die Zecke bin ich. Die Schornsteine des alten Malzwerks, von Krähen umschwärmt, Niedersedlitz, Heidenau und dann die Elbe, bald würde sie zu sehen sein, Frachtkähne auf dem Weg Richtung Meer. In meiner Vorstellung hatte das Wasser die Farbe von Melasse, als wäre der Fluß über ein unterirdisches Netz aus Kanälen mit dem kilometerweit entfernt liegenden Malzwerk verbunden. Obervogelgesang: alle Häuser schmal mit spitzen Dächern, Gärten, die in Blüte stünden, wir würden so langsam an ihnen vorbeifahren, dass man das Fenster herunterschieben und nach den Pflaumenzweigen greifen könnte, die sich weiß blühend den Schienen entgegenrecken würden. Und selbst wenn das Fenster geschlossen bliebe, es wäre möglich, im

Zugabteil die Amseln zu hören – Obervogelgesang. Auf diesem Streckenabschnitt trennten die Gleise nur etwa zwanzig Meter vom Wasser, die Schienen folgten dem Flussbett, das sich durch ein Tal schlängelte, Felswände stiegen auf. Immer näher an sie heranrückend, waren sie rechts der Gleise so nah, dass man Angst bekam, der Zug würde gleich am Gestein entlangschrammen. Schließlich die Flussschleife, an der kurz jenes Felsmassiv auftauchen würde, das mir als Richtungsanzeiger gedient hatte. Dahinter läge mein Dorf. Ich hatte mir nur eine Linie denken müssen, die von dort fünf, sechs Kilometer nach Osten führen würde. Die Durchsage meiner Haltestelle. Beim Einfahren die Flusshalbinsel, hinter der sich die Speicherhäuser erheben würden, die Gleise verzweigten sich, gleich wäre ich schon in Bad Schandau, und dann, ohne es zu wollen, ohne einen bewussten Entschluss gefasst zu haben, mit einer vertrauten, während unzähliger Fahrten mit dem Eurocity zur Gewohnheit gewordenen Bewegung würde ich mich von meinem Sitzplatz hochreißen und zum Parkplatz hinüberschauen, schauen, ob dort das Auto parkte – das Auto meiner Mutter wäre schwarz. Die Vorstellung, wie meine Mutter, die eine hellbraune Lederjacke trägt, eine Jacke, die ich mir manchmal von ihr geliehen hatte, am Bahnsteig auf mich wartet und suchend in die Fenster schaut. Der Zug rollt aus, sie entdeckt mich und eilt dem zum Stehen kommenden Zug hinterher.

»Guten Tag, Fahrscheinkontrolle.«

Miloš klappte sein Buch auf, zwischen den Seiten steckte sein in der Mitte gefalteter Fahrschein. Ich hätte es nicht gewagt, den Papierstreifen zu knicken, doch der Schaffner schien kein Problem damit zu haben, er nahm den Fahrschein entgegen und faltete ihn auf. »Prag Holešovice, vielen Dank.« An seinem Gürtel hing eine Zange, mit der er das Ticket entwertete. Ein Fuß an der Tür, ein Fuß im Abteil, fiel sein Blick auf die Gepäckablage, auf der sich unsere Rucksäcke befanden.

»Kanada?«

Miloš schüttelte den Kopf. Ich wollte antworten, doch Tezeta kam mir zuvor.

»Ja, genau, Kanada«, sagte sie.

»Schönes Land«, sagte er, mit einer plötzlichen Fröhlichkeit in der Stimme, »Tickets, please.«

Ich reichte ihm unsere drei länglichen Pappkarten, dazu die Reservierungen. Das vierte Ticket, das für Agnes bestimmt war, falls sie sich dazu entscheiden würde, mit uns zu kommen, steckte in einer anderen Tasche, damit es nicht zu Verwechslungen kam.

»Ich wurde schon kontrolliert«, sagte Agnes, als der Schaffner ihr seine Hand entgegenstreckte.

»Personalwechsel« – nun schon nicht mehr so freundlich –, »den Fahrschein bitte.«

Agnes erhob sich, nahm das Jackett vom Haken, griff in die Innentasche und brachte ein Papierbündel zum Vorschein. Ich sah, dass ihre Hände zitterten. Ihre Fahrkarte inspizierte der Schaffner nun eingehender.

»Nach Dresden«, sagte er und: »Na also, gleich geschafft.«

Entlang der Bahnlinie hatte das neue Gras das gelbe Wintergras noch nicht vollständig überwuchert. Es hatte sich zugezogen, ein jahreszeitloses Licht, der Himmel weiß, wie von einem Laken bedeckt. In der Ferne stieg der blaue Rauch eines Laubfeuers auf.

Langsam müsste meine Mutter sich auf den Weg machen, wenn sie noch pünktlich sein will. Das Gelände einer Brauerei, Gabelstapler, ein Lkw, Gärten mit abblühenden Forsythiensträuchern, an denen Ostereier aus Plastik hingen. Umgeworfene Schubkarren, Regenfässer, kleine Hügel aus morschen Latten. Ein Drahtzaun, wie von einem großen Tier niedergedrückt, und der Vernachlässigung trotzend: Tulpen, in gleichförmigen Reihen gepflanzt, die eher an Grabflächen erinnerten als an Blumenbeete.

Nachdem der Schaffner gegangen war, stand auch Miloš auf und verließ das Abteil, um etwas zu essen, wie er sagte, Gulasch mit Semmelknödeln, das bestelle er immer in diesem Zug. Endlich waren wir mit Agnes allein.

*Inhalt*